Un adorable homme de neige

ISABELLE ROWAN

Un adorable homme de neige

ISABELLE ROWAN

Publié par
DREAMSPINNER PRESS

5032 Capital Circle SW, Suite 2, PMB# 279, Tallahassee, FL 32305-7886 USA
www.dreamspinnerpress.com

Un adorable homme de neige
Copyright de l'édition française © 2020 Dreamspinner Press.
Titre original : Snowman
© 2015 Isabelle Rowan.
Première édition : mai 2015
Traduit de l'anglais par Marion Thomas.

Illustration de la couverture :
© 2015 Garrett Leigh.
http://www.blackjazzdesign.com/
Les éléments de la couverture ne sont utilisés qu'à des fins d'illustration et toute personne qui y est représentée est un modèle

Édition e-book en français : 978-1-64405-492-5
Édition imprimée en français : 978-1-64405-493-2
Première édition française : février 2020
v 1.0

Édité aux États-Unis d'Amérique.

Il y a des personnes qu'on ne remarque pas vraiment… jusqu'au jour où on a besoin d'elles.

Je voudrais exprimer ici ma gratitude à tous ceux qui assurent les services d'urgence au quotidien : policiers, pompiers, sauveteurs, coordinateurs, ambulanciers… et baristas.

HIVER

I

UNE BÛCHE carbonisée, dévorée par la flamme, s'effondra avec un bruit sourd. Des braises rougies s'échappèrent de la cheminée ; l'une atterrit sur le tapis bien chaud, juste à côté de la chienne endormie. Elle bougeait à peine dans son sommeil ; juste un petit geste de la patte pour attraper les lapins qui peuplaient ses songes. Mais son maître, lui, fut tiré de son rêve par le bruit de la bûche en train de se consumer. Un livre était posé, ouvert, sur son torse. Il regarda la braise s'éteindre et noircir.

— Molly, viens par-là, fit-il, la voix pâteuse de celui qui vient de s'éveiller. Viens-là, bécasse, ne va pas prendre feu.

À l'appel de son nom, la chienne, une border collie, ouvrit les yeux et regarda son maître. Avec un petit grognement, elle se leva et vint se coucher à ses pieds. Caleb la gratifia d'un sourire fatigué et vint la gratter derrière les oreilles.

— Sale temps dehors, ma Molly, fit-il, alors qu'un coup de vent, comme pour lui donner raison, vint faire trembler les vitres juste à ce moment-là.

Il savait qu'il était l'heure de monter dans sa chambre, mais il n'avait pas le courage de se glisser dans les draps froids du grand lit vide.

— Ça te dirait qu'on reste encore un peu devant la cheminée ? demanda-t-il, et il se mit à rire quand la chienne remua la queue, tambourinant contre le parquet.

Il ferma le livre et sentit ses paupières devenir lourdes. Le crépitement du feu se mêlait au hurlement de la tempête au-dehors et, dans la tiédeur de la pièce, il s'abandonna à nouveau au sommeil.

Quand la musique fit irruption dans son rêve, il ne comprit pas. Ça n'allait pas du tout avec les images. Le volume montait ; il finit par ouvrir les yeux et se rendit compte qu'il était toujours dans son salon.

Il se redressa dans son fauteuil avec un gémissement douloureux et chercha son téléphone des yeux. Il finit par le trouver coincé entre les coussins.

— Ouais ? aboya-t-il, sans chercher à cacher sa mauvaise humeur.

Il y eut un grésillement de mauvais augure sur la ligne, puis il entendit la voix de Bob, le policier local.

— Sacrée tempête cette nuit, Cal… J'aurais voulu ne pas avoir à t'appeler, mais on dirait bien qu'un touriste est allé se perdre sur la route vers chez toi.

— Qu'est-ce qu'il pouvait bien avoir à faire dehors un soir pareil ? râla Cal.

Il s'éloigna de la chaleur du feu et alla regarder par la fenêtre. On ne voyait rien d'autre que la neige et la nuit.

— Ça tombe dru, dit-il, se parlant à moitié à lui-même.

Il entendit Bob répondre à travers le grésillement qui encombrait la ligne :

— Les routes sont bloquées, Cal. On ne peut pas aller le chercher.

Caleb ferma un instant les yeux. Il ne voulait pas entendre ce qui allait suivre. Il secoua la tête et jeta un regard à Molly qui l'avait fidèlement suivi jusqu'à la fenêtre. Elle avait un regard interrogateur auquel il répondit d'un sourire résigné.

— Ok, Bob, dit-il à la voix au bout du fil. Il est où ?

Il ne parvenait pas à comprendre la réponse.

— Répète, Bob. On ne capte pas bien.

— Il est sur la route… au-dessus de chez toi… je ne sais pas exactement à quelle distance.

D'autres informations se perdirent dans les chuintements de la ligne, mais Caleb avait l'essentiel du message.

— Dans quel état est-il ?

— Il a froid… Je lui ai dit de rester dans sa voiture et que quelqu'un allait venir le chercher.

Caleb eut un sourire cynique.

— Quelqu'un, hein ?

Caleb put clairement entendre le rire de Bob ; il savait bien qu'il n'y avait qu'une personne dans cette zone rurale qui serait volontaire pour aller porter secours à un étranger en détresse, et que ce quelqu'un était Caleb.

— Je te donne son numéro, mais on capte très mal.

Cal prit un stylo et griffonna le numéro sur son avant-bras.

Après avoir raccroché, sa main vint caresser la tête de Molly.

— Eh oui, fini le dodo au coin du feu.

Il jeta quelques affaires dans son sac à dos et appela le numéro qu'il avait noté sur son bras. Le téléphone lui demanda quel nom ajouter pour ce contact. Il tapa prestement « L'homme des neiges ». *Cela suffira jusqu'à ce qu'on se rencontre, mon gars.*

2

À peine eut-il mis un pied dehors que l'air glacé s'engouffra dans ses poumons. Il remonta le col de sa veste et enfonça son bonnet sur ses cheveux blonds parsemés de fils blancs.

La chienne courait déjà devant lui avec un enthousiasme qu'il avait bien du mal à partager.

— J'aimerais bien tenir la même forme que toi, ma vieille.

Il poussa un soupir et suivit Molly sur le chemin de gravier.

Dans la région des Alpes Victoriennes, en Australie, l'hiver pouvait jouer des tours, mais cela faisait longtemps que Caleb n'avait pas vu un coup de froid arriver si vite. Quand il eut atteint le bout de son allée, il s'arrêta un instant. Quel serait le meilleur chemin pour atteindre le touriste coincé ? Il avait en gros deux options : il pouvait continuer la route qui allait vers la montagne, ou choisir un des chemins qui s'enfonçaient dans le bush. Il y avait des traces encore fraîches d'une voiture, mais la neige tombait si fort qu'elles étaient déjà en train de s'effacer.

Caleb renifla et secoua la tête.

— OK, mon bonhomme. On va essayer de voir jusqu'où tu es allé te fourrer.

Bob l'avait prévenu : on captait très mal par là-haut. Le téléphone coincé dans le col de sa veste, il essaya d'entendre ce que la voix lui disait à l'autre bout.

— Bob m'a dit que vous étiez bloqué, hurla-t-il.

On entendit d'abord un silence, puis un long grésillement.

— Vous m'entendez ? cria Caleb, l'oreille tendue pour essayer de saisir une réponse.

— Allô ? Allô ? Je vous entends très mal.

La voix semblait distante, mais Caleb savait que c'était l'effet de la tempête. L'homme était peut-être tout près.

— Bob m'a dit que vous étiez bloqué.

— Bob, c'est le policier ? Oui, je suis complètement bloqué.

— OK. Vous avez la moindre idée de votre position ?

Caleb réalisa que c'était une question idiote : l'homme était un touriste.

— Laissez tomber. Vous êtes toujours sur la route principale ?

La réponse arriva par syllabes isolées, mais Caleb parvint à saisir l'essentiel. Sa voiture avait glissé dans un virage, et avait quitté la route ; elle était dans un fossé. Caleb savait qu'il y avait beaucoup de virages sur la route, mais pas tant que ça qui longeaient un fossé profond. Il en conclut que le touriste n'était pas très loin, et que le moyen le plus rapide de l'atteindre serait de couper par les petites routes.

— J'arrive, dit-il, et il fourra le téléphone dans sa poche. Allez, ma vieille, viens, on va chercher cet idiot de touriste, reprit-il, et il invita Molly à le suivre sur le sentier étroit qui courait entre les eucalyptus.

La pente était raide pour atteindre l'homme des neiges. Sa poitrine lui faisait mal à force de grimper et de glisser sur le sol gelé. Il dérapa sur un rocher couvert de glace et parvint de justesse à se retenir à un arbre. Les conditions étaient plus difficiles que ce qu'il imaginait. Il s'arrêta un instant pour reprendre son souffle.

— Viens là, Molly, appela-t-il, alors que la chienne, toute contente, partait au-devant. Laisse-moi juste me poser une minute, ma vieille.

Il s'accroupit sous un eucalyptus qui le protégeait un peu de la tempête et essaya à nouveau d'appeler. Cette fois, on captait un peu mieux, la voix de l'homme lui parvint clairement.

— Vous venez toujours me chercher ?

— Oui, je me rapproche, fit-il, soulagé d'entendre la voix de l'autre. Comment ça va, l'homme des neiges ?

— L'homme des neiges ? Haha, oui, j'imagine que ça me va bien comme surnom là maintenant.

Caleb entendit la peur qui perçait derrière la forfanterie.

— Le pare-brise a des fissures, mais il n'est pas cassé. Il fait sacrément froid.

La connexion fut interrompue pendant une seconde. Caleb se remit à marcher pour avoir du réseau. Ses genoux douloureux lui arrachèrent un gémissement de douleur. Il sortit de la maigre protection que lui offrait l'arbre et s'exposa à nouveau au vent.

— Vous êtes encore au sec ? demanda-t-il, essayant d'évaluer l'état dans lequel il allait trouver le type.

Il se remit à grimper.

— Euh, oui. Je crois. C'est difficile à dire. J'ai tellement froid, bon sang.

Cette fois, il n'essayait pas de cacher le tremblement de sa voix. Caleb savait que dans l'habitacle de la voiture, il faisait froid et sombre, et que le touriste devait être terrorisé, tout seul.

— Vous venez me chercher quand même, hein ? Vous allez réussir à me trouver ?

On ne pouvait pas ne pas percevoir l'angoisse qui montait dans la voix. C'était un tremblement violent qui n'était pas là la première fois qu'il l'avait appelé. Caleb savait qu'il devait se dépêcher, et continuer à le faire parler.

— Je viens vous chercher. Mais je vais vous poser beaucoup de questions en attendant.

Il enjamba une branche jetée bas par la tempête, tout en restant agrippé à son téléphone.

— D'abord, dites-moi dans quel état sont vos pieds et vos mains.

Il y eut un silence.

— L'homme des neiges ? Toujours là ?

— Oui. Il fait sombre. Je peux voir mes mains, à peu près. Elles ont l'air OK. Je peux plier mes doigts, ils sont juste un peu engourdis. J'avais mal aux pieds, mais c'est passé.

— Merde, murmura Caleb, faisant en sorte que l'autre ne l'entende pas.

Il n'aimait pas cela du tout.

— J'arrive, j'y suis presque. Je vais vous emmener dans un endroit chaud.

— OK...

La voix était faible. Un peu trop. Caleb connaissait assez le froid pour comprendre que la léthargie était en train de prendre possession du type, cette léthargie insidieuse qui allait le convaincre que tout irait bien s'il voulait seulement fermer les yeux et s'abandonner au sommeil...

— Allez, allez, restez avec moi. Il faut que vous restiez en ligne et que vous répondiez à mes questions. On continue.

Caleb avait parlé vite, dans l'espoir de garder le touriste éveillé.

— Je suis toujours là. Je vous attends.

— Super. Alors, dites-moi, d'où venez-vous ?

— De Melbourne... J'habite en coloc à Carlton. Avec Stewie.

La réponse se perdit presque dans un tourbillon de grésillements, mais ce n'était pas le contenu qui était important.

— Continuez à parler, Monsieur l'homme des neiges.

Caleb aperçut la route à travers les arbres.

— OK. Je suis serveur. Je veux être cuisinier. Pas tout de suite, mais un jour...

La voix s'éteignit à nouveau.

— Allô ? fit Caleb.

Seul le silence lui répondit.

— Allez, réponds... Ne me file pas dans les doigts maintenant. Je suis là.

C'est Molly qui vit la voiture la première. Elle lança un jappement enthousiaste lorsqu'elle la trouva, juste après le virage en épingle. Caleb était derrière, luttant contre le blizzard.

Les herbes écrasées sur le bord de la route témoignaient que quelque chose était tombé dans le ravin. On n'apercevait que le clignotement d'un feu arrière.

Caleb courut jusqu'au bord de la route. C'était clair : il ne pourrait pas tirer la voiture de l'ornière. Il fallait qu'il descende chercher le conducteur. Il s'appuya sur un arbre et se laissa descendre doucement la pente, jusqu'à ce que son pied aille heurter la portière du côté du conducteur.

Il ne percevait aucun mouvement à l'intérieur de la voiture. Mais on voyait de la buée sur la vitre : il y avait donc un corps chaud dans l'habitacle. Ou bien il y en avait eu un. Caleb regarda à travers les vitres et aperçut le conducteur recroquevillé sur le siège. Il toqua avec énergie. Il y eut un sursaut : cela le rassura.

Le visage à l'intérieur se souleva légèrement vers lui. Il toqua encore.

— Déverrouillez la porte, cria-t-il.

Il attendit une réaction du conducteur. Sans pouvoir l'aider, il regarda le jeune homme déplier lentement son bras et essayer de tendre ses doigts.

— Il faut que tu m'aides, dit Caleb et, encore une fois, il toqua à la vitre, de l'autre côté de la portière verrouillée.

Le jeune homme parvint à saisir la poignée de ses doigts gourds après quelques tentatives infructueuses. Encore un effort, et le loquet remonta. Caleb voulut tout de suite ouvrir la porte, mais se rendit compte alors que cela n'allait pas être facile de libérer le touriste. La voiture était d'un vieux modèle, la portière était lourde, et il parvint à l'ouvrir seulement de quelques centimètres avant qu'elle n'aille heurter les débris qui remplissaient le fossé.

— Bon sang, jura-t-il, essayant encore une fois d'ouvrir.

Il se redressa et regarda autour de lui à la recherche de quelque chose qui pourrait lui être utile. Il aperçut une branche assez grosse et, d'un grand coup de pied, il la dégagea. Il arracha les quelques feuilles qui restaient et s'en servit comme d'une pelle contre le tas de boue, de glace et de végétaux qui bloquait la portière. Il progressait lentement. La branche se fendait sur la glace, devenant de plus en plus mince. Il se maudit de ne pas avoir pensé à prendre sa pioche de camping, ou même un cric.

— Mon vieux, tu étais encore à moitié endormi quand tu es parti ou quoi ? marmonna-t-il.

Il chercha une autre branche. Petit à petit, il parvint à déblayer le terrain, et la branche résista assez longtemps pour permettre de libérer la portière.

Caleb avait mal au dos, aux épaules, mais il s'efforça de ne pas écouter sa douleur et réessaya d'ouvrir la porte. Rien ne bougea. Clairement, cela ne servait à rien d'insister sur la poignée ; il secoua latéralement la portière. Elle bougea de quelques centimètres. Il cala son pied contre le côté de la voiture et tira, tira, jusqu'à ce que ses poumons menacent d'exploser. Avec un grand bruit de métal froissé, la porte s'ouvrit et la lumière intérieure jaillit dans l'habitacle. Caleb s'accroupit devant l'ouverture et tendit une main sale vers le visage du touriste. Il était froid. Caleb jeta un œil à ce qu'il portait et évalua tout de suite qu'ils ne pouvaient pas prendre le risque de rester dans la voiture à attendre que la tempête se calme.

— Tu vas finir par me dire comment tu t'appelles ?

Sa voix était basse, mais ferme. Il laissait ses doigts parcourir la peau gelée.

Le jeune homme parvint à faire taire son claquement de dents pour répondre :

—L'homme des neiges.

Caleb se mit à rire.

— OK, mon gars. Moi, c'est Caleb. La chienne, c'est Molly. Et à nous deux, on va te sortir de là, d'accord ?

Le jeune homme essaya de sourire et de se rapprocher de Caleb, dans son besoin de sentir un autre corps humain contre le sien.

Caleb passa ses bras autour de lui, un peu confus.

— Ça va aller. On va te ramener à la maison. Mais d'abord, il faut qu'on te sorte de cette bagnole. Tu peux te tourner vers moi ?

Doucement, il l'aida à se tourner sur le siège afin que ses pieds se reposent sur le sol.

— On va y aller doucement, parce que tes jambes maigrichonnes, là, elles doivent être assez engourdies.

Le jeune homme le regarda avec un air si sérieux que Caleb sourit, et fut soulagé qu'il essaye de lui sourire en retour.

— Pas maigrichonnes, marmonna le touriste.

Caleb pouvait sentir sa détermination, pendant qu'il essayait, sans succès, de s'extraire du siège conducteur.

Ça va être plus dur que tu ne le crois, pensa Caleb, regardant le corps sans réactions du jeune homme.

Il posa une main sur sa cuisse.

— Vas-y doucement. Je vais t'aider.

Il se redressa autant qu'il put et vint placer son bras autour du dos de l'homme des neiges.

— Appuie-toi sur moi.

Le touriste hocha la tête. Il était plus lourd que ce que Caleb avait imaginé, mais, en combinant leurs efforts, ils parvinrent à le sortir de la voiture et à le mettre à peu près debout. Il le regarda : un jean, une chemise, une doudoune. Rien de tout cela n'était fait pour la marche qui allait suivre. Il enleva son propre bonnet et l'enfonça sur les cheveux noirs et bien coiffés, puis il tira un imperméable de son sac. Il aida le jeune homme aux bras engourdis à enfiler la veste en Gore-Tex, et il lui remonta la tirette jusqu'au menton.

— Bon, il est temps de se mettre en route, dit Caleb, et il siffla Molly pour qu'elle ouvre la marche.

Il leur fallut du temps et beaucoup de faux départs pour atteindre le bord de la route, mais ils parvinrent finalement à s'extraire du fossé.

Le touriste resta un instant à regarder la route, ou ce qu'on pouvait en voir dans le blizzard. Il était très pâle et avait l'air complètement perdu. Un soupir presque inaudible parvint aux oreilles de Caleb, qui le rassura :

— Il n'y a plus qu'à descendre maintenant, l'homme des neiges. Tu n'as qu'à mettre un pied devant l'autre et on va y arriver.

Soutenant fermement la taille fine du touriste, Caleb le guida le long de la route tortueuse.

Au début, leurs pas étaient hésitants, mais au moins ils avançaient. Caleb n'essaya pas de le presser, même s'il savait bien que chaque minute supplémentaire dans le froid représentait un danger pour lui.

Ils progressaient très lentement et Caleb pouvait entendre le souffle de plus en plus oppressé de son compagnon à chaque nouveau virage. Il le serra un peu plus contre lui, essayant de le porter autant qu'il pouvait. Il suait dans l'effort, et la sueur, dans l'air de la nuit, se transformait en glace.

— Comment tu te sens ? demanda Caleb, en essayant de cacher sa propre fatigue.

L'homme des neiges ne répondit rien, mais parvint à hocher la tête, tout entier concentré sur le mouvement de ses pieds.

— On y est presque, dit Caleb, plus doucement.

Il regardait le bout de la queue de Molly qui trottinait devant eux, se retournant de temps en temps pour vérifier qu'ils suivaient.

Quand ils atteignirent finalement le portail, Caleb était aussi essoufflé que le touriste, mais la lumière de la véranda, au bout de l'allée, ne lui avait jamais parue plus belle. Même Molly, de joie, se mit à courir.

— Nous voilà arrivés, l'homme des neiges.

Il aurait voulu que l'allée soit plus courte, et que ses jambes soient plus jeunes.

Les deux hommes mirent toute leur énergie dans les derniers mètres et, arrivant à la véranda, ils laissèrent l'épuisement les envahir. Molly réveilla Caleb de sa torpeur, jappant et grattant impatiemment à la porte. Elle ne comprenait pas pourquoi Caleb était si lent à lui ouvrir et à la laisser reprendre sa place auprès du feu.

— Désolé, ma vieille, dit-il dans un souffle, et il ouvrit la porte.

Le feu était éteint, mais la chaleur emplissait encore la pièce et vint mordre la peau gelée de Caleb. Il aida le jeune homme à entrer dans la pièce et l'installa dans son fauteuil, puis revint fermer la porte au nez de la nuit.

Molly avait déjà repris sa place au coin du feu et léchait la neige qui lui collait aux pattes, toute contente.

— Je m'occupe de toi dans une minute, Molly. Les invités d'abord, dit Caleb d'une voix fatiguée, et il s'accroupit sur le sol, aux pieds du touriste.

Il jeta un œil rapide au jeune homme : celui-ci le regardait, le regard brouillé par la fatigue.

— Cela risque de te faire mal quand tes pieds vont commencer à se réchauffer, prévint-il, et il retira lentement les chaussures et les chaussettes trempées.

Les orteils étaient d'une pâleur de mort.

— Ça va te faire carrément mal.

Il prit les pieds entre ses mains et regarda le visage de l'homme pour voir s'il avait compris. Le jeune homme hocha la tête.

— Ne prends pas ça pour une invitation, mais il va falloir que tu m'enlèves ces vêtements de hipster.

Lentement, le touriste leva les mains vers sa tête et enleva le bonnet.

— C'est pas tout à fait ça que je voulais dire, mais c'est un début.

Caleb commença à rire et son rire se transforma en grognement quand il essaya de tendre ses genoux malmenés. Il lui fallut deux essais avant de parvenir à se lever et, même là, il dut s'appuyer aux bras du fauteuil.

— Ou je me fais vieux, ou je deviens douillet. Un peu des deux, probablement.

Il attrapa le bonnet et le jeta sur le bureau pas loin. La veste avait protégé le jeune homme de l'humidité, mais pas du froid. Rapidement, tandis que l'homme des neiges essayait de l'aider avec ses doigts engourdis, il lui enleva le reste de ses vêtements, puis enveloppa le jeune homme dans une grosse couverture en tartan.

Il s'était remis à trembler.

— Il faut que tu te réchauffes, dit Caleb.

Leurs yeux se rencontrèrent.

— Tu as les yeux très bleus, murmura le jeune homme à travers le claquement de ses dents.

Caleb fut pris de court ; il ne s'y attendait pas. Il resta un moment sans bouger, les mains sur la couverture, enveloppé par le souvenir des mêmes mots dans la bouche d'un autre homme. *Ça ne veut rien dire… Il est confus, c'est tout*. Il secoua la tête.

— Tu n'es pas avec moi, l'homme des neiges, dit-il doucement.

— Paul.

Il avait bégayé sur le « p », mais le mot était prononcé clairement.

— Paul, répéta Caleb.

Un sourire affleura sur ses lèvres. Il le chassa en se raclant la gorge. D'avoir le jeune homme là, chez lui, le mettait mal à l'aise.

— Je reviens tout de suite.

Seul dans la cuisine, Caleb se maudit d'avoir réagi ainsi. Bientôt, l'homme des neiges serait parti. En attendant, il fallait qu'il se réchauffe. Il jeta un œil dans le salon et murmura :

— Ça suffit.

Il mit de l'eau à chauffer et alla chercher une bouillotte et quelques serviettes de toilette. Il les posa sur la table et attendit, les yeux fixés sur la bouilloire.

La cuisine était un refuge, au moins jusqu'à ce que la bouillotte soit remplie d'eau chaude et enveloppée dans une des serviettes. Alors, Caleb dut revenir vers le fauteuil au coin du feu et soulever le bout de la couverture de Paul.

Il glissa la bouillotte sous la couverture et Paul la serra entre ses mains.

— Tiens-la contre ta poitrine. Ça va te réchauffer.

La chaleur se diffusa rapidement à travers la serviette et Caleb vit Paul la serrer un peu plus fort.

— Tu sens la chaleur ? demanda-t-il.

Paul lui répondit d'un hochement de tête fatigué.

Il laissa courir sa main sur la couverture, à l'endroit où était l'épaule de Paul. Lentement, le tremblement s'apaisa. Paul leva les yeux vers lui et Caleb laissa sa main un instant.

— Ça va aller, l'homme des neiges, dit-il doucement.

Paul ne répondit pas, mais soutint son regard. La lumière de ses grands yeux bruns, c'en était trop pour Caleb.

Il fit un mouvement de la tête et se recula.

— Je vais remettre la bouilloire en route pour te faire un thé, d'accord ?

Il n'attendit pas la réponse, et se réfugia dans la cuisine.

Plusieurs minutes s'écoulèrent avant qu'il ne revienne et mette la tasse de thé dans les mains de Paul.

— Tu la tiens ? demanda-t-il.

Il s'assura que Paul arrivait à tenir la tasse avec ses doigts encore froids.

— Très bien. Bois doucement. Cela va te réchauffer à l'intérieur. Je vais te préparer un endroit où dormir cette nuit, là, juste devant la cheminée.

Caleb mit ses mains autour de celles de Paul qui tenaient la tasse, et les poussa à aller vers ses lèvres. Paul sourit et se laissa faire. Il regarda le thé au miel et prit une autre gorgée.

Caleb jeta sur le sol les coussins du canapé et de l'autre fauteuil pour faire un lit de fortune. Il ajouta plusieurs couvertures et un édredon et, quand il eut fini, le lit avait l'air tout à fait confortable.

Il revient s'agenouiller devant Paul et, d'une main, il dégagea la frange de cheveux noirs, encore pleine de produits coiffants. Malgré le bonnet, les cheveux étaient mouillés, et très collants à cause du produit qui se dissolvait et coulait le long des mèches noires. Caleb attrapa l'une des serviettes et essuya avec douceur le visage de Paul, puis vint sécher ses cheveux de jais. Quand il abaissa la serviette, il vit que Paul le regardait avec une drôle d'expression.

— On dirait que tu es de retour parmi les vivants, l'homme des neiges, dit-il, avec un sourire hésitant.

— Tu restes avec moi, n'est-ce pas ? fit Paul.

On pouvait presque entendre de la peur dans sa voix.

— Oui. Molly et moi, on reste là avec toi.

Il lui prit la tasse des mains et l'aida à se lever du fauteuil et à venir se mettre sous l'édredon. Mais il hésitait à le rejoindre dans le lit.

— Il faut que je m'occupe des pattes de la chienne, murmura-t-il, et il s'assit près de Molly pour essuyer soigneusement chaque orteil et chaque coussinet.

Quand il eut terminé, il se tourna vers Paul et vit que, malgré sa fatigue, il ne le quittait pas des yeux.

— Je peux dormir là dans le fauteuil, dit Caleb, même s'il savait bien que ce serait plus utile s'il venait se mettre sous la couverture avec Paul, pour le réchauffer.

— Ne t'en va pas… dit Paul d'une très petite voix. J'ai froid…

— Je ne vais pas…

Caleb hésita un instant entre le lit de fortune et le fauteuil. Puis il poussa un soupir de résignation. Tournant le dos à Paul, il ôta son tee-shirt et le posa sur le bras du fauteuil.

— C'est juste pour te réchauffer, d'accord ?

Il avait presque l'air de s'excuser. Puis il vint se glisser sur le tas de coussins et tira un bout de l'édredon sur lui.

— Garde la bouillotte bien contre toi. Tu vas bientôt être complètement réchauffé.

Il se cala contre Paul.

Paul acquiesça, déjà gagné par le sommeil, et il le sentit se détendre et venir se lover contre lui.

— Demain matin, tu te sentiras à nouveau bien, l'homme des neiges, murmura Caleb dans son oreille.

Il enveloppa la taille du jeune homme de ses bras. Cela faisait longtemps qu'il n'avait pas serré quelqu'un dans ses bras.

PAUL SENTIT la douleur qui lui trouait le front, bien avant qu'il ne soit tout à fait réveillé. C'était le prix à payer pour la nuit qu'il venait de passer. Sans bouger, il évalua l'état de chacun de ses membres. Mais tandis qu'il listait mentalement ses organes, un souvenir lui revint et lui fit froncer les sourcils. Il avait vaguement en mémoire des choses habituelles — il avait bu, il avait dansé —, mais aussi des éléments beaucoup plus étranges qui commencèrent à filtrer à travers son esprit embrumé. Le souvenir, surtout, d'une peau contre la sienne et l'écho d'une voix dans son oreille. *Caleb.*

Il ouvrit les yeux d'un coup. La lumière pâle du matin le fit cligner des paupières et l'obligea à se concentrer. Il ne reconnaissait pas du tout l'endroit où il se trouvait, mais cela lui arrivait assez souvent. Et pourtant, ce matin, *rien* n'était normal. Le fauteuil dans son champ de vision lui rappelait vaguement quelque chose. Et puis… *un homme qui me parlait en tenant mes pieds dans ses mains.* Paul plissa le front. Aucune trace de l'homme qui était venu à son secours. Mais il pouvait entendre des bruits de vaisselle, et humer l'odeur caractéristique du café chaud. Du café bien fort. Il roula sur le dos et fixa les poutres en bois brut du plafond. Ce n'était pas du tout le week-end qu'il avait imaginé. Deux jours à boire, à baiser et à éviter soigneusement toutes les activités en extérieur vantées par la brochure de la station de ski : voilà ce qu'il avait prévu. Certainement pas de se retrouver dans une cabane avec un type bizarre. Que le type soit bizarre, ce n'était pas le problème ; il avait l'habitude. Paul passait souvent la nuit avec le dernier mec bien bâti qui venait d'arriver en ville, ou bien il passait la nuit à le chercher. Mais là, même pour lui, la situation était un peu extrême.

Il haussa les épaules, décidé à prendre les choses comme elles étaient : après tout, ce n'était pas inintéressant. Si le type était un serial-killer psychotique, cela fait longtemps qu'il m'aurait coupé en morceaux et dévoré avec son café matinal.

— Comment te sens-tu ce matin ? entendit-il depuis un couloir.

— Repose-moi la question quand je serai sur pieds, grogna Paul, et il se retourna pour voir Caleb poser une tasse de ce qu'il supposa être du café devant le foyer de la cheminée, juste à côté de lui.

Caleb lui sourit, mais garda un air sérieux :

— Vas-y doucement. Tu n'étais pas loin de l'hypothermie hier soir et aujourd'hui, tu vas sentir ta douleur.

Quand leurs yeux se rencontraient, Caleb semblait fuyant. Il détourna la tête pour indiquer l'escalier, pas loin.

— Il y a des serviettes pour toi si tu veux te doucher. Tu peux prendre des vêtements dans la penderie.

Là-dessus, il lui tourna le dos et sortit.

— OK, fit Paul dans la pièce soudain vide, un peu pris de court par ce départ abrupt.

Il s'assit et regretta immédiatement de ne pas avoir pris le conseil de Caleb au sérieux : il ferait mieux d'y aller doucement.

— Oh, bon sang, fit-il, et il laissa son front reposer un instant contre ses genoux. Il ne plaisantait pas, l'homme des cavernes.

DEHORS, LA neige faisait une couche épaisse, mais le vent s'était calmé et le grand manteau blanc luisait sous le ciel bleu et dégagé. Caleb souffla sur sa tasse ; la vapeur monta, chaude, vers son visage, s'attardant sur son menton refroidi. Il savait bien que le café était encore un peu trop chaud, mais il ne pouvait jamais résister à cette première gorgée brûlante. Il avança les lèvres avec témérité et aspira le liquide noir qui, inévitablement, le fit grimacer. Il ferma les yeux pour savourer ce moment où la caféine venait piquer le fond de sa gorge. *Il y a des plaisirs faciles à obtenir.*

Quel que soit son programme de la journée, Caleb commençait toujours la matinée par passer un peu de temps sous la véranda. C'était rare, maintenant, qu'il soit debout assez tôt pour le lever du soleil, mais c'était sa façon à lui de vérifier au quotidien que le monde était encore là, et qu'il en faisait partie.

— Tu as de super grands pieds ! déclara Paul.

Il s'avança sur le plancher de bois de la véranda, dans des vêtements de Caleb, une tasse de café à la main.

Caleb regarda les bottes de travail à lui que Paul portait et haussa les épaules.

— Euh, je ne t'ai pas dit, euh, merci, pour hier soir, dit Paul, et il s'assit sur le siège libre.

Il serrait la tasse de café dans ses mains ; visiblement, la chaleur qui se diffusait dans ses doigts lui faisait du bien.

— J'ai eu très peur quand le flic m'a dit qu'ils ne pourraient pas monter me chercher dans la montagne. Ils n'ont pas des sauveteurs, ou un truc du genre ?

Caleb haussa à nouveau les épaules quand Paul le remercia, puis il répondit à sa question.

— Oui, ils ont un hélicoptère, mais quand les conditions météo sont comme hier soir, il ne peut pas voler. J'ai eu Bob au téléphone ce matin, il m'a dit que la nuit avait été horrible d'un bout à l'autre. Des skieurs se sont perdus près de la station, du coup l'équipe de sauveteurs a dû aller s'occuper d'eux. De toute façon, Bob savait que je te retrouverais.

Paul sourit et se saisit du fait que Caleb avait parlé au policier.

— Est-ce que Bob a prévenu mes amis que j'allais bien ?

Caleb hocha la tête et reprit une gorgée de café.

— Super. Bon, et du coup, quand est-ce que je peux partir d'ici ?

Il était déjà debout, prêt à partir.

— Pas avant un jour ou deux, dit Caleb, les yeux vers la pente encore couverte de neige. Il faut d'abord qu'ils dégagent la route.

Paul ouvrit la bouche, visiblement pour protester ; mais il se retint et respira un grand coup ; pour se calmer, imagina Caleb.

14

— Où est mon téléphone ? demanda-t-il ; il faudrait que je prévienne mes amis.

Dès qu'il eut obtenu la réponse, il retourna à l'intérieur, avec ses bottes trop grandes et sa chemise en flanelle. Caleb entendit presque tout de suite après commencer une conversation animée.

— Je ne crois pas qu'on l'amuse beaucoup, dit-il doucement à Molly. Elle répondit en bâillant.

— Merci, ma vieille. Je vois que toi aussi je t'ennuie.

II

PAUL PASSA le gros de la matinée à papoter au téléphone et à envoyer des textos. Caleb, de son côté, essayait de vaquer à ses occupations quotidiennes. Il ne faisait qu'essayer parce qu'en fait, c'était très perturbant pour lui d'avoir ce type chez lui. À chaque fois que leurs yeux se rencontraient, il lui faisait un petit signe de tête puis continuait ce qu'il était en train de faire. Paul de son côté ne cherchait pas à cacher que ce séjour forcé ne l'arrangeait pas du tout et même l'ennuyait au plus haut point. Il allait se vautrer sur le canapé, le téléphone collé à l'oreille, balançant ses jambes dans le vide et parlant sans discontinuer à un ami ou à un autre.

Lorsqu'on arriva au milieu de la matinée, Caleb en avait plus qu'assez de son invité. Il lui jeta un manteau et lui lança :

— Viens.

Visiblement, il ne lui laissait pas le choix ; Paul, levant les yeux au ciel, remit le téléphone dans sa poche et le suivit au-dehors.

— Cela veut dire que les routes ont été déblayées ? demanda-t-il, plein d'espoir en courant pour rejoindre Caleb.

Caleb s'arrêta et le regarda. Paul avait lavé le gel qui lui restait dans les cheveux et, puisqu'il n'avait pas eu accès à un lisseur, ses cheveux ondulaient autour de sa peau pâle. Avec en plus les plus beaux yeux bruns qu'il ait jamais vus chez un être humain, Caleb devait bien admettre que Paul était magnifique. Mais son comportement... c'était un autre problème. Il soupira et dit :

— Non, les routes ne sont pas encore dégagées. Tu vas rester coincé un moment avec moi, donc je me suis dit, autant en prendre mon parti, et profiter de ce que tu es là pour que tu me files un coup de main avec les chevaux.

Paul fit une grimace, mais Caleb était déjà en route vers l'écurie.

Celle-ci était grande et disposait de nombreuses stalles, mais il n'y avait que trois chevaux. Chacun hennit joyeusement quand ils entrèrent. Caleb alla vers le premier box, mais, se tournant vers la porte, il comprit que là, Paul était très, très loin de sa zone de confort. Il changea lui-même les litières des chevaux et laissa Paul rester dehors. Puis il emmena les chevaux trotter vers leur enclos.

— Viens par là.

Caleb était bien conscient de l'appréhension qui se lisait sur le visage de Paul.

— Je veux te présenter quelqu'un.

Il le conduisit au box le plus proche. Un grand cheval bai les regardait.

— Hors de question que j'entre avec ça, dit Paul, sans chercher à masquer sa terreur.

— Ce n'est pas *ça*, c'est *elle*. Elle s'appelle Ruth. C'est un peu court comme nom vu son pedigree, mais pour moi, c'est toujours Ruthy.

Caleb entra dans le box et vint lui caresser doucement le museau. Ruth lui mordilla les doigts gentiment. Elle leva la tête et sa longue crinière vint chatouiller les lèvres de Caleb. Il rit et la buée qui lui sortait de la bouche vint se mêler à celle que Ruth soufflait de ses naseaux dans l'air frais. Il lui taquina le menton, gratta ses joues et laissa sa main reposer contre le cou musculeux et puissant. Il se laissait aller contre elle, sentant sa chaleur et sa force contre sa joue. L'homme et le cheval grognèrent de contentement.

Caleb se tourna vers Paul et l'invita à se rapprocher.

— Allez, viens dire bonjour. Elle est très douce.

Paul entra précautionneusement dans le box, mais il longeait le mur. Il voulait visiblement se tenir aussi éloigné que possible de tout ce qui pourrait le mordre ou lui envoyer un coup. De ses doigts experts, Caleb défit la boucle qui attachait la couverture du cheval. Il avança lentement vers la croupe de Ruth en laissant sa main courir le long de son corps.

Caleb se retourna avec un large sourire, un peu malicieux. Il tendit la main à Paul qui, contre toute attente, la saisit sans hésitation et se rapprocha du cheval. Caleb guida la main de Paul vers le ventre de Ruth et leurs deux mains mêlées vinrent caresser les poils fins, jusqu'aux boucles de son flanc.

— C'est tout doux, murmura Paul.

— Oui, confirma Caleb, et il poussa Paul à se rapprocher encore de la jument. Tu me fais confiance, maintenant ?

Paul lui jeta un regard en coin.

— Je n'ai pas vraiment le choix, dit-il prudemment.

Caleb gloussa et lâcha sa main.

— Penche-toi en avant et mets tes bras autour de son ventre. Ne t'en fais pas. Elle ne va rien te faire.

Paul plissa les yeux un instant. Caleb le vit prendre une grande inspiration, puis il se pencha vers la jument et, lentement, laissa ses bras l'entourer.

— Et maintenant ? demanda-t-il, un peu inquiet.

— Maintenant, tiens-toi tranquille, ça nous changera, dit Caleb avec ironie.

Paul faillit se mettre à protester, mais décida qu'il valait mieux faire ce qu'on lui disait. Ruth souffla et Paul sourit en sentant qu'il bougeait en même temps qu'elle. Elle était chaude et, contre toute attente, elle sentait bon.

— Il y a quelque chose qui a bougé ! J'ai senti quelque chose.

Caleb savait que c'était un peu cruel de sa part, mais il ne put pas s'empêcher de rire. Il caressa la jument.

— Ton bébé a fait peur au touriste, Ruthy.

— Tu aurais pu me prévenir, dit Paul, puis il tâta le ventre de Ruth et gloussa.

Caleb comprit que le poulain à naître manifestait sa présence. Ce qui se passa ensuite, en revanche, il ne s'y attendait pas : Paul posa la tête contre le gros ventre de Ruth et murmura, juste assez fort pour que Caleb puisse l'entendre :

— N'écoute pas le monsieur. Tu ne m'as pas fait peur. C'est juste que j'étais surpris.

Et il ajouta, tout contre le ventre de la jument :

— Reste bien au chaud là où tu es, ma petite, parce que dehors, il fait trop froid pour toi.

— Ma petite ? fit Caleb.

— Oui, elle m'a dit que c'était une fille.

Paul sourit et donna une caresse à Ruth.

Levant les yeux au ciel, Caleb couvrit Ruth d'un manteau imperméable et ouvrit le box pour la laisser se promener avec les autres.

— Et maintenant, on nettoie, dit-il, un peu de cynisme dans la voix, et il montra du menton la paille souillée.

— Oh non, pas moyen ! s'exclama Paul. Je ne mets pas mes mains là-dedans.

— OK, c'est ton droit.

Caleb haussa les épaules et lui lança une paire de gants épais.

— Avec ça, pas besoin de toucher la merde.

Paul regarda les gants d'un air absolument dégoûté. Mais Caleb ne lui laissa pas le temps de protester et poussa la brouette dans l'allée.

Le temps que Paul nettoie le box de Ruth, Caleb avait fini de s'occuper des autres et remettait de la paille fraîche. Paul, l'air content de lui, vint à sa rencontre en plastronnant et montra le box tout propre.

— Bon boulot, dit Caleb. Il détacha quelques brassées de paille de la botte qu'il transportait et les tendit à Paul.

— Étale un peu de paille par terre, et viens déjeuner.

Cette fois-ci, Paul ne protesta pas. Il prit la paille et, tout joyeux, la répartit dans le box.

LE FROID était toujours aussi mordant, mais quelque chose avait changé. Depuis le bout de la véranda, Caleb vit Paul revenir vers la maison d'un pas confiant. Il frottait ses mains l'une contre l'autre pour les réchauffer, mais il était souriant. Paul s'arrêta près des marches et leva le nez vers le soleil d'hiver. Son sourire devint radieux.

— On commence à croire que tu te sens à ta place, commenta Caleb.

— Merde, tu veux dire que je commence à te ressembler ?

Paul sourit et tendit le doigt pour caresser la barbe de trois jours qui ornait la joue de Caleb.

C'était totalement inattendu, mais pas désagréable. Cette révélation, que le contact de Paul ne le heurtait pas, était plus troublante que le contact lui-même du bout de ses doigts sur sa peau. Caleb rougit brusquement et il baissa les yeux vers sa tasse.

— Il y a de la soupe sur la table pour toi, et un sandwich au fromage avec de la Vegemite. Pas de la grande cuisine.

Il marmonnait et gardait les yeux obstinément fixés sur son thé fumant.

— Ça sent bon, dit Paul, et il passa devant lui pour aller prendre son déjeuner dans la cuisine.

Il revint sous la véranda et s'assit à côté de Caleb.

— Cela fait longtemps que je n'ai pas mangé de trucs comme ça, dit-il, plongeant un bout de son sandwich dans l'épaisse soupe à la tomate.

Il prit une bouchée et la saveur salée de la Vegemite vint lui taquiner le palais.

— Mmmh, qu'est-ce que c'est bon, dit-il la bouche pleine. Ça me rappelle quand j'allais voir un match de foot avec mon père, quand j'étais gosse.

Caleb secoua la tête avec un sourire amusé :

— Bizarrement, j'ai du mal à t'imaginer à un match de foot.

— Eh, oh !

Paul rit et lui donna une bourrade.

— Tu veux dire qu'un gay n'a pas le droit d'aimer le foot ?

Caleb fronça les sourcils, mais réalisa que la question était neutre ; le touriste ne le draguait pas. Comment Paul pourrait-il deviner que lui aussi était gay ?

— Je n'ai jamais dit ça, marmonna-t-il simplement, et il prit une gorgée de soupe.

— Tant mieux, parce que j'étais super fort au foot quand j'étais gamin. J'avais des posters de St Kilda sur tous les murs de ma chambre, une housse de couette des Saints et j'avais même des pyjamas imprimés avec des couleurs de clubs. C'était chouette. Je pourrais encore les porter s'ils m'allaient encore. J'aurais l'air trop cool dans un pyjama St Kilda.

Caleb l'écoutait à moitié parler de matches épiques et de joueurs trop mignons. Son esprit était ailleurs. Mike aussi avait été fan de foot, et Caleb avait encore le souvenir d'heures interminables passées sous la pluie avec des écharpes rouges et blanches à regarder un match auquel il ne comprenait rien. Le souvenir lui arracha un sourire. Il n'avait pas aimé le foot, mais il avait aimé l'homme qui aimait le foot.

— Et toi, tu es fan aussi ? Tu vas à des matches parfois ?

— Ça m'arrivait, avant. Mon… je connaissais quelqu'un qui était adhérent à un club et parfois je l'accompagnais.

Paul s'apprêtait à lui poser beaucoup de questions, mais son portable se mit à sonner. Il fit une mimique et décrocha.

— Salut, Stewie, comment ça va mon gars ? … Oui, toujours coincé à la montagne.

Avec un sourire d'excuse, il prit sa tasse et rentra dans la maison pour continuer sa conversation.

Tout devint très calme, d'un coup, sous la véranda. Caleb entendait les éclats de voix qui venaient de la maison, mais là où il se tenait, il n'y avait que Molly qui aboyait contre une pie qui la taquinait depuis une branche basse d'un gommier bleu.

— Viens par-là, idiote, grogna Caleb, mais il n'insista pas quand il vit que la chienne continuait de sautiller autour de l'arbre comme si elle espérait que cela fasse descendre l'oiseau.

Caleb parcourut du regard la terre qu'il avait achetée avec son amoureux. Il murmura :

— C'est bien calme, sans toi, Mike. Il n'y a personne dans le coin pour me gronder quand je suis trop taiseux. Personne pour me traîner en ville voir ces fichus matches.

QUAND LE portable de Paul se mit à biper pour signaler que la batterie arrivait en bout de course, Caleb avait déjà eu le temps de se laver et était ressorti pour continuer son travail. Il voulait aussi s'éloigner du touriste.

Paul, furieux, raccrocha le téléphone et le balança sur la table. Son chargeur était à l'hôtel, avec ses potes. Il n'y avait rien d'autre à faire qu'attendre. Il vida ce qui restait de sa soupe et revint dans la cuisine pour mettre sa tasse à côté de l'évier.

Il jeta un œil à travers la fenêtre de la cuisine. Le ciel était bleu et dégagé ; la couche blanche qui recouvrait la terre en paraissait d'autant plus fraîche et neuve. Il ne put réprimer un sourire, même si c'était justement ce paysage qui le retenait prisonnier. C'était très beau, malgré tout. Il suivit la courbe de l'allée, où Caleb dégageait méthodiquement le portail, enlevant de grandes pelletées de neige.

Ce type avait quelque chose qu'il n'arrivait pas à cerner. Il pouvait être tout sourire et, l'instant d'après, c'était un mur. Il le regarda ouvrir et fermer le portail pour vérifier qu'il marchait bien, et traîner la pelle le long du sol. L'homme des montagnes avait tout de celui qui aime être dehors, avec des muscles souples bien cachés sous des couches de flanelle. Mais il y avait des moments où quelque chose dans ses yeux bleus et brillants intriguait Paul. Il se demanda un instant s'il devrait aller lui prêter main-forte, mais l'idée de retourner dans le froid était beaucoup moins séduisante que celle d'aller explorer la maison bien chauffée.

Dans le salon, il y avait peu d'indices sur la vie de Caleb, à part le fait qu'il aimait visiblement lire le journal et possédait quelques livres qui avaient l'air... chiants. Il n'avait pas l'air de regarder beaucoup la télé, à en croire la poussière accumulée sur la télécommande. Au-dessus de la cheminée, il y avait quelques figurines d'animaux en porcelaine, et derrière un petit chien, il trouva un ticket de caisse qui venait du magasin de fourrage.

— Pas intéressant, grommela Paul en passant les doigts dans les courbes de la grande pendule sur la cheminée. Il a forcément d'autres trucs ailleurs.

Fronçant les sourcils, il regarda autour de lui, puis décida de prendre l'escalier.

— Où es ta chambre, homme des montagnes ?

Paul savait bien qu'il ne devrait pas espionner son hôte comme cela, mais son silence avait vraiment piqué sa curiosité.

Il passa la tête par plusieurs portes, mais les pièces en question semblaient ne pas être très utilisées. Et puis, il tira le gros lot. La chambre de Caleb ne ressemblait pas du tout aux pièces du bas. Elle était remplie de babioles, de livres, de photos. Énormément de photos. Paul passa en revue tout un mur couvert de cadres de toutes les tailles ; il y avait quelques photos artistiques de paysages, et des portraits de gens qui devaient être de la famille de Caleb, mais la plupart montraient Caleb en compagnie d'un autre homme. Il était à peu près de la même taille que lui, mais avait les cheveux plus foncés et son sourire était plus grand. Les photos semblaient venir d'époques différentes, et c'était évident que les deux hommes étaient plus que des amis l'un pour l'autre. Paul se pencha pour examiner de plus près quelques instantanés regroupés dans un cadre. Des gros plans sur des visages souriants, Molly bébé, endormie à côté d'une paire de bottes pleines de boue, Caleb torse nu en train de fendre une bûche, et l'homme-mystère qui peignait leur nom sur une boîte aux lettres.

— Où tu peux bien être, toi ? demanda Paul à voix haute.

— Cela ne te regarde pas.

La voix était posée, mais la colère contenue dans les mots de Caleb ne faisait aucun doute. Paul se redressa immédiatement.

— Je suis désolé, je ne voulais pas… Je pensais juste…

— Sors d'ici, s'il te plaît, l'interrompit Caleb.

Paul ne songea même pas à protester. Il hocha la tête et sortit de la pièce, frôlant Caleb au passage dans sa précipitation. Rien ne pouvait excuser son attitude, il le savait. Paul pensait rarement aux conséquences de ses actes. Pour lui, il fallait profiter de la vie au jour le jour sans souci du lendemain. Mais avoir vu l'expression de Caleb le déstabilisait. Évidemment, il était en colère, et il avait de bonnes raisons de l'être ; mais, au-delà de la colère, il était blessé. Paul voulut s'excuser encore, mais la porte se ferma derrière lui. Caleb ne l'avait pas claquée ; il l'avait fermée calmement, pour marquer le territoire de la chambre et en exclure Paul.

La soirée avançant, Paul se sentait de plus en plus mal. Caleb avait passé presque tout l'après-midi enfermé dans sa chambre et n'était sorti que pour faire rentrer les chevaux. Paul alla dans la cuisine : il savait que de là, il pouvait le regarder.

Caleb ne ressemblait à personne qu'il connaissait en ville. Sa tranquillité était quelque chose de nouveau pour lui. Les blancs dans la conversation lui donnaient le temps de réfléchir et Paul prit conscience du fait que cela, plus que tout, l'effrayait.

Depuis la fenêtre de la cuisine, Paul le regarda mener Ruth vers l'écurie depuis l'enclos où elle avait passé la journée. Ils firent une pause près de la maison pour partager un dernier instant, pendant que le soleil d'hiver jetait ses derniers rayons et disparaissait à l'horizon. Par peur qu'on l'aperçoive en train d'espionner, Paul s'éloigna du rideau en dentelle ; mais Caleb l'intriguait.

Dans la cour, avec sa jument, Caleb n'avait plus cette bulle de protection dont il semblait s'entourer en permanence. Paul vit toute la douceur dont il était capable, celle qu'il avait ressentie la nuit précédente. Caleb caressa le cou de Ruth et lui dit quelque chose à l'oreille que Paul ne put entendre. La jument répondit en lui donnant un coup de tête, ce qui le fit rire. En voyant le visage de Caleb épanoui par le rire, Paul sourit et murmura :

— Je n'aurais pas dû. Je n'aurais pas dû espionner ta vie. Je suis vraiment désolé.

Le soleil disparut derrière la montagne, et la cour fut engloutie par l'obscurité. Avec une dernière caresse, Caleb mena la jument à l'écurie. Paul s'éloigna de la fenêtre et s'appuya contre l'évier, jetant un regard circulaire dans la cuisine. Il y avait un moyen de se faire pardonner.

AU MOMENT où Caleb terminait sa journée de travail, la neige se remit à tomber, légère, dans la cour. Ses mains, son visage étaient engourdis par le froid et il se décida à rentrer. Il avait toujours considéré la maison comme un sanctuaire, qui le protégeait du monde extérieur. Il enleva ses bottes et les rangea l'une à côté de l'autre près de la porte, mais resta ensuite un instant sans bouger, en chaussettes, pour retarder le moment où il lui faudrait entrer dans la cuisine et se retrouver face à Paul. Il fallait bien que cela arrive. Il inspira un grand coup et ouvrit la porte. Le four à bois était allumé et Caleb fut d'un coup enveloppé de chaleur. Une odeur entêtante de viandes mélangées en train de mijoter dans une sauce épaisse et brune lui emplit les narines. Son estomac vide se mit à grogner.

Paul, avec un sourire d'excuse, se tenait à côté de la cuisinière.

— Je n'ai pas l'habitude de cuisiner au feu de bois, mais avec un peu de chance ce sera mangeable. Je ne savais pas trop quelle quantité de bois utiliser, mais je crois que j'ai réussi à me débrouiller.

Caleb ne répondit rien. Paul continua :

— Je ne savais pas quoi faire d'autre. Il n'y a qu'en cuisine que je suis bon, et je voulais vraiment m'excuser.

Caleb le regarda un instant, puis il finit par hocher la tête.

— Ça sent bon.

Paul sentit son sourire s'agrandir.

— Assieds-toi, c'est presque prêt.

Caleb prit place à table. Il regarda Paul s'activer aux fourneaux pendant quelques minutes puis il se leva et alla chercher les couverts.

— Je peux m'en occuper, dit Paul.

Sans le regarder, Caleb répondit :

— Tu cuisines, je mets la table.

Paul sourit et tourna la cuillère en bois dans le ragoût.

— C'est juste un ragoût avec des légumes et quelques saucisses, parce que je savais que je n'aurais pas le temps de faire quelque chose de sophistiqué.

Caleb posa les couverts à chaque bout de la table et vint se placer à côté de Paul pour regarder dans la casserole.

— Ce sera toujours mieux que ma propre popote, dit-il, et il alla chercher les assiettes dans un placard et les posa à côté de la cuisinière.

Le dîner commença en silence, lentement, avec peu de commentaires. Mais quand ils en furent à saucer leurs assiettes avec du pain, ils étaient en pleine conversation. Ils la poursuivirent en jouant aux cartes. Ils faisaient des blagues et s'accusaient mutuellement de tricher. En même temps que les cartes, ils s'échangeaient des histoires de clubs de foot de banlieue, d'école buissonnière en été pour aller rejoindre des copains à la plage, de bons moments en famille. Rien de sérieux, rien de bouleversant, mais chaque fois, ils révélaient malgré tout un peu d'eux-mêmes.

IL ÉTAIT déjà tard quand Paul vint se glisser sous la couverture du lit de fortune. Étendu, il contempla les flammes qui dévoraient les dernières bûches.

Une douce lumière orange émanait de la cheminée et venait réchauffer son visage. Il inspira profondément et l'odeur du bois brûlé lui emplit les poumons. Ç'avait été une drôle de journée, mais, un gros dérapage mis à part, une belle journée. Il revit en pensées l'expression de Caleb lorsqu'il était entré dans sa chambre, et la culpabilité revint le tourmenter. En temps normal, cela lui aurait été complètement égal d'être pris la main dans le sac et il aurait juste attendu la prochaine occasion d'aller fouiner dans les affaires du type ; mais avec Caleb, c'était différent. Il sentait vraiment qu'il avait fait quelque chose de mal. Il aurait voulu pouvoir appeler Stewart : son ami aurait pu le rassurer, ils auraient blagué en spéculant sur ce que le gars cachait dans sa chambre et il lui aurait dit qu'il y allait de son honneur de le découvrir. Ils auraient dit cela en rigolant, évidemment, mais Paul savait qu'en raccrochant il se serait senti tout aussi coupable.

Il se retourna dans le lit et fixa le plafond. Parfois, il sentait sa conscience troublée par les regrets, mais il lui suffisait de quelques stimulants et d'un corps chaud contre le sien pour l'oublier. Là, coincé dans les montagnes, il n'avait aucune chance de trouver un bar ou un club pour se distraire. Pas de pote pour lui dire que ça irait mieux après un verre, après une danse, après une baise. Là, dans la montagne, tout ce qu'il avait, c'était du temps pour réfléchir. Beaucoup de temps.

Il tendit le bras pour caresser Molly qui s'était lovée entre Paul et la cheminée.

— Je ne voulais pas le blesser, murmura-t-il. Je t'assure… J'ai dû me dire que ce ne serait pas grave de jeter un œil. J'avais tort, n'est-ce pas ?

Molly dressa les oreilles et lui fit une drôle de tête.

— Mais je crois que ça va, maintenant, continua Paul. Il écoute. Tu vois les gens qui répondent toujours ce qu'il faut répondre, mais qui en fait ne t'écoutent pas vraiment ? Caleb, il ne dit pas grand-chose, mais tu peux voir qu'il intègre tout. Tu le vois à ses yeux.

En entendant le nom de son maître, Molly remua la queue et se rapprocha un peu.

— Après dîner, je lui ai raconté plein d'histoires de mon enfance, lorsque je jouais aux cartes avec ma grand-mère et mon grand-père le samedi soir. Et comment ma grand-mère m'a appris à faire des cookies avec sa recette top secrète. Je ne crois pas que mes amis auraient vraiment écouté tous ces trucs. Même pas Stew.

Il remua les orteils pour attraper le maximum de chaleur et tourna les yeux vers le plafond ; il entendait Caleb marcher à l'étage au-dessus.

— Lui aussi il m'a raconté des histoires de quand il était petit, mais pas beaucoup. Enfin, pas autant que moi. En tout cas, il m'a écouté. Mais cela me donne envie d'en savoir plus sur lui.

Il s'étendit sur son lit de coussins. Difficile de croire que c'était seulement la nuit précédente qu'il s'était retrouvé piégé par la tempête de neige en sortant d'un bar.

Ici, le temps semblait s'écouler à une vitesse différente, songea-t-il. Tout était différent, en fait. Il tira l'édredon jusqu'à son menton. Un souvenir lui revenait sans cesse, au milieu de la terreur et de l'épuisement de la nuit précédente : le souvenir des mains de Caleb. Il n'avait qu'à fermer les yeux et il pouvait les sentir, calleuses, mais douces contre sa peau. Il l'avait pris dans ses bras forts, l'avait serré pour le réchauffer, le rassurer. Toute la nuit, Caleb avait serré Paul dans ses bras sans rien attendre en retour.

Molly leva la tête et le regarda. Avec l'air de s'excuser, elle trottina dans les escaliers pour rejoindre son maître.

CALEB SOURIT quand il la vit arriver et sauter sur son lit. Tous les soirs, elle essayait de dormir sur le lit et, généralement, il la chassait, mais ce soir il la laissa faire. Il lui gratta l'oreille et dit :

— Je crois qu'au fond c'est un bon gars, Molly. C'est juste qu'il ne s'en est pas encore rendu compte.

III

PAUL SENTIT une truffe humide et froide se frotter contre son visage. Il essaya un instant de retenir son rêve et cligna des yeux.

— Bonjour, marmonna-t-il à la chienne, en lui donnant une petite caresse.

Il regarda autour de lui : à part Molly, il était seul dans la pièce. Mais il entendait déjà le bruit de vaisselle dans la cuisine.

— Il ne fait même pas encore jour, geignit-il, et il se pelotonna une dernière fois dans les draps avant de se tirer du lit.

Il sentait les courbatures de ses muscles ravivées par le froid du point du jour et s'enveloppa dans une couverture avant de se diriger vers la bonne odeur de café.

Caleb était déjà habillé. Il était en train de mettre un thermos couleur tartan dans son sac à dos. Il sourit à Paul et lui dit :

— Va t'habiller, on va faire une petite promenade.

Paul jeta un regard soupçonneux au sac à dos.

— Une promenade ou une rando ?

— C'est la même chose, dit Caleb en haussant les épaules.

— Oh, non, fit Paul, et il revint dans le salon d'un pas traînant.

LE SENTIER au milieu du bush était assez facile, même avec la neige, mais Paul crachait ses poumons en arrivant en haut de la colline. À chaque fois que la branche mouillée d'un gommier lui fouettait le visage ou s'accrochait à ses cheveux, Caleb le voyait grimacer. L'odeur d'eucalyptus qui flottait dans l'air lui agressait les bronches et il regrettait amèrement de ne pas avoir récupéré le paquet de cigarettes qu'il avait laissé à Stewie en sortant du bar. *Mais j'aurais complètement raté ma sortie.* Il toussa théâtralement et s'apprêtait à déclarer qu'il n'irait pas plus loin quand d'un coup, ils sortirent de la forêt. Toute la vallée s'étendait devant eux.

Caleb mena la marche vers un affleurement de rochers et déclara :

— C'est l'heure du café !

Paul l'entendit, mais ne lui prêta aucune attention. Il s'approcha un peu plus du ravin et contempla les collines qui s'étalaient devant lui à l'infini. Dans l'air pur de la montagne, on voyait à des kilomètres.

Caleb leur versa du café dans deux tasses en étain et vint le rejoindre.

— À couper le souffle, non ?

— Oui.

On entendait l'admiration dans sa voix quand il prit la tasse de café.

— Je crois que je commence à comprendre pourquoi tu vis ici.

— C'est une des raisons, confirma Caleb.

Une des raisons ? Paul eut tout de suite envie de poser plein de questions, et il en oublia la majesté du paysage. Il se tourna vers Caleb, juste assez pour le voir du coin de l'œil porter sa tasse à ses lèvres. Il y avait une question qu'il avait très envie de poser, mais il décida de tourner autour.

— Et, euh, depuis combien de temps vis-tu ici ?

— Quelques années… Trois ans, non, ça va faire quatre ans, répondit Caleb, et il prit une gorgée de café. On a acheté la maison quand Ruth, la jument qui t'a fait peur avec son bébé, était encore une pouliche de l'année.

— Je n'ai pas eu peur.

Paul fit la moue, mais dans ce que Caleb avait dit, quelque chose attira son attention. *On : il a dit « on ».*

Caleb sourit, le nez dans sa tasse. C'était évident, même pour Paul, que Caleb attendait qu'il lui pose la question qui lui brûlait les lèvres. Il se mordit la lèvre et se tourna à nouveau vers le paysage à leurs pieds.

— Vas-y, l'homme des neiges. Demande.

Paul cligna des yeux et répéta dans sa tête la question qu'il voulait poser avant de la formuler à voix haute :

— Tu m'as dit que tu allais voir les matches de foot avec quelqu'un. C'était l'homme sur les photos ?

Même si c'était une question directe, Paul avait un ton prudent. Il avait envie de connaître la réponse, mais, pour une fois, il était prêt à y renoncer si cela devait être désagréable pour Caleb.

— Tu as le droit de me dire de la fermer si tu préfères. Je sais que ce ne sont pas mes affaires.

Caleb plissa les yeux ; le soleil était vif, d'un coup. Il regardait droit devant lui.

— Il s'appelait Mike. Enfin, c'est comme cela que je l'appelais. Nous avons été ensemble très longtemps, jusqu'à sa mort.

Paul aurait tellement voulu en savoir davantage sur cette histoire. Les questions se précipitaient dans sa tête, mais il résolut de ne rien dire. Le silence s'étala entre eux. Plutôt que de parler, Paul tendit la main, et prit la main de Caleb.

Caleb regarda leurs mains mêlées.

— Je suis très tactile, dit Paul pour s'expliquer ; mes amis ont l'habitude, même si ça les énerve parfois.

Caleb se racla la gorge, mais ne retira pas sa main. Celle de Paul était chaude.

— C'est bon d'être là avec quelqu'un d'autre, dit-il, le regard toujours tourné vers les montagnes.

Ils se tinrent un long moment côte à côte, à contempler le paysage. Le ciel était entièrement dégagé désormais et était de ce bleu froid qui n'est possible qu'avec le soleil d'hiver. La neige était parfaite, de la neige de carte postale, et ils en oublièrent leurs nez rouges et leurs orteils frigorifiés. Paul expira et, pour la première fois, il sentit que cela lui était complètement égal d'être mal coiffé et de porter une veste de bûcheron.

Caleb se rapprocha de lui et soupira.

— Je venais ici avec Mike, pas longtemps après que nous avons acheté la maison. Nous prenions un café et nous regardions les collines. Nous parlions des projets que nous faisions.

Ses yeux étaient toujours fixés sur le paysage pendant qu'il parlait ; Paul le regardait intensément.

— C'est un bon endroit pour parler, dit-il doucement.

L'espace d'un instant, Caleb tourna les yeux vers lui, comme s'il avait voulu évaluer la sincérité qu'il y mettait. Puis il hocha la tête.

— C'est pour cela que tu m'as emmené ici ?

La question lui valut un regard intrigué. Paul poursuivit :

— On dirait que tout est possible, ici. Pas de distractions. Et on a l'impression que le monde est immense, et en même temps, à portée de main.

Paul n'était pas sûr que ce qu'il disait avait beaucoup de sens.

— Je veux dire… peut-être que tu m'as emmené ici pour me donner un peu de recul et que j'arrête de me comporter comme un idiot. Élargir mon horizon, ce genre de trucs.

— Ou peut-être que je t'ai emmené ici juste parce que c'est très beau.

Paul leva les sourcils et prit une gorgée de café. Il n'était pas convaincu que c'était la seule raison de le faire crapahuter dans la neige à travers le bush. On avait l'impression que Caleb ne faisait rien tout à fait gratuitement. D'un autre côté, il ne pouvait pas nier que le paysage était, en effet, magnifique.

— Tu viens souvent ici ?

— Plus maintenant.

Paul regarda au fond de sa tasse vide.

— Oui, je serais déprimé si je venais ici tout seul.

Il sentit que Caleb le regardait et s'attendit à une réplique ironique, mais rien ne vint.

— Tu n'es pas déprimé toi ? Ici, sans lui ?

Caleb se détourna, mais répondit.

— Oui, je suis déprimé. Et il me manque. Il n'y a pas un jour où il ne me manque pas.

Paul ne savait pas quoi dire. Alors, il serra les doigts de Caleb entre les siens et se pencha vers lui. Il ne savait pas pourquoi Caleb lui avouait cela. Peut-être qu'ils étaient tous les deux en train de regretter leurs réactions de la veille ? Ou bien c'était juste qu'il avait attendu d'avoir quelqu'un à qui dire tout cela ?

— Tu sais, je crois que c'est la première fois que je dis ça tout haut.

Il y avait une trace de reconnaissance dans son sourire.

— Merci.

Paul sourit en retour et, en échange, fit sa propre confession :

— Moi, je n'ai jamais été assez longtemps dans une relation pour pouvoir manquer à quelqu'un. C'est un peu pathétique, non ?

— Tu avais tes raisons, j'imagine.

— Peut-être. Mais je ne sais pas lesquelles.

— Je n'ai jamais cherché Mike ; je n'aurais jamais cru qu'un jour j'aurais la chance d'être avec quelqu'un comme cela. Alors tu vois, ça peut encore t'arriver.

— Je ne sais pas.

Paul haussa les épaules.

— Tu sais, je ne sais pas vraiment pourquoi, mais tu vas me manquer, quand je serai de retour en ville.

Caleb éclata de rire et lui pressa la main.

— Tu sais, je crois que toi et moi, nous avons tous les deux trouvé une façon de nous couper du monde.

Quelques jours plus tôt, Paul n'aurait tout simplement pas compris. Il était toujours très sociable ; il y avait toujours une fête, un club où il avait envie d'aller, un mec qui avait envie de le baiser même quand il en arrivait à être trop fatigué pour demander son prénom. Caleb était différent. Avec lui, il n'y avait aucune trace de cette pose permanente qui, il l'avait cru, faisait partie de la vie.

— Oui…

Il parlait lentement, et le bout de ses bottes raclait la neige sur le sol.

— Toi, sur ta montagne, et moi… moi, dans le lit de n'importe qui, sauf le mien.

Caleb, avec beaucoup de douceur, libéra sa main de celle de Paul et le prit dans ses bras.

— Tu es dur avec toi-même, l'homme des neiges. D'accord, j'avoue que je ne te connais pas très bien, mais je t'ai bien observé depuis que tu es là. Cela ne fait pas longtemps, mais tu t'es déjà débarrassé de beaucoup de mauvaises habitudes que tu avais hier. C'est une bonne chose. On dirait que tu es plus ouvert, plus tolérant que ce que toi-même t'imaginais être. Cela aussi, c'est une bonne chose. À mon avis, il faut juste que tu débranches ton téléphone plus régulièrement et que tu te laisses un peu d'espace pour réfléchir. Arrête de te poser tout le temps des questions sur les autres. Pense à toi.

Paul ne semblait pas convaincu. Il grommela :

— Tu ne crois pas que c'est parce que je pense à moi tout le temps que j'en suis là ? Tu ne crois pas que je suis juste un connard égoïste ?

Caleb eut un sourire.

— Je ne crois pas que tu sois un connard égoïste. Enfin, peut-être la nuit dernière.

Il gloussa.

— Oui, tu as raison. Et regarde où j'en suis.

— Héhé : tu en es là, avec moi, dans mes vieilles fringues, et tu me pousses à dire des choses que je n'aurais jamais cru dire à qui que ce soit. Mais j'ai l'impression, encore une fois, que tu as aussi peur que moi.

Paul resta silencieux. Il n'était pas sûr de vouloir entendre ce qui allait suivre.

— J'aurais pu retourner vivre près de ma famille, de mes amis, mais je continue à me cacher ici, même si je suis complètement terrorisé tout seul. Terrorisé de n'avoir personne à aimer et qui m'aimerait aussi. N'essaye pas de me convaincre que ce n'est pas la même chose que tu fais. On le fait juste de différentes façons.

Paul sentait les larmes affleurer sous ses paupières. Il inspira un grand coup. Cela faisait mal d'entendre la vérité. Caleb avait, d'instinct, appuyé là où ça faisait mal. Il s'accrocha à sa dernière défense :

— J'ai Stewie.

Le bras de Caleb autour de lui desserra un peu son étreinte.

— Qu'est-ce que tu fais là, alors ?

Un court instant, Paul eut envie de répondre que c'était juste parce qu'il n'avait pas de moyen de partir de la montagne ; mais ce n'était pas toute la vérité.

— C'est un ami. Je l'adore, mais c'est juste un ami, et je sais qu'un jour il trouvera quelqu'un d'autre avec qui il aura envie d'être.

Paul s'attendait à ce que Caleb lui réponde que lui aussi, il pourrait trouver quelqu'un. Mais Caleb ne dit rien, et Paul ne savait pas s'il devait s'en réjouir ou se sentir déçu.

— Qu'est-ce qu'on va faire toi et moi ? Comment est-ce qu'on va arrêter de se cacher ? demanda Paul.

— Sacrée question, répondit Caleb. Je ne sais pas. Peut-être qu'on est déjà en train d'essayer ?

— Qu'est-ce que tu veux dire ?

— Là, en parlant comme nous le faisons. Toi qui arrives à ne pas t'énerver parce que tu n'as pas ton téléphone. Moi qui te parle de Mike. J'ai encore du mal à croire que je t'ai parlé de Mike !

— Oui, peut-être que tu as raison. Peut-être que nous regardons les choses en face, au moins, un petit peu.

Paul hochait la tête ; sa poitrine lui faisait mal et il remplit ses poumons d'air frais. C'était épuisant, cette conversation qui remuait tout ça ; il expira et contempla les volutes de vapeur dans l'air pur. Son sourire se transforma en mimique ironique :

— Mais en fait, qu'est-ce que tu fais dans ta montagne alors que tous les mecs mignons sont à Melbourne ? Je suis sûr que tu aurais beaucoup de succès là-bas, avec ton attirail de cow-boy.

— Tous les mecs mignons ? Tu es sûr de ça ?

— Pas tous, vu que je suis là, et que toi aussi tu es là ; tu es assez mignon, pour un vieux.

— Eh, le vieux t'a sauvé la vie, tu te rappelles ?

Paul gloussa et leva sa tasse. Il espérait qu'il restait encore du café dans le thermos.

— Je sais. Et tu n'es même pas si vieux, je suppose. Mais je n'ai jamais compris comment qui que ce soit pouvait survivre aussi loin de la ville.

Caleb tira le thermos de son sac et répartit le café qui restait dans leurs deux tasses. Il ne pouvait pas s'empêcher de taquiner un peu Paul.

— Bizarrement, je ne suis pas surpris. Il n'y a pas des masses de coiffeurs par ici.

Il passa la main dans la frange de cheveux noirs qui tombait devant les yeux de Paul.

— Mais je ne parle pas que de ça, se défendit-il.

Mais il passa quand même une main dans ses cheveux, moins par habitude que pour essayer sincèrement de redonner forme à sa coiffure.

— Bien sûr, bien sûr.

Caleb ne pouvait pas s'empêcher de sourire.

— Hey, ne me regarde pas comme ça.

Paul rit.

— Sérieux, tu as tout ce dont tu as besoin à deux pas, quand tu vis en ville.

— Pas tout, dit Caleb, et il prit une gorgée de café.

Paul plissa les yeux, mais il souriait toujours.

— Oui, tu dois avoir raison.

Il but une grande gorgée de café.

— J'ai toujours pensé que le café était meilleur *on the rocks*.

Ils restèrent encore un peu à contempler le paysage, jusqu'à ce que le froid commence à s'infiltrer sous leurs vêtements et que Caleb déclare qu'il était temps de rentrer.

LE CHEMIN du retour parut plus facile, et ce n'était pas seulement parce qu'il était descendant. Paul sursautait toujours quand une branche lui fouettait le visage ou se prenait dans ses cheveux, mais cette fois il acceptait de bon cœur les taquineries, avec une moue presque tendre. Quand il dérapa sur une plaque de verglas et se retrouva les quatre fers en l'air, il éclata de rire et tendit la main à Caleb pour qu'il l'aide à se relever. Il chassa les feuilles mortes qui s'étaient collées à son manteau, plaisanta sur la tâche mouillée sur son pantalon et ils reprirent leur route. Quand ils atteignirent le terrain plat qui annonçait qu'ils approchaient de la maison, Paul marchait à côté de Caleb, ne se laissant plus distancer.

Une pie les observait depuis une branche basse et sautilla sur le chemin pour les suivre, en poussant sa chansonnette. Paul se retourna et fixa l'oiseau.

— Elle se demande ce qu'on fait là, c'est tout, expliqua Caleb, et il saisit Molly au collier : la chienne avait très envie de prendre sa revanche pour toutes les fois où des oiseaux l'avaient taquinée depuis la cime des arbres.

Paul n'avait pas l'air convaincu.

— Tout ce que je sais, c'est que ces bestioles m'attaquaient en piqué quand j'étais gamin.

— Je suis sûr que ce n'était pas contre toi.

Caleb vit amusé comme Paul reculait d'un pas quand l'oiseau blanc et noir se rapprochait.

— Je ne sais pas, fit Paul. Sur le chemin de l'école, il y en avait un, il avait vraiment l'air de nous attendre. Je me souviens d'un vieux type sur la route qui nous avait dit de nous mettre des seaux sur la tête, avec des yeux dessinés dessus, pour lui faire peur.

— Et ça a marché ?

— Non, on était quand même obligé de fuir en courant. On se protégeait avec nos cartables.

Caleb éclata de rire. La pie, lassée de les suivre, revint se percher sur son arbre.

— C'est une espèce qui garde son territoire. Même si c'est encore l'hiver, elle va surveiller le coin où elle veut nidifier. Mais je crois que tu es tranquille pour aujourd'hui.

— Si tu le dis, marmonna Paul, et il regarda l'oiseau d'un air menaçant.

Caleb libéra Molly ; elle se précipita sous l'arbre où était l'oiseau et se mit à aboyer.

— Peut-être que tu aurais besoin d'un chien comme Molly pour te protéger ?

Molly courut les rejoindre et Paul, claquant des mains sur ses cuisses, la fit venir à lui et lui fit des papouilles.

— Tu m'aurais sauvé, hein, Molly ? lui susurra-t-il.

Puis il fronça le nez.

— Les chiens mouillés sentent mauvais.

Il prit un bâton par terre et le jeta afin que Molly aille le chercher.

— Je n'ai jamais eu de chien quand j'étais petit.

Caleb secoua la tête. Il lança un bâton à son tour.

— Moi j'avais toujours beaucoup d'animaux quand j'étais gamin.

— Tu m'étonnes, dans un endroit pareil, dit Paul, embrassant la vallée d'un geste.

— En fait, j'ai grandi en banlieue, corrigea Caleb. Le petit pavillon standard, trois pièces, un bout de jardin. C'est seulement à Noël, quand on sortait la caravane, que j'allais à la campagne.

— Sérieux ? J'ai du mal à t'imaginer grandissant en banlieue. Mais en fait, j'ai dû mal à t'imaginer petit, dit Paul, et il sourit.

— Eh si. Dans la courette derrière on jouait au cricket sur l'herbe, à côté des cages pour les cochons d'Inde. Le week-end, on passait la tondeuse et on repiquait les géraniums de Maman avant qu'elle ne réalise les bêtises que le chien avait faites.

Caleb jeta un regard en coin à Paul et lui rendit son sourire.

— De vrais trucs d'homme des montagnes, comme tu vois.

Paul gloussa.

— Et alors, comment as-tu fait pour te retrouver ici ?

Le sourire de Caleb se fit plus distant.

— Je te raconterai ça un autre jour, si tu veux bien. On est presque arrivés.

— Oui, pas de problème, répondit Paul.

Il se rendit compte qu'il avait vraiment envie qu'il y ait « un autre jour ». Ils remontèrent la longue allée vers la maison et jetèrent un dernier bâton à Molly.

PAUL ÉTAIT fatigué, mais heureux en montant les quelques marches qui menaient à la véranda. Caleb racla la semelle de ses bottes sur les marches et les jeta plus loin pour qu'elles sèchent au grand soleil de midi. Ses grosses chaussettes de laine laissaient des traces humides sur les planches en bois de la véranda tandis qu'il rejoignait Paul.

— Viens là, je vais t'aider avec les tiennes, dit-il, et il s'accroupit pour attraper la botte gauche de Paul.

D'abord, pas moyen de la faire bouger : Paul avait comblé le vide dans la chaussure trop grande avec de grosses chaussettes. Mais Caleb en vint à bout.

— Tu vois, je t'avais bien dit que tu avais de grands pieds, dit Paul en riant, et il remua ses orteils dans les grandes chaussettes.

Il lança un regard taquin à Caleb, mais, au moment où celui-ci allait rétorquer, le téléphone sonna.

— Je ferais mieux de décrocher, marmonna Caleb, et il rentra dans la maison.

Caleb décrocha ; la voix lui était inconnue.

— Bonjour, pourrais-je parler à Paul ?

Caleb eut un pincement à l'estomac. Il bredouilla qu'il allait le chercher. Et voilà, le monde extérieur était là, qui allait rappeler à Paul qu'il n'était pas avec lui par choix, mais par la force des choses, et qu'il partirait dès que les routes seraient dégagées.

Il entra dans la cuisine ; Paul était encore en train de lutter pour enlever son autre botte. Sans un mot, Caleb se pencha et l'aida à la retirer. Il alla poser les deux bottes de Paul à côté des siennes et dit :

— C'est pour toi. Je crois que c'est ton ami.

— Oh… OK, répondit Paul.

Mais il ne bougea pas.

— Il t'a dit ce qu'il voulait ?

Caleb secoua la tête.

Paul attendit encore quelques secondes. Puis il se leva et entra dans le salon.

CALEB NE pouvait pas quitter des yeux les tasses posées sur le banc dans la cuisine. Il entendit Paul entrer et s'asseoir à table. Caleb versa du café dans les tasses, ajouta du sucre et remua. Paul finit par parler :

— C'était mon ami Stewart. Il dit qu'ils ont réussi à tirer ma voiture du fossé et qu'on peut de nouveau conduire sur les routes.

Caleb hocha la tête et vint s'asseoir en face de lui.

— Je bois mon café et je te conduis.

— Je… euh… je lui ai dit que je voulais rester ici ce soir.

Il leva les yeux pour regarder Caleb.

— Je voudrais rester un peu plus longtemps avec toi. Je peux ?

— Oui, tu peux, dit Caleb d'une voix posée.

Paul ne dit rien, mais, avec un sourire timide, il vint glisser ses bras autour de la taille de Caleb, et posa sa tête contre son ventre.

Toi aussi, tu vas me manquer… pensa Caleb. Il ferma les yeux et serra Paul contre lui. Et peut-être que ce n'est pas très grave, maintenant. Il se racla la gorge.

— Bon, si tu dois rester plus longtemps, il faut que tu gagnes ta pitance.

Paul émit un grognement et fit son plus bel air de chien battu.

— Cela ne marchera pas avec moi, petit touriste.

Caleb rit et se redressa, forçant Paul à se mettre debout.

— Tu vas vraiment me faire travailler, après la marche qu'on s'est tapée jusqu'au sommet de la montagne ?

Mais Caleb était déjà dehors et remettait ses bottes. Paul avala un peu de café et le suivit.

— J'espère que ce n'est pas encore une randonnée.

— Tu n'as besoin que d'une paire de chaussettes pour ce coup-là.

— Très bien. Enfin, j'espère.

Paul s'assit derrière lui et attrapa ses bottes. Ils ne disaient rien, mais tous les deux avaient un grand sourire.

TOUT ÉTAIT calme dans l'écurie. Les boxes étaient encore vides.

— On va faire des galipettes dans la paille ? le taquina Paul. Parce qu'il se trouve que j'ai décidé que j'avais passé l'âge. Enfin, l'âge de faire des galipettes tout seul.

— Haha, n'en espère pas tant, rétorqua Caleb, et il entra dans une petite pièce au bout de l'écurie.

Paul le suivit et jeta un œil soupçonneux sur les selles qui étaient empilées là.

— J'espère qu'il ne va pas s'agir de toutes les nettoyer.

— Pas du tout, répondit Caleb.

Il en saisit une :

— Tiens, attrape ça.

Paul fut surpris par le poids de la selle. Mais elle était facile à transporter et ne *puait* pas, comme il s'y serait attendu. En fait, si les odeurs avaient une température, il aurait dit que le cuir sentait le chaud et le vieux. Il y avait une trace de savon, pas le savon parfumé de salles de bain, mais quelque chose de plus naturel et de plus propre. Caleb posa une bride sur la selle et quand Paul le regarda, il lui trouva quelque chose de sadique dans les yeux.

— Tu vas monter ? demanda-t-il, prudent.

— Non, je ne vais pas monter, répondit Caleb en attrapant une couverture et une bombe. Essaye encore.

Paul eut envie de tout lâcher par terre et de retourner à la maison. Presque. Mais au lieu de cela, il resta immobile et regarda la selle qu'il tenait dans ses bras. C'était un défi.

— D'accord, dit-il bien haut, regardant Caleb dans les yeux. Allons me choisir un cheval.

Ils sortirent dans la cour côte à côte ; l'un marchait avec confiance, l'autre avait les genoux qui tremblaient un peu.

— Pose la selle ici, dit Caleb, et il l'aida à la positionner sur la rambarde.

Deux chevaux occupés à manger du foin levèrent la tête et se rapprochèrent en se demandant ce qui se passait. L'air sortait fumant de leurs naseaux dans l'air frais. L'étalon vint donner un coup d'épaule à Caleb pour attirer son attention.

— Pas aujourd'hui, Barney. Tu es trop joueur.

Il lui fit une petite tape sur le cou, et, à la place, il accrocha la longe au licol d'un cheval gris et râblé qui se tenait calmement derrière Barney.

— Je te présente Belle. C'est une brave petite. Belle, je te présente Paul.

Caleb lui mit la bride dans la main et ouvrit la porte de l'enclos pour attacher Barney plus loin.

D'abord, Paul trembla un peu. Mais quand il vit que la jument le suivait poliment, il gagna un peu en confiance. Il mena Belle hors de l'enclos et l'attacha à la barrière à côté de la selle. Sans demander d'aide, il contourna le cheval et défit plusieurs boucles pour pouvoir tirer le tapis sur sa croupe, comme il avait vu Caleb faire avec Ruth.

Quand la jument fut prête à être sellée, Paul regarda Caleb avec un sourire victorieux. Il ne se rendait même pas compte qu'il était encore en train de caresser la jument. Caleb approuva de la tête et, rapidement, il prépara le cheval.

— As-tu besoin d'aide pour monter ? demanda Caleb, après avoir mis la bombe sur la tête de Paul.

— Oui, répondit Paul avec honnêteté.

Toute l'arrogance qu'il avait montrée quelques jours plus tôt avait disparu de ses manières.

— Je ne veux pas perturber Belle, ou lui faire du mal.

— Ne t'en fais pas, cela n'arrivera pas, dit Caleb, et il aida Paul à bien se placer derrière la croupe de la jument.

— OK, Belle, je vais te monter, murmura Paul. Je suis assez grand, mais je ne pèse pas trop lourd. Je vais faire de mon mieux et j'essayerai de ne pas te donner de coups.

Caleb sourit et lui donna une petite tape sur le dos, puis lui montra comment faire.

— Il faut que tu laisses ton corps tomber de l'autre côté et se poser sur la selle. Fais-toi confiance et ça va aller.

Paul glissa son pied dans l'étrier et, à sa deuxième tentative, il était assis sur la selle.

— On est plus haut que ce que je pensais, dit-il, mais son sourire ne laissait aucun doute sur ce qu'il ressentait.

— Tu as une belle vue ?

— Magnifique.

Il rit, mais, quand Belle s'agita, il saisit la selle des deux mains. Caleb secoua la tête et guida les mains de Paul pour les détacher du pommeau et les amener aux rênes.

— Ne tire pas trop fort, que ça ne lui fasse pas mal dans la bouche. Détends-toi sur la selle, serre un peu les jambes pour te tenir, et rappelle-toi que je suis là, à côté de toi.

Paul, l'air très sérieux, contracta ses cuisses, et Belle commença à marcher, lentement et souplement.

— Oh, bon sang, fit Paul, mais il retrouva vite son sang-froid.

— C'est bien, dit Caleb, très calme.

Il le regarda.

— Tu vas y arriver.

— Je vais y arriver, murmura Paul, toujours concentré sur les douces ondulations du cheval sous lui.

Lorsqu'ils atteignirent le milieu de la cour, Caleb s'arrêta.

— Caleb ? appela Paul, nerveusement, alors que le cheval continuait son chemin à travers la fine couche de neige.

— Je suis là. Mais tu peux y arriver tout seul. Laisse-la avancer encore quelques pas, puis tire doucement sur la rêne gauche.

Ce que Caleb ne lui disait pas, c'est que sa nièce avait appris à monter avec Belle, et que la jument connaissait bien le signal. Elle allait probablement tourner dès que Paul tirerait sur la rêne.

— Super, l'homme des neiges, s'écria Caleb.

Le cavalier avait prudemment fait tourner la jument, et la ramenait en sens inverse. Il était rayonnant, mais restait tout entier concentré sur Belle, à qui il soufflait des mots d'encouragement et des remerciements, jusqu'à ce qu'ils arrivent à quelques pas de Caleb.

— Cale-toi bien sur la selle et tire doucement sur les deux rênes en même temps.

Paul ne savait pas très bien ce que « se caler sur la selle » voulait dire, mais il fit comme il put, et la jument grise s'arrêta.

— J'y suis arrivé ! Oh bon sang, j'y suis arrivé !

— Évidemment que tu y es arrivé. Et maintenant, tu veux lui faire faire un autre tour ?

Paul approuva de la tête et contracta ses cuisses. Après quelques tours de piste supplémentaires, Caleb les rappela.

— OK, maintenant sors les deux pieds des étriers et balance ta jambe par-dessus le cheval.

Quand ses bottes retombèrent dans la neige, Paul était radieux et sa petite danse de la joie lui valut un regard interloqué de la jument. Il s'excusa en lui passant la main dans la crinière et se pencha pour lui murmurer quelque chose à l'oreille que Caleb ne put pas entendre.

— Qu'est-ce que c'est que ces messes basses ? demanda-t-il, et il fit glisser les étriers en métal le long des lanières de cuir avant de desserrer la sangle.

— Je disais à Belle qu'un jour je l'emmènerais dans la montagne pour une vraie sortie.

Caleb s'arrêta un instant.

— Tu veux dire que tu as l'intention de revenir me voir ?

— Je peux ? Je veux dire, je l'ai promis à Belle, alors je ne voudrais pas lui poser un lapin maintenant.

— Tu peux, dit Caleb à voix basse.

Il souleva la selle.

— Mais pour l'instant, il faut qu'on la brosse et qu'on prépare le repas des chevaux pour ce soir.

ILS PASSÈRENT le reste de l'après-midi à vaquer à leurs occupations, sans jamais évoquer le départ de Paul prévu le lendemain.

IV

Dès qu'ils revinrent à la maison, Paul se rendit à la cuisine.

— Pour nous mijoter quelque chose de spécial, dit-il à Caleb.

Aucun des deux ne dit à voix haute que cela devait être « spécial » parce que c'était leur dernière soirée ensemble ; ce n'était pas la peine. Caleb triait du linge en mettant les vêtements de Paul à part, mais, bientôt, il s'assit sur son lit.

— J'ai passé une belle journée, Mike, dit-il à voix basse dans la pièce vide. Cela m'a fait du bien d'avoir quelqu'un à qui parler. Quelqu'un qui répond, et qui n'existe pas que dans ma tête.

Il soupira et roula deux chaussettes assorties en boule.

Tu as besoin de parler à quelqu'un qui soit plus qu'un simple souvenir.

Caleb fixa la paire de chaussettes et approuva.

— Je sais, mais c'est difficile.

Arrête, Cal. Arrête de te trouver des excuses pour ne pas aller de l'avant.

Il connaissait ce ton, de l'époque où Mike vivait encore, et il pouvait même voir clairement en pensée l'expression de son amoureux, le front plissé.

— Demain, il sera parti. Et alors quoi ? Moi je serai toujours là, sans toi. Et sans lui.

Alors tu auras un autre beau gosse que tu inviteras à te rejoindre dans tes rêves. Ou sous la douche.

Caleb eut un petit rire et jeta les chaussettes dans un tiroir de sa commode.

Il était déjà tard quand Caleb se rendit finalement à l'évidence du départ imminent de Paul et plia les vêtements dans lesquels il était arrivé.

— Tu en auras besoin demain.

C'était juste les vêtements qu'il portait habituellement pour aller danser, mais Paul eut un coup au cœur à l'idée de devoir les enfiler à nouveau. Il toucha le tissu fin de la chemise, si différent de la grosse flanelle qu'il portait à ce moment, et dit à voix basse :

— Je ne sais pas vers quoi je reviens.

— Vers tes amis, vers ta famille, dit Caleb d'une voix neutre.

Puis, avec un soupir, il saisit sa manche et l'attira à lui.

— Qu'est-ce que tu crois avoir, ici ?

Paul secoua la tête tristement. Caleb essaya autre chose.

— Qu'est-ce que tu veux vraiment, Paul ?

— Je ne veux pas retourner à ma vie d'avant, murmura-t-il. Je croyais que ma vie était pleine de… pleine de tout ce que je voulais. Et je m'illusionnais complètement parce que maintenant je commence à me rendre compte qu'elle était très vide.

Il jeta un regard circulaire autour de lui, puis ses yeux se plantèrent dans ceux de Caleb.

— Je crois que c'est ça, que je veux.

Caleb secoua la tête.

— Je ne crois pas que ce soit ça. Et je ne veux pas dire que je ne veux pas de toi ici. Pas du tout. Mais je crois que tu as besoin d'être un peu seul quelque temps pour réfléchir à tout cela.

— Ça a marché, pour toi ?

La déception était audible dans la voix de Paul.

— Je me suis retrouvé seul pour d'autres raisons. C'était ma propre façon de me cacher.

Caleb l'attira à lui et vint poser son front contre le sien.

— Je crois que tu m'as fait quelque chose. Tu m'as aidé à me rendre compte que j'arrive à supporter d'avoir quelqu'un dans le coin, même si c'est juste pour quelques jours et que ce quelqu'un est un chieur de première.

Paul se détacha un peu et rit.

— Oui, c'est tout à fait moi.

— Bon, on dit que c'est l'heure de se coucher, et on se voit demain matin ? suggéra Caleb.

Il passa un doigt léger sur la joue de Paul et se recula d'un pas ; mais avant qu'il ait pu atteindre la porte, Paul lui attrapa la main.

— Tu es sûr que tu ne voudrais pas rester avec moi ce soir ?

Caleb en avait très envie. Il voulait sentir une peau chaude contre la sienne et tenir quelqu'un dans ses bras jusqu'à ce que les premières lueurs de l'aube percent par la fenêtre. Mais il restait une question à clarifier.

— C'est vraiment une bonne idée, après ce que tu m'as raconté ?

Paul sourit.

— Hé, l'homme des montagnes. Je t'ai demandé de dormir avec moi. Je n'ai pas dit que j'allais te laisser me baiser.

Il hésita juste assez longtemps pour entendre la voix de Mike lui répéter : *Arrête de chercher des excuses pour ne pas aller de l'avant.*

— OK, alors d'accord.

Caleb fut le premier à bouger. De son doigt, il suivit le chemin des petits boutons blancs de sa chemise, et les déboutonna un par un. Il fit une pause.

— Tu en as oublié un, murmura Paul.

— Ce n'est pas grave. Il n'y a personne pour nous voir.

— Moi je suis là.

Il glissa ses mains sous la chemise.

— Je le connais, ce corps, murmura-t-il. Il m'a tenu chaud toute une nuit.

Caleb sentit sa peau brûler au contact de ses mains. Quand Paul se pencha pour embrasser sa poitrine, un grand frisson le parcourut. La flanelle glissa le long de ses épaules. Il sentit les baisers remonter dans son cou. Il poussa un long gémissement et Paul leva la tête vers lui. Leurs lèvres se rencontrèrent. Paul laissa ses mains descendre le long de son corps.

La vieille ceinture en cuir se laissa déboucler facilement. Ensuite, il n'eut qu'à prendre le haut de la fermeture éclair et les dents s'écartèrent avec un petit bruit régulier. Caleb, très doucement, posa sa main sur celle de Paul pour l'arrêter avant qu'elle ne se glisse sous le vieux jean.

— Je vais me débrouiller pour le reste, dit-il à voix basse.

Paul retira sa main et recula d'un pas.

— Ça va aller, murmura Caleb. Je te retrouve dans le lit.

Ils restèrent sans se toucher, se lançant juste, parfois, un regard furtif, jusqu'à ce qu'ils se glissent sur le lit de coussins.

C'ÉTAIT EXACTEMENT comme la première nuit, mais si le confort aurait remplacé le besoin. Ils étaient couchés, l'un contre l'autre, peau contre peau sous l'édredon.

— Je crois que je n'ai pas envie de rentrer demain, murmura Paul.

Il prit le bras de Caleb pour le mettre autour de lui. Il savait qu'il devait partir, mais il savait aussi qu'il se laisserait facilement happer par son ancienne vie.

— Si, tu as envie de rentrer. Là, c'est ton week-end à la campagne. J'en fais partie. Et puis, il faut que tu rentres, ajouta Caleb. Il faut que tu rentres et que tu montres à tout le monde que tu vaux mieux qu'un coup d'un soir.

Paul se retourna pour lui faire face.

— Tu penses que je vaux plus qu'un coup d'un soir ?

— Moi, je le pense, mais il faut que toi aussi, tu y croies, dit Caleb, et son sourire était triste. Et ça, ça veut dire que tu as besoin de passer un peu de temps tout seul.

— Est-ce que je pourrai venir te voir ? demanda-t-il en se tournant à nouveau.

— Quand les routes seront dégagées, tu pourras venir me voir.

— Les routes sont dégagées maintenant, non ?

— Pas *toutes* les routes.

Caleb lui donna une petite tape sur le front.

Paul hocha la tête. Même s'il cela lui était désagréable de l'admettre, il savait que Caleb avait raison.

Cette fois, le sourire de Caleb était dénué de tristesse. Il mit sa main sur la joue de Paul pour l'attirer à lui et lui donner un baiser. Leurs lèvres ne firent que s'effleurer, mais, pour Paul, c'était plus important que n'importe quelle nuit qu'il avait passée dans le lit d'un inconnu.

— Je crois que j'arrive à me convaincre que je vaux un baiser. Et peut-être un peu plus ?

Caleb rit et se pencha pour un autre baiser. Il fut timide, d'abord. Mais ils prenaient leur temps. Ni l'un ni l'autre ne voulait précipiter les choses.

Paul gémit et ses doigts trouvèrent les cheveux de Caleb. Il avait presque peur, en s'avançant, que Caleb n'arrête tout. Ses baisers étaient différents. Pour les autres, il était avant tout un corps sexy, et quand on l'embrassait, d'habitude, ce n'était qu'un étape vers la suite. Là, ce n'était pas pareil.

— Je n'ai jamais vraiment été avec quelqu'un qui allait me manquer le lendemain matin, murmura-t-il quand leurs lèvres se séparèrent.

Il entrouvrit les yeux une fraction de seconde pour apercevoir ces yeux d'un bleu profond qui le regardaient. Son cœur bondit dans sa poitrine.

Quand il laissa ses mains glisser doucement sur le corps de Caleb, il vit son visage s'illuminer. C'était un corps plus âgé, un corps qu'il ne connaissait pas, et il prit son temps, explorant du bout des doigts la gorge, la poitrine, le ventre, les poils. Puis, un peu hésitant, il glissa ses doigts entre

44

les cuisses puissantes de Caleb. Celui-ci s'arrêta presque de respirer et Paul se demanda depuis combien de temps il n'avait pas été touché par un autre homme.

— Je... je crois que je ne suis pas prêt, murmura-t-il, et il repoussa doucement les mains de Paul.

— Pourquoi ? demanda Paul avec douceur.

Caleb secoua la tête.

— Je ne sais pas.

Paul songea aux photos encadrées au mur de la chambre. Il pressa son front contre celui de Caleb et dit :

— Il ne va pas t'en vouloir.

— Je suis encore en train de me cacher, non ? demanda Caleb doucement.

— OK, on arrête. Au moins pour ce soir, dit Paul, et il laissa ses doigts courir le long du membre de Caleb, heureux de sentir qu'il durcissait à son contact. Mais je ne vais quand même pas te laisser me baiser, ajouta-t-il avec un gloussement.

Caleb rit et attira Paul contre lui. Il coinça les mains de Paul entre ses cuisses.

— Pas besoin que ce soit trop bien, sourit-il, et il fit onduler ses hanches contre les doigts de Paul.

— Sympa, fit Paul, mais j'ai une meilleure idée.

Il libéra ses mains et se lova confortablement contre les cuisses de Caleb.

— Je faisais ça quand j'étais encore vierge et innocent.

Il sourit et se balança afin que leurs érections se frottent l'une contre l'autre.

— Oh, oui.

La friction était délicieuse et Caleb en perdait déjà le souffle.

— Je me rappelle quand on se frottait dans nos jeans.

— Maintenant, nous sommes tout nus, lui rappela Paul, et il l'attira à lui pour l'embrasser.

Quand ils jouirent, ce ne fut pas un tremblement de terre, mais ils jouirent ensemble, dans les bras l'un de l'autre.

ILS RESTÈRENT silencieux presque tout le temps que dura le trajet de retour en ville. L'idée de dire au revoir à Paul torturait Caleb plus qu'il n'aurait

45

imaginé, et c'était plus facile de se taire. Quand ils prirent le dernier virage et arrivèrent en vue du commissariat, Caleb aperçut un groupe de jeunes hommes devant l'entrée principale. Ils tapaient des pieds pour les réchauffer et soufflaient dans leurs doigts. Leurs vêtements indiquaient clairement qu'ils n'étaient pas du coin. Ils ressemblaient à Paul, se dit Caleb, et cette pensée l'emplit de tristesse.

Quand la voiture manœuvra dans une place de parking, la petite bande les vit et poussa des exclamations que Caleb ne comprit pas. En quelques secondes, ils les avaient rejoints et ouvraient la portière du passager, tirant Paul hors de la voiture.

— Bon sang, fit l'un, en lui tapant dans le dos. On a cru que tu étais en train de retourner à la vie sauvage.

Avant que Paul puisse répondre, ils le traînèrent à l'entrée du commissariat.

Paul se retourna vers la voiture. Son visage exprimait la même chose que celui de Caleb. *Pas tout de suite… ça ne peut pas finir comme cela. Je ne suis pas prêt.* Caleb lui fit un signe de la main, mais Paul était déjà traîné par ses amis dans le commissariat.

Caleb, assis au volant, regarda les portes se refermer.

— Et voilà, Molly. C'est fini. On est de nouveau tous les deux.

Il gratta la chienne derrière les oreilles et passa la marche arrière.

V

— C'EST BON de te voir ! s'écria Stewart, et il donna à Paul un petit coup sur les côtes. J'ai pu voir ce qui restait de ta caisse. L'avant est complètement défoncé.

— Toute la voiture est complètement défoncée, fit Doug en écho depuis la place du conducteur.

— Mais toi tu vas bien, non ? ajouta Stewart. C'est tout ce qui compte.

Paul s'affaissa sur le siège arrière de la voiture de location et dit avec un sourire d'excuse :

— Nous sommes condamnés à prendre le tram pour quelque temps.

— Nous l'avons déjà fait et nous pouvons le refaire. Et puis on ne sait jamais, on peut tomber sur un chauffeur mignon, répondit Stewart en lui pressant la main.

Paul approuva, même si Stewie savait parfaitement que cela faisait longtemps qu'il n'y avait plus de chauffeurs dans les trams automatiques.

Doug jeta un œil dans le rétroviseur pour le regarder.

— Alors, c'était lui l'homme des montagnes qui t'a tiré de là ?

— Oui, fit Paul.

Il n'avait pas envie d'en dire plus. Ces trois types, c'étaient ses meilleurs amis ; ses poteaux. C'était avec eux qu'il allait faire la fête, qu'il partageait des bitures, des confidences et des draps. Mais, pour une raison ou pour une autre, il sentait qu'il n'avait pas envie de parler de Caleb avec eux.

— Il était pas mal, commenta Stewart, qui n'avait pas du tout remarqué le silence de Paul et qui considérait qu'aucun sujet de conversation n'était tabou entre eux.

— Il a un peu quelque chose du fossile, intervint Doug avec un air de dédain.

Cameron ricana.

— Eh, peut-être que le Paulo se cherche un papa en ce moment ? Je me rappelle qu'il avait eu un truc avec un prof de fac l'été dernier.

— Oui, mais le type avait une maison sur la plage, alors tu pouvais lui pardonner ses rides, rétorqua Doug. Tu te rappelles la teuf qu'on avait faite là-bas, un week-end ? Je n'aurais jamais cru que le vieux pouvait faire la fête comme cela. D'ailleurs, je me souviens que Paul avait commencé le week-end avec lui, mais il avait fini avec un autre type. Ce n'était pas son fils d'ailleurs, Paulo ?

Doug et Cameron continuèrent comme cela pendant plusieurs minutes jusqu'à ce que Paul murmure :

— Il n'était pas vieux.

Les taquineries s'interrompirent un instant. Puis Cameron lui demanda s'il parlait du prof de fac ou de l'homme des montagnes. Stewart l'interrompit :

— Ignore-les. C'est des idiots. Et de toute façon, ils sont jaloux parce qu'ils ont complètement merdé ce week-end.

Il plongea la main dans sa poche et en tira un paquet de cigarettes.

— Tu les avais laissées avec moi. Tu dois être grave en manque.

Paul fixa le paquet un long moment et finit par refermer sa main dessus ; mais au lieu de s'allumer une cigarette, il se contenta de tenir le paquet et de regarder par la fenêtre. Il sentit Stewart lui mettre le bras sur l'épaule et lui murmurer pour que les autres ne l'entend pas :

— J'ai vraiment eu peur pour toi, Paulo. Tu te sentiras mieux quand on sera arrivé à la maison. Et je veux que tu me racontes ce qui s'est passé avec ton homme des montagnes.

LA MAISON, en l'occurrence, était un petit trois-pièces dans le quartier de Carlton, près de Lygon Street. Ils ne gagnaient pas assez bien leur vie pour habiter plus près du centre et de ses bars : avec le SMIC et assez d'énergie pour convaincre les clients de leur laisser des pourboires décents, ils arrivaient à peu près à payer le loyer à l'heure. Paul avait une chambre et Stewart l'autre. Mais avec le défilé des coups d'un soir et des copains qui dormaient sur le canapé, c'était rare qu'ils aient l'appartement pour eux. Leurs chambres étaient toujours en bordel. C'est comme cela qu'ils se sentaient bien. Ils n'avaient pas le temps de réfléchir ; juste le temps de vivre.

« Vis pour l'instant et baise demain, ou baise ce soir et barre-toi avant qu'il se réveille ». C'était devenu le mantra des deux amis ; le code secret qui leur permettait de traverser les jours, leur excuse pour toutes les nuits. Paul et Stewart s'étaient rencontrés dans un café quand ils étaient encore des gamins débarqués de leur province, qui faisaient le serveur dans les cafés jusqu'à pouvoir se payer un aller simple pour Melbourne et fuir l'ennui de la côte. La plage, c'était sympa d'y aller de temps en temps, mais pas si on était obligé d'y vivre. Paul avait repéré Stewart tout de suite, dès qu'il le vit accrocher le tablier blanc sur son jean noir skinny et tee-shirt assorti. Il avait regardé Paul et levé un sourcil parfaitement épilé. Toute la matinée, ils échangèrent des sourires et des petits commentaires tout en servant les cafés latte et les œufs à la florentine. Mais c'est quand une vieille rombière impatiente se plaignit que le café était tiède qu'ils scellèrent vraiment leur amitié. Stewart la fixa, les mains sur les hanches, et lui dit qu'il allait lui chercher le thermomètre pour qu'elle se le mette où je pense... Paul était intervenu à ce moment en apportant à la cliente une part gratuite de gâteau à la carotte et une autre tasse de café.

— Je ne voudrais pas que tu te fasses virer tout de suite, avait-il glissé discrètement à Stewart. Tu me plais trop.

Et voilà : depuis, ils étaient inséparables. Souvent, on les confondait l'un avec l'autre, même si Stewart avait les yeux bleus et faisait quelques centimètres de plus, atteignant le mètre quatre-vingt-dix. Ils se disaient que c'était à cause de leurs cheveux teints d'un noir de jais et leurs silhouettes élancées qu'on les confondait. Oh, et leurs magnifiques pommettes, ajoutait-il.

Pendant un moment, ils jouèrent avec l'idée de devenir amants et passèrent plusieurs nuits tout suants l'un contre l'autre, mais cela ne prit pas. Clairement, ils s'adoraient et le sexe était génial, mais il manquait toujours quelque chose. Peut-être qu'ils se ressemblaient trop, se dirent-ils un soir devant une rangée de bouteilles qu'ils avaient descendues. Et puis Stewart tombait amoureux presque tous les jours, alors que Paul ne faisait pas dans le couple.

Les vrais couples, c'est un mythe.

Et voilà : Paul était à l'entrée de l'appartement, son baise-en-ville sur l'épaule, et fixait le salon. Ils l'avaient décoré en mode récup, avec des chaises dépareillées autour d'un canapé en vinyle vert. D'après Stewart, les coussins en peluche orange à chaque bout étaient ce qui parachevait l'ambiance porno seventies. Paul adorait. C'était la maison ; ça leur ressemblait. Mais, alors qu'il n'avait été absent que trois jours, tout lui paraissait différent.

Stewart balança son sac par terre et se laissa tomber théâtralement sur le canapé.

49

— Ah, que c'est bon d'être chez soi, fit-il en se pelotonnant contre les coussins. Ta petite aventure nous a valu une journée supplémentaire de vacances.

Il sourit et invita Paul à venir s'asseoir à côté de lui.

— On retourne au travail demain, soupira Paul, et il vint se blottir contre son ami.

— Oui ; retour à la réalité dit Stewart en le prenant dans ses bras.

La réalité… Stewart avait dit ça comme ça, mais cela fit résonner quelque chose en lui. Les quelques jours qu'il avait passés dans la montagne lui paraissaient plus réels que n'importe quoi d'autre qu'il avait vécu dans sa courte vie. Il attira Stewart contre lui et murmura :

— Je ne suis pas sûr de vouloir retourner à la réalité.

— Hey, dit Stewart en le serrant un peu plus. Le boulot, ça craint, je sais, mais dès que tu auras retrouvé ton mojo et que tu verras les pourboires s'accumuler, tu changeras d'avis.

— Peut-être.

— Y'a pas de peut-être qui tienne. Je te connais assez pour savoir que tu auras les poches pleines d'argent et de numéros de téléphone, dès ta première soirée de taf.

— Genre, pas toi ? rétorqua-t-il avec ironie.

Il sentait sa mauvaise humeur s'alléger un peu.

— Je n'ai pas dit ça. D'ailleurs, j'ai quelques numéros de téléphone en réserve, si tu as envie de t'occuper ce soir. Mais si tu préfères, on peut juste aller dans un bar et voir ce qui se présente ?

Paul secoua la tête.

— Vas-y si tu veux, Stewie. Je crois que je n'ai pas trop envie de sortir ce soir. C'était fatigant cette route pour rentrer.

— Oh bon sang ! Qui es-tu ? Qu'as-tu fait de mon coloc ?

— Je crois que je l'ai perdu quelque part dans la neige, dit Paul, et son ton était un peu plus sérieux qu'il ne l'aurait voulu.

Stewart le fixa un instant sans rien dire, et Paul pouvait presque entendre la réplique cinglante qu'il lui préparait. Mais il dit à la place :

— Tu es sûr que ça va, Paulo ? Il s'est passé un truc là-haut avec ton homme des montagnes ?

— Caleb, dit Paul, très calme. Il s'appelle Caleb.

— Je crois que le policier nous l'a dit, mais j'avais oublié. Désolé. Tu veux me parler de Caleb ?

Paul ne savait pas par où commencer. Comment aurait-il pu synthétiser quelque chose que lui-même avait du mal à comprendre ?

— Eh bien... commença-t-il, puis, il s'interrompit et inspira lentement. Je crois qu'il n'y a pas grand-chose à raconter. C'était un mec sympa qui a bien voulu que je reste chez lui quelques jours.

— Et qu'est-ce que tu as fait là-bas tout ce temps ? J'avoue que j'ai dû mal à t'imaginer lire aux chandelles.

Paul gloussa. Il savait que Stewart essayait juste de le dérider.

— Il y a l'électricité là-bas. Et, une fois que mon téléphone n'a plus eu de batterie, on a discuté.

— Oh bon sang, s'exclama Stewart en feignant l'angoisse absolue. Tu as vraiment eu une conversation face à face avec lui ?

— Va te faire foutre, dit Paul, mais il souriait toujours.

— Et donc, vous avez parlé de quoi ?

Paul resta coi.

— Euh, je ne sais pas, de beaucoup de choses. Je lui ai raconté des trucs de quand j'étais gamin, et on a parlé de foot et de chevaux.

— De foot et de chevaux. Des trucs dont tu es un grand spécialiste, fit Stewart sérieusement, malgré l'amusement réprimé qui tremblait au coin de ses lèvres.

— Oh, laisse tomber, fit Paul, et il lui pinça la cuisse. En fait, je lui ai filé un coup de main avec ses chevaux. Il a une grande jument qui s'appelle Ruth et qui est enceinte et j'ai senti son bébé dans son ventre. Je me suis tenu contre elle et j'ai passé mes bras sous son ventre. C'était incroyable, sa fourrure était toute douce et en fait elle avait une odeur agréable, pas une odeur dégoutante comme tu pourrais le croire. C'était sympa, mais d'abord je n'ai pas compris pourquoi Caleb me demandait de faire cela. Puis j'ai senti un petit coup, comme si la petite pouliche savait que j'étais là et voulait me dire qu'elle était là aussi. J'ai failli me faire dessus tellement j'ai eu peur, mais c'était vraiment cool.

Stewart ricana et dit :

— Bizarrement, j'ai du mal à t'imaginer aussi près que ça d'un cheval.

— Oui, répondit Paul avec un petit soupir. Avant ce week-end moi aussi j'aurais eu du mal à y croire. Mais maintenant, je sais que c'est cool. J'ai bien aimé être là-haut, Stewie. J'avais du temps pour réfléchir et tout.

— Réfléchir à quoi ? demanda Stewart doucement, et il lui passa la main dans les cheveux.

— À moi, répondit Paul, sibyllin.

51

— A toi dans quel sens, mon beau ?

— Je lui ai raconté que je voulais devenir cuisinier, et il ne s'est pas moqué de moi, dit-il.

Il n'avait pas envie de raconter tout ce qu'il avait confié à Caleb.

— Pourquoi est-ce qu'il se serait moqué de toi ?

— Je ne sais pas. Peut-être que je me moque de moi-même de vouloir devenir cuisinier.

— Si c'est cela que tu veux, Paulo, fais-le, dit Stewart, et il se tourna sur le canapé.

— Comme toi qui veux être écrivain ? C'était quand la dernière fois que tu as vraiment écrit quelque chose ? fit Paul.

Il le regretta immédiatement en voyant le visage de Stewart s'assombrir.

— Oui, écoute, c'est un autre problème, marmonna Stewart, et il se redressa sur le canapé.

— Excuse-moi, Stew, dit Paul, et il vint se blottir à nouveau contre lui.

— Allez, ça fait du bien de rêver. Et qui sait, peut-être qu'un jour on y arrivera. Mais avant, dis-m'en plus sur tes aventures dans la neige. Pourquoi n'as-tu pas réussi à charmer la montagne ? Ou à charmer Caleb ? Parce que d'habitude, quand tu rentres à la maison, tu ne fais que te vanter d'avoir mal au cul après un marathon de sexe…

— Et toi, tu te racontes des histoires sur le dernier homme qui t'a professé son amour éternel.

— Je le dis comme ça se passe, et ne va pas imaginer que je n'ai pas remarqué comme tu essayes d'éviter ma question.

— Tout le monde n'est pas gay sur Terre, Stewie.

Stewart eut un petit geste de dégoût.

— Je t'assure que dans mon monde à moi, tout le monde est gay. Alors Caleb était hétéro, c'est ça ?

— Je n'ai pas dit ça, concéda Paul.

— Ha, je le savais !

Stewart se redressa et s'apprêtait à continuer l'accusation, mais Paul l'interrompit tout de suite.

— Mais on n'a pas baisé, si c'est ça que tu veux savoir.

Paul vit l'œil malicieux de Stewart briller et leva la main pour l'empêcher de poser davantage de questions.

— La route a été longue. J'ai juste envie de me mettre au lit et de dormir.

Stewart n'essaya pas de le convaincre de rester debout ; il sourit.

52

— Cela fait du bien d'être rentré. J'avais très peur là-haut, quand j'ai cru qu'on n'arriverait pas à te retrouver.

— Moi aussi j'ai eu peur, dit Paul, et il se pencha pour embrasser son ami.

— Tu veux dormir dans mon lit ce soir ? proposa Stewart.

Mais, même s'ils avaient souvent dormi dans les mêmes draps, Paul déclina.

— Pas ce soir, d'accord ? J'ai envie d'être seul dans mon lit ce soir.

— Pas de souci dit Stewart.

Il se releva en s'étirant théâtralement et tendit la main pour aider Paul à s'extraire du canapé.

— Tu as intérêt à ronfler bien fort, que je sache que tu es encore là.

CELA DEVRAIT être agréable d'être dans son lit, dans sa chambre. Normalement, on devrait s'y sentir au chaud et en sécurité. Paul était allongé sur le dos et avait les yeux fixés au plafond. Il essayait de ne pas prêter attention à la boule d'angoisse qui lui nouait l'estomac. Il était avec ses amis, entouré de tout ce qu'il avait toujours voulu. À cette idée, la boule d'angoisse grossit encore.

Dehors, il entendit un homme gueuler quelque chose, puis une femme, visiblement ivre, se lança dans une longue tirade. Il l'écouta quelques instants. Il avait entendu des trucs pareils très, très souvent, à l'heure où les bars fermaient. Des couples, ou des couples qui venaient de se former pour la soirée, découvraient soudain que leurs cocktails en happy hour ne leur garantissaient pas un happy end. Il entendit la dispute se poursuivre, de moins en moins fort tandis que les deux tourtereaux descendaient la rue.

Paul se sentait très loin de la montagne. Il se sentait très loin de Caleb.

Il se retourna pour regarder à travers la petite fenêtre de sa chambre. On apercevait le halo des lampadaires, mêlé au néon rouge du magasin en face. Il avait toujours dit que cette lumière colorait agréablement sa chambre, mais ce soir, cela ne pouvait que lui rappeler crûment qu'il n'était pas en montagne, là où la lumière est celle qui tombe de la lune et des étoiles. Il savait qu'il avait besoin de passer un peu de temps tout seul, mais il se sentait, justement, trop seul.

Le parquet du vieil appartement craqua sous ses pas tandis que Paul se rendait jusqu'à la chambre de Stewart. Son ami, sans rien dire, lui fit une place dans son lit et Paul se glissa sous les draps.

VI

LE TRAJET du retour vers la montagne fut aussi silencieux qu'avait été l'aller, mais, cette fois, Caleb sentait à quel point il était seul dans l'habitacle de sa voiture. L'air froid lui mordit les joues quand il ouvrit la fenêtre pour Molly et il se pencha par-dessus du siège passager pour la remonter. Molly protesta et gratta la vitre fermée, laissant des traces de pattes et de langue.

— Assieds-toi, idiote, grommela Caleb.

Mais il se radoucit quand il vit Molly se rasseoir piteusement sur le siège. Tenant fermement le volant d'une main, Caleb lui gratta les oreilles de l'autre.

— Pardon, Molly, dit-il doucement quand elle leva la tête pour le regarder. Je crois que je n'étais pas tout à fait prêt à le voir partir avec ses amis.

La Border collie poussa un petit grognement. Ce n'était pas vraiment une réponse, plutôt une simple expression de satisfaction d'avoir obtenu un peu d'attention de son maître. Mais, pour Caleb, la chienne était une confidente idéale.

— Oui, je sais qu'il était là que pour quelques jours…, continua-t-il. Mais il m'a un peu ému. Eh oui, c'était sympa de… enfin, tu vois ce que je veux dire. Cela faisait longtemps que je n'y avais pas touché, comme disent les alcooliques anonymes.

On arriva en vue de la maison au bout de la longue allée. Quand Caleb sortit de la voiture pour refermer le portail, Molly s'échappa et aboya pour qu'il aille plus vite. Elle fit la course avec la voiture jusqu'à la véranda et quand Caleb descendit, elle était déjà assise à l'attendre, langue pendante.

Caleb lui jeta un bâton à aller chercher pour l'occuper pendant qu'il ouvrait la porte et ôtait ses bottes. Il resta un instant sur le seuil. Dans la cuisine, deux tasses séchaient sur l'égouttoir à côté de l'évier. Ces dernières années, ce n'était presque jamais arrivé qu'il y ait plus qu'une assiette, plus qu'une tasse sur la table.

Il n'arrivait pas à entrer. Pas tout de suite.

Molly lui sauta sur les jambes pour lui rappeler qu'ils étaient en train de jouer et que c'était son tour. Il attrapa le bout du bâton qu'elle avait dans la gueule, et elle lutta un peu avec avant de le lui laisser pour qu'il le relance. Ses pattes descendirent dans la neige fraîche, mais on ne pouvait pas douter de son bonheur quand elle aboya autour du bâton avant de le ramasser et de faire fièrement le tour du jardin avec.

— Idiote, murmura Caleb, et il se posa sur sa chaise sous la véranda.

Les planches en bois étaient glacées et le froid s'insinua à travers la laine épaisse de ses chaussettes, allant mordre la plante de ses pieds. Il les regarda, mais ne bougea pas, à part un petit mouvement d'orteils. *Tu as de super grands pieds…* L'écho s'éteignit. Non, pas l'écho : le souvenir. Caleb se tourna vers la porte où il avait vu Paul apparaître avec ses bottes ; il s'attendait presque à le voir de retour. Après la mort de Mike, c'était pareil. Il errait dans la maison en s'attendant à voir son amoureux penché sur son journal à la table de la cuisine ou en train de repasser des chemises de flanelle, car il n'avait jamais réussi à se persuader que les chevaux n'en avaient cure que les chemises soient froissées.

Il avait avoué à Paul que Mike lui manquait, mais d'avoir à nouveau quelqu'un à toucher, cela lui avait fait prendre conscience de son vide intérieur, tandis qu'il vivait en reclus dans leur petit coin de montagne. Il ferma les yeux et poussa un soupir.

— C'est plus facile de se laisser aller quand on a quelqu'un avec qui partager un endroit, dit-il à Molly qui, consciente de sa mélancolie, était venue se coucher à ses pieds.

Les yeux toujours fermés, Caleb se mit à parler à la chaise vide à côté de lui.

— Ce n'est pas ce qui était prévu, Mike. On devait s'acheter une maison, c'est ce que tu avais dit. Élever des chevaux. Les aider à grandir et les dresser fermement.

Il eut un petit rire triste quand la voix dans sa tête lui répondit, *Dresse un cheval et il n'est plus à toi.*

— Je sais, murmura-t-il. Montre-leur ce qu'ils ont envie de faire, pas ce qu'ils doivent faire.

C'est ça. Un peu comme avec ton homme des neiges.

Caleb ouvrit les yeux et regarda les grands arbres de sa cour. Il savait que Mike était mort et que la voix qu'il entendait était un mélange de souvenirs et de ses propres pensées. Mais cela le dérangeait que Paul apparaisse dans son faux dialogue. Il fronça les sourcils. Avec Mike, il avait partagé des espoirs, des rêves. Et puis, il l'avait soigné pendant les derniers mois.

— J'ai le gamin dans la peau, avoua-t-il à voix basse.

Il était temps que tu aies quelqu'un dans la peau.

— Peut-être que j'ai le droit de dire qu'il me manque, que vous me manquez tous les deux, et même de m'apitoyer un peu sur mon sort ?

Il regarda Molly à ses pieds et lui sourit.

— Qu'est-ce que tu en penses, toi ? Que je suis un vieil idiot qui devrait déjà être content qu'un jeune homme sexy lui ait accordé un peu d'attention ?

Les sourcils de Molly se dressèrent quand elle le regarda, et elle remua la queue.

— Oui, je crois aussi. Qu'est-ce que tu dirais si tu dégageais de mes pieds, comme ça je remets mes bottes et on va s'occuper des chevaux ?

La chienne se mit immédiatement debout et vint se poster devant les marches de la véranda, toute contente.

— J'imagine que ça veut dire oui, dit-il, et il remit ses vieilles bottes toutes crottées sur ses grands pieds.

VII

PAUL TIRA le bras à lui pour le réchauffer là où la couverture avait glissé. Il sentait son rêve lui échapper, mais il aurait voulu le retenir encore un peu. Il entendait encore le craquement de la dernière bûche dans la cheminée, le vent qui battait contre les vitres. Il sentit contre son oreille un souffle chaud et endormi et il sourit.

— Caleb, murmura-t-il, et il se pelotonna contre le corps chaud derrière lui.

— Je ne suis pas ton homme des montagnes, dit Stewart, et il vint chatouiller la poitrine de Paul.

Paul cligna des yeux plusieurs fois et grogna.

— Tu es déçu, hein ? Le taquina Stewart.

— Oh, tais-toi, grogna Paul, et il se tourna à nouveau sur le dos.

— J'ai le droit de supposer qu'il s'est passé plus de choses entre vous que ce que tu veux bien dire ?

Paul fit la moue et hocha la tête.

— C'est un homme bien, Stewie. Pas du tout le genre que je me fais d'habitude.

Stewart étira sa main sur l'oreiller et joua avec une mèche de cheveux de Paul.

— J'espère que ce n'est pas pour moi que tu dis ça. Un homme bien comment ?

— Il est... je ne sais pas. Il ne s'est pas laissé faire par ma mauvaise humeur et j'ai eu l'impression qu'avec lui je pouvais être moi-même, dit Paul, avec un sourire qui trahissait son mépris de lui-même. Genre quand on parle, mais qu'on n'est pas tout le temps distrait par autre chose, tu vois ?

— J'imagine qu'il n'y avait pas des masses de distractions là-haut.

Paul gloussa.

— Il y avait de la poussière sur la télécommande.

— Sacrilège !

— Il m'a emmené me promener... Tu peux t'imaginer comment j'étais dans ses vieux vêtements et avec ses bottes de travail, à piétiner sur un sentier à travers le bush...

57

— Et à te plaindre tout le temps.

— Oui, j'avoue. Il faisait très froid, après tout. Mais il m'a poussé à continuer jusqu'à ce qu'on arrive à une clairière et là, c'était comme si j'avais le monde entier devant moi.

Cette fois, Stewart ne l'interrompit pas. Il était étendu sur le dos et souriait.

— Je n'avais jamais vu un truc comme ça. On aurait dit que les montagnes s'étalaient à l'infini. Et c'était hyper silencieux, aussi. T'as déjà été quelque part où tu peux entendre les battements de ton propre cœur ? Et puis j'ai commencé à remarquer d'autres petits bruits… les feuilles, les oiseaux qui pépiaient dans les arbres au-dessus de nous, la chienne qui avait de la neige collée aux pattes et ça crissait un peu quand elle marchait.

— Pas du tout comme au chalet, marmonna Stewart.

— Tellement pas. Personne ne flirtait avec personne, personne n'essayait d'impressionner qui que ce soit. Personne qui essayait de prétendre qu'il s'en foutait de descendre des pintes et pas des cocktails à moitié prix. On avait juste un thermos de café, et Caleb, expliqua Paul, jouant avec une mèche de cheveux bleu-noir qui tombait sur le visage de Stewart.

— Pourquoi es-tu parti l'autre soir ?

Il haussa les épaules.

— Tu sais ce qui s'est passé. J'étais en train de me bourrer la gueule et de me préparer à une nuit de baise et après cet idiot a commencé à payer des verres à un gamin qui avait à peine l'âge de boire. J'ai l'impression que tout a l'air complètement stupide maintenant.

— Oui, je l'ai vu dans le bar. J'ai eu tellement peur quand je t'ai plus vu et que Cam m'a dit que tu avais décollé. Ce n'est pas la même chose que lorsque tu piques ta crise ici. Je veux dire, ici, tu connais le chemin pour rentrer et… enfin, je suis content que l'homme des montagnes ait réussi à te retrouver.

— Caleb, lui rappela Paul avec un sourire.

— Caleb, répéta Stewart, et il rejeta soudain la couverture, les exposant à l'air froid du matin. Allez, bouge ton boule et sors du lit ! Je veux à manger et du café ! Beaucoup de café !

Quand ils arrivèrent à leur QG du matin, il était déjà plus de onze heures et les autres avaient déjà presque fini leur petit déjeuner. Les amis de Paul étaient à leur place habituelle ; de toute façon, c'était difficile de les rater. Cameron faisait une bonne tête de plus que tous les autres clients ;

il racontait à qui voulait l'entendre qu'il était basketteur. En réalité, il jouait pour une petite équipe locale, mais il gagnait sa vie comme barman dans un club. Il se voyait comme un athlète, mais, malgré tout le temps qu'il passait au club de sport, il n'arrivait pas à se faire de vraies tablettes de chocolat. Doug, à l'inverse, ne se faisait guère d'illusion sur ce qu'il pouvait attendre de la vie. Il adorait son job de barman et quand il allait au club de sport, c'était pour draguer, pas pour s'entraîner. Ils faisaient un drôle de couple, tous les deux, avec Cameron complètement inconscient du fait qu'il ressemblait de plus en plus à un geek, et Doug, qui, avec sa coupe de cheveux à la Buzz l'éclair et son profil de surfer, en imposait beaucoup plus qu'il ne croyait.

— Je commençais à me dire que vous étiez retournés à la montagne tous les deux, leur balança Cameron, pince-sans-rire, en agitant une tartine beurrée vers eux.

— Naaan, c'est juste que Paulo avait besoin d'un peu de temps pour s'occuper de ses cheveux, répondit Stewart, et il leva deux doigts en direction de la serveuse pour indiquer qu'ils prendraient comme d'habitude. Tout ce temps passé dans l'air pur à crapahuter avec le bétail, ça l'avait un peu décoiffé.

Paul leva les yeux au ciel.

— Il y avait juste un chien et quelques chevaux.

Doug rit et se renversa sur sa chaise.

— J'aurais adoré voir une photo de toi là-haut.

— Oui, en train de nettoyer la merde des chevaux, ajouta Cameron sans savoir qu'il y avait un peu de vrai dans la blague.

— Ce ne serait pas très différent que de traîner avec vous, vu toute la merde que vous crachez, cingla Paul, et il se leva pour se chercher un verre d'eau au comptoir.

Ils ne peuvent pas comprendre, essaya-t-il de se raisonner. Mais ça n'aida pas quand il entendit Doug commenter :

— Tu penses que ça l'a un peu traumatisé ? Je veux dire, toute cette flanelle et pas de sèche-cheveux ? J'ai entraperçu le type avec qui il était. Il serait resté quelques jours de plus, notre Paulo, et il nous revenait en lui ressemblant.

Paul se prépara à répondre, mais Stewart vint à sa rescousse :

— Ne fais pas attention, OK ?

Il décida de se concentrer sur l'écran de télévision. Il y avait les prévisions météo de Melbourne ; puis une alerte à la neige dans les stations de ski.

— ALLEZ, AVANCE, grogna Caleb, quand le petit étalon à la robe isabelle hésita devant le poteau indicateur à moitié caché qui indiquait le chemin de retour vers chez lui.

Le cheval le dépassa en se dandinant et s'arrêta brusquement en face d'une rangée de trois boîtes aux lettres.

— Bon sang, Barney, geignit Caleb, et il sortit les pieds des étriers pour descendre du cheval. Combien de fois as-tu vu ces boîtes aux lettres ? À chaque fois, c'est le même numéro.

Barney trépigna et fit un pas de côté, comme si chaque boîte aux lettres renfermait des dangers cachés.

— Tu vois, pas de cinglé avec une hache, lui dit Caleb en le menant près de la première boîte.

Barney remua un instant les oreilles en entendant le claquement de langue de son maître, mais bientôt la boîte cessa de l'intéresser et il se mit à brouter l'herbe qui affleurait à certains endroits entre des plaques de neige.

La boîte aux lettres de Caleb était au milieu, entre celle de Jenny Matheson, une vétérinaire et garde-chasse spécialisée dans les animaux sauvages qui vivait un peu plus haut sur la montagne, et celle de la Brumby Lodge, le relais de randonnée touristique dont les terrains bordaient le sien. Il s'entendait bien avec ses voisins, mais comme disait Mike en riant, c'était surtout parce qu'il ne les voyait pas souvent. Leur coin de la montagne représentait une très grande surface de terrain, et même s'ils partageaient des palissades, les trois propriétés étaient situées dans des directions opposées depuis le carrefour où se trouvaient les trois boîtes aux lettres.

Caleb attacha les rênes à une branche basse et regarda la chienne, qui était assise à côté du cheval tout occupé à brouter en silence.

— Tu sais, ma vieille, je crois que Barney aime juste jouer la comédie. Je trouve qu'il laisse tomber un peu trop facilement chaque fois. Bon, voyons voir, quelles sont les nouvelles du monde ? Tu attends du courrier important, Molly ?

À l'appel de son nom, la Border collie leva les yeux et lui fit un sourire de chien. Caleb sortit un petit tas d'enveloppes et il les parcourut rapidement. La facture d'électricité qu'il craignait était arrivée, mais il décida qu'elle pouvait attendre jusqu'à ce qu'il soit à la maison et se serve un verre de scotch. Il y avait aussi une carte de la bibliothèque du coin pour lui dire que les livres qu'il avait réservés étaient maintenant disponibles. Le visage de Caleb s'enlumina à l'idée des nouveaux livres qu'il allait bientôt pouvoir passer chercher ; mais son sourire s'éteignit quand il reconnut le logo sur l'enveloppe suivante.

— Ils ne lâchent pas l'affaire, murmura-t-il.

Il déchira l'enveloppe en plein milieu du logo qui figurait une montagne stylisée au-dessus du nom « Mansfield Immobilier ». Au moins une fois par mois, il y avait des agents immobiliers qui lui suggéraient de faire estimer sa propriété, qui voulaient lui adresser quelques questions sur l'endroit, blablabla. Caleb avait du mal à payer l'hypothèque ; il réparait les palissades lui-même et retrouvait ses habitudes de charpentier, mais il n'en était pas encore à vouloir vendre.

Il fourra le courrier déchiré dans sa poche et se pencha sur la dernière enveloppe. Il reconnut tout de suite l'écriture. Il la retourna et la mention de l'expéditeur confirma qu'il s'agissait d'une lettre de la sœur de Mike.

Ces lettres s'accompagnaient toujours de sentiments mitigés chez lui. Ce n'était pas seulement le fait qu'elles lui rappelaient Mike ; de toute façon, tout lui rappelait Mike. D'ailleurs, leurs deux noms étaient encore écrits sur la vieille boîte aux lettres. C'est juste qu'en arrivant au bout des lettres, quand il lisait la formule finale, « Avec toute mon affection, Sarah », il se sentait complètement vidé.

L'enveloppe avait l'air épaisse ; cela annonçait qu'elle contenait sans doute des photos.

— Ok Molly, dit-il en refermant la boîte aux lettres. On a un paquet de trucs à lire, alors on ferait mieux de se mettre en route.

Le trajet était relativement plat jusqu'à ce qu'ils tournent sur le petit sentier qui menait à la maison ; Barney pouvait être idiot parfois, mais il avait le pied sûr, et Caleb lui faisait confiance pour trouver le chemin le moins dangereux. Quand le trio atteignit le bout de l'allée, le ciel bleu clair du matin avait disparu derrière une couche de nuages bas.

On entendit le rire d'un martin-chasseur pas loin, et un autre lui répondit.

— Il va pleuvoir… Ou alors, une autre livraison de neige ? demanda Caleb, comme si l'oiseau pouvait lui répondre.

Mais il sentait que l'air était lourd. Les nuages bas présageaient une averse ; la lumière, presque jaune, donnait au paysage un air étrange.

Il se dépêcha de desseller Barney et l'emmena dans la cour pour se servir de foin. Caleb flâna le long de la véranda et jeta le courrier sur la table de la cuisine, où il l'oublia un instant. Il alluma la radio. Sans surprise, on annonçait une alerte rouge à la neige dans la région montagneuse ; les stations de ski étaient invitées à fermer les pistes et les téléphériques.

— Il est temps de rentrer les chevaux et de fermer les écoutilles, annonça-t-il.

Il se mit en route pour mettre en sécurité ses bêtes, avec des gestes qu'il connaissait bien.

Il installa les chevaux dans leurs stalles après les avoir couverts. Il leur servit un brouet de mélasse chaude et remplit les mangeoires de foin. Il ajouta encore quelques carottes et leur dit :

— Ça va souffler un peu ce soir, mais vous avez plein de choses à manger, et je repasserai plus tard voir comment vous allez.

Il ferma l'écurie, content que personne ne soit là pour l'entendre parler aux chevaux. Malcolm Carson, le propriétaire de Brumby Lodge, l'avait déjà traité de cinglé parce qu'il gardait ses chevaux là tout l'hiver. La majorité des bêtes du relais étaient conduites dans les pâturages un peu plus bas, près de la ville, avant les premières chutes de neige, et elles y restaient jusqu'au retour des touristes en été. Seuls quelques chevaux restaient pour les randonnées hivernales. C'est vrai que Mike et lui avaient parlé de faire la même chose, mais Caleb se sentait mal à l'idée d'envoyer les chevaux ailleurs ; c'étaient, de fait, des chevaux de montagne, et ils avaient le droit d'être là autant que lui. Quand Mike était tombé malade, il avait relancé le sujet, mais Caleb l'avait fait taire d'un regard. *On reste ici. Tous ensemble.*

Cela voulait dire des factures plus élevées, et plus de boulot. Mais les chevaux étaient restés sur la montagne.

À LA fin de l'après-midi, les martins-chasseurs avaient fait taire leur rire étrange ; même les loriquets étaient silencieux. Caleb se tenait sous la véranda et observait. Il prit une gorgée de café. La montagne entière attendait la tempête.

Un opossum sortit le nez d'un tronc creux. Molly lui aboya dessus, puis vint se blottir contre ses jambes comme si le son de sa propre voix, dans le silence oppressant, lui avait fait peur.

— Idiote, dit Caleb tendrement en la caressant.

Il reprit sa place sur l'une des chaises et s'étonna de la boule d'angoisse qu'il sentait dans son ventre. Ce n'était pas à cause de la tempête qui approchait. Ce n'était peut-être même pas de l'angoisse ; c'était plus un chatouillis qu'un nœud. Il secoua la tête et prit une grande gorgée de café.

— Ah, Molly, tu crois que je vais ressentir cela chaque fois qu'il y a une tempête maintenant ? demanda-t-il, un peu agacé de constater que le mauvais temps lui donnait des espérances. On aura de la neige ce soir, mais pas d'homme des neiges.

Les deux compagnons restèrent assis sous la véranda jusqu'à ce que la tasse de café soit complètement vide et que l'air glacé finisse par pénétrer le ciré de Caleb jusqu'à le raidir. Ils se replièrent dans la chaleur accueillante de la cuisine, et le sang lui monta immédiatement aux joues. Caleb ôta son manteau et regarda où en était le feu dans le poêle ; il ajouta un morceau de bois supplémentaire. Le poêle était ce qui lui fournissait de la chaleur pour cuisiner, pour l'eau et… Il s'interdit de continuer. Évidemment, il avait besoin du poêle, mais il se rendait compte que dans un coin de sa tête il se préparait déjà à devoir secourir quelqu'un dans la tempête.

Il se tourna et lança à Molly un regard qui disait *Je sens que je vieillis vite*. À moins qu'il ne s'agisse que de s'avouer à lui-même qu'il n'aimait pas être seul. En tous les cas, Caleb décida de ne pas y penser et attrapa la lettre de Sarah.

Il y avait plusieurs pages de sa belle écriture, mais Caleb se pencha tout de suite sur les photos. Il s'attendait à ce que ce soit les dernières photos de ses filles dans leurs grands manteaux d'hiver ou à cheval pendant les cours d'équitation, en train de poser pour leur « tonton ». Il ne s'attendait pas à voir des photos de Mike. Il y en avait plusieurs où Mike montait Rocky, le gros guelding alezan qu'il tenait en longe ; et une autre où on lui remettait son ruban bleu pour sa deuxième place au salon royal de Melbourne. Au dos de la photo, Caleb lut *Eddie au salon royal ! Tu dois te rappeler cette journée !* Sarah avait soigneusement rayé « Eddie » et écrit « Mike » à la place. Caleb eut un sourire triste. Il décida que la lettre pouvait attendre.

Il remplit la gamelle de Molly et emmena les photos dans sa chambre.

C'ÉTAIT CALME au restaurant.

— Ce n'est pas ce soir qu'on va se faire des pourboires, râla Stewart en montrant du menton les tables vides dans la section dont il s'occupait.

— Il est encore tôt. Cela se remplit toujours un peu plus tard, dit Paul, essayant de le rassurer. Tu veux un café ?

— Oui, tant qu'à faire. Sauf s'il y a quelque chose d'un peu plus fort à disposition ?

— Non, on n'a pas, lança le patron qui passait devant eux pour aller en cuisine.

— Oups, gloussa Stewart. J'ai de la chance qu'il m'aime bien.

Paul leva les yeux au ciel et sortir les tasses.

— Je te fais un expresso ?

Stewart secoua la tête.

— J'ai envie de quelque chose avec du lait ce soir. Tu me ferais un bon latte bien fort ?

— Tes désirs sont des ordres.

— En fait là, j'ai envie d'une cigarette.

Stewart passa la tête par la porte de la cuisine et cria :

— Je peux prendre une pause de cinq minutes ?

Quand Paul rejoignit Stewart à une des tables en terrasse, une petite pluie tombait. Ils se serrèrent l'un contre l'autre sous l'auvent et Stewart sortit son paquet.

— Je vais juste prendre une bouffée de la tienne, dit Paul en lui prenant sa cigarette.

Il regarda la lumière orange au bout, et les volutes de fumée grise. Les deux amis regardèrent un tramway passer dans la rue.

— Cam et Doug proposent de nous emmener au club après le boulot, dit Stewart, le regard suivant les rails du tram.

Paul fit une grimace.

— Je ne suis pas surpris. Mais je n'ai pas trop envie de les voir ce soir. Ni tous ces mecs qu'on risque de croiser au bar.

— Je crois qu'on a besoin d'un nouveau terrain de jeu, suggéra Stewart, et il se pencha pour que Paul lui remette la cigarette entre les lèvres.

— J'ai besoin de nouveauté, c'est clair, murmura Paul.

Stewart leva les yeux et tourna la tête pour expirer la fumée. Il prit un air sérieux.

— Tu l'as vraiment dans la peau, non ?

Paul fut tenté de faire celui qui ne comprend pas, mais renonça.

— Je n'ai pas passé beaucoup de temps avec lui, et la plupart du temps je n'ai fait que me plaindre, mais…

— Mais tu l'as dans la peau.

64

— Oui, avoua-t-il d'une voix posée.

— Et tu ne l'as pas baisé, dit Stewart en lui donnant un petit coup d'épaule.

Paul ricana.

— Non, je ne l'ai pas baisé.

— Mais tu as bien fait d'autres trucs, non ? Je veux dire, il était assez sexy et moi, à ta place…

— Je ne veux pas savoir ce que tu aurais fait à ma place parce que franchement je m'en doute déjà.

— OK, alors si tu ne veux pas cracher ta valda sur ce que vous avez fait pour vous tenir chaud, tu ne veux pas au moins m'en dire un peu plus sur l'homme qui a réussi à pénétrer le cœur de pierre de Paul Turner ?

— Il n'a pas réussi, dit Paul, mais il n'en était pas si convaincu.

— Allez, parle-moi de ton homme des montagnes, dit Stewart avec plus de douceur.

— Tu as vraiment envie d'entendre ce que je vais te dire ?

— Tout à fait. Et je crois qu'en plus cela te fera du bien de m'en parler. Allez, Paul, raconte, ça se voit que c'était beaucoup plus que ce que tu prétends.

Paul revit en pensée les mains douces qui l'avaient touché et se souvenir lui réchauffa le cœur. Il jeta un bref regard à Stewart.

— La première nuit, dans la voiture, j'ai vraiment cru que j'allais y passer, jusqu'à ce que j'entende sa voix au téléphone. Je ne le connaissais pas, je n'étais pas sûr du tout qu'il arrive à me tirer de là, mais je savais qu'il était en route et ça m'a rassuré. Je me souviens qu'il m'a fallu toute l'énergie qui me restait pour sortir de la voiture, et quand j'ai su qu'on aurait encore une longue marche dans la neige, j'ai vraiment eu envie de me laisser tomber par terre et de me livrer à la tempête. Je voulais juste dormir et ne plus penser à rien. Mais il m'a forcé à continuer et on a marché ensemble jusqu'à chez lui.

Stewart écoutait silencieusement.

— Il m'a serré contre lui toute la nuit. Je n'ai pas beaucoup de souvenirs de cette nuit-là, mais je me souviens qu'il a fait un lit pour moi sur le sol devant la cheminée et qu'il m'a aidé à me déshabiller. Pas de façon bizarre ou quoi. Il m'a couvert et il m'a tenu toute la nuit.

— Ça a l'air romantique, dit Stewart dans un souffle.

Dans la bouche de n'importe qui d'autre, c'aurait pu être ironique, mais Paul savait que Stewie était sincère. Il tira une autre bouffée sur la cigarette et dit :

— Pour toi, n'importe quoi est romantique, idiot.

— C'est ma nature passionnée, répondit Stewart en haussant les épaules.

— Quand est-ce que tu vas finir par comprendre que le prince charmant n'existe pas, et que j'ai juste eu de la chance que ce soit un homme bien qui vienne me chercher ?

— C'est cela, oui, dit Stewart, pas du tout convaincu. Pourquoi ne lui passes-tu pas un coup de fil ? Tu sais, juste pour lui dire que tu es bien rentré et que tu vas bien.

— Bof, il est sans doute content d'avoir de nouveau la maison pour lui tout seul et de se préparer pour la nuit.

Paul regardait la rue ; la pluie tombait dru désormais sur les voitures qui passaient.

— Il y avait une alerte rouge dans les montagnes. On attend une tempête avec de fortes chutes de neige. C'est bizarre de se dire qu'on ne vit pas si loin l'un de l'autre, à quelques heures de route, et que tout est aussi différent.

Stewart ne répondit pas, mais se pencha vers lui et déposa un baiser sur sa joue.

— Tu sais, il y a des princes charmants qui montent autre chose d'un cheval blanc. Cela peut être des chevaux de toutes les couleurs.

Il lui fit un clin d'œil, tira une dernière fois sur sa cigarette et revint dans la cuisine.

Paul le regarda partir, puis se tourna vers les nuages amoncelés au-dessus de lui. Il n'avait jamais prêté attention à leur forme auparavant, ni à la façon qu'ils avaient de refléter les lumières de la ville.

— Stewie dit n'importe quoi tout le temps, grommela-t-il, en ne s'adressant à personne.

Mais il tira quand même son téléphone de sa poche et tapa trois mots, puis son nom. Il hésita un peu avant de presser sur « envoi » ; mais pas longtemps.

CALEB ÉTAIT assis sur le lit, les jambes étendues devant lui. Il sourit à Molly quand elle ouvrit la porte d'un coup de patte.

— Désolé, ma vieille, je pensais à autre chose.

Il montra d'un geste les photos, les notes, les lettres étalées sur le lit.

— Tu as besoin de sortir, j'imagine ? et quand la chienne sauta sur le lit, renversant une pile de photos, il eut sa réponse.

Caleb les déplaça hors de portée de la chienne et les posa sur la table de nuit.

— Sarah m'a envoyé de nouvelles photos de Mike. Enfin, des vieilles photos, mais je ne les avais jamais vues. Du coup, j'ai voulu en revoir d'autres, et voilà.

Il sortit à nouveau le cliché qui montrait Mike recevant son ruban bleu pour la deuxième place au salon et sourit.

— C'était de ma faute, tu sais ?

Il rit et prit un grand cahier qui était toujours sur la table de nuit de Mike. Il feuilleta les pages qu'il connaissait par cœur, et trouva celle qu'il cherchait.

« C'est le lendemain de notre rencontre que Caleb m'a fait rater la première place au salon royal. »

C'était si facile d'imaginer l'air ironique qu'avait Mike en écrivant cette phrase.

« J'étais assis sur une balle de foin devant le box où je logeais pendant le salon, et je faisais des croquis d'un des chevaux qui étaient en train d'être pansés dans l'allée centrale, quand j'ai entendu une voix. Une voix bourrue qui criait :

— Hé, Michelangelo ! ça va dans quel sens, la numérotation des boxes ?

J'ai regardé, plus par curiosité qu'autre chose, et j'ai vu un mec qui avait l'air de sortir tout droit du bush. Grand, des yeux bleus à moitié cachés par un vieux chapeau de cow-boy, et les plus longues jambes que je n'ai jamais vues, en tout cas dans de la moleskine. Il portait un gros sac d'une main et de l'autre, il menait un jeune Quarter Horse à la robe isabelle.

— Il y a trois boxes pour les chevaux, puis un pour un cavalier. Mon cheval a le numéro trente-deux et là c'est moi. Je m'appelle Edward, au fait.

Caleb (mais je n'ai compris son nom que plus tard) a juste fait un signe de tête et a continué son chemin. De dos, il était sacrément bien roulé aussi. Et finalement, le box où il dormait n'était pas trop loin du mien, alors on s'est croisés plusieurs fois ce jour-là. J'ai beaucoup fait pour qu'on se croise, d'ailleurs. Il ne parlait pas beaucoup, mais cela ne me dérangeait pas de faire la conversation, et on s'est vite rendu compte qu'on riait facilement ensemble.

On a passé une grande partie de la nuit à partager des bières et à se raconter des histoires et, le matin, je savais que c'était l'homme avec qui je voulais passer ma vie.

Bon, pour en revenir à mon ruban bleu.

J'étais avec Rocky au milieu de la zone de dressage, en train de faire un numéro qu'il connaissait bien. Le dos droit, le regard droit. Et puis, du coin de l'œil, je l'ai vu. Alors j'ai souri et sans le vouloir, j'ai tourné la tête. Pas beaucoup, vraiment pas beaucoup, mais cela a été suffisant pour que Rocky se décale un peu et perde l'équilibre.

Donc c'était clairement à cause de Caleb si on n'est pas arrivés premiers. Mais, curieusement, cela m'était complètement égal sur le moment, et cela m'est toujours égal maintenant. Parce qu'aujourd'hui on m'appelle toujours Michelangelo, ou Mike. »

CELA FAISAIT presque deux mois que Caleb avait ouvert le carnet de souvenirs de Mike. Il parlait du temps qu'ils avaient passé ensemble, jusqu'au moment où, à cause de sa maladie, il avait perdu la mémoire.

Caleb ferma le cahier. Même si c'était toujours douloureux de le lire seul dans sa chambre, il y trouvait aussi une forme d'apaisement. Mais quelque chose avait changé. Là-haut, en regardant la vallée, il avait avoué à Paul que Mike lui manquait. C'était la première fois qu'il le disait à voix haute et, même s'il ne savait toujours pas vraiment pourquoi il l'avait dit à ce moment-là, une tension s'était relâchée en lui. Cela lui avait fait du bien, même si cela n'avait duré que le temps que Paul était à ses côtés.

Il y eut un petit bip depuis la table de nuit ; Caleb attrapa son téléphone et le regarda stupidement.

— J'ai un message... Bon, comment je fais pour l'ouvrir ?

Il pressa plusieurs boutons au hasard et parvint finalement à trouver le menu et la boîte de réception.

Il secoua à la tête à la lecture du message et sourit.

Reste au chaud.

L'homme des neiges.

IL JETA un œil par la fenêtre où la neige était déjà en train de s'accumuler. Il relut le petit message et tapa une réponse.

Prends soin de toi. Gare aux sorties de route.

VIII

LES DERNIÈRES étoiles de la nuit s'éteignirent quand le ciel bleu-noir s'éclaircit au matin. Caleb était étendu dans son lit, les yeux fermés. Il écoutait le jasement des cacatoès dans l'arbre près de la fenêtre de sa chambre. On aurait dit des gens qui se battaient pour la dernière place de parking libre. D'abord, il y en avait un qui piaillait, puis un autre qui voulait lui répondre, et les répliques se succédaient en montant en puissance. Cela lui rappela pourquoi il avait décidé de ne plus vivre en ville. Malgré la tempête de neige qui avait fait rage pendant la nuit, on sentait que le printemps arrivait dans la montagne, et que les oiseaux défendaient leurs territoires.

Il ouvrit les yeux et regarda les stalactites qui tombaient de chaque fenêtre. Au-dehors, le monde redevint silencieux ; on pouvait de nouveau entendre les murmures plus doux qui venaient du bush. Tout dans son corps et dans son cœur désirait ardemment le printemps, ce moment de promesses. De renouveau.

Un nouveau départ.

C'était une pensée agréable, mais l'air froid du matin vint lui chatouiller le bout du nez et mordre les lobes rougis de ses oreilles. De l'autre côté des couvertures, c'était encore l'hiver. Il essaya d'ignorer la chienne qui le regardait en attendant impatiemment qu'il sorte du lit. Il lui tourna le dos, et vit alors le téléphone posé juste à côté du journal de Mike. Il avait passé la nuit avec Mike et Paul, à réfléchir en discutant avec eux et à rêver à leurs sourires. L'un, c'était l'homme avec qui il avait voulu passer sa vie. L'autre… Bon, Caleb devait bien admettre que l'autre n'était qu'une rencontre de hasard qu'il ne reverrait probablement jamais. À l'idée qu'il pourrait ne jamais revoir Paul, son cœur se serra un peu, mais il fallait bien qu'il regarde la réalité en face. De même, le fait que l'autre côté de son lit était vide, c'était aussi une réalité qu'il devait regarder en face.

Il se décida à affronter le froid et tendit la main vers la table de nuit. Mais il s'arrêta en chemin : qu'est-ce qu'il voulait, le téléphone ou le carnet ? Molly vint l'aider à choisir : elle contourna le lit et vint mettre son museau contre sa main tendue.

69

— Salut, Molly, dit-il, la voix encore tout ensommeillée. Tu ne serais pas en train d'essayer de me dire qu'il est l'heure de se lever ?

Il lui chatouilla le bout du nez et elle lui lécha la paume, lui arrachant un sourire.

— Pas tout de suite, grogna-t-il, et il retira sa main pour tapoter le matelas. Qu'est-ce que tu dirais de me laisser dormir encore un peu, si je t'autorise à venir dans mon lit ?

La chienne sauta d'un bond à ses côtés et se blottit contre lui comme si elle avait compris exactement ce que son maître lui disait.

— Brave fifille, murmura Caleb.

Autrefois, les matins comme cela étaient les meilleurs du monde. Il n'y avait pas de travaux urgents à faire qui l'obligeait à se lever et, pendant une bonne heure, le monde se réduisait aux chaudes couvertures qu'il partageait avec Mike. Il ne s'agissait pas forcément de sexe, même si la matinée commençait souvent par là. Le matin, et certaines nuits, c'étaient aussi des moments de calme, où ils pouvaient parler, partager leurs rêves d'avenir. Ils avaient tellement de projets. Mais tout avait basculé après la première et terrible migraine. Caleb se disait que le mot « migraine » ne suffisait pas à exprimer ce qui avait frappé Mike en cette chaude matinée d'été. Il ne suffisait pas à dire la douleur qui l'avait saisi et avait retiré toute couleur du visage de son amant, le laissant d'un gris de cendre, à gémir sur ses genoux dans la paille du box de Ruth.

Ce souvenir était encore cuisant : l'image de Mike incapable de dire ce qui lui était arrivé, incapable d'articuler quoi que ce soit.

Ensuite, il y eut de nombreuses consultations médicales, des examens à l'hôpital et, à chaque fois, une tentative désespérée de rester fort. Parfois, ils y arrivaient ; parfois non. Le docteur les avait fait asseoir tous les deux et leur avait expliqué que la tumeur était inopérable, et cela voulait dire que leur rêve de passer leur vie ensemble sur la montagne ne se réaliserait jamais. Cela, ils le comprirent tous les deux sans avoir besoin de l'exprimer. Mike était décidé, tant qu'il en était encore capable, de remplir leurs journées et leurs nuits de choses dont Caleb pourrait se souvenir, même si, jour après jour, il perdait un peu plus de lui-même. C'étaient des petites choses d'abord, comme d'oublier où il avait laissé les clés, ou s'il avait déjà nourri Molly. Des petits oublis de tous les jours ; jusqu'au moment où Mike était resté assis dans la voiture, paniqué, silencieux, incapable de se rappeler comment on ouvrait la porte. Il lui avait fallu plusieurs minutes de terreur avant de s'en souvenir, mais cela avait suffi pour lui faire comprendre la réalité de sa maladie. C'était ce soir-là qu'il avait commencé son carnet, pour compiler ses souvenirs.

Caleb connaissait chaque histoire, chaque croquis, chaque photographie du cahier. Il avait écouté Mike lui en lire des extraits clairement réservés aux adultes et avait vu son œil briller de malice quand il s'interrompait pour lui proposer de fabriquer tout de suite un nouveau souvenir à consigner. Mais il se souvenait aussi de ces jours à l'hôpital où, couché contre lui, il lisait des pages à son amoureux.

— Pardon, Molly, dit-il, et il se redressa sur le lit. On ne peut pas rester au lit toute la journée, on a du boulot qui nous attend, non ?

La chienne releva la tête, surprise par le changement de plans, mais prit les devants, sauta du lit et trottina hors de la pièce.

Caleb la suivit d'un pas lourd. Le parquet froid craqua sous son pied nu, faisant écho aux craquements de ses genoux douloureux. Il enfila ses vêtements de la veille et glissa les pieds dans des Uggs en peau de mouton, puis se traîna jusqu'à la salle de bain. Il ne voulait ni se doucher ni se raser, juste soulager sa vessie. Caleb évita de se regarder dans le miroir et descendit les escaliers.

Il accomplit sa routine matinale mécaniquement, en ressassant ses pensées plus qu'à l'habitude. Il nourrit Molly et fit du café. Il mit sa veste en mouton et, une tasse de café à la main, il s'assit sous la véranda, contemplant le terrain couvert de neige. La tempête avait été puissante et rapide, mais s'était calmée tout aussi brusquement et le matin était clair et froid.

Le soleil d'hiver avait toujours quelque chose de magique.

— Dommage que le touriste ne soit pas là pour voir ça, murmura-t-il dans sa tasse de café fumante.

Il fronça les sourcils. Tous les matins, il venait s'asseoir là et parlait à Mike, même si cela faisait longtemps que son amoureux n'était plus assis à côté de lui. C'était à Mike qu'il pensait en se couchant et à lui qu'il pensait en s'éveillant.

Tu l'as dit toi-même, Cal. Tu as le droit de penser à deux hommes.

Il posa sa tasse par terre et ramassa le bâton préféré de Molly avant de répondre à la voix silencieuse.

— C'est facile à dire quand tu as encore l'odeur de l'autre sur la peau.

Il soupira et lança le bâton. Molly se retourna et s'élança à sa poursuite.

Tu pourrais l'appeler.

Caleb savait que ce n'était pas vraiment la voix de Mike. Il savait qu'il s'accrochait à n'importe quoi pour garder son amant près de lui, mais s'il se l'avouait clairement, il était obligé d'admettre à quel point il se sentait seul sur sa montagne.

— Il est de retour là où il doit être, et moi aussi, marmonna-t-il.

Il reprit sa tasse et souffla sur le café. La vapeur lui fit fermer les yeux ; il aurait voulu les fermer aux pensées qui le ramenaient au monde extérieur. C'était si facile de se rappeler la première fois qu'il s'était tenu sous la véranda avec Mike.

— Dès le départ, on a su qu'on était chez nous. Bien avant qu'on ait nos noms sur la boîte aux lettres, on savait que notre maison, ce serait ici.

— TOURNE ICI, dit Mike brusquement, depuis le siège passager.

— Hé, préviens-moi un peu en avance la prochaine fois, grommela Caleb, et il tourna à droite sur le chemin de terre. Es-tu sûr que c'est par là ? On dirait plutôt un chemin d'accès pour les pompiers, pas une vraie route.

Mike regarda longuement la carte et relut les instructions écrites.

— C'est forcément par là. D'après ce qu'ils nous ont dit, il faut tourner après les boîtes aux lettres.

— Bon, j'espère que tu ne te plantes pas, parce qu'on n'aura pas la place de faire demi-tour sinon.

Mike rit et rangea la carte dans la portière.

— Ne t'en fais pas. Si je me suis planté, on n'aura qu'à aller jusqu'au sommet et redescendre de l'autre côté.

Caleb secoua la tête et continua à conduire. La petite route de montagne prit quelques virages serrés, mais, bientôt, ils virent la maison qu'ils cherchaient. Mike se précipita hors de la voiture et ouvrit le portail. Une longue allée les mena jusqu'à une vieille maison en bois d'un étage, avec une grande véranda. Il pouvait facilement les imaginer tous les deux assis sur les chaises en bois, en train de prendre le café du matin et de réfléchir aux jours suivants.

— Allez, sors de la voiture, Cal, dit Mike avec son sourire contagieux, le tirant de sa rêverie.

Un vent tiède et printanier agitait les feuilles au-dessus d'eux et répandait un parfum d'eucalyptus. Il inspira un grand coup et l'effet fut instantané : c'était entêtant et frais.

— Voilà l'écurie. On dirait que ce n'est pas trop mal foutu, dit Mike, et il salua l'homme qui venait à leur rencontre. Vous devez être Jim ? Moi c'est Mi... Edward. Et voilà Caleb. Je vous ai appelé ce matin pour parler de la pouliche demi-sang que vous vendez.

L'homme les rejoignit et leur serra la main.

— Ravi de vous rencontrer. J'ai laissé Ruth dans son box pour qu'elle soit prête à vous rencontrer, alors elle est peut-être un peu en train de prendre la grosse tête. Venez, je vais vous la présenter.

Il ouvrit le portail de l'écurie et Caleb entendit un hennissement de bienvenue avant de voir la pouliche. Ruth sortit la tête pour voir les étrangers qui entraient dans l'écurie et hennit à nouveau.

— C'est une fille amicale, commenta Mike, et il lui sourit.

— La petite Ruth a un tempérament très doux, approuva Jim, et il lui chatouilla le nez.

Il accrocha une longe à son licou et ouvrit la porte. Ruth trottina hors de son box en se pavanant, pressée de rencontrer les nouveaux venus. Mais à un mot de Jim, elle se tint tranquille. Elle était déjà grande pour son âge et n'avait plus la démarche dégingandée d'un petit poulain.

— Bonjour, jeune fille, murmura Mike en s'approchant. Laisse-moi te regarder un petit peu, tu veux ?

Il la contourna lentement, en faisant de petits bruits pour la rassurer. Il passa doucement la main sur son dos, sa croupe, et le long de chaque jambe. Ruth eut plusieurs fois les oreilles qui se tordaient, mais elle se laissa inspecter par l'étranger.

— Elle est très belle, dit Mike. Seriez-vous d'accord que Caleb l'emmène dehors, pour que je vois comment elle réagit avec quelqu'un qu'elle ne connaît pas ?

Jim accepta et tendit la bride à Caleb, qui lui donna une petite caresse sur le nez avant de lui ordonner de se mettre en route.

Sans le moindre souci, Caleb et Ruth sortirent de l'écurie et arrivèrent dans la cour inondée de soleil. Ruth trottina un peu dans la lumière et Caleb rit :

— Tu fais la belle, hein ?

Elle tendit le cou et lui décocha un regard de côté qui confirma ses paroles.

Après l'avoir vue marcher, trotter et tourner, Mike hocha la tête.

— Elle a des mouvements très fluides et elle se laisse très bien mener.

— Ruth peut avoir des moments où elle proteste un peu, admit Jim.

— C'est encore un bébé, alors il faut bien qu'elle en passe par là. Elle a besoin de temps pour grandir et pour jouer.

Jim le regarda d'un air sérieux et approuva.

— Je vois que vous la comprenez déjà bien, Edward. Oh, et je crois bien qu'elle apprécie votre ami.

Mike sourit à Ruth, qui frottait sa tête contre l'épaule de Caleb.

— Je suis étonné que vous vouliez la vendre.

Jim hocha la tête.

— C'est le dernier poulain que nous avons fait naître, et nous aurions vraiment voulu la garder, mais notre situation a changé, alors nous vendons tout.

— Vous voulez dire que vous vendez la maison ?

— Ma femme et moi, nous devons retourner vivre en ville. Nous pensions louer la maison, mais nous avons besoin de la vendre pour pouvoir acheter quelque chose d'autre. Les prix sont très élevés en ville par rapport à ici.

Caleb s'approcha d'eux avec Ruth et entendit la fin de la conversation.

— J'aurais du mal à quitter un endroit comme cela.

— Si vous saviez, grommela Jim. Mettez-vous sous la véranda pendant que j'emmène Ruth dans l'enclos, et ensuite on pourra parler affaires.

Ils sentirent les planches en bois de la véranda craquer sous leurs pas quand ils allèrent s'asseoir sur les chaises. Ils regardèrent Ruth trotter et caracoler sur l'herbe grasse dès que Jim l'eut libérée.

— Qu'est-ce que tu en penses ? demanda Mike.

— Du cheval, ou de la maison ? dit Caleb sans le regarder.

— C'est fou comme tu me connais bien.

L'HERBE PRINTANIÈRE était encore recouverte par les dernières neiges de l'hiver.

Ce serait toujours leur chez eux.

IX

PAUL REGARDA Stewart entrer dans la cuisine. Il avait vraiment sa tête des mauvais jours. Il se gratta le ventre à travers un vieux tee-shirt tout troué qui était réservé à ses nuits solitaires et fixa un instant la cafetière.

— Pourquoi y'a plus de café ? fit-il d'une voix geignarde, l'air désabusé.

Paul, plein de bonne volonté, se leva de sa chaise et vint lui passer une main réconfortante dans le dos.

— Va remplir la cafetière, je mets la machine en route.

Stewart se traîna péniblement jusqu'à l'évier.

— Qu'est-ce qui s'est passé hier soir ? Je croyais que tu avais un rendez-vous et que c'était dans la poche ? demanda Paul en ouvrant une nouvelle boîte de café moulu.

Stewart posa la cafetière près de la machine.

— Ah, que j'aime cette odeur, soupira-t-il.

Il se laissa aller contre le dos de Paul.

— Oui, *c'était* dans la poche, mais ça ne l'est plus.

— Qu'est-ce qui s'est passé ?

— C'est sa femme, murmura-t-il, en posant la tête sur l'épaule de Paul. Je sentais bien que c'était un de ces types, tu sais, avec femme et enfant et puis un boy-friend caché, mais il me plaisait vraiment. Je croyais que je lui plaisais aussi.

— Bien sûr que tu lui plaisais, dit Paul doucement en le prenant dans ses bras. Mais pas tout à fait assez pour qu'il quitte sa petite vie bien rangée.

— Ça craint, dit Stewart, en s'adressant à son tee-shirt.

— Oui, ça craint grave, confirma Paul, et il le prit dans ses bras pour l'embrasser. Le café est en train de chauffer. J'ai besoin d'un coup de main pour un truc.

— Un truc intéressant ?

— Peut-être. Assieds-toi deux minutes, je t'explique.

Stewart obéit et s'installa à la table de la cuisine, devant l'ordi ouvert.

— Donc tu étais sérieux l'autre soir. Quand tu disais que tu voulais devenir cuisinier.

— Oui, dit Paul en venant s'asseoir à côté de lui. Mais à force de regarder tous ces sites, j'ai l'impression que ce n'est pas du tout à ma portée. Soit la formation est très chère, soit il faut déjà avoir un bac pro restauration. Moi j'ai eu mon bac littéraire ric-rac, je ne crois pas que cela va m'aider beaucoup…

Stewart regarda les onglets qui étaient ouverts et parcourut les sites. Les prix et les prérequis se mélangeaient sous ses yeux. Il réfléchit en pianotant sur la nappe.

— Et qu'est-ce que tu dirais de postuler en tant que…

Il se renversa sur le dossier de sa chaise avec un air contrit.

— En tant que senior en reconversion ?

Paul leva les sourcils et protesta :

— Je ne crois pas que je me vois comme un senior… À ton avis, quel âge faut-il pour prétendre à ce statut ?

— Aucune idée, mais il faudrait qu'on cherche. Tu sais, il y a les cuisiniers qui bossent au café. Tu devrais leur demander quel parcours ils ont eu. Ça ne coûte rien. Et si ça ne t'aide pas, tu peux encore faire tes bagages et aller élever des moutons sur la montagne.

Paul jura, amusé :

— Imbécile. Il n'y avait pas de moutons là-bas de toute façon.

— Tu pourrais peut-être devenir dresseur de kangourou ? suggéra Stewart avec une moue ironique.

— Idiot.

— Ou alors tu pourrais aller compter les koalas ?

— Tais-toi, dit Paul en réprimant un rire. Tu ne m'aides pas, là.

— OK. On va faire une liste.

Bientôt, tout en vidant la cafetière, ils établirent une liste de personnes que Paul pouvait appeler. Paul la contempla un instant et sentit une boule d'angoisse dans son ventre.

— Je vais vraiment essayer, alors ?

Stewart eut un sourire gentil et dit :

— On dirait bien que oui, dit Stewart avec un sourire gentil.

— Je n'arrive pas à savoir si cela me réjouit ou si cela me fait juste complètement flipper.

— Ça va aller, ne t'en fait pas.

— Qu'est-ce que tu en sais ?

— Je le sais parce que tu es intelligent, que tu es drôle et que tu arrives toujours à tes fins.

Paul avait l'habitude d'être taquiné par Stewart et il savait qu'il ne devenait sérieux que pour les choses vraiment importantes.

— Tu le penses vraiment ? demanda-t-il, juste pour entendre la confirmation.

— Bien sûr.

Il se serra contre son ami et murmura :

— Je ne sais vraiment pas ce que je ferai sans toi.

— Tu irais compter les koalas, dit Stewart, ce qui lui valut un coup de coude dans les côtes.

APRÈS LE petit déjeuner, ils décidèrent de sauter dans un tram et de se rendre dans les cafés que Paul dirigerait bientôt, quand il serait le meilleur cuisinier de Melbourne. Avant de sortir, ils se préparèrent longuement dans la salle de bain. Le miroir n'était pas assez large pour eux deux et ils n'arrêtaient pas de se battre pour s'assurer une meilleure vue. Cela faisait partie de leur petit rituel.

À midi, ils étaient douchés, habillés, coiffés, et se disputaient déjà quant aux meilleurs restos pour aller déjeuner.

— Si nous allons vers Degraves Street maintenant, nous pourrons avoir une table avant le coup de feu, dit Paul en menant Stewart à travers un quartier de petites boutiques.

Stewart grogna et traîna la patte devant un magasin de chapeaux, lançant des œillades à un jeune homme derrière un comptoir. Paul leva les yeux au ciel et le tira par la manche.

— Oh, allez. Soit tu rentres et tu vas lui dire bonjour, soit tu l'oublies.

— Si ça se trouve, il ne se souvient même pas de moi, dit Stewart en faisant la moue, et il se remit en route.

— C'est probable, dit Paul en haussant les épaules.

Stewart lui lança un regard assassin.

— Penses-y, cela ne te mènera nulle part de ressasser.

Stewart se retourna à nouveau vers le magasin.

— Tu crois vraiment que je devrais y aller ?

— Pourquoi pas ?

— Parce qu'il pourrait faire comme s'il ne me connaissait pas et que je venais juste acheter un chapeau.

— Ou alors, il pourrait dire : eh, tu ne serais pas le mec mignon que j'ai rencontré à la pendaison de crémaillère de Lucy ? Celui à qui j'ai roulé des pelles bien profondes ?

— On ne s'est jamais roulé de pelles, persifla Stewart, mais il sourit. Enfin, je lui aurais roulé toutes les pelles que j'aurais pu s'il m'avait donné la moindre occasion.

Paul secoua la tête et fit demi-tour, entraînant Stewart avec lui.

— Allez, je crois que tu as justement besoin d'une nouvelle écharpe.

— Pas du tout, gloussa Stewart, mais Paul ne lui laissa pas le choix et entra dans le magasin.

L'homme derrière le comptoir leva les yeux et sourit. C'était un de ces sourires qui n'engagent à rien : il signalait juste qu'il les avait vus, sans rien de plus. Paul lui sourit en retour. Stewart le tirait discrètement par la manche, comme s'il avait voulu s'échapper de la boutique.

— Aujourd'hui, on va de l'avant, tu te rappelles ? murmura Paul.

Il espérait de tout son cœur que son initiative n'allait pas lui retomber dessus. Stewart était toujours celui qui mettait de l'ambiance en soirée ; il flirtait, il riait, il dansait avec n'importe qui du moment qu'il avait eu sa dose d'alcool et que son homme du moment lui donnait toute l'attention dont il avait besoin. C'était lui qui avait décidé de leur mantra : « vis dans l'instant ». Mais Paul savait que c'était juste une façade. Stewart, en fait, était un grand romantique. C'était bien ce qui l'inquiétait.

Il s'avança vers le comptoir, sentant Stewart hésiter derrière lui.

— Bonjour, mon ami aurait besoin d'une nouvelle écharpe.

— Je serais ravi de vous aider, dit le vendeur, et il regarda Stewart directement. Que cherchez-vous comme écharpe ?

— Euh, quelque chose de chaud… et de doux, dit Stewart, et il fit un petit sourire.

Voilà, un vrai regard. Paul se recula de quelques pas et dit :

— Je vais nous réserver une table et tu me rejoins, d'accord ?

PAUL REGARDAIT passer les hommes d'affaires en costume pendant qu'il attendait qu'on lui apporte son café. Degraves Street, avec ses petites gargotes et ses boutiques, était un des quartiers préférés des hommes d'affaires et des amateurs de lèche-vitrines. À l'heure du déjeuner, les rues étaient toujours pleines de monde. Tout le long du trottoir, les terrasses se suivaient, avec leurs tables serrées les unes contre les autres ; les serveurs devaient zigzaguer adroitement pour atteindre leurs clients. Paul avait brièvement travaillé dans le coin, mais il avait trouvé ça trop fatigant, pour des pourboires insuffisants.

Il sourit à la serveuse qui posa deux tasses sur sa table et se tourna à nouveau vers la rue pour regarder les passants. Il avait laissé son téléphone sur la table, au cas où Stewart lui enverrait un message, mais il aperçut son ami au bout de la rue. *En voilà un beau sourire*, pensa-t-il, et il leva un sourcil interrogateur.

— Alors, tu as trouvé l'écharpe de tes rêves ?

Stewart rit et tira la chaise à côté de lui, ignorant les protestations d'une jeune femme qui dut bouger ses multiples sacs pour le laisser s'asseoir.

— Non, mais Simon — il s'appelle Simon — m'a aidé à en essayer quelques-unes.

— Tu m'étonnes, gloussa Paul.

— En tout cas, il se souvenait de moi, alors on a échangé nos numéros et...

Il ne finit pas sa phrase, mais sourit jusqu'aux oreilles, ce qui en disait plus long que des paroles.

— Fort bien, dit Paul, et il prit une gorgée de café. De toute façon, comment aurait-il pu t'oublier ?

— C'est vrai.

Quand il était heureux, Stewart avait quelque chose de magique. Paul connaissait bien ses humeurs les plus extrêmes, qui, chez lui, pouvaient vraiment être extrêmes. Il sirota son café en écoutant Stewart lui raconter mot à mot la conversation qu'il avait eue avec le vendeur, avec force détails sur le moindre de ses gestes et des mimiques qu'il avait faites. D'être là, assis à côté de Stewart, c'était tellement différent d'être sous la véranda avec Caleb. Ce n'était ni meilleur ni moins bien ; juste différent.

Paul n'avait jamais pris l'habitude des silences dans la conversation, du temps qui permettait de réfléchir, d'entendre tout ce qui n'était pas dit. Il se tourna vers son ami, comme s'il espérait voir le visage calme de l'homme des montagnes contemplant la vallée. Quand il se rendit compte que Caleb n'était pas là, son cœur se serra.

X

C'ÉTAIT TOUJOURS la nuit que c'était le plus difficile. Quand il nettoyait l'écurie, c'était facile d'ignorer que sa voix ne se mêlait pas à la sienne lorsqu'il fredonnait, ou que les aboiements et les jappements de Molly étaient les seules réponses à ses questions. Bien sûr, il y avait toutes les petites choses qui lui rappelaient qu'il était seul, comme la tasse solitaire à côté de la bouilloire, la chemise unique qui séchait sur le fil, une seule paire de bottes en caoutchouc crottées près de la porte. Tout cela le heurtait, mais, parce qu'il était pris par de multiples tâches à accomplir, il pouvait globalement l'ignorer. Il y avait toujours quelque chose à faire pour faire marcher la maison et s'occuper des animaux.

La nuit, en revanche, tout était calme. Dans la grande maison vide, les pas de Caleb résonnaient lourdement. Il aurait pu allumer la radio pour masquer le silence, mais cela ne suffirait jamais à compenser sa perte, quand il entrait dans sa chambre qui, autrefois, était la leur.

ÉTENDU DANS son lit, Paul entendit un tramway au loin. Il avait renoncé à s'endormir et commençait à se dire qu'il aurait mieux fait d'aller en boîte avec Stewart. Son meilleur ami avait tout essayé pour le faire venir : ils faisaient équipe et c'était quand ils étaient ensemble qu'ils arrivaient à choper les mecs les plus mignons. Mais c'était bien là le problème : Paul n'avait pas envie de se trouver un corps bien fait avec qui passer la nuit, ni même seulement à tripoter dans un coin sombre… Enfin, ce n'était pas tout à fait exact. Il en avait envie, mais il savait qu'il devait s'en tenir à ses résolutions. Pendant les quelques jours qu'il avait passés avec Caleb, il avait compris qu'il valait mieux qu'une pinte de bière et une baise avec un type qui n'aurait même pas pris la peine de lui demander son prénom.

— De toute façon, même quand ils me demandaient comment je m'appelais, ils avaient oublié le lendemain, murmura Paul dans la chambre vide ; il se tourna sur le côté et serra son oreiller dans ses bras.

Même s'il était décidé à ne plus être celui dont on oublie le prénom, il n'était pour l'instant sûr que d'une chose : c'était la nuit que c'était le plus difficile.

PRINTEMPS

XI

ON ENTENDIT une voiture klaxonner. Silence. Puis, plusieurs klaxons d'affilée ; le conducteur s'impatientait. Paul se retourna pour lire les chiffres qui s'affichaient sur son radio-réveil rétro. On était au milieu de la nuit. Une voix énervée prit la relève du klaxon ; Paul aurait voulu qu'ils se taisent ; tous ; même si, pour être honnête, cela faisait longtemps qu'il ne dormait plus.

Paul n'arrivait pas à se reposer. Cela faisait plus d'un mois qu'il avait passé ce week-end à la montagne, et il avait l'impression qu'il n'arrivait à rien. Il avait désespérément cherché une formation, mais tout était trop cher. Les cuisiniers qu'il avait interrogés lui avaient ri au nez. Enfin, peut-être pas jusque-là, mais ils lui avaient gentiment fait comprendre qu'il avait des tables à débarrasser et qu'il ferait mieux de s'occuper d'abord de faire son travail correctement avant de prétendre leur prendre le leur.

Quand il était avec Caleb, tout avait paru possible. Tout. Le souvenir de ces bras qui le serraient, sur le lit de coussins devant la cheminée, fit paraître son lit encore plus vide qu'il n'était. Il commençait à oublier le rythme cadencé de la voix de Caleb. Il se souvenait de ses paroles, mais il avait de plus en plus de mal à s'accrocher à l'espoir que ces paroles contenaient.

— Paulo, tu ne dors pas ?

— Non, répondit-il, et il se redressa sur ses oreillers. Je ne pensais pas que tu dormirais à la maison ce soir.

Même dans la pénombre de sa chambre, il pouvait voir que son ami n'avait pas l'air en forme.

Stewart s'assit au bord du lit et haussa les épaules.

— La soirée était chouette. On s'est bien amusés.

— Mais ?

— Mais c'est vrai que j'aurais voulu ne pas dormir à la maison ce soir.

— Je nous sers un verre et tu me racontes ? proposa Paul, et il fit mine de se lever, mais Stewart l'arrêta.

— Non, ça va, dit-il, et il enleva ses chaussures. Mais je ne dirais pas non à un câlin.

— Il suffit de demander.

Paul se serra dans un coin pour lui faire de la place. Stewart se glissa sous les couvertures et laissa Paul poser son bras sur lui.

— C'était vraiment sympa avec Simon. C'est toujours sympa avec lui.

Paul reconnut le petit tremblement caractéristique dans la voix de son ami.

— Raconte-moi ta soirée, que je vive ta vie amoureuse par procuration pendant que je reste seul.

— Tu sais, il ne tient qu'à toi de ne pas rester seul. Simon a un ami, beaucoup d'amis d'ailleurs, qui adoreraient sortir avec toi.

— Oui, peut-être, répondit Paul. Mais on va dire que là, c'est toi qui me racontes ta soirée.

— OK, ma soirée, commença Stewart. Ma soirée a commencé quand je suis allé au club et que je me suis installé au bar pour attendre Simon. Il était en retard, évidemment, mais je commence à avoir l'habitude, et, évidemment, dès qu'il est arrivé, je lui ai pardonné.

— C'est tout toi, intervint Paul.

— C'est tout moi. Et donc, on a bu beaucoup de cocktails à moitié prix, grâce aux bons soins de Doug, notre barman à nous, et on a dansé jusqu'à ce qu'on soit complètement épuisés l'un et l'autre.

— Et ensuite ? Tu ne serais pas là s'il n'y avait pas une suite.

Stewart poussa un long soupir et Paul lui prit la main.

— On s'amusait bien, et puis on s'est rapprochés, c'est devenu plus intime.

— Il me faut des détails, Stewie. Tu te rappelles qu'en ce moment je vis ma vie sexuelle à travers toi.

Paul lui serra la main plus fort. Il n'y avait pas de secrets entre eux. *Presque pas*, corrigea-t-il mentalement.

— OK. On se frottait l'un contre l'autre sur la piste de danse, mais c'est ce que tout le monde faisait. J'avais une trique du tonnerre, alors quand il a poussé sa cuisse entre mes jambes, forcément, j'ai voulu en profiter.

— Sympa, dit Paul.

Il sentait la chaleur monter dans son pantalon.

— Très sympa. Et ensuite, il m'a pris la main et il m'a souri. Je savais ce que cela voulait dire ; alors j'ai souri aussi et je l'ai laissé m'emmener vers les toilettes. Tu imagines la suite.

— Eh, ho, je t'interdis de t'arrêter en si bon chemin, gloussa Paul, et il se roula sur le côté pour regarder son ami. Fellation ou pénétration ?

— Très élégant. Les deux, dit Stewart.

Paul entendit, au ton de sa voix, que cela n'avait pas été si agréable que ça en avait l'air.

— Enfin, les deux, mais vite fait. J'ai juste eu le temps de poser mes lèvres sur lui et il m'a mis sa queue dans la bouche et a fait quelques va-et-vient, puis il s'est retiré pour mettre une capote. Je n'ai pas eu le temps de réfléchir, il m'avait retourné, mis du gel et il était en train de me baiser. Et même là, je n'ai pas eu le temps de ressentir quoi que ce soit et il a joui. Et après, j'étais contre le mur, avec le pantalon sur les chevilles et ma main sur mon érection pendant que Simon se rhabillait.

— Et après, il a dit quoi ?

— Pas grand-chose. Il a marmonné un truc du genre qu'il allait m'appeler, et m'a demandé si ça me dérangeait s'il ne me raccompagnait pas. Je crois que j'ai juste eu le temps de dire oui et il était sorti.

— Sympa, grimaça Paul.

Il savait que Stewart mettait beaucoup d'espoir dans sa relation avec Simon. Même si son ami prétendait être le genre de types qui baise et qui passe à autre chose, Paul savait que ce n'était pas vrai. Et maintenant, il y avait comme un parfum de déception qui émanait de lui, à moins que ce ne soit ce mélange d'alcool, de tabac froid et de sueur. Il l'embrassa tendrement sur la joue et murmura :

— Je suis désolé, mon chou.

— Peut-être qu'on avait raison, en fait, quand on disait qu'il fallait prendre ce qu'on pouvait, en profiter et ne pas penser au lendemain matin. En fait, il n'y a pas de mal à ça.

— Stewie, je n'ai pas envie de penser qu'on avait raison. Il y a des garçons bien, je t'assure.

— Comme ton homme des montagnes ?

— Oui, comme mon homme des montagnes.

Rien que de penser à Caleb, il avait des papillons dans l'estomac.

— Tu ne m'as jamais vraiment raconté ce qui s'est passé là-haut, et ça en dit long, murmura Stewart. Tu n'as pas dit grand-chose quand tu es redescendu de la montagne. Et même après, j'ai senti que tu ne me disais pas tout. Mais ce soir, j'ai vraiment besoin d'entendre une jolie histoire. Je t'ai raconté ma vie sexuelle pathétique, maintenant, raconte-moi ta romance.

— Tourne-toi, dit Paul, et il se serra en cuillère contre lui. Caleb, c'est le genre d'hommes qui sait plein de choses, mais qui ne s'en vante pas. J'ai eu tellement peur cette nuit-là, coincé dans ma voiture, mais quand j'ai entendu sa voix au téléphone, j'ai su qu'il me trouverait. C'est bizarre parce que je ne me souviens de presque rien de cette nuit, mais je me souviens de lui qui me murmurait que tout irait bien.

— Mmmmh, continue.

— Je ne sais pas, c'était… Je ne sais pas.

Paul resta silencieux un instant, essayant de retrouver ses souvenirs.

— Je l'ai vu à travers la fenêtre de la voiture. Il y avait un vent de dingue, son manteau battait contre sa jambe. Il a eu du mal à ouvrir la portière. Je voulais l'aider, mais mes mains étaient gelées. Je ne me souviens pas comment il a réussi à me faire sortir, mais je me souviens qu'il a mis son bonnet sur ma tête et que je me suis inquiété parce que j'allais être décoiffé. C'est stupide, non ?

Stewart gloussa.

— C'est tellement toi.

— Il n'arrêtait pas de me parler, pour que je continue à avancer. Je ne sentais plus mes pieds, et il fallait vraiment que je me concentre pour réussir à marcher. On était dehors dans la tempête. Le vent menaçait tout le temps de me faire tomber, et le sol était gelé, mais il m'a aidé à rester debout. Il m'a empêché de m'effondrer. Quand j'y repense maintenant, je me rends compte que Caleb aussi devait être épuisé, mais du moment où il a mis son bras autour de moi je n'ai jamais douté que j'étais en sécurité avec lui.

— Il y a que quand je suis contre toi comme ça que je ressens ça, murmura Stewart. Continue.

Paul le serra plus fort et reprit.

— Quand on est arrivés chez lui…

Il fit une pause, cherchant des mots capables d'exprimer ce qu'il avait ressenti.

— C'était comme si je ne comprenais rien à ce qui m'arrivait. Je ne comprenais pas pourquoi ce type était en train de m'enlever mes chaussures. Il y avait une partie de moi qui avait envie de lui dire que je pouvais y arriver tout seul, et une autre partie qui voulait le remercier parce que j'étais tellement fatigué. Je n'avais pas l'énergie de dire quoi que ce soit de toute façon. Il avait l'air tellement rude, et en même temps il était si gentil, et je n'arrêtais pas de me demander pourquoi il faisait tout cela pour moi. Je t'ai dit qu'il m'avait donné un manteau dans la voiture ?

— Non. Peut-être que j'aurais dû le regarder de plus près, ton homme des montagnes, dit Stewart.

Paul gloussa et lui fit un bisou sur l'épaule.

— Clairement, tu aurais dû. Il m'a entièrement déshabillé, m'a enveloppé dans une couverture, et il est resté avec moi toute la nuit.

Il y eut un silence de plusieurs minutes. Puis Stewart murmura :

— Tu es un peu amoureux, non ?

— Peut-être un tout petit peu, admit Paul, et il enfouit son visage dans le cou de Stewart.

Quelque chose entre leurs deux corps fit un bip et Paul se plaignit :

— Ton cul est en mode vibreur.

Stewart attrapa son portable dans la poche arrière de son jean avec un mot d'excuse. Il lit le message et tendit le téléphone à Paul pour qu'il puisse voir. *Je peux t'appeler ? J'ai besoin de te parler.*

— Tu vas lui répondre ?

— Je ne sais pas. Tu penses que je devrais ?

— Tu as envie de lui répondre ?

Stewart hésita un moment, mais pas très longtemps.

— Oui.

— Alors, vas-y. Et fais en sorte que ce connard s'excuse, OK ?

Stewart prit son air obéissant et se redressa dans le lit. Paul le regarda taper un message sur le clavier tactile et tous les deux retinrent leur souffle en attendant la réponse. Puis, on entendit un air disco qui résonna dans la pièce silencieuse. Stewart décrocha.

— Oui ? dit-il calmement.

Paul lui caressa le dos, sourit et approuva de la tête quand son ami l'interrogea du regard. Il murmura quelques mots dans le téléphone puis se leva et sortit de la chambre. Paul écouta attentivement. Visiblement, c'était surtout Simon qui parlait ; il espérait qu'il était en train de le supplier de lui pardonner. Stewart ne faisait que de brèves réponses. Puis il entendit un petit rire et Paul sut qu'il pouvait se détendre.

Il se remit sur le dos et regarda le plafond. Il était seul à nouveau ; mais quelque chose avait changé. Il fronça les sourcils.

Tu es un peu amoureux, non ?

Peut-être un tout petit peu.

Même si c'était un tout petit peu, c'était effrayant. Paul n'avait jamais été amoureux pour de vrai. Évidemment, il avait cru à un moment qu'il était tombé amoureux de Stewart. Pendant quelque temps, c'était comme s'ils étaient sur un petit nuage. Ils se disaient qu'ils étaient âmes sœurs et tout. Ils aimaient les mêmes choses, le sexe était génial, et ils étaient toujours là l'un pour l'autre. Mais ils savaient tous les deux que ce n'était pas de l'amour ; pas cet amour-là.

Cet amour-là...

— Des trucs qu'on lit dans les romans, grogna Paul, mais même lui entendit que sa voix sonnait faux.

C'était seulement dans l'obscurité de sa chambre que Paul pouvait s'avouer qu'il avait envie d'être un personnage de ce roman-là. Il avait envie d'avoir quelqu'un à aimer, à aimer vraiment, et qui l'aimerait en retour. *Comme Caleb et Mike.*

Tout l'amour que Paul désirait, il l'avait contemplé sur le mur dans la chambre de Caleb, dans de jolis cadres en bois. Les deux hommes étaient faits l'un pour l'autre et, dès ce moment-là, Paul avait su que lui n'avait jamais ressenti ce qu'eux ressentaient l'un pour l'autre.

Mais désormais, il le voulait.

XII

Stewart affichait un tel sourire qu'on ne pouvait pas s'y tromper. Paul secoua la tête et versa une cuillerée de sucre supplémentaire sur ses céréales.

— Alors, ta soirée ?

Stewart eut un petit rire et se servit un café.

— Eh bien, commença-t-il, et il vint s'appuyer contre la table de la cuisine. Apparemment, c'est juste que je suis tellement sexy qu'il ne peut pas se retenir.

— Mais ça, on le sait depuis longtemps, dit Paul.

Il était heureux de voir son ami heureux.

— Très juste.

Stewart prit une gorgée et eut à peine le temps de l'avaler que le sourire s'était réinstallé sur son visage.

— Il a dit qu'il était complètement désolé, que cela ne lui arrive jamais d'habitude.

Paul leva les sourcils, mais Stewart l'empêcha de dire quoi que ce soit :

— Je connais ton regard. C'était la première fois avec lui, alors j'ai voulu lui accorder le bénéfice du doute.

— Je peux comprendre, concéda Paul. Et alors, comment la grande romance va-t-elle se poursuivre ?

— On nous a invités à une fête !

— Nous ?

Il n'était pas convaincu par l'idée.

— J'espère que tu veux dire toi et Simon ?

— C'est chez un ami de Simon et, bon, le « nous », c'était un peu mon idée.

Une autre gorgée et Stewart s'assit à côté de Paul à table.

— Je sais que tu essayes de quitter ta vie dissolue et de devenir un bon garçon pour choper l'homme des montagnes, mais il faut bien que tu sortes et que tu t'amuses de temps en temps, non ?

Paul se demandait comment il pourrait argumenter contre cette logique implacable, mais Stewart ne lui en laissa pas le temps.

— C'est vrai, quoi ! s'exclama Stewart pour répondre à sa propre question. En tout cas, la fête est ce soir et Simon m'a donné l'adresse donc on peut y aller tous les deux ensemble en partant du travail.

— C'est où, cette soirée ?

— Chez cet ami de Simon, à St Kilda. Simon a dit qu'il nous retrouverait là-bas.

— Il ne pouvait pas attendre que tu aies fini ton service ?

— Attendre, ce n'est pas trop son truc, tu te rappelles ? fit Stewart, ironique, et il se servit une cuillerée de céréales dans le bol de Paul.

— Tu vois que je vais regretter de traîner avec toi et Simon-qui-n'aime-pas-attendre.

Stewart tira le bol à lui, décidé à le finir.

— Tu vas avoir une touche, c'est sûr. Peut-être même deux. Simon m'a dit qu'il avait un ami très mignon et célibataire. Tout à fait ton genre.

Paul réprima un grognement et se pencha en avant pour que Stewart lui donne une cuillerée de céréales. Il mâchonna les corn flakes et revint se caler dans le dossier de sa chaise.

— Il faut vraiment que j'y aille, à cette soirée ?

— Absolument.

Paul soupira. Ce n'est pas qu'il n'en avait pas envie, mais il n'était pas sorti depuis son week-end en montagne. Ces dernières semaines, il avait soigneusement évité toutes les occasions qui l'auraient poussé à reprendre ses vieilles habitudes : plus de bars, plus de clubs et, surtout, plus de soirées.

— OK, je viendrai, mais je te préviens, je ne resterai pas tard. J'ai décidé de demander au cuisinier de me laisser filer un coup de main en cuisine.

— Sérieux ? C'est génial.

— Je me suis dit que je pourrais faire passer cela pour une expérience professionnelle. Ce ne sera pas payé, mais cela pourrait être un début.

— Génial. Je commençais à croire que tu avais laissé tomber.

Paul secoua la tête et haussa les épaules.

— Je n'ai pas laissé tomber, mais je n'arrivais pas à trouver un moyen de m'en sortir sans expérience, sans formation et sans argent.

Il regarda Stewart et haussa à nouveau les épaules, mais son ami ne l'autorisa pas à se laisser aller à la déprime.

— Un coup de main dans la cuisine, cela va te mettre le pied à l'étrier. Et je ne pense pas que le patron va refuser du boulot gratuit. Tu vas être génial, et pour le reste, tu trouveras une solution plus tard.

Il laissa tomber la cuillère dans le bol vide et se leva pour tapoter son ventre.

— Mais là, il faut que j'enlève mon pyjama, que je m'habille et que je voie si Cam ou Doug peuvent nous offrir un vrai petit déjeuner. Tu vas avoir besoin d'énergie pour ce soir.

PAUL ARRIVAIT à la fin de son service au café, et il avait de moins en moins envie d'aller à cette soirée. Un peu plus tôt dans l'après-midi, il avait essayé de faire croire à Stewart qu'il avait mal à la tête, mais Stewart lui avait juste dit de prendre une aspirine. Paul ne comprenait pas bien ce qui l'effrayait tellement dans l'idée d'aller à cette fête. Depuis qu'il était adulte, il avait passé son temps à faire la fête. Mais il sentait quelque part que là, c'était une mauvaise idée. Stewart, en revanche, était tout guilleret à l'idée de revoir Simon.

Peut-être que c'est le bon ? se demanda Paul en regardant son ami servir des expressos. Simon avait quelque chose qui n'allait pas à Stewart. Paul avait découvert qu'il était surnommé le Chapelier Fou, ce qui n'avait pas aidé. *Il vend des chapeaux. Il n'aurait jamais pu éviter ce surnom.*

— À quoi penses-tu ? demanda Stewart en déposant les pourboires dans leur pot commun.

— Oh, à rien, marmonna-t-il en se forçant à sourire.

Peut-être que je suis jaloux, tout simplement ?

— Allez, dis-moi, insista Stewart. Je te laisse tous les pourboires si tu me dis à quoi tu penses.

Paul resta silencieux. Stewart remit le pot à pourboire sur le comptoir et se rapprocha de lui pour pouvoir lui parler en privé.

— Tu sais, tu n'es pas obligé de venir ce soir si tu n'en as pas envie. Je te taquinais ce matin, mais c'est juste parce que, je ne sais pas, tu n'as pas l'air si heureux que cela depuis que tu sors plus.

Qu'est-ce que je peux bien répondre à ça ? pensa Paul.

— C'est bon, Paulo, vraiment. Je peux y aller tout seul, c'est juste que je me disais…

Paul sourit.

— Tu te disais que je devrais arrêter de me lamenter dans l'appartement et me prendre en main.

— Oui, enfin te prendre en main, arrêter justement de te reposer sur ta main pour ta vie sexuelle.

— Haha, va te faire foutre ! dit Paul, un peu trop fort, ce qui lui valut un regard désapprobateur d'un client.

Stewart gloussa.

— Oui, j'ai bien l'intention d'aller me faire foutre profond. Mais toi, ne te sens pas obligé de venir, vraiment.

— Merci. Je crois que tu as raison.

— J'ai toujours raison.

Stewart lui pinça la joue et le laissa méditer. Paul avait essayé tout l'après-midi de trouver un moyen pour éviter la soirée, et maintenant que Stewart lui proposait de ne pas venir, il se précipitait pour y aller.

LE TRAM les emporta vers St Kilda Esplanade en descendant Fitzroy Street. Il était suffisamment tard pour que le gros des touristes soit de retour dans leurs hôtels ou installés aux bars. Les pubs étaient déjà pleins à craquer et la bière y coulait à flots ; une foule s'amassait devant, une pinte à la main, en attendant que les groupes de musique qui assuraient la première partie de soirée laissent la place aux têtes d'affiche.

Paul vit que Stewart tremblait d'excitation et il leva les yeux au ciel. Il sentait un peu d'angoisse au coin de son estomac et essaya de chasser l'idée que, peut-être, il n'aspirait qu'à s'amuser un peu.

Ils tournèrent au coin de l'avenue et la baie apparut. D'un coup, il se demanda ce que cela lui fera d'être assis là sur la place avec Caleb à la regarder. Ils pourraient marcher un peu et prendre un café au petit kiosque qui était au bout de l'embarcadère. Il était surpris que ces pensées lui viennent et il les trouvait même assez ridicules. *Merde, j'ai vraiment besoin d'aller à cette soirée en fait.*

— Viens, on n'a qu'à descendre ici et marcher, dit-il en sentant le tram ralentir.

— OK, fit Stewart un peu surpris.

Ils entendirent la musique qui sortait de l'Esquire tandis qu'ils essayaient de se frayer un chemin parmi les touristes qui attendaient sur le trottoir en buvant des bières et en fumant des clopes. Une jolie fille les arrêta pour leur proposer de se joindre à eux ; Stewart ralentit pour lui répondre, mais Paul lui prit la main et l'entraîna.

Quand ils se furent extraits de la foule, Stewart dit :

— Je n'avais pas le cœur de lui expliquer qu'elle n'était pas mon genre.

91

Paul sourit et Stewart passa son bras autour de sa taille. Ils marchèrent en silence. Puis Stewart demanda :

— Tu as besoin qu'on prépare un prétexte si tu veux t'échapper ce soir ?

— Tu penses que je vais avoir besoin de m'échapper ? rétorqua Paul.

— Pas forcément, dit Stewart après une petite pause ; Paul entendit à sa voix qu'il n'était pas très sûr de lui.

— Je rentrerai à la maison si je ne le sens pas. Ne t'en fais pas, Stew. Amuse-toi, je me débrouillerai.

— Qui sait, l'ami de Simon te donnera peut-être envie de rester.

— On verra. Dis, tu savais que Simon était surnommé le Chapelier Fou ? Stewart fit la grimace.

— Il vend des chapeaux.

— Es-tu sûr que c'est la seule raison ? Doug dit qu'il a la réputation de, euh, de mériter son surnom.

— Qu'est-ce qu'il en sait, Doug ? répondit Stewart avec colère. De toute façon, nous aussi nous avons sans doute une réputation qui ne nous fait pas honneur.

— Oui, sans doute, admit Paul. Mais j'aimerais que cela change.

LES BRUITS de la fête leur parvinrent de loin. La soirée avait lieu dans un vieil immeuble marron en briques, qui devait être le genre de baraques impressionnantes à l'époque de l'âge d'or de l'industrie du tourisme ; mais depuis, il avait été divisé en petits appartements et souffrait visiblement du manque d'entretien. La fête battait son plein dans un de ces apparts.

Ils passèrent à côté d'un couple enlacé dans le hall et prirent les escaliers. La porte de l'appartement était déjà ouverte et Paul espéra que tous les voisins avaient été invités parce que sinon, ils devaient être assez furieux de voir comme leur immeuble était envahi.

La première pièce était pleine à craquer de danseurs et de couples en train de se choper. La lumière tamisée faisait qu'il était difficile de distinguer les visages, mais, dès qu'ils entrèrent, Paul reconnut tous ceux qu'il s'attendait à trouver là ; il y avait aussi tout un tas de gens qu'il ne connaissait pas. Il sourit à ses amis et échangea des regards avec les inconnus. Les basses étaient à fond, comme les danseurs d'ailleurs, et Paul devait faire de gros efforts pour entendre ce que Stewart lui disait.

— Quoi ? cria-t-il, en mettant la main à son oreille.

Stewart n'essaya même pas de répéter sa question et mima simplement le geste de boire un truc. Paul hocha la tête et le suivit vers l'endroit où les buveurs semblaient s'agréger. Ils parvinrent à se glisser dans la petite cuisine pleine à craquer et attrapèrent deux bouteilles de bière dans une petite baignoire pour bébé remplie de glace en train de fondre. Paul décapsula la sienne et prit une longue gorgée. La bière n'était pas sa boisson préférée, mais à ce moment-là, tout lui allait. Il prit une grande expiration.

— On finit les bières puis on se cherche quelque chose de plus fort et on essaye de trouver Simon, OK ? proposa Stewart.

Paul descendit le reste de sa bière.

— Oui, je vais vraiment avoir besoin de quelque chose de plus fort.

Stewart rit tout en buvant la sienne.

— Oui, l'ambiance est un peu plus bourrine que… Simon !

Paul se tourna vers la porte et vit Simon entrer, bras dessus bras dessous avec un grand blond qui ressemblait à un mec du calendrier de l'équipe de foot. Simon, sans marquer une hésitation, se tourna vers Stewart et le serra dans ses bras.

Intéressant, pensa Paul. Mais, par amitié pour Stewart, il décida de laisser à Simon le bénéfice du doute. Il s'attrapa une autre bière et en proposa une au grand blond, qui se retrouvait d'un coup tout seul au milieu de la cuisine.

— Oh, désolé, dit Simon en relâchant Stewart. Je vous présente Billy.

— Et voilà Paul, ajouta Stewart.

Ah, le coup arrangé, pensa Paul, et il passa la bière à Billy.

— Je crois que c'est le signal pour qu'on se présente toi et moi.

Stewart lui lança un regard désapprobateur, mais le grand blond choisit de rire ; c'était clair que lui aussi avait compris que le coup était arrangé.

— Allons, allons, je sais me faire désirer, dit-il, et il l'invita de la tête à revenir vers le salon, avec quelques bières dans les mains.

Paul le suivit, non sans avoir fait un petit signe discret à Stewart en tapotant la poche de son jean. C'était leur soupape de sécurité habituelle : le téléphone sur vibreur, comme ça, même au cœur d'une fête assourdissante, ils pouvaient se faire savoir s'ils avaient besoin l'un de l'autre.

Lorsque Paul entra dans le salon, la moiteur de la pièce le heurta de plein fouet. Il sentit Billy lui attraper la main et ils se faufilèrent entre les danseurs jusqu'au balcon. Toutes les chaises étaient prises, et ils s'assirent sur le sol. À travers la balustrade en fer forgé, on pouvait apercevoir la baie.

Paul but un coup à sa bouteille. Ils restèrent un moment en silence. Le couple à côté d'eux commença à se toucher sous la table. Bill gloussa.

— C'est un peu gênant.

— Oui, dit Paul en riant et en essayant de mettre un peu de distance entre le couple et lui. Et, euh, ça fait longtemps que tu connais Simon ?

— Non, pas très. C'est genre un ami d'un ami. On va dans les mêmes clubs, tout ça.

— Vous aviez l'air assez proches en arrivant.

Billy haussa les épaules.

— Ne t'en fais pas, je ne marche pas sur le terrain de ton ami, si c'est ça qui t'inquiète. Visiblement, il préfère les minets.

— Désolé, je… laisse tomber.

Paul attrapa une nouvelle bouteille de bière et trinqua avec celle de Billy.

— Tu savais qu'ils nous arrangeaient le coup pour ce soir ?

— Non, mais j'en suis ravi… pas toi ?

Paul lui lança une œillade et rit.

— Juste n'espère pas que je te suce au premier rendez-vous.

Billy éclata de rire dans sa bouteille et recracha de la bière par le nez.

— Hé, préviens-moi quand tu balances des trucs pareils. Dis, ça ne te dirait pas de choper quelque chose d'un peu plus fort que de la bière ?

Paul regarda le couple à côté d'eux.

— Tu veux rater la fin du spectacle ?

— Si tu veux voir des mains sur des queues, je suis sûr qu'on peut te trouver ça, dit Billy en se levant et en mettant la main dans son pantalon.

— Je préférerais un truc plus fort, comme tu le proposais gentiment, dit Paul taquin, et ils revinrent dans le salon.

Le gars avait l'air sympa, et il ne pouvait pas nier qu'il était assez agréable à regarder.

— Par-là, cria Billy à travers la musique.

Ils se faufilèrent à travers une porte et se retrouvèrent dans une petite entrée.

Billy ouvrit une autre porte qui donnait sur une chambre. C'était le genre de chambre qu'on voit dans n'importe quelle coloc. Il y avait un grand lit au milieu avec un cadre en bois, le genre de vieillerie qu'on trouve dans les magasins d'occasions. Une armoire assortie se tenait dans un coin et le reste de la pièce était rempli de caisses de livres, de chaussures, et de vêtements qui n'avaient pas trouvé leur place sur des cintres.

Billy entra et se retourna pour regarder Paul qui restait sur le seuil.

— Tu ne veux pas entrer ? demanda-t-il.

Paul s'appuya au mur et croisa les bras.

— Tu as été bien rapide à trouver la chambre.

— Évidemment. J'habite ici.

— Alors, c'est le grand moment de séduction ? demanda-t-il en regardant le lit.

Billy sourit.

— Pas encore. Il faut qu'on profite un peu de la fête.

Paul ne put s'empêcher de rire devant son assurance.

— Qu'est-ce qu'on fait dans ta chambre alors ? Ou bien c'est une question trop stupide pour être posée ?

— On peut la garder pour plus tard, ta question. Pour l'instant, je me disais juste qu'on pouvait se chercher des trucs un peu plus forts. Billy ouvrit l'armoire et farfouilla dans un tiroir.

— Ah, je crois que je commence à soupçonner que tu caches des choses sous tes caleçons.

Paul avait l'habitude de prendre des trucs en soirée, mais il secoua la tête.

— Pas ce soir, OK ?

Billy le fixa quelques secondes avec une expression que Paul n'était pas sûr de comprendre. Puis il haussa les épaules et tira un petit sachet plastique d'un tas de chaussettes. Il l'agita sous le nez de Paul :

— Au cas où tu changes d'avis, c'est là.

— C'est peu probable, dit Paul, décidé à se tenir à ses résolutions. Je ne te connais pas, et tu ne me connais pas.

— C'est vrai, dit Billy avec un mouvement de tête, et il remit le sachet dans son tiroir à chaussettes. Mais je t'avais promis quelque chose de plus fort que de la bière.

Il fouilla entre ses draps et en tira une bouteille de vodka à moitié pleine.

— Ça, je veux bien. Mais pas ici, OK ?

— Ça marche, dit Billy.

En revenant dans l'entrée, Paul aperçut Stewart et Simon dans le salon en train de danser ; enfin, « danser » n'était pas la meilleure description de ce qu'ils étaient en train de faire. Il sentit une tension en lui et ses cheveux se dressèrent dans sa nuque. *Pas mon problème*, se dit-il, et il suivit Billy qui l'emmena dans une petite cour intérieure.

— C'est plus calme par ici, dit-il et il leva le nez pour regarder les fenêtres des appartements au-dessus d'eux.

Billy leva la main pour saluer des voisins qui se tenaient à leur fenêtre.

— Ouais, les fêtards n'aiment pas trop qu'on les regarde.

Il avait raison. Seuls quelques couples se tenaient enlacés dans les coins de la petite cour. Paul attrapa la bouteille de vodka, prit une petite gorgée et s'assit dans l'herbe au milieu du petit jardin.

Les lumières de la rue ne parvenaient pas jusque-là, et les petites loupiotes placées dans l'herbe étaient déjà allumées. On entendait encore les bruits de la fête, mais, au milieu de la verdure, ils paraissaient moins intrusifs. Dans l'air frais de la nuit, Paul sentit la peau chaude de Billy qui touchait la sienne. Un mois plus tôt, il se serait tout de suite rapproché. *Enfin, il y a un mois, je n'aurais même pas su son prénom.* Il avala un peu de vodka avant de passer la bouteille à Billy. Au milieu de l'herbe tendre poussaient quelques trèfles. Paul examina les feuilles.

— Je te proposerais bien d'aller ailleurs, mais bon, c'est moi qui organise, dit Billy en prenant une rasade de vodka.

— C'est clair, dit Paul, et il laissa tomber une feuille de trèfle.

— C'est clair que c'était une idée de ton ami, et pas la tienne.

Paul regarda la bouteille et hocha la tête.

— Stewie trouvait que je devrais sortir un peu et m'amuser, alors voilà, je suis venu.

— Et tu t'amuses ?

S'amuser ? Il laissa ses yeux remonter jusqu'au visage de Billy. Il ne sentait aucune pression, n'avait rien à prouver. C'était juste deux mecs qui buvaient un coup ensemble en essayant d'éviter une soirée.

— Peut-être, oui dit-il en haussant les épaules.

— C'est une réponse sans enthousiasme, constata Billy en riant. Je crois qu'il est temps que tu reprennes un peu de vodka.

Il lui fila à nouveau la bouteille. Paul sentait l'alcool le réchauffer. Il s'allongea sur l'herbe et regarda les étoiles qui se détachaient entre les tuiles du toit. Il poussa un long soupir, détendu. Puis, le visage de Billy vint lui masquer les étoiles.

— Et là, tu t'amuses ?

Paul rit.

— Oui, je crois.

XIII

RUTH TAPA du pied en signe d'impatience et trépigna dans son box. Une vapeur blanche lui sortait des naseaux dans l'air frais de la nuit. C'était le printemps, mais la neige commençait tout juste à fondre sur la montagne et, la nuit, la température descendait encore au-dessous de zéro. Caleb, avec sa fourche, attrapa un peu plus de foin dans la balle et le répartit entre les chevaux. Il savait que Ruth n'était pas encore tout à fait à terme, mais il savait aussi que les juments suivaient rarement les règles arbitraires du calendrier humain.

— J'arrive dans une minute pour te faire bouger, ma fille, lui dit-il à travers les planches en bois qui servaient de cloison entre les boxes.

Il finit de répartir le foin ; un coup de tonnerre fit trembler l'écurie, et Caleb fit la grimace.

— Paul n'a pas dit à ton bébé qu'il fallait attendre les beaux jours ? demanda-t-il à Ruth en entrant dans le box.

La jument inquiète vint poser sa tête contre son manteau, désireuse d'être rassurée.

— Je suis sûr qu'il aurait adoré être là pour ta mise bas, dit-il à voix basse, et il fixa la longe à son licou.

De ses grandes mains douces, il lui caressa le cou et avança vers le ventre rond où Paul avait senti le poulain bouger. Ruth renversa les oreilles pour écouter sa voix.

— Il aurait très peur, mais nous deux, on sait comment ça marche, non ?

C'était la première fois que Ruth allait mettre bas, alors Caleb avait décidé qu'il dormirait dans le box avec elle. Mais les signes avant-coureurs étaient apparus plus tôt qu'il ne le prévoyait. Il avait apporté quelques couvertures et un thermos de café chaud, se préparant pour une longue nuit.

Il mena Ruth dans un box plus grand et se recula pour la laisser explorer l'environnement. Ces derniers jours, il avait pris soin de la nourrir dans ce box-là pour qu'elle s'y sente bien, mais il savait que la future maman avait besoin de vérifier que l'endroit était suffisamment sûr pour son bébé. Caleb s'installa dans un coin et tira sur ses genoux une des couvertures en laine de Ruth. Il la regarda renifler la paille fraîche et la bouger comme elle voulait.

Il entendit la pluie commencer à tomber sur le toit ; un des autres chevaux poussa un long hennissement.

— Tu entends, Ruth ? On est tous là avec toi pour te tenir compagnie.

Il s'appuya contre la cloison et tira la couverture un peu plus haut sur lui. *Pas tous.* La pensée s'insinua en lui et il ne parvint pas à la chasser. Ruth avait été le rêve de Mike. C'était la première de leur demi-sang. Il aurait dû être là pour voir son premier poulain.

C'était cela qu'ils avaient prévu.

Caleb se tenait assis et regardait la jument qui était la première raison de leur venue dans la montagne. Il se souvint de leur premier jour dans leur nouvelle maison et un sourire s'attarda sur ses lèvres.

RUTH ÉTAIT déjà plus grande que Barney. Elle lui tournait autour, se pavanant devant le gelding, ce qui lui valut seulement d'être mordillée sur les fesses. L'autre cheval l'ignorait, préférant explorer les limites du nouvel enclos.

— Barney ! cria Mike. Arrête tout de suite !

Caleb gloussa.

— Elle va se faire mordre toute la journée si elle continue à l'embêter comme ça.

On entendit un hennissement aigu venir de l'enclos et Ruth trottina en faisant mine de s'éloigner en donnant quelques ruades, puis revint vers Barney.

— Allez, viens, ils vont se débrouiller. Il faut qu'on défasse les cartons, dit Caleb, et il commença à porter les cartons dans la maison.

— Tu ne veux pas qu'on installe la chambre d'abord ? On n'a qu'à commander une pizza pour dîner, proposa Mike, arrêtant Caleb en chemin pour l'enserrer à la taille.

— Tu crois vraiment qu'on va venir nous livrer une pizza jusqu'ici ? dit Caleb en riant.

Mike grogna et enfouit son visage dans son cou.

— Fini les pizzas. Fini les dimanches matins à traîner au café pendant que tu lis ton journal. Qu'est-ce qu'on a fait, Cal ?

Il leva les yeux vers lui, et Caleb vit qu'ils brillaient de malice et de bonheur.

— On voulait passer notre vie ensemble, murmura Caleb à la jument pleine qui se tenait devant lui. Ça n'a pas très bien marché, si ?

Il soupira et attrapa le thermos de café.

Sur le toit, le bruit doux de la pluie se transforma d'un coup en mitrailleuse. Ruth tapa nerveusement du sabot dans le sable. Caleb abandonna son café pour venir près d'elle et la rassurer.

— C'est juste de la grêle, Ruthy, ne t'inquiète pas, fit-il de sa belle voix grave.

Il passa la main dans son cou. Au contact de Caleb, Ruth retrouva un peu de courage, mais, en sentant les premières vraies contractions, elle battit de la queue.

Caleb fredonna doucement quelque chose, puis se mit à chanter. Sa voix était à peine audible à travers le bruit de la tempête qui faisait rage autour de l'écurie, mais Ruth l'entendait et son souffle se ralentit. Il se tenait debout contre elle.

— Allez, chante-la encore, murmura Mike en repoussant une boucle blonde collée par la sueur sur le front de Caleb.

— Je crois que je ne connais pas la suite, dit Caleb en serrant son amant plus fort contre lui.

— Une dernière strophe ? supplia Mike.

Caleb râla, mais se redressa dans le lit et fit signe à Mike de se retourner. Le vieux lit grinça sous leur poids tandis qu'ils se serraient en cuillère sous l'édredon. Caleb caressa l'oreille de son amoureux du bout des lèvres et ils s'endormirent au son de la vieille chanson que Caleb murmurait.

Ruth pressa plus fort contre Caleb et son sabot tapa le sol. Elle se tourna pour regarder sa croupe, surprise par l'eau qui lui coulait le long des pattes arrière.

— Ça va aller, Ruth, dit Caleb, et il caressa le duvet qui lui couvrait la poitrine. C'est normal.

Il s'efforçait de garder une voix calme, malgré sa propre angoisse. La jument avait besoin qu'il soit courageux pour elle. Il la caressa et attacha sa queue en une sorte de chignon. La jument le regardait faire avec inquiétude ; il lui expliqua que c'était afin que la queue ne gêne pas le poulain.

Caleb se recula pour lui laisser de la place, tout en prenant soin de rester dans son champ de vision. La jument marcha en cercle dans son box, puis elle poussa un long gémissement et s'allongea lentement sur la paille. Elle se tendit et allongea le cou vers Caleb.

— Je suis là, Ruthy, lui dit-il, de la voix qu'il utilisait avec elle quand elle était encore une pouliche innocente qui avait accepté d'être montée pour la première fois.

Elle lui avait fait confiance quand il lui avait mis le mors dans la bouche, enroulant sa langue autour du métal et penchant la tête, tournant les oreilles au bruit de la bride. Mike avait ri, et Caleb entendait encore son rire résonner dans la claire matinée de printemps.

— J'espère que tu es là avec nous, Mike, parce que ta petite fille va bientôt être maman, murmura-t-il en voyant la jument se mettre sur le côté.

Caleb se rapprocha et put voir une poche luisante commencer à apparaître. Il sourit et murmura des encouragements, et bientôt, un sabot apparu, puis un autre. En quelques secondes, un petit museau sortit, entre les longues jambes, et Caleb vit la tête du petit poulain que Mike avait tellement désiré.

— C'est bien, Ruth, continue, dit Caleb en voyant la jument s'immobiliser un instant pour reprendre son souffle.

Il passa la main sur son ventre tremblant et sentit une contraction violente. Avec un gémissement, Ruth donna des coups de sabot dans la paille. Elle leva la tête et regarda son ventre en plein travail, essayant visiblement de comprendre ce qui était en train de lui arriver. Puis elle se laissa retomber sur sa paillasse.

Elle inspira plusieurs fois et son souffle était le seul bruit qu'on entendait dans l'écurie. Même la tempête semblait se calmer. Mais le silence ne dura pas ; et, avec un long cri, elle se tendit, saisie par une forte contraction.

— C'est bien, dit Caleb, en faisant attention à ce que la queue nouée de la jument ne gêne pas le poulain. Pousse une dernière fois et ça devrait être bon.

Les épaules du poulain commencèrent à se montrer, mais furent à nouveau tirées en arrière quand la jument, épuisée, cessa de pousser. Caleb grimaça ; il aurait voulu que Mike soit là à côté de lui. Barney hennit doucement depuis son box un peu plus loin, comme pour encourager Ruth, qui leva la tête pour lui répondre d'un souffle.

La contraction suivante dura longtemps et Caleb se retint de lui venir en aide. Il s'accroupit à côté du poulain et regarda les épaules entrer définitivement dans le monde.

— Elle est presque là, Ruth, tu y es presque, dit-il, sans se rendre compte qu'il avait fait sienne l'intuition de Paul en supposant que le bébé était une pouliche.

Ruth était très calme. De la vapeur s'échappait de son corps épuisé, mais il fallait qu'elle mette son petit au monde. Elle grogna, souffla et, avec un bruit caractéristique, le poulain fut expulsé sur la paille.

La jument et le poulain restèrent sans bouger sur la paillasse souillée. Les yeux de Caleb passaient de l'un à l'autre. Il avait très envie de déchirer la poche du nouveau-né ; les doigts lui démangeaient et il se pencha en avant, mais une voix qu'il connaissait bien lui murmura intérieurement : *Laisse-leur du temps, Cal. Elle va bien.*

Les longues pattes s'animèrent soudain. Le poulain se tordit dans la poche puis s'agita pour se libérer. Caleb se pencha et, incapable de résister plus longtemps, il déchira soigneusement la membrane pour aider le nouveau-né. Le poulain émergea tout tremblant, humide et comme surpris de se trouver là.

D'un coup, toute sensation de fatigue quitta Ruth. Elle se redressa pour regarder son petit. Caleb s'éloigna pour laisser la mère et la fille faire connaissance. Leurs nez se touchèrent. Avec un petit hennissement, la jument souhaita la bienvenue à son bébé et elle se remit sur ses pattes.

— On dirait bien que le touriste avait raison, murmura Caleb, et il retourna dans le coin du box.

Il resta assis là à siroter son café pendant que la pouliche se mettait debout sur ses minuscules sabots et faisait ses premiers pas. Elle semblait forte et ne mit pas longtemps à trouver la mamelle de sa mère. Caleb sourit. Mais soudain, il se sentit très seul dans son petit coin.

Doucement, il se mit à fredonner une chanson pour la mère et la fille.

Quand Caleb sortit du box, il vit Molly qui attendait devant la porte de l'écurie et, même si elle remuait la queue, elle avait l'air triste. Caleb leva les sourcils et elle prit un air contrit.

— Je croyais que je t'avais dit de rester à la maison ? demanda-t-il.

Molly arrêta de remuer la queue.

— Oui, je sais. Allez, viens là, idiote. Caleb eut un petit rire fatigué et tapota sa cuisse pour inviter la chienne à venir contre lui.

Ils revinrent tous les deux vers la maison. Le vent glacial avait cessé, mais Caleb pouvait sentir l'air froid de la nuit s'infiltrer sous sa peau. Il tira la couverture jusque sur ses épaules et monta à l'étage avec Molly.

— Allez, viens, Molly dit Caleb en se glissant sous l'édredon.

Il avait seulement pris le temps d'enlever ses bottes crottées.

Il était épuisé. Pourtant, il ne parvint pas à trouver le sommeil. Il ne cessait de penser aux événements de la nuit, à ce qu'il lui faudrait faire le lendemain, mais il ne s'autorisa pas à se projeter plus loin dans le futur.

Molly se serra plus fort contre lui dans le lit et il lui gratta les oreilles d'un air absent.

— J'appellerai Jenny demain matin pour qu'elle vienne vérifier que tout va bien, l'informa-t-il.

Il pouvait apercevoir ses yeux marron qui le regardaient dans l'obscurité. Caleb sourit et ferma les yeux. La chaleur conjuguée du chien et de l'édredon se diffusa lentement en lui.

Tu te rappelles notre première nuit ici ?

Caleb approuva dans un souffle.

On est restés éveillés presque toute la nuit en parlant des poulains qu'on allait faire naître et qu'on allait élever. De bons gros demi-sang de Hanovre qui allaient s'épanouir dans l'air pur des montagnes et courir plus vite que n'importe quel cheval des villes. Je me rappelle que tu m'as dit que cela t'était égal d'où ils venaient, tant qu'ils étaient bien élevés et qu'on leur laisse le temps de grandir avant de les dresser. Mais j'ai surtout remarqué que tu n'as rien dit contre le fait qu'on se cache là-haut.

— Qu'on se cache là-haut, répéta Caleb dans le noir. Mais tu n'es pas là, Mike, et je suis tout seul.

XIV

Caleb finit par s'endormir un peu avant l'aube. Il fit des rêves confus à demi-éveillés qui le laissèrent confus quand une truffe froide contre sa main le réveilla tout à fait. C'était peu de dire qu'il était dans le cirage.

— Bonjour, Molly, fit-il d'une voix rauque.

Il toussa un peu pour s'éclaircir la gorge.

— Qu'est-ce que tu dirais de descendre et d'aller mettre la bouilloire en marche pour moi ?

La chienne se tortilla et il sentit sa queue battre contre sa cuisse.

— OK, je crois que je vais devoir y aller moi-même.

Il soupira et lui caressa la tête.

Il essaya de s'asseoir dans son lit, mais l'édredon s'était enroulé autour de son jean et il dut d'abord s'en dépêtrer. Il arriva péniblement à poser les pieds par terre. Molly sautait autour de lui et trotta par la porte ouverte, puis se retourna pour voir si son maître la suivait.

— Laisse-moi une petite minute, marmonna Caleb et il passa les mains sur son visage.

Il sentit que sa barbe de trois jours le piquer. Il regarda la poussière qui s'était accumulée sur ses grosses chaussettes grises pendant qu'il essayait de se réveiller. Il entendit Molly qui descendait l'escalier et se posait dans la cuisine où, il le savait, elle attendait qu'on lui serve son petit déjeuner.

— Une nouvelle journée qui commence, fit-il, et il s'étira.

Il aperçut le carnet de souvenirs de Mike sur la table de nuit et détourna les yeux. *Une nouvelle journée.*

Il parvint à se lever plus facilement qu'il ne l'aurait cru. Il avait un peu mal aux jambes, mais cela lui faisait toujours ça. Il glissa les pieds dans ses bottes et fit quelques pas vers la fenêtre. Le ciel était dégagé et, même s'il n'était pas tout à fait bleu, une belle journée s'annonçait. La pluie de la nuit avait cessé, ne laissant derrière elle que quelques flaques autour du portail. Il regarda vers l'écurie et sourit.

— Une belle journée pour une petite fille qui vient de naître.

CALEB SORTIT sous la véranda, une tasse de café fumante à la main, pendant que Molly avalait son petit déjeuner. Il entendait sa gamelle frotter sur le sol alors que la chienne s'assurait qu'elle ne laissait pas un seul morceau.

Si Molly n'arrivait pas à finir son petit déjeuner avant que le café soit tiède, on saurait que c'est la fin du monde.

Il eut un sourire triste.

— Elle aime les plaisirs simples de la vie, répondit-il à voix basse.

Il pouvait presque sentir le poids d'un bras qui se posait sur son épaule.

Nous aussi, nous nous sommes autorisé quelques plaisirs simples, que je sache.

Caleb ouvrit la bouche pour répondre, mais la referma et contempla le ciel du matin. Il se rappelait le plaisir de ces nuits partagées. Il ne s'en souvenait que trop, quand il était seul dans son lit. Mais dans la journée, il ne voulait pas s'en souvenir. C'était une question de survie.

Allez, tire pas la gueule, Cal.

— Je suis fatigué, Mike, murmura-t-il, et il se tourna vers Molly qui le fixait.

Elle posa sa main sur ses cuisses et remua la queue.

— Ne me regarde pas ainsi. Je sais qu'il n'est pas réellement là, mais parfois... parfois, j'ai besoin de parler à quelqu'un d'autre qu'un chien.

Molly resta un instant à le fixer, puis son ennemie de toujours, la pie, poussa son cri et elle s'élança pour aller aboyer sous le gommier bleu.

— Idiote, dit Caleb en soupirant, et il avala une gorgée de café.

DANS L'ÉCURIE, tout était calme. Des têtes se levèrent quand Caleb entra, et quelques hennissements lui souhaitèrent la bienvenue.

— Bonjour ! dit-il. Je vous prépare votre petit déjeuner dès que j'ai rendu visite à la petite nouvelle.

Ruth se tenait debout contre la porte de son box et hennissait doucement. La pouliche avait la tête contre le flanc de sa mère et tétait goulûment. Elle avait de très longues jambes et sa queue s'agitait de bonheur tandis qu'elle prenait son petit déjeuner. Caleb alla vers Ruth et lui chatouilla le menton. Elle s'avança et la pouliche, arrachée à la mamelle de sa mère, frappa le sol de son petit sabot pour marquer son désaccord.

Caleb ouvrit précautionneusement le box et se glissa à côté d'elles. Il prit bien soin de s'occuper d'abord de la jument et laissa sa main jouer avec son museau. Ruth lui attrapa la main et lui lécha la paume.

— Ah, tu imagines que je t'ai apporté quelque chose ? demanda-t-il, et il sourit en tirant une carotte de sa poche. C'est ça que tu veux ?

Il la tint devant elle et elle en croqua une moitié avant de dévorer l'autre. Un bruit sur la paille signala à Caleb que quelqu'un les regardait.

— Je crois qu'il y a une petite personne qui a envie qu'on s'occupe d'elle aussi.

La pouliche se tenait contre le flanc de sa mère, mais elle tendit le cou vers Caleb. Elle retroussa les lèvres, mais, quand Caleb tendit la main et lui toucha le nez, elle se recula d'instinct.

— Viens là, idiote, dit-il de sa voix douce.

Il s'accroupit dans la paille et tendit à nouveau la main.

La pouliche se laissa gagner par la curiosité et vainquit sa peur. Elle se rapprocha, toucha la main du bout de son nez, une fois, puis une autre. Au bout de quelques minutes, Caleb put lui gratter le nez et la caresser dans le cou.

— Tu vois bien que tu te souviens de moi, murmura-t-il, et il se redressa lentement pour lui caresser le dos.

Même s'il la sentait encore se tendre sous ses doigts, il savait qu'elle avait accepté son contact. Avec une dernière caresse, il se recula progressivement. Il savait qu'il lui fallait finir leur première séance de dressage sur une note positive.

— OK, Ruth, dit-il. Que dirais-tu que je te serve ton petit déjeuner et qu'ensuite j'emmène les autres se promener dehors ? Comme cela toi et ta petite vous pourrez explorer l'enclos de devant.

Les autres chevaux furent mis à trotter dehors, heureux de sortir de l'écurie. Ils n'avaient plus leurs couvertures imperméables et en profitèrent pour se mordiller les uns les autres et se rouler dans les flaques et dans l'herbe mouillée. Leurs pitreries firent sourire Caleb. La boue tachait leurs manteaux d'hiver, mais cela sécherait et ce serait facile à enlever plus tard.

Ruth, de son côté, ne semblait pas pressée de quitter son box. Elle se retourna plusieurs fois pour vérifier que la pouliche était toujours à côté d'elle. C'était son premier petit, alors Caleb voulait lui laisser le temps de prendre le rythme. Le clip-clop régulier des sabots de Ruth se mêlait aux pas hésitants de la pouliche, qui voulait explorer chaque box, mais revenait toujours près de sa mère.

Les autres chevaux trottinèrent jusqu'à la clôture pour les regarder, et les oreilles de Ruth se penchèrent en arrière.

— Ne t'en fais pas, je ne vais pas les laisser approcher ton bébé tout de suite, dit Caleb pour la rassurer.

L'enclos de devant mesurait à peine plus d'un mètre de large, mais il était couvert et c'était sécurisant pour la petite. Surtout, il était juste en face de la véranda. Ainsi, Caleb pourrait les avoir dans son champ de vision toute la journée. Il emmena d'abord Ruth à travers le premier portail, en sachant que la pouliche allait suivre. Puis, il revint en arrière pour fermer le portail derrière elles. Il y avait déjà de la paille étalée, mais dès qu'elle fut libérée, Ruth fit le tour de l'enclos pour s'assurer qu'il n'y avait aucun danger caché, et elle montra patiemment le lieu familier à sa petite. La pouliche resta contre elle la première fois qu'elles firent le tour de l'enclos ; dès le deuxième tour, elle s'attardait à renifler l'herbe et s'essaya à quelques ruades. Sa robe alezane luisait dans la lumière matinale. Même si elle n'avait que quelques heures, on pouvait déjà voir qu'elle avait hérité du caractère audacieux de sa mère.

Caleb s'appuya contre le portail pour les observer. Ruth était occupée à brouter un petit tas de foin frais, et sa fille se remit à téter. La tempête de la nuit avait éliminé toute la neige qui restait, et l'air sentait le printemps. Le soleil réchauffait son cou et Caleb sourit. Il sentit Molly qui se serrait contre ses jambes et lui gratta les oreilles. Tout était calme sur la montagne. Pas un souffle de vent n'agitait les feuilles ; on n'entendait que le chant d'un oiseau dans le matin frais. Caleb expira longuement.

Ce n'est pas un jour à être triste, Cal.

— Je sais.

Il garda les yeux fermés quelques secondes pour ne pas chasser l'illusion de Mike à ses côtés. Il était là, près de lui, sentant comme lui l'air se départir de sa rigueur hivernale et l'odeur du foin frais que Ruth dévorait.

Molly jappa et s'élança au galop. Caleb s'apprêta à la réprimander, quand il vit un éclair argenté entre les arbres, sur la route, au bout de son allée. Un 4x4 flambant neuf s'avança et une petite fille sauta du siège passager pour ouvrir le portail. La voiture poursuivit jusqu'à la maison, tandis que Molly et la petite fille remontaient l'allée côte à côte.

Le moteur s'arrêta et Sarah sortit.

— Salut, Cal. J'espère que cela ne te dérange pas qu'on passe si tôt le matin ?

— Tu ne me laisses pas le choix, répliqua-t-il, et il se précipita à la voiture pour la prendre dans ses bras. Vous êtes parties à quelle heure ce matin ?

— Il faisait encore nuit ! cria Tess derrière eux.

— Vraiment ? dit Caleb en l'embrassant. Nuit ?

— Oui, confirma Tess, et elle relâcha son étreinte. J'étais déjà réveillée, mais Kayla dormait.

— Peut-être parce qu'elle est encore petite, suggéra Cal.

— Bon, on va la faire sortir de la voiture, et on prend un petit déjeuner à l'intérieur ? proposa Sarah.

Elle détacha la ceinture de sa fille et la souleva. La petite grogna.

— Je crois qu'elle veut son tonton Cal.

— Allez, viens là ma chérie, dit-il, et il prit Kayla dans ses bras. Oh, soit tu deviens lourde, soit je me fais vieux.

Kayla gloussa, et Tess lui prit sa main libre pour le mener à la maison.

ON IMPROVISA un petit déjeuner avec du bacon, des œufs et des crêpes. Tout le monde voulait aider à la cuisine, ce qui ajouta au chaos, mais n'aida pas la productivité. C'était délicieux.

Sarah tendit à Caleb la dernière assiette qu'elle venait de laver pour qu'il l'essuie puis lui lança un de ses regards sérieux.

— Je n'étais pas sûre de venir aujourd'hui, mais…

— Mais tu ne voulais pas que je sois seul.

Il termina sa phrase pour elle et lui fit un sourire triste.

— Oui, quelque chose comme cela. Je voulais laisser les filles avec leur père, mais quand Tess a su que je venais te voir elle a absolument voulu venir. Elle a un peu le béguin pour son tonton Cal, tu sais.

Caleb rit et regarda les filles depuis la fenêtre de la cuisine. Elles couraient dans le jardin avec Molly. Elles étaient tellement absorbées par leur jeu qu'elle n'avait pas remarqué le poulain à l'autre bout de la cour.

— Elles grandissent tellement vite, dit-il, et il sentit la main de Sarah se poser sur son dos.

— Je ne voulais vraiment pas que tu sois seul aujourd'hui.

Il hocha la tête, mais resta silencieux.

— Veux-tu qu'on aille sous la véranda et que je nous serve un peu de ce jus de chaussette que tu appelles du café ? proposa-t-elle.

— Et après, il faudra qu'on parle, c'est ça ?

La sœur de Mike se contenta de sourire et le poussa hors de la cuisine.

Les filles leur firent des signes tout en jouant et Caleb leva la main pour leur répondre. Il prit place sur sa chaise habituelle et se demanda qui de Molly ou des filles allait se fatiguer d'abord.

— J'aimerais bien avoir autant d'énergie qu'elles, dit Sarah en lui tendant sa tasse de café.

Il but une gorgée et attendit la question inévitable.

— Alors, en vrai, comment est-ce que tu vas, Cal ?

Il serra les lèvres et envisagea de fournir une réponse vague pour avoir la paix, mais Sarah le connaissait trop bien. Il haussa les épaules et admit :

— Il y a les jours avec et les jours sans.

Cela faisait un an aujourd'hui que Sarah et lui étaient allés à la clinique ensemble. Caleb avait tenu la main de Mike. Même si Sarah n'était pas convaincue que Mike comprenait qu'ils étaient là, Caleb disait qu'il en était persuadé. Le frère de Sarah était parti loin d'eux bien avant de rendre son dernier souffle, mais, tous les jours, Caleb s'allongeait à côté de lui sur le lit étroit et lui parlait de leur maison bien-aimée dans les montagnes ou lui lisait des extraits de son journal. Il avait su que Mike était mort avant que Sarah ne le comprenne. Il avait levé sa main jusqu'à ses lèvres et lui avait silencieusement fait ses adieux, avec une force dont il se sentait maintenant dépourvu.

Sarah lui prit la main.

— On s'inquiète pour toi, caché dans tes montagnes.

— Je vais bien. J'ai la chienne et les chevaux pour papoter. Et parfois, j'ai l'impression qu'il est encore là.

— Oui, approuva-t-elle à voix basse. Moi aussi je peux encore le voir, ici.

— Ah, et je ne t'ai pas dit la grande nouvelle ! dit Caleb en pointant vers l'enclos.

Sarah plissa les yeux dans le soleil clair.

— Ruth a eu son petit ! s'exclama-t-elle, puis elle baissa la voix. Maintenant, je comprends pourquoi tu as dit aux filles d'aller jouer dans le potager. Ne leur dis rien pour l'instant, sinon Ruth ne pourra pas avoir la paix. Quand est-ce qu'elle a mis bas ?

— La nuit dernière. Enfin, aux petites heures du jour, confirma Caleb.

— Ah, c'est pour cela que tu as l'air si mal réveillé !

Elle rit et lui passa un doigt sur la joue.

— Je croyais que tu travaillais ta barbe de hipster.

Il repoussa sa main et rit.

— C'était Mike qui suivait la mode, pas moi. Elle a mis bas un peu prématurément, mais elle a très bien géré. Une pouliche en pleine santé, juste comme…

Il s'arrêta abruptement et rougit légèrement.

— Tu as quelque chose à me dire, Caleb ?

Il secoua la tête et, après un silence, lui raconta l'histoire de Paul et de sa rencontre avec Ruth.

— Il a dit que ce serait une fille, mais bon, il avait une chance sur deux, de toute façon.

Caleb finit l'histoire et resta à contempler la jument qui broutait. Il sentait le regard de Sarah sur lui.

— Il faut que tu lui dises qu'il avait vu juste, dit-elle.

— Je ne pense pas que cela l'intéresse beaucoup, maintenant qu'il est de retour en ville, marmonna-t-il, gêné par son regard insistant.

— À mon avis, cela lui ferait plaisir de l'apprendre, dit-elle.

— Arrête, Sarah.

Il n'arrivait pas à la regarder.

— Arrête quoi ?

— Arrête de voir quelque chose d'important dans rien. Il était là quelques jours. Cela m'a fait plaisir d'avoir un peu de compagnie, mais maintenant il a repris le cours de sa vie.

Du coin de l'œil, il vit qu'elle hochait la tête. Comme Mike, elle pouvait en dire long sans prononcer un mot.

— OK, fit-il avec un soupir, s'avouant vaincu. Je vais lui envoyer un message.

Sarah lui mit le bras sur l'épaule et, ensemble, ils regardèrent ses filles courir dans l'herbe avec Molly.

À LA fin de la journée, Caleb était complètement épuisé. Il avait présenté la pouliche à ses nièces, les avait emmenées pique-niquer avant que les nuages ne viennent cacher le soleil, et avait nourri les chevaux avec elles, puis

109

nettoyé derrière elles. Mais quand les filles furent couchées sous l'édredon, il dut bien admettre que cela avait été une belle journée.

— Tu sais, Jim n'était pas convaincu que ce soit une bonne idée que je vienne te voir aujourd'hui, surtout avec les filles, dit Sarah en leur servant du café. Il disait que peut-être que tu n'aimerais pas qu'on t'envahisse comme ça.

— Je trouve que c'était une bonne idée.

Caleb se leva et ouvrit un placard. Il en sortit une bouteille de scotch encore à moitié pleine et la proposa à Sarah.

— Avec plaisir ! dit Sarah, et elle mit leurs tasses de café sur la table pour les compléter. En fait, j'espérais secrètement que tu la sortes, cette bouteille.

Il rit et goûta le breuvage.

— Tu as peut-être eu la main un peu lourde sur le scotch.

— Je n'ai jamais la main trop lourde.

Elle sourit et ils s'assirent côte à côte à la table de la cuisine.

Caleb prit la tasse chaude dans ses mains.

— Merci pour cette journée. Pour être tout à fait honnête, j'avais vraiment peur de cet anniversaire, dit-il à voix basse.

— Mais les femmes de ta vie ont conspiré pour te tenir compagnie contre ton gré. Et maintenant, tu as une autre fille dans l'écurie. Tu sais, cela m'a surprise quand tu m'as dit que tu avais mis Ruth à inséminer quand même après la mort de Mike.

— J'avais l'impression que c'était ce que je devais faire. C'était son rêve, il fallait que je le réalise, même s'il n'était plus là.

Sarah hocha la tête et inspira après une gorgée d'irish coffee.

— C'est vrai qu'il est fort. Mais c'est bon. Tu n'as jamais pensé à vendre la maison ? C'est beaucoup de travail, tout seul, non ?

Caleb regarda par la fenêtre de la cuisine. La nuit était tombée, et il ne vit que son propre reflet. Il hocha la tête et fit une grimace.

— Oui, j'y ai pensé. Mais chaque fois que je réfléchis sérieusement à vendre... je ne sais pas. Je commence à avoir mal au ventre et je remets la réflexion à plus tard. Mike m'a laissé assez d'argent afin que je puisse payer les factures encore quelque temps.

— Je ne voulais pas t'en parler plus tôt, mais Mike et moi, nous en avons parlé. Il voulait être sûr que tout irait bien pour toi quand il ne serait plus là, et que tu ne sois pas obligé de prendre une décision hâtive.

Elle posa ses mains sur les siennes.

— Laisse-moi parler avant de te fâcher. Mike m'a demandé d'ouvrir un compte pour les parts qu'il avait dans l'entreprise. Jim s'est occupé de tous les papiers et, avec la vente de ses parts, il y a assez pour racheter l'hypothèque sur la maison, ou en tout cas une bonne partie. Qui aurait pu croire qu'un architecte vaudrait autant ?

Caleb ne dit rien et fixa leurs mains mêlées. Les pensées se bousculaient dans sa tête et son cœur battait fort dans sa poitrine.

— C'est bon, Cal. Mon frère n'avait rien d'autre dans sa vie que cette entreprise avant de te rencontrer. Il montait à cheval, faisait des voyages dans des coins exotiques et allait à toutes les fêtes possibles et imaginables. Mais je ne l'ai jamais vu vraiment heureux, jusqu'au jour où il est venu me dire qu'il avait rencontré un homme au salon royal et qu'il voulait passer le reste de ses jours avec lui.

Caleb étouffa un rire.

— Il t'a vraiment dit ça ?

— Oui. Et c'était à un moment où il avait enfin réussi à être ce qu'il devait être. Il a laissé Edward derrière lui et il est devenu Mike. Ton Mike.

Caleb était si près des larmes qu'il ne put dire un mot. Il souleva sa tasse et prit une gorgée.

— Allez, remets-moi une rasade, qu'on boive à mon grand frère.

Caleb remplit leurs tasses de whisky et ils portèrent un toast silencieux.

Ils vidèrent la bouteille en parlant de Mike, de ses exploits, et en versant des larmes. Finalement, Sarah se leva et dit :

— Il est temps d'aller au lit. Tant qu'on tient encore à peu près sur nos jambes.

— Tu es sûre que ça va aller si tu dors dans le salon avec les filles ?

— J'en suis sûre. Elles adorent venir ici, mais si elles se réveillent la nuit elles vont quand même se rendre compte que ce n'est pas la maison et avoir peur.

Sarah rinça leurs tasses et jeta la bouteille vide à la poubelle.

— Allez, on se débarrasse des preuves, fit-elle, puis elle lui tendit la main. Viens, Cal, j'ai un cadeau pour toi.

— Tu ne crois pas que Jim va mal le prendre ? dit-il pour la taquiner, mais il accepta sa main.

— Haha, tu n'auras pas cette chance-là.

Elle le mena dans le salon et farfouilla dans son sac de voyage. Elle en sortit une grande enveloppe marron.

— C'est pour toi.

Caleb reconnut instantanément l'écriture de Mike. Il prit l'enveloppe avec un peu d'impatience et regarda Sarah.

— Je ne sais pas ce qu'il y a dedans. Mike me l'a donnée fermée, comme cela. Emmène-la dans ta chambre, et appelle-moi si tu as besoin de moi, d'accord ?

Elle l'embrassa sur la joue et se tourna vers ses filles endormies. Sans un bruit, elle remit la couverture sur leurs petits pieds découverts.

Caleb vit Kayla s'agiter puis se remettre sur son oreiller. Ses doigts se serrèrent sur l'enveloppe marron.

— Vas-y, Cal. Va l'ouvrir là-haut, dit Sarah à voix basse.

Il hocha la tête et monta les escaliers, Molly à ses côtés.

Il mit l'enveloppe sur la table de nuit, le temps de retirer ses bottes. En se déshabillant, il lui jeta des regards en coin, mais attendit de longues minutes avant de la reprendre.

— Qu'est-ce que tu me fais, Mike ? murmura-t-il en regardant son nom tracé de l'écriture familière.

Ouvre-la, Cal.

— Je ne suis pas sûr d'en avoir envie.

Je ne t'ai jamais fait de mal.

— Tu m'as quitté.

J'ai ne rien pu faire pour l'empêcher. Allez, ouvre ; c'est pour toi.

Caleb inspira un grand coup et fit glisser son pouce sous le rabat pour ouvrir l'enveloppe. Il hésita quelques instants, puis en sortit une liasse de feuilles. Il ne s'attendait à rien, mais ce qu'il découvrit lui arracha un sourire. Il y avait plusieurs pages écrites à la main, quelques photos et un dessin. Au bas du dessin, il y avait une légende :

« Une des rares fois où tu n'as pas ronflé. »

Caleb rit.

C'était un gros plan. Caleb avait les yeux fermés. Sa joue reposait contre l'oreiller ; sa peau était plissée, et ses cheveux, qui étaient normalement tirés vers l'arrière, retombaient sur son front et ses joues. Ses lèvres étaient entrouvertes, et Caleb sentait presque le souffle léger contre les doigts repliés près de la bouche.

Une date était inscrite dans le coin inférieur du dessin. C'était moins de quatre mois avant la mort de Mike. Il était déjà sous traitement et, même s'il semblait plein d'espoir, Caleb soupçonnait déjà que les choses ne s'amélioraient pas.

— Tu m'as souvent regardé dormir comme ça ? demanda-t-il.

Personne ne répondit.

Il continua de contempler le dessin, puis le remit avec les photos. C'était une petite sélection de photos d'eux ; parfois, ils posaient, parfois non.

— OK, murmura-t-il.

Une photo de lui de dos, en train d'attraper le sabot de Ruth pour le nettoyer, le fit sourire.

— Ce n'est pas moi qui l'ai prise, celle-là.

Il secoua la tête et passa à la photo d'après.

— Celle-là non plus, je ne savais pas que tu l'avais prise.

C'était le premier jour ; le jour de leur rencontre. Caleb était assis fièrement sur la selle, monté sur Barney qui avait un ruban bleu autour du cou. Il faisait face au juge et n'avait pas du tout conscience qu'il était en train d'être photographié. En revanche, le petit cheval à la robe isabelle avait les oreilles dressées et regardait l'objectif. Au dos de la photo, il y avait la date et son nom, rien de plus.

Caleb remit les photos en tas et se prépara psychologiquement pour lire les quelques feuilles manuscrites.

> *Cher Cal,*
>
> *Dans ces pages, tu trouveras les instructions qui te permettront de trouver un trésor que j'ai caché quelque part dans la propriété. Ah, désolé, je n'ai pas pu résister. En fait, pour être tout à fait honnête, je ne sais pas vraiment quoi te dire. Comment dire au revoir à celui qui a rempli mon cœur et mon âme ? Je ne sais pas si je le peux. Je ne sais pas combien de temps il me reste, mais je voulais t'écrire tant que j'ai encore toute ma tête.*
>
> *Même si je suis plein d'une colère silencieuse envers Dieu qui me fait mourir, je suis suffisamment égoïste pour m'avouer que je suis soulagé que ce soit moi qui parte le premier. Comment aurais-je pu survivre sans tes ronflements à mes côtés chaque nuit ? C'est pour toi que c'est difficile, surtout, et je suis désolé que tu doives traverser cette épreuve. Mais tu es fort, tu es intelligent, et je suis sûr que tu comprendras que, si j'avais pu trouver un moyen de rester avec toi, je l'aurais fait. Chaque jour, je sens la vie me quitter un peu plus, et je lutte pour rester encore quelque temps. Pour avoir la force d'encore te*

serrer contre moi. Mais c'est un combat de plus en plus difficile. Je suis fatigué. Et je sais que toi aussi, tu es fatigué, même si tu ne cesses de me répéter que non.

Je radote maintenant. Ce que je veux te dire, c'est que je t'aime. Je t'aimerai toujours, où que je sois. Je vais devoir partir bientôt, et j'ai besoin de savoir que tu vas vivre ta vie, Cal. Souviens-toi de ce que nous avons eu tous les deux. Mais ne t'y appesantis pas. Ne reste pas caché dans la montagne. Appelle Sarah quand tu en as besoin, et surtout, surtout, laisse d'autres gens entrer dans ta vie.

Avec tout mon amour,

Edward — qui est devenu ce qu'il était le jour où il est devenu ton Michelangelo.

Xxx

— Tu es un beau salaud, Mike, tu sais ? murmura Caleb, et il laissa la lettre retomber sur sa couverture.

Il leva les yeux au plafond, comme si cela pouvait arrêter les larmes qu'il ne voulait pas verser.

— Parfois, tu me manques tellement que je n'arrive plus à respirer.

Lis encore, Cal, lui ordonna la voix dans sa tête.

Caleb vida ses poumons et prit la page suivante. Il sut tout de suite que c'était un passage des souvenirs de Mike.

« *Je t'ai regardé depuis la véranda. Tu marchais avec ton air sérieux, tu allais d'un poteau à l'autre en vérifiant la tension des fils. Nos chevaux n'étaient pas encore arrivés, alors tu n'avais que la petite Ruthy avec toi comme apprentie. Elle n'arrêtait pas de se mettre derrière toi, agacée que tu ne t'occupes pas d'elle. Je voyais très bien ce qu'elle ressentait.*

Notre nouvelle maison était pleine de cartons où l'on avait gribouillé ce qu'ils contenaient. Certains cartons étaient à moi, d'autres étaient à toi. À l'époque, on ne partageait pas encore assez de possessions pour faire des cartons communs. J'ai commencé à arracher le scotch d'un des cartons, mais j'ai trouvé que ranger la cuisine était

114

*beaucoup trop prosaïque pour notre première nuit dans la
montagne.*

Tu te rappelles ce qu'on a fait ensuite ?

*Moi, je peux encore me rappeler l'expression de ton
visage quand tu t'es redressé et que tu m'as regardé sous la
véranda. »*

— Oh oui, je m'en rappelle, Mike, dit Caleb. Tu étais là, tout nu, à
me regarder.

*« Je ne suis pas sûr si c'était à cause de la surprise,
mais tu n'as pas prononcé un mot en montant les marches.
C'était moi qui étais nu dans la lumière du crépuscule,
mais c'était toi qui étais l'homme le plus sexy du monde à
ce moment-là.*

*Tu ne m'as pas grondé, ne m'as pas posé de question,
mais tu es monté sur la véranda et tu m'as embrassé. Je
peux encore sentir le goût de ta sueur sur mes lèvres. J'ai
déboutonné ta chemise, lentement, et je l'ai fait glisser
le long de tes épaules. Ta peau était chaude, car tu avais
travaillé au soleil et je voulais en embrasser chaque repli,
chaque grain de beauté. Mais il y avait plus urgent, plus
important.*

*Ma main est descendue vers ton sexe, et tu as eu un
mouvement d'hésitation, mais je t'ai dit... »*

— Qui peut nous voir, ici ? Caleb prononça les mots à voix haute, car
il pouvait encore les entendre clairement résonner dans sa mémoire, comme
s'ils étaient encore, cet après-midi-là, tous les deux sous la véranda.

*« Nous avons laissé nos vêtements en tas à côté de
nos bottes et nous nous sommes frayé un chemin entre les
cartons jusqu'à notre chambre. Là, il y avait encore des
cartons : linge de lit, édredons, oreillers, qui attendaient
encore d'être déballés. Mais ils pouvaient attendre. Il y
avait déjà un matelas sur le lit, et nous n'avions besoin de
rien d'autre. »*

Enfin, un oreiller, ç'aurait été sympa.

— Arrête, Mike, murmura Caleb, et il inspira avant de continuer à lire.

      « J'ai rampé sur le matelas et me suis mis sur le dos.
Je ne pouvais pas m'empêcher de sourire. Ton visage me
rappelait notre première nuit ensemble. Ce mélange de
désir et de « bon sang, est-ce que c'est vraiment réel ce qui
m'arrive ? » Mais tu m'as suivi sur le matelas, lentement, le
temps de laisser ta langue parcourir ma peau. Je ne savais
pas si je devais t'attirer jusqu'à ma bouche, ou presser ta
tête contre ma bite. Tu as continué à me lécher jusqu'à être
couché entièrement sur moi. On s'est embrassés, on s'est
touchés, on s'est maudits pour ne pas avoir sortir le gel des
cartons. Mais on connaissait suffisamment nos corps, on
savait comment se donner du plaisir, non ?
      Après, on est restés étendus sur le matelas, nos
sueurs mêlées, et on a parlé. Pendant des heures, on a
parlé, fait des projets. Finalement, je t'ai convaincu de
me rejoindre sous la douche, afin que je puisse laver la
poussière de l'enclos que tu avais transférée sur ma peau. »

— Et, sous l'eau, on s'est encore laissé distraire.

Caleb s'enfonça sur ses oreillers et sourit. C'était un sourire triste, mais un sourire tout de même.

— Merci, Mike.

XV

En se réveillant, Paul n'arrivait pas à savoir à qui étaient toutes ses jambes qui dépassaient des draps. Il y en avait plus qu'il ne faudrait. Il entrouvrit les yeux et les referma tant la lumière lui faisait mal.

— Oh non, murmura-t-il, et une jambe inconnue vint se presser contre les siennes.

Des images fragmentaires de la nuit précédente lui revinrent en mémoire et il commença à espérer qu'elles n'étaient pas réelles. Il essaya à nouveau d'ouvrir les yeux et fut pris d'une nausée soudaine. Il n'était pas dans sa chambre. Il ne reconnaissait rien autour de lui, à part cette horrible armoire.

— Oh non, grogna-t-il.

Il se détacha lentement du corps musclé qui lui avait servi d'oreiller, ferme, mais confortable. Il regarda le type en essayant de se rappeler comment il s'appelait. Blond, bien bâti, pas son genre, mais, bourré comme il était, il n'avait plus de « genre ».

— Ne me force pas à me lever, pitié, dit une voix dolente derrière lui, et il comprit alors à qui appartenaient les jambes en excès.

— Je crois qu'on devrait y aller, Stewie, dit Paul, et il parcourut la chambre du regard.

Stewart se leva en s'appuyant sur lui ; le matelas rebondit et il eut de nouveau la nausée. Il dit par-dessus son épaule :

— Si je ne comprends rien, on n'est jamais rentrés.

Paul cligna des yeux et essaya de localiser ses vêtements. Il trouva sa chemise sur le dossier d'une chaise. Il se glissa derrière Stewart en faisant attention de ne pas réveiller Billy. *Oui, Billy, c'était comme ça qu'il s'appelait.* Il le regarda se mettre en boule sur le lit, toujours endormi.

— C'était un garçon sympa, on dirait, dit Stewart en l'enjambant. Il n'a pas râlé quand je suis venu vous rejoindre.

Paul essaya d'enfiler son jean ; il avait du mal à garder l'équilibre. Stewart mit un bras sous ses aisselles pour l'aider.

— Et comment se fait-il que tu nous aies rejoints ?

Stewart se laissa retomber sur le lit et haussa les épaules.

117

— Simon est rentré chez lui, et je ne voulais pas te laisser tout seul.

— Tu n'es pas allé chez lui ? demanda Paul, avant de réaliser que sa question était stupide.

— Il ne m'a pas proposé et de toute façon, il avait déjà eu ce qu'il voulait.

Stewart se pencha et attrapa une chemise par terre. Il la lança à Paul.

Stewart avait perdu toute la joie qui l'habitait le matin précédent. Paul lui tendit la main pour l'aider à se lever.

— Allez, je me sens merdeux pour nous deux. On s'habille et on se tire avant que je ne me retrouve à vomir sur notre hôte, OK ? Donne-moi une minute.

Il n'aurait pas dû parler de vomir : son estomac se souleva et il dut se précipiter vers la salle de bain. Heureusement, il la trouva sans mal et il se précipita sur les toilettes. Il s'était souvent retrouvé dans cet état, mais quand il sentit la sueur couler dans son cou tandis qu'il agrippait le rebord de la cuvette, il eut vraiment envie de pleurer. Ce n'était pas tant à cause de son mal de tête ou de ses intestins qui faisaient des siennes ; mais parce qu'il avait rompu la promesse qu'il s'était faite, et cela lui faisait très mal.

Il se recula, rabaissa la lunette et tira la chasse. Il y eut un bruit de vieille canalisation, et les preuves de la nuit qu'il venait de passer disparurent dans les égouts. Il aurait voulu que cette nuit n'ait jamais eu lieu. Il déplia ses jambes et resta assis contre la porte ; il aurait voulu pouvoir fermer la porte à clé et ne parler à personne. Mais on entrouvrit la porte et une tête aussi pâle que la sienne apparut.

— Ça va si mal que ça ? demanda Stewart.

— J'ai connu pire, mentit Paul.

— On a tous connu pire.

Stewart prit place à côté de lui et lui massa le dos.

— J'étais tellement résolu à changer. À ne plus faire la pute, et à reprendre ma vie en main, gémit-il.

— C'était juste une nuit, Paulo. Je ne pense pas que ton homme des montagnes s'attende à ce que tu fasses vraiment le moine.

Paul se laissa aller contre Stewart.

— C'est bien ça le problème. Lui, il n'attend rien. C'est moi qui voulais changer. C'est moi qui voulais…

— Tu voulais changer pour lui ?

— Oui, fit Paul, tristement.

— Alors, arrête tout de suite et reprends de zéro.

Stewart se leva.

— Et peut-être que la première chose à faire, ce serait de te lever, de te rincer la bouche afin que je puisse t'embrasser et qu'on s'arrache d'ici avant qu'on se fasse réquisitionner pour le ménage.

Ils n'eurent aucun mal à sortir discrètement de l'appartement. Les quelques corps à peu près fonctionnels ne leur prêtèrent aucune attention quand ils traversèrent le salon. La pièce sentait l'alcool, la sueur, le sexe. Un dimanche matin ordinaire. Mais Paul fronça le nez.

La même odeur flottait dans le hall de l'immeuble, avec en plus un parfum d'urine. Stewart les guida précautionneusement entre les tessons de bouteille et les flaques de vomi.

— J'avoue que c'est devenu un peu plus bordélique que ce que j'imaginais, dit Stewart, et il reprit son souffle en s'appuyant contre le mur de brique. Je me souviens vaguement que quand l'Esquire a fermé, la moitié des gens sont venus ici.

— Oui, marmonna Paul en passant la main dans ses cheveux. Je ne me souviens pas de grand-chose.

— Billy avait l'air sympa, affirma Stewart, mais c'était à moitié une question.

— Oui.

— Oui, il était sympa, ou oui, tu ne veux pas en parler ?

— Les deux.

— On va prendre un café ?

— D'accord, répondit Paul.

Stewart allait certainement essayer de lui tirer les vers du nez plus tard, mais, pour l'instant, il avait bien compris qu'il fallait lui foutre la paix.

St Kilda était complètement transfiguré le dimanche matin. Les habitants du quartier remplissaient les cafés cachés dans les petites rues ; ceux qui venaient de la péninsule payaient une fortune en parking puis descendaient vers le marché de l'Esplanade. Les deux amis traversèrent la place, s'arrêtant à un stand pour négocier des ceintures en cuir faites main, mais ils décidèrent que c'était un peu cher pour eux.

Lorsqu'ils arrivèrent au café, l'air de la baie avait un peu soulagé le mal de tête de Paul et, malheureusement, des souvenirs épars de la nuit commençaient à lui revenir. Il grogna et s'assit à une table en terrasse, prenant sa tête dans ses mains. Stewart taxa une cigarette à un client à côté et vint s'asseoir à côté de lui.

— Tu as encore si mal à la tête ? demanda-t-il.

119

— Non, c'est juste que… Je ne sais pas.

Il laissa tomber ses mains et lança un regard déprimé à Stewart.

— Comment est-ce que je vais pouvoir changer quoi que ce soit à ma vie, si je continue à faire n'importe quoi ?

Stewart voulut répondre, mais il fut interrompu par un serveur irlandais très mignon qui leur apporta les menus du petit déjeuner.

— C'est pour manger, ou vous avez juste besoin d'un bon café bien fort ?

— On va commencer par un café, bien noir et bien serré, mais on va quand même regarder les menus. Qui sait, je vais peut-être voir quelque chose qui me tapera dans l'œil, dit Stewart avec un grand sourire.

Le serveur lui fit un clin d'œil.

— Tu es désespérant, dit Paul, halluciné que son ami arrive à flirter même avec la gueule de bois et les cheveux en mode saut-du-lit.

— Bah quoi ? s'exclama Stewart en riant.

Paul se laissa aller contre le dossier de sa chaise. Il avait un sourire fatigué, mais au moins la bonne humeur de son ami lui remontait un peu le moral.

— OK, raconte-moi à quel moment de la soirée tu as décidé de transformer un couple en ménage à trois.

— Non, ce n'était pas du tout ça. Tu étais déjà endormi quand je suis venu dans votre lit. Billy avait un peu envie de se coller à moi, mais quand je lui ai dit d'aller se faire voir, il m'a foutu la paix et s'est rendormi. Je ne crois pas qu'il aurait vraiment été en état de toute façon. Bien foutu, le mec.

— Pourquoi Simon n'est-il pas resté ?

Stewart se rembrunit.

— On a passé un bon moment, mais cela n'a pas duré.

— Tous les mecs n'ont pas envie de passer une nuit entière au lit, dit Paul pour le consoler.

Il lui prit sa cigarette pour tirer une latte, mais le regretta instantanément.

— Je sais bien, mais…

— Mais quoi ?

— C'était vraiment chouette, jusqu'à ce qu'on trouve un petit coin sombre dans une des chambres et là…

Stewart soupira et prit sa tasse de café sans un regard pour le serveur.

— C'est comme s'il était devenu quelqu'un d'autre après. Quelqu'un de méchant.

Paul plissa les yeux et vit que son ami évitait son regard en mettant trop de sucre dans son café.

— Il t'a fait du mal ?

— Non, non, il m'a un peu bousculé, c'est tout. Rien de grave.

— Qu'est-ce que tu veux dire, bousculé ?

— Laisse tomber, Paulo, vraiment. Il a joui, il s'est énervé et il m'a poussé contre le mur. C'est tout.

Paul ne dit rien, mais le sang lui battait les tempes. Stewart posa sa main sur la sienne.

— Au moins, dit Stewart dans un murmure étrange, il a tenu un peu plus longtemps ce coup-ci.

Paul aurait voulu lui dire d'arrêter de voir Simon. Lui dire que peut-être qu'il y avait une bonne raison si on l'appelait le Chapelier Fou. Mais Stewart lui lança un regard suppliant à travers ses cernes, et il se tut.

— Si jamais…

— Cela n'arrivera pas, interrompit Stewart.

— Qu'est-ce que tu en sais ?

— J'ai déjà connu ce genre de situation, assez souvent en fait, et je ne le laisserai pas me faire quoi que ce soit que je ne veux pas, OK ?

Ce n'était pas OK, mais alors pas du tout. Mais Paul connaissait bien cette expression qu'avait Stewart et il renonça à le convaincre.

— D'accord, mais je me fais quand même du souci pour toi.

— D'accord, tant que tu me laisses me faire du souci pour toi aussi.

— Ça marche.

PAUL S'ASSOUPIT pendant plusieurs heures et, quand ce fut l'heure d'aller en cuisine au café pour filer un coup de main, sa gueule de bois s'était atténuée. Il n'avait plus qu'un léger mal de crâne. *J'ai le temps de me rendormir quelques minutes*, pensa-t-il. Il ferma les yeux. Dans son rêve, il était de retour devant la cheminée, des bras le serraient et une voix lui murmurait doucement de dormir.

Quand son téléphone sonna sur sa table de nuit, le soleil était déjà couché.

— Oh non, jura-t-il, et il se redressa sur son coude.

Il avait dormi tout l'après-midi. Le téléphone sonna à nouveau. Il vit que c'était son patron. Paul inspira un grand coup, décrocha et se lança dans une tirade d'excuses, invoquant un terrible mal de tête et une panne d'oreiller. En retour, son patron l'accusa d'être irresponsable, lui rappela la chance qu'il lui avait offerte, et lui promit de lui faire perdre son boulot de serveur s'il ne se pointait pas dans l'heure.

Quand Paul eut raccroché, il ne savait même plus s'il tenait tant que ça à sauver son job. Il ferma les yeux et essaya de se convaincre que c'était important.

— Lève-toi, va bosser si tu veux que quelque chose change dans ta vie, se dit-il à haute voix, et il se dirigea vers la salle de bain.

Il resta un moment devant le miroir à regarder son reflet.

— OK, c'est une nouvelle journée. Enfin, une nouvelle soirée, dit-il posément. Même si tu pues la bière et le tabac froid…

— Et la queue, ajouta une voix rauque derrière lui.

— Quoi ?

Il vit le reflet de Stewart apparaître à côté du sien.

— Si c'est bien de la nuit dernière qu'on parle, tu dois sentir la bière et la queue.

— Va te faire ! cracha Paul.

Il avait bien peur que Stewart ne dise rien d'autre que la pure vérité.

— C'est bien mon intention, marmonna Stewart. Tu as réussi à dormir un peu ?

— Trop, en fait.

Paul enleva son boxer et se glissa sous la douche. L'eau chaude coula sur sa tête et ses épaules ; c'était délicieux.

— Bouge, dit Stewart, et il vint avec lui sous la douche.

Paul attrapa la bouteille de shampooing.

— Je crois que tu aurais dû dormir encore un peu. Tourne-toi, que je m'occupe de tes cheveux.

Stewart obéit.

— Pourquoi t'es-tu levé si tôt ? Je pensais que tu resterais au lit jusqu'à l'heure de prendre ton service au café, dit Paul en massant le cuir chevelu de Stewart.

Il sentit que son ami se tendait et comprit que s'il était venu le rejoindre dans la salle de bain, ce n'était pas que pour le taquiner.

— Je n'arrêtais pas de réfléchir, marmonna-t-il, et il pencha la tête en arrière pour rincer le shampooing.

— OK, raconte. À quoi réfléchissais-tu ?

Paul se tourna afin que Stewart lui lave les cheveux. Stewart versa du shampooing dans ses mains et les frotta l'une contre l'autre avant de plonger ses doigts dans les cheveux de Paul, qui l'entendit soupirer et attendit qu'il parle.

— Crois-tu que je me fais des illusions sur mon histoire avec Simon ?

— En quel sens ?

— Il est mignon, il est intelligent, on passe du bon temps. J'ai envie qu'il soit… enfin, pas l'homme de ma vie, mais… oh, je ne sais pas, Paulo. J'ai eu un peu peur hier soir.

— Tu m'as dit la vérité ce matin ? Il t'a juste un peu bousculé ?

— Oui, oui, répondit Stewart, et il le laissa rincer ses cheveux.

Paul attendit que toute la mousse ait disparu pour se retourner et dire :

— J'ai du mal à te croire, Stew.

— C'est vrai, je t'assure, répondit Stewart en prenant le savon. Il m'a juste poussé, mais quand je l'ai regardé, il avait l'air tellement en colère. Pas contre moi, je sais. Enfin, je ne crois pas. Mais j'ai vraiment cru qu'il allait me frapper.

— Largue-le. Tu n'as pas besoin de ça.

— Mais il ne m'a pas frappé. C'est comme si d'un coup il est revenu à la normale, et il s'est excusé. Je lui ai dit que ce n'était pas grave…

— Mais c'était grave.

— Il était gêné.

À ce moment-là, Paul comprit que ce n'était pas la peine d'argumenter. Il prit le savon et le frotta sur sa peau.

— Tu es fâché ?

— Oui… Non, dit Paul en secouant la tête. Je suis inquiet, parce que tu viens d'avouer que tu as eu peur, et que maintenant tu es de nouveau en train de lui chercher des excuses.

— Je sais, dit Stewart doucement. Écoute, je vais nous faire du café.

— Plus tard, d'accord ? Il faut que j'aille au travail.

— Alors, sèche-toi et va peler des patates.

Stewart l'embrassa sur la joue et lui laissa la salle de bain pour lui. Paul finit sa douche et résolut d'essayer plus tard de parler avec Stewart, quand il aurait un peu plus de temps. Il sécha ses cheveux et, sans qu'il sache comment, ses pensées dérivèrent à nouveau vers sa première nuit sur la montagne. Des images fragmentaires lui revenaient et il se souvint de Caleb qui lui séchait les cheveux et lui promettait de rester avec lui. Il eut un haut-le-cœur ; et cette fois, ce n'était pas à cause de l'alcool qu'il avait bu la veille.

À CERTAINS moments, Paul détestait l'admettre, mais Stewart avait désespérément raison. Voilà qu'il se retrouvait dans la cuisine du café à peler sa énième patate. Mais il ne dit rien et fit tout ce qu'on lui disait de

123

faire, même s'il commençait à croire qu'il avait pelé plus de patates que les cuisiniers pourraient jamais avoir besoin. Quand il eut fini la dernière, Paul s'étira.

— Et maintenant ? demanda-t-il.

— Regarde autour de toi et trouve-toi quelque chose à faire, dit le chef cuisinier en grommelant.

— D'accord, dit Paul, et il regarda les fourneaux un par un.

Si c'était un test, il était en train de le rater complètement. Comme il n'avait pas de meilleure idée, il attrapa un torchon et commença à nettoyer son plan de travail, ou en tout cas un petit coin du plan de travail à côté de l'évier. Il entendit le chef faire un grognement impatient.

Qu'est-ce que je pourrais faire d'autre ? Allez, Paul, trouve. Il commençait à paniquer, mais s'aperçut que le chef avait gribouillé quelque chose sur une ardoise.

L'ardoise des plats du jour ! Paul parcourut la liste des plats, et établit les tâches à accomplir en se demandant ce qu'il était capable de faire. *Des frites !*

— Chef ? demanda-t-il, et il commença à sortir des pommes de terre pelées de la marmite où il les avait mises. Combien faut-il en couper ?

— Coupe jusqu'à ce que je te dise d'arrêter.

Le chef ne l'arrêta pas avant que Paul eût coupé environ la moitié des patates. Il lui dit ensuite de couper en tranches celles qui restaient, pour faire un gratin. Paul les disposa sur un plat à gratin, soulagé que le chef se contente de lui crier les instructions depuis l'autre bout de la cuisine. Il mit un peu de beurre sur le dessus et plaça le plat dans le four. Quand il referma la porte, il s'autorisa un bref moment de satisfaction.

Quand son service au café commença, il avait eu le temps de préparer d'autres légumes, de laver les casseroles, de les ranger et de refaire l'ardoise des plats du jour avec des fioritures en couleur. Il noua son tablier de serveur autour de ses reins et remercia le chef de lui avoir donné une occasion d'apprendre.

Après une toute petite pause, Paul attrapa son carnet de commandes et y inscrivit le premier café latte de la soirée.

AUX PETITES heures du matin, Paul était encore éveillé dans son lit, mais ses quelques heures en cuisine le mettaient de bonne humeur et compensaient ses mauvais souvenirs de la soirée. Il sentait que c'était un petit pas dans la bonne direction. En s'endormant, ses dernières pensées furent pour l'homme des montagnes, son homme des montagnes. Il se disait que, peut-être, il serait un peu fier de lui.

SE LEVER *ou pas ?* Paul n'arrivait pas à se décider. Il étira les jambes et ses pieds sortirent de sous la couette. Il n'avait rien de prévu pour la journée, n'avait pas d'endroit où aller en particulier. Il entendait la radio dans la cuisine : Stewart devait être levé, ou bien un de leurs copains avait décidé de dormir sur le canapé. Ils avaient descendu plusieurs bouteilles de vin pour fêter les débuts de Paul en cuisine.

Il commençait à peine à s'éveiller tout à fait lorsqu'il entendit son téléphone vibrer.

— J'espère que ce n'est pas toi qui m'envoies des messages depuis la cuisine, Stew, cria-t-il.

Cela arrivait souvent, quand Stewart avait une idée géniale d'un coup, ou juste quand il avait la flemme de traverser le couloir.

Paul prit son téléphone et ouvrit le message. *Ruth a eu une petite fille.*

Son visage se fendit d'un large sourire et, avant qu'il puisse réfléchir à ce qu'il faisait, il était debout et faisait une danse de la joie dans sa chambre, en essayant d'éviter les bouteilles de vin vides par terre. Il rit et, debout sur son lit, il s'écria :

— Brave Ruthy !

Il appuya sur le bouton « appel » de son téléphone sans se laisser le temps de flipper.

— Salut, l'homme des neiges. Tu as eu mon message ?

— Oui ! dit Paul joyeusement. Je t'avais dit que ce serait une fille !

Il entendit un petit rire à l'autre bout de la ligne.

— Oui, je me rappelle. Je me rappelle aussi comme tu as flippé quand le poulain t'a donné un coup.

— Tu ne m'avais pas prévenu ! Enfin bref, comment ça s'est passé ? Ruth va bien ?

Paul écouta Caleb lui raconter l'accouchement dans ses grandes lignes et, même s'il ne comprenait pas tout, il sentait que Caleb était content de lui parler.

Paul se pelotonna à nouveau dans ses couvertures, avec la voix douce de Caleb qui lui tenait compagnie, posant une question de temps en temps. Quand Caleb eut fini de lui raconter la naissance, le téléphone resta silencieux.

— Tu es toujours là ? Ou es-tu parti ailleurs ?

— Je suis toujours là, répondit Paul. Je me disais juste que j'avais très envie de venir te voir un de ces jours, si tu étais d'accord ?

— Euh, oui, bien sûr, dit Caleb, et Paul sentit que son ton avait changé.

— Enfin, seulement si cela ne te dérange pas, s'empressa-t-il d'ajouter. Je veux dire, j'ai vraiment très envie de voir le bébé de Ruth et, euh, peut-être me balader à nouveau dans le coin, pour voir à quoi ça ressemble quand la neige ne recouvre pas tout.

— Oui, on peut faire ça, dit Caleb.

Il y eut un nouveau silence, puis il ajouta :

— Cela me ferait plaisir.

Paul sentit une montée d'adrénaline et cela lui donna du courage. Il regarda le plafond et, après une grande inspiration, il dit, très calmement :

— Tu me manques.

Caleb ne répondit pas. Paul ferma les yeux et se maudit d'avoir dit cela à voix haute. Puis, il entendit un soupir et un murmure :

— Toi aussi, tu me manques, l'homme des neiges.

Ils raccrochèrent. Paul resta plusieurs secondes à fixer son téléphone. Il ne savait pas s'il pourrait un jour se passer quelque chose avec Caleb, mais rien que d'entendre sa voix l'avait rempli d'espoir.

Quand il entra dans la cuisine, il essaya de masquer son sourire, mais Stewart, même avec la gueule de bois, vit tout de suite que quelque chose le rendait heureux. Paul sentit que son ami le suivait du regard tandis qu'il prenait place à la table de la cuisine. Stewart posa une tasse de café devant lui et s'assit, sans cesser de le fixer.

Paul finit par avouer :

— J'ai appelé Caleb.

— Quoi ? Quand ?

Stewart ouvrit de grands yeux et rapprocha sa chaise.

— Il m'a envoyé un message pour me dire que Ruth avait mis bas, alors je l'ai appelé.

— Et ?

— Et rien, mentit Paul.

Il maudit la clairvoyance de Stewart et secoua la tête.

— J'avais juste envie de savoir comment ça s'était passé… et j'ai dit que j'aimerais bien passer le voir un de ces jours.

— Juste pour voir le poulain ? dit Stewart avec une inflexion ironique dans la voix.

— OK, j'avoue, je lui ai dit qu'il me manquait.

— Et ? Il a dit que tu lui manquais aussi ?

— Oui...

— Et alors, quand y vas-tu ?

— Je ne sais pas. Le mois prochain, peut-être ? Il faut que je trouve une voiture et que je puisse poser quelques jours de congé.

— Ça m'a l'air tout à fait jouable, dit Stewart. Mais à mon avis, tu peux y arriver sans attendre le mois prochain. Je crois que tu en aurais besoin.

— Oui enfin, l'organisation n'a jamais été ton fort, trancha Paul, un peu trop brusquement.

Stewart se contenta de sourire.

— N'essaye pas de changer de sujet. OK, on en reparlera plus tard si tu veux... Enfin, non, parlons-en maintenant. À mon avis, tu devrais y aller tout de suite pour lui dire que tu as quitté ta vie dissolue pour ses beaux yeux.

— Oui, sauf que ce n'est pas tout à fait vrai.

Stewart fit un geste dédaigneux.

— C'est bon, il ne compte pas, le blond de l'autre soir.

— Pourquoi ?

— C'était juste un petit accident de parcours. Ça arrive.

Paul savait que ce n'était pas la peine d'argumenter contre la logique implacable de Stewart. En plus, il était de trop bonne humeur pour se disputer.

— Bon, alors tu le rappelles pour lui dire que tu te ramènes chez lui dès que tu as pu trouver une caisse, OK ?

127

XVI

Sarah déposa la lourde valise qu'elle partageait avec ses filles dans l'entrée et se redressa en se tenant les reins.

— Cal, les filles me tannent pour qu'on s'arrête manger une glace à Mansfield avant de rentrer à la maison. Tu veux venir avec nous ? demanda-t-elle.

— Euh, cela te dérange si je te dis non ? répondit-il, et il glissa son téléphone dans sa poche, en espérant qu'elle ne l'avait pas vue, tout en sachant bien qu'elle ne l'avait pas raté.

— Pas du tout, dit-elle, et elle vint s'asseoir à côté de lui sur le canapé.

Sarah vit que sa main était toujours dans la poche de son jean et dit :

— Tu étais au téléphone ?

Il vit qu'elle se retenait pour ne pas rire et comprit qu'il était percé à jour.

— J'ai appelé la vétérinaire, dit-il, essayant d'être convaincant et se rendant compte qu'il ne l'était pas du tout.

— C'est cela, oui, dit-elle, et elle éclata de rire et lui pinça le bras. Tu lui as parlé, alors ?

— A qui ?

— Caleb Maguire, arrête ton char. Tu sais que tu n'as jamais pu me mentir.

Ses yeux brillaient de malice. Dans ces moments-là, elle ressemblait tellement à son frère que Caleb, un instant, baissa la garde. Il regarda ses mains et hocha la tête.

— Je lui ai envoyé un message pour lui dire pour Ruth, et il m'a rappelé tout de suite.

— C'est une bonne nouvelle, non ?

— C'était sympa de lui parler.

Elle se rapprocha de lui.

— Mike aurait voulu que tu passes à autre chose. Il ne voulait pas que tu restes seul. Tu sais qu'il m'a demandé de te trouver un gentil garçon ?

— Un *gentil garçon* ? dit Caleb.

Il pouvait presque entendre ces mots de la bouche de Mike.

— Oui. Il avait peur que tu restes caché dans la montagne et que tu ne fasses que ressasser le passé. Ce n'est pas comme s'il avait eu tort.

— Pas du tout, dit Caleb avec un sourire.

— Alors, c'est un gentil garçon, ce type ?

— Gentil ? C'est quelqu'un de bien, même si je crois qu'il ne s'en est pas encore rendu compte. Mais ne commence pas à te faire des idées. Paul et moi… enfin, on a passé quelques moments ensemble, mais ce n'est pas du tout le genre de type qui s'intéresse à moi.

— Pourquoi pas ? demanda Sarah. Mon frère avait un goût très sûr, y compris pour les mecs. Je ne connais pas ce type, mais je ne vois pas qui il pourrait se trouver de mieux que toi.

Caleb gloussa et se pencha pour lui faire une bise.

— J'adore ta loyauté, Sarah, mais il a une vie très, très différente de la mienne. En plus, il est trop jeune. Vingt-huit ou vingt-neuf ans, je dirais.

— Ça ferait, quoi ? Une douzaine d'années d'écart ? Exactement la différence d'âge entre Jim et moi.

— Tu ne vas me laisser aucune chance de te convaincre, hein ? dit Caleb, déjà prêt à reconnaître sa défaite.

— Non, aucune. Il t'a appelé, non ?

— Oui, mais seulement après que je lui ai envoyé un message.

— Oui, tu m'as dit. Mais il t'a rappelé directement, au lieu de te répondre par message.

— C'est censé vouloir dire quelque chose ?

— Cal, bon sang, qu'est-ce qu'on va faire de toi ! Allez, raconte-moi ce que vous vous êtes dit.

Caleb vit qu'il ne pourrait pas y couper, alors il résuma la petite conversation qu'il venait d'avoir au téléphone. Puis il se tut un bref instant, hésita et lui dit :

— Il m'a dit que je lui manquais.

— Et toi, tu lui as répondu quoi ?

Caleb rougit et confessa :

— Je lui ai dit qu'il me manquait, lui aussi.

Il ne s'attendait pas à ce qu'elle le prenne dans ses bras, mais cela lui fit plaisir. Il la serra longtemps, car il savait qu'une fois qu'elles seraient toutes les trois montées dans la voiture et qu'il aurait refermé le portail derrière elles, il serait à nouveau tout seul. Et peut-être que, dans le silence de la maison, sans les cris de ses nièces pour le distraire, il devrait laisser un peu de place à cette lueur d'espoir que l'appel de Paul avait fait naître.

LA POULICHE de Ruth fit un petit saut, les yeux grand ouverts, les oreilles dressées. Caleb rit et alla chercher son téléphone qu'il avait posé sur une poutre dans le box.

— Ne t'en fais pas, c'est juste la sonnerie de mon portable, dit-il pour la rassurer.

Il attendait un appel de la vétérinaire et fut surpris d'entendre une autre voix.

— Ah, c'est toi, salut.

— Excuse-moi, je te dérange ? demanda Paul.

— Non, non, pas du tout. C'est juste que j'attendais un appel de la vétérinaire.

Il s'appuya contre le mur et tendit la main vers la petite pouliche.

— Et avant que tu ne t'inquiètes, tout va bien. En fait, je suis dans l'écurie là, et je bordais les filles pour la nuit.

Il entendit le petit rire de Paul.

— Voilà quelque chose que je ne fais pas souvent.

Caleb sourit et secoua la tête.

— Alors, que me vaut ce deuxième appel de la journée ?

— En fait, je me demandais…

— Tu te demandais quoi ? demanda-t-il en se laissant glisser le long du mur pour s'asseoir dans la paille fraîche.

— Je me demandais si je pouvais passer te voir, mettons après-demain ? Mon patron m'a dit qu'il pouvait se passer de moi pendant quelques jours.

— Il a dit cela en ces termes ? demanda Caleb en riant.

— Enfin, pas exactement comme ça, mais il a trouvé quelqu'un pour me remplacer. Stew et moi nous avons mis nos pourboires en commun et cela me fait assez pour louer une voiture. Alors, si cela ne te dérange pas que je revienne dormir par terre dans ton salon, je n'ai pas à me préoccuper de l'hôtel.

Paul avait dit tout cela très vite, mais Caleb entendait aussi toutes les questions qu'il ne lui posait pas.

— Je crois vraiment que cela te ferait du bien de voir la pouliche. Elle sait s'imposer, un peu comme toi.

Paul rit et se détendit.

— S'imposer comment ?

— Eh bien là, elle a son museau collé contre mon visage et elle se demande à qui je suis en train de parler.

— Dis-lui que j'ai hâte de la voir et que je l'embrasse.

Caleb hocha la tête et souffla un peu d'air sur le petit nez blanc qui lui taquinait la joue. La pouliche sursauta, mais, une seconde plus tard, elle répondit d'un reniflement furieux.

— Je vais lui dire.

— Merci.

Il y eut un long silence, puis Paul dit :

— Alors, à après-demain ?

— Sois prudent sur la route, l'homme des neiges.

Paul rit et raccrocha.

— Tu vas avoir de la visite, dit Caleb à la pouliche curieuse. C'est un touriste qui s'était perdu et que j'ai trouvé.

XVII

PAUL AVAIT l'impression que toute la ville était en vacances. Il s'attendait presque à ce que toutes les boutiques soient fermées comme un jour férié, même son café préféré. Mais ce n'était pas un jour férié. Les rues étaient pleines de gens qui allaient au travail ou s'arrêtaient pour leur café du matin. Pourtant, Paul se sentait comme quand, dans son enfance, ils remplissaient le coffre de la voiture à ras bord pour aller rendre visite à sa grand-mère à l'autre bout de l'Australie. La route qui l'attendait lui semblait pleine de possibles. Il avait fait son sac, puis l'avait défait et refait plusieurs fois. Aucun de ses vêtements n'avait l'air adapté. Ils étaient trop tapageurs, trop dansants, trop… enfin, ils ne faisaient pas assez vêtements de montagne. Finalement, il décida de prendre son jean le plus simple, quelques tee-shirts et un pull-over.

— Il faudra peut-être que je lui emprunte quelque chose s'il se met à faire froid, se dit-il.

Puis il parcourut sa collection de chaussures. Il n'avait rien d'adapté à une promenade dans le bush, alors il prit une paire de bottes en cuir toutes simples. Elles avaient une semelle fine et il sentirait le moindre caillou à travers, mais peut-être que Caleb pourrait à nouveau lui prêter ses bottes. Paul rit à ce souvenir : combien de chaussettes avait-il dû enfiler afin que les bottes lui tiennent à peu près au pied ?

Stewart l'accompagna à l'agence de location de voiture, un peu après l'heure du déjeuner. Ils sortirent tous leurs pourboires qu'ils avaient mis en commun et les mirent en tas sur le permis de Paul. La dame de l'agence, sans la moindre considération pour ce qu'il leur en avait coûté de gagner cet argent, fronça les sourcils à la vue de toutes ces pièces et de ces petites coupures, et recompta l'ensemble.

— Le compte y est ? demanda Stewart.

Paul lui envoya un coup de coude dans les côtes.

La dame l'ignora et encaissa l'argent, puis tendit des formulaires à Paul. Elle lui expliqua le contrat, insista sur l'assurance et fit des petites croix partout où il devait signer.

— J'espère que ton homme des montagnes te sera reconnaissant du mal que tu te donnes, dit Stewart, et il lui indiqua du doigt une petite croix qu'il avait oubliée.

Paul signa consciencieusement la dernière page et rendit le contrat. Il mit son bras autour de la taille de son ami.

— Je suis sûr que oui.

Stewart prit les clés de la voiture.

— Allez, viens, nous allons jouer à choisir la voix du GPS.

CE MATIN, les petits gestes quotidiens semblaient tous chargés de sens. Molly trottinait à la suite de Caleb tandis qu'il prenait soin de bien aligner les balles de foin, comme si c'était important qu'elles fassent une file régulière le long du mur de l'écurie.

— Qu'est-ce que tu regardes ? demanda-t-il à la chienne quand il la vit secouer la tête.

Elle jappa et mit ses pattes avant contre ses cuisses. Il lui donna un petit coup au derrière, ce qui n'eut pour seul effet que de lui faire remuer la queue encore plus fort. Caleb rit de la voir heureuse.

— Il vient juste voir Ruth et la petite.

Le sourire de Molly sembla s'agrandir.

— Et toi aussi, vieille idiote.

Il lui donna encore un petit coup et ils sortirent tous les deux dans le soleil printanier.

Le vent était tiède et apportait toutes les odeurs de la saison nouvelle, emplie de promesses de renouveau. Caleb s'appuya sur la palissade de l'enclos et regarda la jument qui poussait doucement son poulain hors de son chemin pour atteindre un coin d'herbe fraîche. La petite se laissa faire, mais tapa le sol de son petit sabot avant de trottiner à l'autre bout de l'enclos.

— Arrête de faire la belle, lui dit-il, et elle répondit par quelques ruades avant de revenir près de sa mère. Il va falloir qu'on te trouve un nom pour faire les papiers.

Ses nièces lui en avaient proposé beaucoup, certains corrects, d'autres non, mais Caleb savait bien, au fond, pourquoi il n'avait pas encore choisi. Elle recevrait un nom demain.

Il se racla la gorge, soudain gêné de son propre enthousiasme à l'idée de la visite de Paul.

— Molly, fit-il brusquement, en route. Il faut qu'on range un peu la maison.

XVIII

— STEWIE ?

Dans l'obscurité, Paul cligna des yeux. L'écran de son téléphone lui disait que son ami l'appelait, et une photo très inappropriée de lui apparaissait sur l'écran, mais quand il décrocha, personne ne répondit.

— Stewie, tu es là ? Je crois que je n'ai pas beaucoup de réseau…

Il entendit quelque chose, peut-être un sanglot, et Paul, immédiatement, se redressa dans son lit.

— Parle-moi. Tu vas bien ?

— Oui… non.

Stewart se tut, mais Paul entendit qu'il reprenait son souffle et étouffait un autre sanglot. *Merde !*

— Stewart, parle-moi, qu'est-ce qui se passe ? Où es-tu ?

— Je ne sais pas. Il m'a dit de sortir.

Pendant plusieurs secondes, on n'entendit plus rien.

— Simon m'a dit de sortir de la voiture. Je ne sais pas où je suis. Il conduisait et il m'a laissé là.

Le connard ! Le putain de connard ! Toutes les injures que Paul connaissait se bousculaient dans sa tête, mais il serra les mâchoires pour ne pas les laisser échapper, puis il dit.

— Calme-toi et regarde autour de toi. Est-ce qu'il y a du monde ?

— Non. Il y a une route à quatre voies, mais pas de maisons.

Une quatre-voies ? Paul s'interrogea en enfilant un pantalon de jogging d'une seule main et en tenant son téléphone de l'autre. Puis il eut un déclic :

— Ce n'est pas un nouveau lotissement en construction ?

— Oui, je crois.

Où est-ce qu'il y avait un nouveau lotissement dans le coin ?

— Ça va aller, mon chou. Est-ce que tu peux te localiser avec ton GPS ?

— Peut-être… attends, ne quitte pas.

Paul attrapa une paire d'Uggs qu'il ne portait jamais en public et les mit. Il jeta une veste sur son tee-shirt et prit les clés de la voiture. La voiture qui devait l'emmener chez Caleb. Il soupira et secoua la tête. S'il n'arrivait pas à y être le matin, il pouvait toujours appeler et dire qu'il venait l'après-midi. Pour l'instant, c'était Stewart qui avait besoin de lui.

Il était déjà dans l'escalier quand Stewart parvint à identifier où il était :

— Je suis dans un coin qui s'appelle Devon Springs.

— OK, reste en ligne, je suis presque à la voiture. Ne bouge pas.

Paul se trompa de direction plusieurs fois, mais, après quelques tours, il trouva le chemin du lotissement désert. Les rues étaient vides et il n'hésita pas à griller plusieurs feux. Les lampadaires le long de la route jetaient une lumière crue sur le béton frais et les grandes étendues de terrain ponctuées de poteaux et de petits drapeaux qui indiquaient où les futures maisons allaient se dresser. Avec les poteaux et un panneau annonçant des terrains à vendre, Stewart était le seul objet vertical du paysage, et Paul n'eut pas de mal à le trouver. Il se gara et sortit d'un bon de la voiture.

— Qu'est-ce qui s'est passé, bon sang ? demanda-t-il.

Stewart avait l'air pathétique. Son eye-liner avait coulé et le mascara faisait de longues traces noires sur ses joues. Mais surtout, il avait un énorme coquard enflé et noir à côté de l'œil. Il essaya de parler. Il ouvrit la bouche, et ses yeux se remplirent de larmes.

— C'est bon, c'est bon, tu n'as pas besoin de me raconter maintenant.

Paul le serra dans ses bras et sentit une légère résistance. Il relâcha son étreinte et prit le visage de Stewart entre ses mains.

— On va rentrer à la maison et te nettoyer un peu, d'accord ?

Stewart resta silencieux pendant tout le trajet. Paul prétendait se concentrer sur la route, mais il le surveillait du coin de l'œil.

— Je vais bien, là, tu peux arrêter de me regarder à la dérobée, marmonna Stewart, avec presque de la colère dans la voix.

— Je ne te regarde pas, mentit Paul.

Le silence entre eux se fit plus oppressant. Ni l'un ni l'autre n'osait le rompre. Stewart alluma l'autoradio, passant d'une station à l'autre, interrompant des bouts de chansons sans jamais s'arrêter sur aucune. Il éteignit la radio et croisa les bras.

— Tu es venu me chercher avec tes bottes de plouc, marmonna-t-il en contemplant les vieilles Uggs en peau de mouton.

Paul eut un petit sourire et admit ses torts.

— Parfois, l'amitié a la priorité sur la mode.

— Mais ces bottes-là ? Vraiment ?

Ils se sourirent timidement et la tension descendit d'un cran.

135

Paul s'abstint de poser des questions pendant le reste du trajet. Il s'en abstint aussi pendant qu'ils montaient à l'appartement, puis quand Stewart s'assit dans la salle de bain. Mais pendant qu'il nettoyait doucement les taches noires sur son visage, il toucha précautionneusement l'hématome et il fut obligé de demander :

— Il faut que tu me racontes, maintenant, Stewie. Qu'est-ce qu'il t'a fait ?

Les larmes coulèrent sur le visage désormais propre de Stewart, mais il ne répondit pas.

— Allez, murmura Paul, et il l'aida à se mettre debout. Enlève ta chemise et montre-moi.

Stewart prit un air réticent et déboutonna lentement sa chemise. La peau était rougie par endroit sur son torse pâle et, sur son bras, on voyait des hématomes violacés. Paul serra les dents. Son doigt parcourut un petit hématome qui était déjà en train de tourner au jaune. Il regarda Stewart, mais celui-ci évita son regard.

— Celui-là ne date pas de ce soir, constata Paul doucement, même s'il aurait voulu crier. Il a fait un peu plus que de te bousculer la dernière fois, non ?

— Ce n'est rien, murmura Stewart.

— Tu… Paul réprima sa remarque et inspira. Tu aurais dû me le dire.

Il soupira et, avec un coin encore propre du gant plein de taches de maquillage, il finit de nettoyer le visage de Stewart.

— Voilà. Un peu amoché, mais toujours aussi mignon. Je vais me remettre au lit, tu peux venir dormir avec moi si tu veux. On peut parler, ou bien cela peut attendre demain matin. Mais il faudra qu'on parle à un moment.

Paul annula le réveil qu'il avait programmé pour le matin, et tira les couvertures sur eux. Stewart avait la tête posée contre sa poitrine. On n'entendait que leurs souffles mêlés dans la chambre, et, au loin, les voitures qui passaient.

C'était difficile de pousser Stewart à parler, et encore plus difficile de ne pas lui dire « Je t'avais prévenu ».

Cela ne pourrait pas aider et, surtout, Paul ne tenait pas à enfoncer Stewart un peu plus. Il déposa un chaste baiser sur l'épaule de son ami et murmura :

— Essaye de dormir, on parlera plus tard.

Stewart renifla, puis il y eut quelques secondes de silence. Finalement, Stewart murmura :

— Je ne sais pas pourquoi je ne me suis pas barré après qu'il m'a bousculé l'autre soir.

Paul se redressa sur son coude et caressa ses cheveux noirs.

— J'aurais tellement voulu que tu le largues à ce moment-là.

Stewart roula pour se mettre sur le dos. Même dans la demi-obscurité, à la seule lumière du néon rouge qui éclairait la fenêtre, on pouvait voir les hématomes sur son torse.

— Il se mettait en colère, et puis il s'excusait en disant que c'était parce qu'il me désirait tellement, confessa-t-il. Et je crois que j'avais envie de le croire. J'avais envie qu'il m'aime.

— On aurait mieux fait de s'en tenir à vivre au jour le jour sans penser aux conséquences, dit Paul tristement.

— Pas de noms, juste un corps ferme pour la nuit, ajouta Stewart.

— Mais tu n'y as jamais cru, si, Stewie ?

Il passa ses doigts dans la longue frange noire.

— C'était censé être un moyen de s'amuser sans s'engager et sans peines de cœur. Mais cela n'a jamais vraiment été ce que tu voulais.

— Mais tu avais raison, j'aurais dû m'en tenir à ça. Regarde où j'en suis maintenant, juste parce que j'ai voulu davantage.

— Tu mérites davantage.

— Toi aussi, Paulo.

— Caleb m'a dit la même chose, dit Paul, et il laissa sa tête retomber sur l'oreiller qu'il partageait avec Stewart. Au début, je ne l'ai pas cru, et après je me suis dit : mais en fait, pourquoi pas ? Pourquoi n'aurais-je pas droit à plus ?

Il soupira bruyamment.

— Mais c'est plus facile d'y croire quand tu as quelqu'un qui t'aime.

— Tu penses qu'il pourrait être celui qui va t'aimer ? demanda Stewart, oubliant pour un instant ses propres malheurs.

Paul sentit sa poitrine se serrer. Il était soulagé que son ami ne puisse pas le voir rougir dans le noir.

— Je ne crois pas, murmura-t-il. Il avait quelqu'un, et je ne crois pas que je sois capable de le remplacer.

— Pourquoi pas ? insista Stewart.

— Comment cela se fait-il qu'on soit en train de parler de ma vie amoureuse, ou de mon absence de vie amoureuse ? Ce que je voulais te dire, c'est que tu as fait ce que tu devais faire. Tu es juste tombé sur la mauvaise personne.

— Tu sais, tu peux encore aller à la montagne demain, dit Stewart très doucement.

— On verra comment tu te sens. Je lui parlerai, et il comprendra si je dois remettre ça de quelques jours.

Le silence se fit à nouveau dans la chambre et, inévitablement, Paul laissa ses pensées dériver vers la montagne ; il rêva à une autre nuit sur le lit de fortune devant la cheminée, puis d'un café partagé sous la véranda.

XIX

C'ÉTAIT L'HEURE où, si tout s'était passé comme prévu, son réveil aurait sonné. Il aurait grogné un peu, car il était très tôt, puis il se serait rappelé pourquoi il avait mis le réveil. Alors, il aurait jeté bas ses couvertures et serait sorti du lit tout joyeux, parce qu'il allait voir Caleb, et que cela l'angoissait, mais le rendait aussi terriblement impatient.

Ça, c'était ce qui était prévu.

La lumière blême du matin commençait à poindre par la fenêtre de sa chambre. Il était étendu, déjà éveillé, mais ne fit pas mine de se lever. Stewart avait fini par s'endormir quelques heures plus tôt. Il avait alterné entre les larmes, la colère contre Simon, et la colère contre lui-même presque toute la nuit, jusqu'à être gagné par l'épuisement.

Paul, lui, n'avait pas réussi à trouver le sommeil. Il essaya d'attraper son téléphone sur la table de nuit sans déranger Stewart, mais celui-ci grogna dans son sommeil et Paul arrêta son geste. *Je l'appellerai plus tard. Caleb comprendra*, se dit-il, et il embrassa Stewart dans le cou.

— Ne t'en fais pas, je serai là quand tu te réveilleras, murmura-t-il, et son ami, sans se réveiller, serra son bras un peu plus fort.

Dans les heures qui suivirent, Paul contempla les ombres changeantes sur le mur, se demandant s'il devrait essayer de convaincre Stewart d'aller porter plainte contre Simon au commissariat. Mais il savait bien, au fond, que ce serait peine perdue. Stewart allait, d'une façon ou d'une autre, se persuader que tout était sa faute, et ils allaient finir par se disputer si Paul insistait. Finalement, il décida de le lui proposer en le lui présentant seulement comme une option, et de ne pas insister si son ami refusait.

Il dut s'endormir à un moment, car quand il se tourna à nouveau vers la fenêtre, le néon rouge était éteint et la chambre était inondée de soleil. Stewart ronflait doucement à côté de lui et il osa enfin attraper son téléphone. L'heure affichée sur l'écran le fit sursauter. Il était plus de onze heures, et il n'avait toujours pas appelé Caleb. Il se glissa au bord du matelas, avec une agilité qu'il avait développée à force d'années de pratique pour s'échapper discrètement de lits inconnus. Il fit une petite halte dans la salle de bain et alla dans la cuisine pour passer son coup de fil.

Il entendit plusieurs sonneries, puis une voix automatique de messagerie. Il raccrocha et rappela, avec le même résultat. La troisième fois, il avait préparé le message qu'il voulait laisser.

— Salut, Caleb, c'est Paul. J'aurais voulu te parler directement, mais tu dois être dehors. Mon ami a été blessé hier soir, et je ne peux pas partir aujourd'hui. Est-ce que je peux venir demain ? Si cela te va, rappelle-moi. À bientôt.

— Tu aurais pu y aller aujourd'hui.

Paul se retourna et vit que Stewart se tenait sur le seuil de la pièce, l'air mal réveillé.

— Tu plaisantes ? J'aurais raté ta gueule de mauvais garçon.

— Haha, très drôle. Le café est prêt ?

CALEB ÉTAIT assis sous la véranda et regardait le soleil se lever. Il souffla sur sa tasse de café et prit une petite gorgée pour vérifier la température, mais le liquide brûlant le fit grimacer. Molly trottinait autour de la cour, inspectant les limites du terrain et reniflant les terriers des wombats.

— Fais attention à toi, Molly, lui cria Caleb. Un de ces jours, tu vas te faire mordre.

La chienne leva la tête en entendant son nom et remua la queue, mais bientôt elle se remit au travail, reniflant et parcourant l'humus qui s'accumulait autour de la palissade jusqu'au bosquet de gommiers bleus couverts de neige. Caleb agita ses orteils dans ses chaussettes de laine. Il savait qu'il devrait enfiler ses bottes de travail, mais avait envie d'attendre un peu.

Soudain, les rayons de soleil percèrent à travers les feuilles d'eucalyptus. Le feuillage nouveau de l'arbre s'éclaira de rouge sombre, tandis que les feuilles de l'année précédente, déjà éprouvées par la météo, firent voir leur belle couleur vert foncé à travers les gouttes de rosée. Caleb emplit ses poumons de l'air frais du matin. Ses côtes lui firent mal quand sa cage thoracique atteignit son expansion maximale, mais c'était une douleur qui faisait du bien. L'air convoyait les bonnes odeurs de la forêt, de son café, du feu de bois dans la cuisine.

— Ça va être une bonne journée, murmura-t-il en portant la tasse à ses lèvres.

Ton homme des neiges est en chemin.

C'était la voix de Mike qu'il entendait ; ses propres pensées prenaient souvent la voix de Mike. Caleb approuva d'un hochement de tête.

— Oui, il arrive.

Quand le café fut assez refroidi pour qu'il puisse le boire, il le vida d'un trait. Il était temps qu'il mette ses bottes. Il parvint à glisser un pied dans la vieille chaussure, et Molly grimpa les quelques marches pour venir s'asseoir à ses pieds.

— Tu m'espionnais, ma Momo ? demanda-t-il, et il se mit à rire.

Elle se blottit contre ses jambes et, sans se lever, passa une langue rose contre ses babines.

— OK, j'ai compris, j'arrive. Va à l'écurie, je te rejoins dans une minute.

Il montra l'écurie du doigt et Molly bondit au bas de la véranda pour s'y précipiter.

Les chevaux les accueillirent avec des hennissements impatients. Ils attendaient d'être nourris, mais surtout, ils avaient envie de sortir dans l'air printanier. Caleb détacha méthodiquement leurs manteaux et remarqua l'épaisse couche de pelage hivernal qui s'accumulait sur les couvertures en laine.

— Ça va bientôt être le moment de vous laisser passer toute la journée dehors, dit-il, en regardant Barney trottiner dans l'allée pour rejoindre Belle à la porte de l'écurie.

Il ouvrit la porte et ils se battirent pour sortir le premier dans le soleil. Tous les matins, c'était la même chose et, tous les matins, c'était la jument grise qui l'emportait.

Caleb se retourna et vit un nez rose qui s'efforçait d'atteindre la porte du box.

— On s'impatiente, bébé ? dit-il, et il vit Ruth qui repoussait son poulain pour pouvoir s'avancer vers lui.

Elle savait qu'il y avait une carotte pour elle dans sa poche. Elle la croqua d'un coup et se laissa caresser le cou, puis laissa la pouliche curieuse s'avancer.

— Salut, ma toute petite, dit Caleb doucement, et il s'accroupit devant elle.

Elle accepta joyeusement de se laisser caresser et grattouiller. Elle lui mordilla le bras et il la réprimanda un peu quand elle le mordit trop fort pour jouer. En entendant qu'il se fâchait, elle se recula et le fixa un instant, puis revint vers lui pour de nouvelles caresses.

Ruth se rapprocha et lui donna un coup de tête qui lui fit presque perdre l'équilibre.

— D'accord, d'accord, fit-il, et il se redressa pour détacher sa longe. Tu te rappelles que tu as de la visite aujourd'hui, Ruth ? demanda-t-il en l'emmenant vers l'enclos avant. Le touriste revient pour te voir et voir ton bébé.

Il entendit une voix intérieure lui murmurer quelque chose et il sourit.

— Peut-être que c'est aussi un peu pour moi qu'il vient.

L'herbe verte avait commencé à pousser, mais Caleb donna tout de même un peu de foin aux chevaux. La pouliche le suivit autour de l'enclos jusqu'à ce qu'il ait fini de distribuer le foin puis tapota du sabot un petit morceau de balle, jusqu'à ce que Ruth lui montre que c'était fait pour être mangé. Elle essaya quelques bouchées, puis décida que le lait de sa mère était meilleur.

Caleb regarda sa montre. Il était encore beaucoup trop tôt pour que Paul arrive. *Il doit encore être au lit*, pensa-t-il. *Je me demande s'il dort en boxer ?* Il gloussa et tapota sa cuisse pour faire signe à Molly de le suivre dans l'écurie.

Une fois qu'il eut nettoyé les boxes et tout préparé pour la soirée, il ne put s'empêcher de vérifier à nouveau l'heure à sa montre. Il secoua la tête et se dirigea d'un pas décidé vers l'établi, pour prendre ses outils.

— Autant ne pas rester à rien faire, hein, Molly ?

Elle le suivit pendant qu'il plantait un nouveau poteau pour la palissade et coupa du bois pour finir la clôture.

Il était déjà midi passé quand il se redressa et s'étira. Son dos lui faisait mal. Il avait commencé à délimiter la nouvelle cour, et Molly était étendue sous la véranda, lézardant au soleil. Aucun signe du touriste. Il se demanda s'il n'allait pas se faire un déjeuner tardif, mais il n'avait pas très faim. Il regarda l'allée vide et détourna les yeux, dégoûté.

— Allez, il y a plein de boulot à faire, se dit-il à lui-même.

Puis il appela vers la maison :

— Molly ! Viens là, idiote. On va aller chercher le courrier.

Molly cligna des yeux, s'ébroua pour chasser le sommeil et descendit d'un bond les quatre marches de la véranda.

Caleb tapa des mains.

— C'est au tour de Barney d'aller faire une promenade. Et si le touriste arrive, on le croisera forcément sur le chemin.

La chienne le regarda, avec l'air de comprendre chaque mot, puis elle le suivit fidèlement dans la sellerie. Il y avait de nombreux rangements, mais encore peu de selles, et la plupart étaient couvertes. Tous les quelques mois, Caleb les sortait pour les nettoyer et les graisser, mais les selles de dressage cousues main étaient ensuite remises soigneusement dans leurs housses et elles y restaient jusqu'à la prochaine fois. La selle de Barney, en revanche, était utilisée souvent ; c'était une selle traditionnelle avec un bridon. Caleb la posa sur son avant-bras et roula la bride par-dessus.

— Allons chercher Barney, dit-il à Molly qui courut vers l'enclos, pleine d'enthousiasme.

En fait, elle ne savait pas quel cheval ils allaient chercher, mais elle avait compris, en voyant Caleb prendre une selle, qu'ils allaient en promenade.

— Ne t'approche pas trop, lui ordonna-t-il quand il vit que Barney se détournait de l'herbe qu'il broutait pour la regarder.

Molly s'écrasa sur le sol et rampa vers le cheval. Barney renversa les oreilles en arrière et son sabot gratta le sol en signe d'avertissement. Caleb posa la selle sur la palissade et attrapa une carotte dans sa poche. D'un claquement de langue, il détourna l'attention du cheval qui cessa de s'intéresser à la chienne. Il avait l'habitude d'être sellé et, bientôt, ils se mirent en route.

Une petite brise agitait les cheveux de Caleb, qui dépassaient de son grand chapeau. Il humait les bourgeons nouveaux sur les arbres. Après plusieurs années de sécheresse, la pluie avait produit cette explosion de verdure. Les arbres et le bush tout autour s'épanouissaient visiblement. On sentait dans l'air le parfum des premières fleurs et de l'écorce chauffée au soleil. On avait l'impression qu'à peine l'hiver terminé, c'était déjà l'été qui s'installait. Il regarda une perruche sautiller sur une toute petite branche pour atteindre un petit bourgeon de gommier. Le petit oiseau coloré lui jeta un regard, la fleur au bec, et s'envola.

— Tout s'éveille, dit Caleb à la chienne qui trottait, obéissante, à ses côtés. Je crois qu'on va bientôt devoir nettoyer les caniveaux et tailler les arbres qui sont près de la maison. Il y a trop de broussailles cette année, cela devient dangereux.

Depuis qu'ils avaient acheté le terrain, il n'y avait eu que quelques incendies localisés, mais depuis la tragédie des feux de végétation du Victoria, ils avaient toujours fait très attention. Caleb était toujours celui qui s'inquiétait et qui lisait d'un bout à l'autre les lettres qu'ils recevaient de l'Office des Eaux et forêts à propos des plans d'évacuation. Mike, de son côté, avait insisté pour qu'ils aient toujours leur portable sur eux, au cas où ils recevraient une alerte incendie par SMS.

Caleb tapota la poche de son jean. Elle était vide. Il se rappelait vaguement qu'il avait regardé le téléphone sur sa table de nuit, mais il n'avait pas dû aller jusqu'à le glisser dans sa poche.

— Tant pis, marmonna-t-il, et il tendit la main pour éloigner une longue branche de gommier qui arrivait en face de lui.

Un wallaby surgit du taillis et apparut devant eux. Il se faufila entre les pattes de Barney puis partit comme une flèche de l'autre côté de la route. Le cheval se cabra. Devant la menace, il agita ses sabots. Puis il y eut un craquement et Caleb fut aveuglé par une lumière blanche. Barney recula et trébucha sur le bas-côté en pente raide. Il patina sur les feuilles mortes et ses pattes arrière fourragèrent dans la boue pour retrouver une assise stable. Dans un dernier effort, l'étalon parvint à se remettre sur ses pattes, tremblant. Il n'avait plus de cavalier. Il hennit et tourna la tête. Ses naseaux étaient fumants, ses yeux révulsés. Il n'avait plus qu'une chose en tête : la maison. Piqué, le cheval fit demi-tour et cavala dans l'autre sens comme s'il avait le diable à ses trousses.

La chute doublait le choc de la branche. Le monde tournait autour de lui et Caleb n'arrivait plus à faire le point. Il vit Molly, puis elle disparut. La lumière blanche devint grise. Le gris devint noir, et Caleb resta étendu là, au bord de la route.

LAISSEZ UN message après le bip.

Paul raccrocha et reposa le téléphone sur la table. Il avait laissé un nombre incalculable de messages. Le dernier disait juste :

— C'est encore moi, rappelle-moi s'il te plaît.

Il sentait qu'il devenait pathétique et qu'il allait finir par avoir l'air de le harceler.

— Il ne répond toujours pas ? demanda Stewart en sortant de la douche.

Paul secoua la tête.

— Il doit être sorti...

Il secoua encore la tête et sentit Stewart passer son bras autour de lui.

— Je suis désolé, mon chou, murmura-t-il. C'est à cause de moi que tu es resté.

— Il était hors de question que je te laisse tout seul aujourd'hui, dit Paul en prenant son ami dans ses bras.

Ses cheveux mouillés gouttaient sur son tee-shirt, mais cela lui était égal.

— Je réessayerai de l'appeler plus tard.

— Et tu réessayeras jusqu'à ce qu'il en ait tellement assez que soit il te rappellera, soit il descendra lui-même de sa montagne pour venir te chercher.

— Sur un grand cheval blanc ?

— Évidemment.

XX

Tu vas rester étendu là longtemps ?

La voix perçait dans son esprit embrumé. Caleb avait froid. Il avait mal partout et avait envie de répondre à Mike de la fermer et de le laisser tranquille.

Allez, Cal. Parle-moi.

Il sentit un poids qui quittait sa poitrine et le laissait respirer plus facilement. Il inspira profondément et grimaça. Quelque chose n'allait pas. Une langue chaude et rugueuse lui lécha le visage : il comprit que c'était la chienne qui était posée sur lui et venait de se lever. Il ouvrit les yeux ; il aurait voulu voir le visage de Mike penché sur lui, mais il ne vit que le ciel bleu nuit et les étoiles qui scintillaient à travers les feuilles qui s'agitaient doucement au-dessus de sa tête. Tout l'après-midi, il n'avait cessé de reprendre connaissance, éveillé par la lumière qui filtrait à travers les arbres et qui le poussait à fermer à nouveau les yeux et à se laisser aller à l'inconscience. Mais maintenant, il faisait nuit. Mike n'était pas là.

Le sol inégal sous son corps était froid maintenant, et de l'eau s'était accumulée dans une flaque. Son jean était mouillé. Caleb frissonna. La langue chaude lui lécha à nouveau le visage.

— Arrête, Molly, parvint-il à articuler, et il essaya d'avaler sa salive.

Il lui fallut encore quelques minutes pour reprendre complètement ses esprits. Il se souvint qu'il était à cheval, puis qu'il était tombé par terre, mais c'était tout.

— Je vais bien, Molly, je suis juste un peu secoué.

Molly n'avait pas l'air convaincue et se blottit contre lui. Caleb non plus n'était pas tout à fait convaincu d'aller bien. Il se força à se concentrer et à se rappeler ce qui s'était passé. Il savait déjà au fond de lui que c'était un peu plus sérieux qu'un simple petit choc à la tête.

D'abord, les jambes. Elles lui faisaient mal, et ça, c'était bon signe. Mais quand il essaya de plier son genou droit, la douleur fut aiguë. Il se retint de crier et Molly gémit pour lui. Lentement, la douleur se calma et il voulut vérifier l'état du reste de son corps, mais il lui fallut plusieurs minutes pour oser bouger quoi que ce soit. Son dos lui faisait un peu mal, mais rien de sérieux. Il pouvait bouger les doigts sans problème, mais il sentait que quelque chose n'allait pas en amont. Il ferma le poing et essaya de se soulever de terre.

— Oh non, souffla-t-il, luttant pour ravaler la bile amère qui remontait son œsophage.

Il resta sans bouger jusqu'à ce que la douleur lui laisse un répit. Il inspira, inspira encore, et essaya de se reposer sur le sol. Sans qu'il l'ait voulu, des larmes se mirent à couler sur son visage et il prit un peu d'air dans ses poumons, mais l'expira immédiatement avec un cri de douleur.

Molly se rapprocha encore de lui et gémit.

— Je vais rester là encore un peu, Momo, murmura-t-il à travers ses mâchoires fermées, et il referma les yeux.

Ne te rendors pas, Caleb.

— Je suis fatigué, Mike, je suis fatigué et j'ai mal, murmura-t-il, mais la voix ne voulait pas se taire.

Je sais.

Ce n'était pas seulement son corps qui avait mal.

— Je sais que tu n'es pas vraiment là, mais j'ai besoin de faire semblant. Je peux ?

Je suis là avec toi, aussi longtemps que tu as besoin de moi, Cal. Je suis là, à côté de toi, jusqu'à ce que quelqu'un vienne te tirer de là.

— Je pensais que le touriste me trouverait. Mais non.

Il va te trouver.

— Parfois, je me dis que ce serait plus facile si je me laissais aller et que je te suivais. Je fermerais les yeux. Je laisserais le monde disparaître. Fini la douleur. Fini la solitude.

Alors le touriste n'aura aucune chance de te trouver.

— Peut-être que c'était le destin ?

C'est cela que tu veux ?

— Je veux ma vie avec toi.

Ta vie est encore là.

— Dans mes rêves, dans les histoires que je me raconte.

Caleb essaya de bouger son corps froid, mais l'air frais ne suffisait pas à anesthésier ses douleurs. Il étouffa un cri et fut immédiatement pris de nausée.

— Je ne peux pas te toucher, Mike. Le matin, je ne sens pas ton corps chaud contre le mien. Et maintenant non plus, je ne sens pas ton corps qui me réchauffe.

Il faut que tu t'en sortes, Cal. Il faut que tu me pardonnes de ne pas être là.

— Je sais, murmura-t-il.

Les larmes lui brûlaient les yeux. Il n'y avait personne devant qui se cacher de pleurer. Personne à qui il pouvait dire que c'était juste la douleur qui le faisait pleurer. Il pressa ses paupières l'une contre l'autre, et les larmes coulèrent sur ses joues froides.

— C'est trop dur, Mike.

C'était plus facile quand il était là avec toi.

— C'est un bon petit gars, murmura Caleb, pas près d'avouer ce qu'il ressentait vraiment.

Pas même au fantôme de Mike.

— Mais il n'est pas là. Il n'est pas venu.

Peut-être qu'il est perdu, comme toi ?

Caleb eut un tout petit rire qui lui fit mal aux côtes et lui arracha un gémissement.

— Depuis quand trouves-tu des excuses à tout ?

Depuis que je suis dans ta tête, Cal.

XXI

TOUTE LA soirée, et le matin suivant, Paul avait attendu que Caleb le rappelle. Il restait prostré et fixait désespérément son téléphone.

— Il appellera si tu arrêtes d'attendre qu'il t'appelle, dit Stewart, et il se pencha pour lui faire une bise. Allez, essaye une dernière fois.

Paul secoua la tête, se leva, et enfonça le téléphone dans sa poche.

— Je vais rendre la voiture de location.

— Attends encore un peu, on peut aller la rendre demain.

— Je ne vois pas l'intérêt... dit Paul.

D'un coup, on entendit une sonnerie. Il sursauta et se précipita pour reprendre son téléphone, mais il vit l'air d'excuse de Stewart :

— C'est le mien, désolé...

— C'est lui ?

Stewart tenait son téléphone à distance sans décrocher, comme si l'appareil avait pu le mordre.

— Ne répond pas, Stewie. Ou alors, laisse-moi répondre. J'ai bien envie de lui dire ce que je pense, à ce connard.

Au bout de quelques secondes, la sonnerie cessa ; puis elle reprit. Paul voulut prendre le téléphone des mains de Stewart, mais avant qu'il en ait eu le temps, celui-ci décrocha.

— Quoi ?

Paul guetta l'expression de son visage. Il se doutait déjà que Simon allait perversement s'excuser.

— Ne te laisse pas avoir, Stewart, murmura-t-il, mais son ami leva la main pour le faire taire.

Paul retint son souffle, attendant que Simon finisse sa tirade.

— C'est tout ? dit Stewart au bout d'un moment.

Sa voix était étonnamment calme.

— C'est tout ce que tu as à me dire, après ce que tu m'as fait ? Non, Simon, là je ne vais plus t'écouter. C'est fini.

Il regarda Paul et dit :

— Je mérite mieux que ça. Je mérite quelqu'un de bien, et tu n'es pas quelqu'un de bien. Alors, maintenant Simon, écoute-moi bien : va te faire soigner, et ne m'appelle plus jamais.

Stewart ne lui laissa pas le temps de répondre, et raccrocha.

— Bon sang, dit Stewart avec un tremblement dans la voix, et un léger sourire. Je n'arrive pas à croire ce que je viens de faire.

— Bravo, mon chou, dit Paul. Allez, va te sécher les cheveux, et je te prépare un petit déjeuner du tonnerre.

— Un déjeuner, plutôt ? dit Stewart avec un sourire.

— Un brunch.

DOUG ET Cameron s'émurent sur tous les tons des bleus de Stewart. Ils se montrèrent très impressionnés de la façon dont il avait, selon leur expression, envoyé Simon se faire foutre ailleurs. Ils l'insultèrent copieusement en marque d'amitié, puis la conversation dériva sur le week-end avorté à la montagne.

— Il est resté à cause de moi, dit Stewart. Mais tout ce qu'il a à faire, c'est d'appeler son homme des montagnes, enfin, Caleb, et lui dire qu'il est en route.

Paul sentit la main de Stewart qui se posait sur la sienne.

— Euh, oui, il doit être dehors avec ses chevaux là, mais je réessayerai de l'appeler plus tard.

— N'attends pas trop, le taquina Cameron. Il ne va pas rajeunir.

— Hé, moi, il m'irait très bien ce type, rétorqua Stewart. Regarde-moi, j'ai voulu un minet et voilà où j'en suis. Allez, Paul, rappelle-le.

Le cœur de Paul se serra, mais il obéit et s'éloigna un peu, trouvant une table libre à la terrasse du café. Il resta un instant à regarder son portable ; il n'était pas sûr si ce qu'il craignait le plus était de tomber encore une fois sur le répondeur, ou que Caleb décroche. Il compta chaque sonnerie, attendant le message automatique. Mais les sonneries cessèrent et il y eut un clic.

— Allô ? dit une voix féminine.

— Oh, pardon, j'ai dû me tromper de numéro, dit Paul.

L'idée qu'il faisait un faux numéro depuis le début le remplit paradoxalement d'espoir.

— C'est le numéro de Caleb et, si j'en crois le contact qui s'affichait sur l'écran, vous êtes l'homme des neiges ; donc vous devez être Paul ? Je suis Sarah, une amie de la famille.

Les bras lui en tombèrent. Les pensées se bousculaient dans son esprit, mais celle qui dominait était :

— Il vous a parlé de moi ?

— Il a fallu que je lui tire un peu les vers du nez, mais oui. Cal ne parle pas beaucoup, la plupart du temps.

— Il est là ? Est-ce que je pourrais lui parler ?

Il y eut une pause à l'autre bout de la ligne, et Paul sentit monter toute l'angoisse qu'il avait essayé de réprimer ces dernières heures.

— Caleb a eu un accident de cheval hier.

— Il va bien ? interrompit Paul, d'une voix précipitée.

— L'hôpital m'a appelé ce matin, et là je suis chez lui, je récupère quelques affaires, dit Sarah calmement. Il va devoir rester un moment à l'hôpital, mais, tel que je le connais, Cal va tout faire pour rentrer chez lui le plus tôt possible.

Cette fois, c'était Paul qui était silencieux. La panique, le désir d'en savoir plus et surtout la culpabilité se battaient en lui.

— Je devais venir le voir hier. On avait tout organisé. J'avais une voiture de location, mais... bredouilla-t-il. Mais mon ami... Je n'ai pas pu, et je voulais parler à Caleb pour lui expliquer, m'excuser. Et peut-être venir aujourd'hui à la place.

— Vous pouvez toujours passer aujourd'hui, si vous voulez, répondit Sarah gentiment. Il est hospitalisé à Mansfield.

— Je peux venir, vous croyez ? demanda Paul, agrippé à son portable.

— Bien sûr. En fait, je crois que cela lui ferait plaisir d'avoir de la visite.

— J'ai une voiture de location avec un GPS, et j'avais imprimé l'itinéraire en plus. Je vais regarder où est l'hôpital et je peux me mettre en route tout de suite. Je peux arriver dans l'après-midi, je pense.

Paul parlait si précipitamment qu'il dut s'arrêter pour reprendre son souffle.

— Prenez votre temps. Si vous voulez, je peux vous retrouver à l'hôpital pour les visites du soir. Je vais garder le téléphone avec moi, appelez-moi si vous vous perdez.

Paul hocha la tête et sourit.

— Si je me perds ? Je crois que Caleb vous en a raconté long sur moi.

Il entendit Sarah rire à l'autre bout du fil, confirmant ses soupçons.

Quand il revint vers eux, ses amis le regardèrent avec un air interrogateur.

— Tout va bien ? demanda Stewart.

Paul secoua la tête et resta debout.

— Il est à l'hôpital.

Cela suffit pour que Stewart se lève d'un bond et demande à Doug :

— Tu pourras régler ? Je te rembourse la prochaine fois.

Puis il prit Paul par la main et l'entraîna.

— Donne-moi une minute, je me prépare un sac et je te conduis, dit-il. Enfin…

Il se tut et pencha un peu la tête ; sa longue frange vint cacher son coquard.

— Enfin, je crois que tu as besoin de voir ton homme des montagnes sans que je te colle aux basques.

L'ITINÉRAIRE IMPRIMÉ était posé à côté du volant afin que Paul puisse le consulter si le GPS ou les panneaux indicateurs lui laissaient des doutes. Il connaissait déjà la route, mais la première fois qu'il l'avait prise, la voiture était pleine d'amis qui lui hurlaient les directions à chaque carrefour. Tout ce qu'il se rappelait du trajet, en fait, c'était Stewart qui disait que Melba Avenue devait être habitée de grosses divas qui chantaient des arias derrière leurs fenêtres. Paul ne savait plus si Lady Nelly Melba, la chanteuse d'opéra, était vraiment grosse, mais en tout cas, cela ne l'aidait pas à se rappeler le trajet.

Il fallait qu'il suive l'autoroute pendant cinquante-et-une minutes. Paul jugea qu'il pouvait se passer de l'itinéraire pour quelque temps et posa la feuille sur le siège passager. Il se cala dans son siège et suivit la route.

Petit à petit, les maisons se raréfièrent ; de grands eucalyptus ornaient désormais le bord de la route. Paul vit un signe qui indiquait une aire de repos, et tourna dans l'allée de graviers. Il avait terriblement besoin de vider sa vessie et il regarda autour de lui, cherchant les toilettes. Mais en fait d'aire de repos, il y avait juste quelques tables de pique-nique en bois et des bancs. Il dépassa les tables et alla s'enfoncer un peu dans la forêt.

Il se sentait un peu coupable d'uriner parmi de si beaux arbres, mais au vu de la distance qui lui restait à parcourir, il n'avait guère le choix. Il poussa un soupir de soulagement et regarda les grands gommiers bleus. Sur les troncs noircis, on voyait les feuilles nouvelles apparaître. Par terre, c'était pareil : les branches mortes se mêlaient à l'herbe tendre. Paul remonta sa braguette et fit quelques pas dans la forêt. Il n'avait jamais prêté attention aux dégâts faits par les incendies jusqu'ici, et il n'aurait jamais cru que là, à quelques heures à peine de Melbourne, il puisse y avoir des feux de forêt. Bien sûr, il entendait tous les ans aux infos égrener les noms des lieux dévastés par les flammes, mais ils lui paraissaient toujours très lointains, et les images qu'il voyait au journal télévisé n'avaient guère de réalité pour lui. Il passa la main le long d'un tronc carbonisé et ses doigts se couvrirent de suie. Aussi loin qu'il pouvait voir, il y avait des troncs brûlés. Mais le regain de verdure s'étendait tout aussi loin.

Une voiture passa sur la route. Le bruit le fit sursauter et l'arracha à ses pensées. Il revint sur ses pas, prêt à reprendre son trajet.

Juste comme il bouclait sa ceinture, son téléphone bipa. C'était un message ; il prit le portable et l'ouvrit.

Je vais à l'hôpital. On se retrouve là-bas ? Sarah.

Paul hocha la tête et répondit : Je suis là dans une heure et demie à peu près.

Il attendit la réponse avant de se remettre en route.

Très bien, moi aussi j'ai un peu de route depuis la montagne. À tout à l'heure.

— D'accord, dit Paul, et il reposa le téléphone sur le siège passager. En route pour les visites.

Avec un dernier regard pour la forêt, il démarra.

Soudain, les arbres qui entouraient l'autoroute laissèrent place à des terres agricoles. Il se rapprochait. Pour la énième fois depuis qu'il était parti, Paul se demanda s'il avait raison de faire ce qu'il faisait. Il avait prévu de venir retrouver Caleb dans la montagne, mais il lui avait posé un lapin, et maintenant il était à l'hôpital.

Caleb est à l'hôpital, se répéta-t-il. Il faut que je le voie. Il faut que je sache comment il va, et que je sache s'il m'en veut.

Paul continua sa route, traversant des petites villes où les seuls commerces étaient un pub et une petite épicerie. Le soleil de fin d'après-midi étirait les ombres sur l'asphalte, et Paul atteignit un carrefour. Un panneau listait de nombreuses destinations possibles et, pour la première fois depuis qu'il était parti, Mansfield était indiqué. Paul calcula rapidement qu'il serait arrivé dans une quinzaine ou une vingtaine de minutes. Il sentit son estomac se contracter et ses doigts s'impatienter sur le volant. Il ne savait pas trop si c'était l'excitation à l'idée de revoir Caleb, ou la peur de découvrir qu'il s'était fait des films avec lui.

Il m'a dit que je lui manquais, se rappela Paul, et peut-être que si j'étais venu, il ne serait pas à l'hôpital maintenant. Et s'il ne sait toujours pas que j'ai essayé de le joindre ? Et si...

— Arrête, se dit-il à haute voix, et il prit à droite en direction de Mansfield.

Quand il arriva à l'orée de la ville, le soleil commençait à descendre sur l'horizon, et le ciel jetait une lumière rouge sur les façades des vieux immeubles. Il n'y avait ni néons ni ligne de tram dans la rue principale. Paul dépassa un pub décoré de drapeaux australiens et de plaques d'étain représentant des cow-boys à cheval. Personne n'était en train de faire la queue pour pouvoir rentrer ; il y avait juste quelques hommes du coin qui venaient prendre leur bière du soir. Paul ralentit et baissa sa vitre.

— Bonsoir, c'est par là l'hôpital ? demanda-t-il.

Un des hommes se rapprocha et lui expliqua l'itinéraire avec des gestes de la main.

— Oui, continuez tout droit et vous le verrez apparaître sur votre droite. Il y a un parking juste devant, dans le terre-plein central.

Il fit une petite pause et dévisagea Paul.

— Vous êtes le touriste, non ? Celui qui s'est retrouvé coincé sur la montagne pendant la grosse tempête de neige ?

Paul le fixa et dit, prudent :

— Euh, oui, c'est moi.

L'homme rit et se pencha à la portière.

— C'est bon, je me disais bien que je te reconnaissais. On s'est vus au commissariat. Je suis Bob, c'est moi qui ai appelé Cal pour qu'il s'arrache à son feu de bois et vienne te chercher dans le froid.

Paul rougit, un peu gêné, quand il réalisa que l'homme en chemise de flanelle devant lui était le policier qui avait organisé les secours pour lui.

— Oui, j'ai été un peu stupide ce week-end-là, dit-il en manière d'excuse.

— Je ne dirais pas le contraire. Tu es là pour voir Cal ?

— Il va bien ? demanda Paul, en tenant pour acquis que le policier devait savoir à peu près tout ce qui arrivait dans le coin.

— Je ne suis pas encore allé lui rendre visite moi-même, mais il est solide, et il lui faudra plus qu'une chute de cheval pour l'amocher vraiment.

Bob rit et, sans réfléchir, le visage de Paul lui fit ajouter :

— Cela lui fera du bien d'avoir de la visite.

Il jeta un œil à sa montre.

154

— Mais tu ferais mieux de te dépêcher, si tu veux avoir un peu de temps avec lui avant la fin des visites.

— Merci. Et pardon d'avoir été aussi stupide l'hiver dernier.

Bob donna un petit coup sur le capot de la voiture pour lui souhaiter bonne route, et Paul démarra.

L'hôpital n'était pas très loin. Paul trouva une place de parking et éteignit le moteur. Il resta un instant dans la voiture, essayant de respirer calmement. Il lui fallut inspirer plusieurs fois avant de trouver le courage de sortir. La culpabilité qui l'avait taraudé pendant tout le trajet jusqu'à Mansfield s'était transformée en une angoisse profonde qui augmentait à chaque pas. L'hôpital n'avait rien d'imposant ; c'était juste un bâtiment en brique d'un seul étage, entouré de rosiers dont les feuilles vertes et rouges bourgeonnaient.

Paul remonta l'allée jusqu'à l'entrée principale. Son pouce grattait nerveusement un reste de vernis à ongles sur son index. Il regarda ses mains et vit que le vernis bleu s'écaillait ; il cacha ses ongles dans son poing. Un homme âgé, portant une grande corbeille de jonquilles, arriva à la porte en même temps que lui. Ils échangèrent un regard, ce regard des visiteurs qui se croisent dans les hôpitaux, ce regard qui dit « Je comprends ce que vous ressentez. J'espère que tout ira bien. » Paul le vit s'avancer directement vers un couloir sans s'arrêter à l'accueil. Il connaissait le chemin, venait peut-être tous les jours.

Une réceptionniste leva les yeux vers lui et lui demanda :

— Bonjour, puis-je vous aider ?

— Je viens voir Caleb...

Il s'interrompit et la regarda. Je ne connais pas son nom de famille ? Comment est-ce que c'est possible ?

— Euh, je suis désolé, je ne connais pas son nom de famille...

La jeune femme sourit.

— Ne vous en faites pas, je connais Caleb. Au bout du couloir à gauche. Il est dans la dernière chambre.

Paul la remercia et avança dans les couloirs de l'hôpital. C'était peut-être à cause de l'odeur d'antiseptique, ou du bruit de ses pas qui résonnaient sur le sol en linoléum, mais il avait des papillons dans l'estomac et son angoisse montait à chaque pas. La porte était entrouverte ; il y avait trois lits dans la chambre, mais un seul était occupé.

Une femme élégante aux cheveux sombres était assise à côté du lit et lisait un vieux magazine tout froissé. Elle tourna une page, puis une autre, puis le referma et leva les yeux. Elle lui sourit.

— Bonsoir, dit-elle à voix basse. Vous devez être Paul. Je suis Sarah.

— Salut, répondit Paul, et il s'avança vers le lit.

Il prit le temps de lui sourire, mais toute son attention était prise par l'homme qui gisait sur le lit.

— Tout va bien. Il s'est endormi il y a quelques minutes. Ils ont augmenté les doses d'antalgiques, alors il dort beaucoup.

— Mais il va aller bien ? s'enquit Paul.

Il avait envie de poser sa main sur celle de Caleb, mais il n'osa pas et la posa juste à côté, sur le drap blanc amidonné.

— Il va avoir assez mal pendant quelque temps, mais le docteur a dit qu'il allait se remettre. Ils ont dû mettre une broche dans sa jambe, et il s'était aussi démis l'épaule, mais heureusement il a la tête solide, donc il n'a aucune séquelle de ce côté-là. Prenez une chaise, asseyez-vous.

Paul obéit et tira une chaise près du lit. Pendant les quelques jours qu'il avait passés avec lui dans la montagne, il n'avait jamais vu Caleb aussi immobile. Il avait des égratignures d'un côté de son visage, mais ce n'était pas cela qui le heurta le plus : c'était le teint grisâtre qui, véritablement, lui fendit le cœur.

— J'aurais dû être avec lui, murmura-t-il, et il se mordit les lèvres.

Ses doigts s'avancèrent un peu sur le drap.

— Ce sont des choses qui arrivent, Paul. Barney aurait pu lui faire le même coup le lendemain de votre départ. Ou le surlendemain.

Paul écoutait, mais la culpabilité ne lui laissait pas de répit.

— Je vous assure qu'il va aller bien. Il dort, c'est tout, répéta Sarah, et elle lui caressa le bras.

Les yeux de Paul quittèrent un instant Caleb pour la regarder et il vit son sourire rassurant. Il ne se sentait pas pleinement convaincu, mais ses doigts s'avancèrent encore et touchèrent la main de Caleb. Quand il entendit Caleb soupirer, son angoisse s'amenuisa un peu. Il leva les yeux. Caleb dormait toujours.

— À quoi est-ce que tu rêves, homme des montagnes ? murmura-t-il. J'espère que tu fais de très beaux rêves.

LORSQU'ILS SORTIRENT de l'hôpital, le soleil était déjà couché. Les visites étaient terminées, et l'on voyait des parents, des amis, se diriger lentement vers leurs voitures garées sur le parking. Paul aperçut le vieil homme aux jonquilles qui était entré avec lui. Il s'approcha et lui dit :

— Vos fleurs étaient magnifiques.

Le visage de l'homme s'éclaira.

— Cela fait cinquante ans que nous sommes ensemble, et j'ai toujours fait cadeau à Ellie des premières jonquilles du printemps.

— Cela a dû lui faire très plaisir, répondit-il.

Le plaisir de l'homme à son compliment le remplissait de joie.

— Elle me gronde toujours en disant que je ne devrais pas dépenser d'argent pour des fleurs qui ne dureront que quelques jours, mais je lui en achète quand même et à chaque fois, elle me dit qu'elle les adore, dit l'homme avec un sourire complice.

Il lui tapota l'épaule, fit un sourire à Sarah et dit :

— Je vous verrai demain.

— Très gentil, ce vieux monsieur, commenta Paul.

— Oui. Tu veux me suivre jusqu'à la maison, ou tu préfères laisser ta voiture ici et monter dans la mienne ? Ne t'en fais pas, elle sera en sécurité ici.

— Je voulais aller au motel que j'ai vu à l'entrée de la ville, dit Paul en pointant vers la rue principale.

— Oh, surtout pas ! s'exclama Sarah.

Elle ne lui laissa aucune chance de discuter.

— Caleb ne me le pardonnerait jamais si je te laissais dormir au motel.

Paul eut un petit rire et il sentit à nouveau les papillons dans son ventre.

— OK, je ne veux surtout pas t'attirer des ennuis. Je vais prendre mon sac dans la voiture.

Il courut jusqu'au parking, prit son sac sur la banquette arrière et vérifia qu'il avait bien verrouillé toutes les portières. Son sac sur l'épaule, il marcha jusqu'au gros 4x4 de Sarah. La portière côté passager était déjà ouverte.

— Tu es sûre que je peux ? demanda-t-il. Je veux dire, Caleb ne sait même pas que je suis ici.

— Bien sûr, que tu peux dit Sarah d'un ton décidé en manœuvrant pour sortir de sa place de parking. En plus, cela me fait plaisir d'avoir un peu de compagnie. Je ne sais pas comment il fait pour tenir le coup tout seul là-haut. Au bout de quelques jours, je deviendrais complètement folle.

Elle fit une petite pause et sourit.

— Quoiqu'avec mes filles, je n'aurais rien contre quelques jours de calme ; même quelques semaines tant qu'on y est.

Paul rit et se laissa aller dans le luxueux siège en cuir.

— Quand j'étais coincé dans la neige et que mon téléphone s'est éteint, j'étais prêt à faire un feu pour lancer des signaux de détresse.

— J'ai essayé quelques fois de convaincre Cal de vendre et de revenir à la civilisation, mais il ne veut pas en entendre parler.

— J'ai dû mal à l'imaginer ailleurs qu'ici.

Paul avait beau essayer, il ne pouvait pas croire que Caleb puisse être heureux en ville ni en banlieue.

— Il adore être ici, c'est vrai, mais je ne suis pas sûre que cela lui fasse beaucoup de bien.

La remarque de Sarah était un peu mystérieuse et Paul se tourna pour la voir.

— À cause de l'accident, tu veux dire ?

— Non, pas ça.

Elle se concentra sur la route, qui commençait à monter ; mais ce n'était clairement pas la seule raison de son silence.

En approchant de la maison, ils se remirent à bavarder, mais évitaient de parler de Caleb. Ils se contentèrent de sujets sans danger, les films, la gastronomie ; ils échangèrent des avis et se disputèrent même un peu. Quand ils atteignirent le portail, Paul avait décidé que Sarah lui plaisait beaucoup. Il sortit pour ouvrir et, en regardant les feux arrière de la voiture s'avancer sur l'allée, il avait un grand sourire. Molly bondit à sa rencontre et remua la queue si fort que tout son derrière s'agitait en rythme.

— Tu te souviens de moi, non ? dit Paul joyeusement en caressant l'épaisse fourrure de la chienne. Mais oui, tu te souviens de moi ! Allez, Molly, on fait la course jusqu'à la véranda !

Dès que Paul se mit à courir, Molly se retourna et fila comme une flèche vers la maison. Elle rejoignit Sarah d'un bond et dansa autour du sac de Paul.

— Elle se souvient de moi, dit Paul, essoufflé par la course inattendue.

— Oui, on dirait. Cal lui manque, elle m'a collé tout l'après-midi. Elle est un peu déçue que je n'aie pas emmené mes filles, mais ton arrivée a l'air de lui remonter le moral.

Paul prit la tête de Molly entre ses mains et lui fit un bisou sur le museau.

— Tu sais quand Caleb va pouvoir rentrer ? demanda-t-il en se tournant vers Sarah.

— Dès qu'il pourra de nouveau marcher, répondit-elle, et elle guida Paul et Molly jusqu'à la cuisine. Tel que je le connais, Cal ne va pas se laisser enfermer trop longtemps, il voudra rentrer dès qu'il pourra se déplacer avec des béquilles. Thé ou café ?

— Café, s'il te plaît, dit Paul, et il attrapa deux tasses dans le placard.

Il réalisa après-coup qu'il se souvenait où les tasses étaient rangées. Sarah sourit, mais ne fit pas de commentaire. Il s'assit à table et la regarda préparer le café, essayant de formuler la question qui lui brûlait les lèvres. Il attendit d'avoir pris une première gorgée, puis demanda :

— Donc, tu m'as dit que tu étais une amie de la famille ?

— Caleb et mon frère ont acheté cette maison ensemble, expliqua-t-elle.

— Oh, fit Paul, et il prit une autre gorgée de café. Tu es la sœur de Mike alors ?

— Oui.

Paul hocha la tête. Il ne savait pas trop quoi dire.

— Pour être honnête, je suis étonnée que Caleb t'ait parlé de lui. Combien de temps es-tu resté coincé ici ?

— Trois jours, répondit-il, puis il fronça les sourcils.

Étaient-ce vraiment seulement trois jours ?

— Mais cela m'a paru plus long.

— Oui, je peux imaginer, dit Sarah avec ironie.

— Non, pas plus long dans ce sens-là. Je veux dire, oui, bien sûr, j'ai râlé à cause de mon téléphone qui ne marchait plus, à cause du froid, à cause des chevaux, à cause de tout.

Il rit.

— Mais Caleb m'a fait comprendre quelques trucs sur moi-même, et...

Il haussa les épaules, essayant de cacher la rougeur qui lui montait aux joues.

— Oui, il est doué pour cela, malgré ses façons silencieuses. Il était vraiment la meilleure chose qui soit arrivée à mon frère.

Elle regarda Paul et sourit.

— Mais peut-être que tu préférerais que je me taise.

Peut-être, se demanda Paul, et son cœur se serra. *Mais pas maintenant.* Il sentait le regard de Sarah sur lui et se pencha pour caresser Molly.

— Est-ce qu'il faut qu'on s'occupe de nourrir les chevaux ?

159

— Non, il faut juste qu'on s'occupe de nous nourrir, nous. Le frigo est plein, je peux faire quelque chose vite fait si tu as faim.

— J'ai fait la cuisine, la dernière fois que je suis venu, dit-il. C'était le moyen que j'avais trouvé pour m'excuser d'un truc assez stupide que j'avais fait. Caleb avait apprécié, je crois. Je lui avais dit que j'avais toujours voulu être cuisinier et il m'a poussé à croire que je devrais me donner les moyens d'y arriver.

— Pourquoi est-ce que tu n'y arriverais pas ? demanda-t-elle, et elle lui jeta une pomme de terre à peler.

— Je suis en train d'essayer, répondit-il, et il vint se placer à côté d'elle devant l'évier. Je suis bon en pelage de patates.

— C'est bien, ça. À mon avis, les restos du coin ont du mal à recruter, dit-elle en remplissant une casserole d'eau.

— Tu crois ? demanda Paul, et il remarqua le sourire en coin de Sarah. Ou veux-tu juste que je vienne passer du temps dans la montagne ?

LA MAISON était silencieuse. Il n'y avait pas de bûches qui craquaient en se consumant dans la cheminée, pas de vent qui venait battre les fenêtres. Quant à Paul, il n'était pas blotti sous un édredon avec un corps chaud contre le sien. Il était couché sur le canapé et, même s'il était confortablement installé, il ne parvenait pas à trouver le sommeil. Il se renversa sur le côté et tâtonna par terre jusqu'à ce que ses doigts trouvent son téléphone.

Tu es réveillé ?

À dix heures du soir ? Un peu oui.

Paul sourit en voyant la réponse de Stewart ; évidemment qu'il n'allait pas dormir à cette heure-là. Quelques secondes plus tard, son téléphone sonna et il décrocha presque instantanément.

— Alors ? Tu as vu ton type ?

— Oui. Il était gavé de médicaments alors il a dormi tout le temps que j'étais là. Mais j'y retourne demain matin.

— On dirait que tu as un rencard alors ? dit Stewart, taquin, à l'autre bout du fil. Mais il va bien ?

— Oui, ça va. J'ai rencontré sa… sa belle-sœur, j'imagine ? La sœur de son ex.

— Ah, ça a dû être un peu gênant non ?

— Non, elle est très sympa. J'ai eu l'impression qu'elle m'évaluait pour voir si je suis un concurrent sérieux pour son frère.

— Il est mort, non ?

— Oui, mais cela ne veut pas dire qu'il ne peut pas être un concurrent.

— Oui, tu dois avoir raison. Et donc, cela veut dire que tu vas essayer de choper l'homme des montagnes pour de bon ?

Paul se tut. *Pourquoi est-ce que tu me fais ça ?* Il fixa le téléphone.

Au bout de quelques secondes, Stewart rompit le silence et déclara :

— OK, c'est décidé alors. Je vais parler au patron demain pour le convaincre de te laisser quelques jours de congé en plus. Je vais lui dire que tu joues le garde-malade et que tu cherches désespérément un petit uniforme d'infirmière sexy dans lequel tu rentres.

Paul gloussa.

— Comment ça va toi ce soir, tu t'en sors ?

— Ça va, dit Stewart, mais il n'y avait plus aucune trace de gaîté dans sa voix. Je suis allé bosser, mais le patron m'a immédiatement renvoyé me reposer à la maison.

— Reste au chaud ce soir, Stewie. S'il te plaît.

— Ne t'en fais pas, je vais juste me mettre au lit. Seul.

— Brave petit, dit Paul. Je te rappelle demain.

Paul raccrocha, et tira la couverture jusqu'à son menton. Il n'avait pas prévu que son week-end se passerait comme cela. Il avait prévu de s'amuser, de voir le bébé de Ruth, de faire la cuisine pour Caleb et de partager un lit avec lui devant la cheminée.

Il rejeta la couverture et s'assit au bord du canapé. Il leva et descendit ses genoux, puis finit par se lever. *Et maintenant ?* Il jeta un regard circulaire dans la pièce. Il se sentait frustré, mais il ne savait pas très bien de quoi. Ce n'était pas le sexe. Enfin, pas tout à fait. C'est vrai que Paul avait espéré qu'il se passe quelque chose entre eux.

Il soupira et marcha jusqu'à la cheminée. Rien n'avait changé depuis sa précédente visite : il y avait toujours le petit chien en porcelaine posé sur le rebord, avec les factures rangées derrière lui. Mais cette fois, Paul le trouva drôle. Il chatouilla le museau peint en noir et se sentit un peu revigoré. Quand il souleva le petit chien, quelques papiers s'envolèrent et il se dépêcha de les ramasser. Il s'attendait presque à voir Caleb entrer dans la pièce et lui reprocher son indiscrétion. Mais l'homme des montagnes n'était pas là. Son absence se faisait douloureusement sentir.

Au milieu du tas de papier, Paul aperçut le coin d'une photo qui dépassait. Il remit le petit chien à sa place, et fixa le fragment de ciel bleu sur lequel se découpait une mèche de cheveux blonds, qui dépassait d'une facture de fourrage. Il tira précautionneusement la photo et la sortit de la liasse. C'était un instantané, du genre de ceux qu'on encadre ou qu'on met dans un album. On aurait dit les trois mousquetaires : Mike était au milieu, les bras sur les épaules de Caleb d'un côté, de Sarah de l'autre. Ils avaient l'air tellement heureux.

Quand il se retourna, il vit Molly qui l'observait depuis le bas de l'escalier.

— Je n'étais pas en train de fouiller, promis, lui dit-il, et il s'assit au bord du foyer. C'est juste qu'il me manque. Plus que je l'imaginais.

La chienne traversa lentement la pièce et vint s'asseoir à côté de lui.

— À toi aussi, il te manque, hein ? Paul se pencha pour l'entourer de ses bras, et ils soupirèrent longuement tous les deux.

XXII

PAUL FUT réveillé par le soleil qui perçait à travers la vitre. Quand il était chez lui, cela ne lui arrivait jamais. Les grands yeux marron de Molly le regardaient pleins d'espoir, mais il attendit un peu avant de lui montrer qu'il l'avait reconnu.

— Salut, Molly, marmonna-t-il, et ses doigts s'échappèrent de sous la couverture pour lui gratter le ventre.

Elle fit un sourire de chien et se pencha en avant pour lui lécher les mains. Paul rit et elle se mit alors à lui lécher le visage, ce qui lui fit regretter immédiatement de s'être montré conciliant.

— Tu l'as voulu, dit Sarah qui descendait l'escalier.

— Ce n'est pas grave, dit-il, et il se retourna sur le dos pour s'étirer longuement avant de s'asseoir. Tu es levée depuis longtemps ?

Elle secoua la tête.

— Je viens de sortir du lit, et je vais appeler mes filles avant qu'elles ne fassent tourner Jim en bourrique. Elles adorent venir ici, et elles m'en veulent beaucoup de ne pas les avoir emmenées.

Elle alla jusqu'à la véranda et se retourna.

— J'aurais peut-être besoin d'un café après, je dis ça, je ne dis rien.

Paul rit.

— Il y a des choses qui ne changent pas, où qu'on soit.

Il glissa les pieds dans ses Uggs et s'enveloppa dans la couverture. C'était peut-être le printemps, mais les matins étaient encore bien frisquets.

Il entendait la conversation enjouée de Sarah au téléphone et Paul se rendit compte à quel point il se sentait bien dans la petite cuisine. Il laissa tomber la couverture sur une chaise et s'appliqua à cuisiner un bon petit déjeuner.

— C'est juste des toasts et du café, désolé, dit-il en posant un plateau entre les deux chaises sous la véranda.

— Parfait, répondit Sarah, et elle prit une tasse chaude entre ses mains. Je n'arrivais pas à comprendre comment mon frère avait pu quitter sa vie en ville, jusqu'au jour où j'ai pris un café avec eux sous cette véranda.

Elle se tourna vers lui, l'air un peu triste.

163

— Tu sais, je m'inquiète vraiment pour Cal, ici, tout seul.

— Oui, tu as peut-être raison, dit Paul, rêveur, en contemplant le paysage encore perdu dans la brume matinale. Au début, moi non plus je n'ai pas compris comment il pouvait vivre là. J'ai détesté me sentir isolé à ce point. Et puis à un moment, j'ai compris que ce que je détestais, c'était…

Il se tut et il y eut quelques minutes de silence.

— Ici, on a du temps pour réfléchir, et ça m'a terrorisé.

— Caleb a trop de temps pour réfléchir. Il avait besoin de Mike pour le tirer de ses pensées de temps en temps. Tu as eu le même effet sur lui.

— Je parle trop, dit Paul, et il sentit son cœur battre un peu plus vite.

Elle lui sourit ; c'était le même sourire que Mike arborait sur les photos.

— Cela ne te dérange pas que je sois là ? demanda-t-il.

— Pourquoi est-ce que cela me dérangerait ?

— Caleb était avec ton frère, et…

— Et Mike est mort.

Elle fixa un instant le fond de sa tasse.

— Ils étaient heureux, ensemble, presque trop. Mais Caleb est toujours là, lui. Il a besoin d'être heureux à nouveau.

— On a tous un peu besoin d'être heureux, dit Paul.

Sarah prit un toast.

— C'est bon, je t'ai assez torturé pour ce matin. Finis ton petit déjeuner et après, tu peux m'aider avec les chevaux, si tu veux.

— Je suis de retour, annonça Paul aux visages chevalins qui se tournèrent vers lui quand il ouvrit la porte de l'écurie.

Barney poussa un hennissement de bienvenue, mais Paul savait bien que c'était surtout parce qu'il attendait qu'on le nourrisse et qu'on le fasse sortir. Il alla jusqu'au box de Ruth et avança une main hésitante vers son museau. Il savait qu'elle ne lui ferait pas volontairement de mal, mais c'était quand même un grand cheval.

— Je suis venu voir ton bébé, Ruth, je peux ? demanda-t-il, mais déjà un petit museau se pressait contre son bras. Oh ! Bonjour, petite fille ! On s'est déjà rencontrés, avant ta naissance.

La pouliche mordilla sa manche et, en faisant très attention, Paul passa les doigts sur son tout petit nez rose.

— Elle est toute douce, murmura-t-il en se tournant vers Sarah.

— Oui, ma fille aînée a dit que c'était comme une peau de pêche, dit-elle en ouvrant la porte du box. En arrière, vous deux.

Elle les repoussa un peu et les deux chevaux leur firent de la place pour qu'ils puissent entrer.

— Tu peux t'occuper du bébé pendant que je défais les couvertures de Ruth ? Fais attention, elle n'a pas encore bien compris la différence entre un bisou poli et une morsure.

— Tu ne vas pas me mordre, n'est-ce pas, petite pêche ? fit Paul d'une belle voix grave en caressant le cou de la pouliche.

Elle rabattit ses oreilles en arrière et recula d'un pas. Il s'accroupit pour être à la même hauteur qu'elle et qu'elle voit qu'il ne faisait pas si peur que cela.

— Attention, dit Sarah.

— On s'entend bien, non ? dit-il en tendant une main vers le petit animal curieux.

Elle souffla dans la paume ouverte, une fois, puis deux. Quand elle vit que la main ne bougeait pas, elle s'approcha encore, si bien que Paul put sentir ses poils lui chatouiller la peau. Il rit et elle se recula un peu pour mieux le regarder.

— Pardon, dit-il à voix basse. Mais tu m'as chatouillé.

La pouliche tourna la tête à droite et à gauche puis revint vers lui. Ses lèvres s'ouvraient et bougeaient, comme si elle parlait.

— C'est du langage de poulain, expliqua Sarah. Elle est un peu nerveuse, mais elle voudrait que tu l'acceptes.

— Tout va bien, bébé lui dit-il, et il prit soin de ne pas bouger quand elle remit son museau contre sa paume.

Elle lécha sa main, gentiment, sans jamais essayer de mordre. Paul gloussa à nouveau, mais, cette fois, elle ne recula pas.

CALEB GROGNA. Le sang lui battait les tempes, tous ses os lui faisaient mal, et il ne sentait plus ses fesses à force de rester allongé, mais ce n'était pas pour cela qu'il grognait.

— Bonjour, monsieur Maguire, dit une infirmière en passant, d'une voix beaucoup trop enjouée pour paraître naturelle. Vous avez besoin qu'on augmente les doses ? demanda-t-elle, en parlant de ses antalgiques.

— Non, ça va, mentit-il.

Elle leva les sourcils et sourit.

— Bon, je sais ce qui va vous mettre de meilleure humeur. Vous avez eu de la visite hier soir. Un très beau jeune homme qui va revenir aujourd'hui, je crois bien.

Caleb sentit une montée d'adrénaline : il ne voyait qu'un jeune homme qui puisse venir le voir à l'hôpital. Il jura intérieurement.

— Vous dormiez déjà, alors il est resté assis avec Sarah jusqu'à la fin des visites. C'est un ami ou un parent ? s'enquit-elle.

— Ni l'un ni l'autre, répondit-il sèchement, puis il se reprit : Un ami.

— Je vois, je vois, commenta l'infirmière avec un petit ton ironique en remontant ses oreillers et en bordant ses couvertures.

Caleb lui lança un regard mauvais, mais elle rit et sortit de la chambre.

Il avait cessé d'attendre la venue de Paul. Bien sûr que sa visite lui aurait fait plaisir. Il l'avait attendu, en avait espéré quelque chose… Il bougea dans son lit et la douleur qu'il ressentit le détourna un instant de ses pensées. Mais cela ne dura pas. Paul était venu le voir, finalement. Il était resté à son chevet, en le regardant dormir, exactement comme…

Caleb s'interrompit, s'empêchant d'aller au bout de sa pensée.

Il ne voulait pas que Paul revienne. Caleb regarda par la fenêtre en essayant de s'en convaincre. Parce que sinon…

Il ignora le plateau qu'on lui apporta pour le petit déjeuner et resta étendu, les yeux fermés, à écouter les bruits qui lui parvenaient depuis l'hôpital. Ils lui paraissaient très forts : des couverts qu'on faisait tomber par terre, des chariots qui roulaient dans les couloirs, puis le bruit des plateaux qu'on débarrassait précipitamment avant les visites du matin ; tout cela l'irritait. Caleb écoutait la rumeur des couloirs et sentit qu'il était tendu. *De quoi as-tu peur, Cal ? Qu'il vienne ? Ou ne vienne pas ?*

— Salut, petite marmotte.

C'était la voix de Sarah. Il ouvrit les yeux pour lui répondre et vit Paul à côté d'elle, aussi grand, aussi beau que dans son souvenir. Son cœur bondit dans sa poitrine.

— Tu as apporté la facture pour le fourrage ? Il faut que je la règle aujourd'hui, dit-il en essayant de rester concentré sur le visage de Sarah.

— Oui, oui, fit-elle avec une trace d'impatience dans la voix. D'ailleurs, je peux aller m'en occuper tout de suite au magasin, pendant que tu papotes avec ton visiteur.

Caleb vit un éclair de panique sur le visage de Paul et savait que la même angoisse devait se lire sur le sien. Mais Sarah avait déjà tourné sur ses talons et était dans le couloir avant qu'il ait eu le temps de répondre.

Le silence soudain était palpable. Il pouvait voir Paul qui dansait d'un pied sur l'autre et lui dit :

— Prends-toi une chaise.

— Merci.

Silence.

— Je, euh, je suis passé hier soir, mais tu dormais.

— Oui, l'infirmière m'a dit.

Caleb sentait qu'il n'était pas très sympathique, qu'il était cruel, même, mais il se dit que c'était son instinct de survie qui se manifestait.

— J'ai essayé de t'appeler. Pour te dire que j'avais un empêchement. J'ai essayé de nombreuses fois et j'ai laissé des tonnes de messages, mais tu ne les as pas eus, je pense.

— Non, je ne les ai pas eus.

Lui-même fut choqué par le ton tranchant de sa voix, mais, à chaque tentative d'explication que faisait Paul, il enfonçait ses ongles plus profondément dans ses paumes.

Paul cligna des yeux et poursuivit.

— Mon ami Stewart a eu des ennuis, et j'ai dû rester avec lui. Mais je suis là, maintenant.

On entendait la note d'espoir dans sa voix et Caleb voulait, plus que tout, lui dire que ce n'était pas grave, que tout allait bien, qu'il comprenait. Mais qu'est-ce que cela changerait ? Il prit une grande inspiration et regarda Paul dans les yeux.

— C'est gentil de ta part de venir me rendre visite, mais ce n'était pas la peine de faire toute cette route.

— Mais j'en avais envie. Je voulais te voir… Et voir le bébé de Ruth.

Paul posa sa main sur la sienne. Immédiatement, le contact de sa peau lui rappela leur nuit devant la cheminée et Caleb sentit une douleur aiguë.

Il retira sa main.

— Merci d'être venu me voir, Paul. Sarah pourra te montrer le poulain, dit-il.

Il se sentait mal de le rejeter ainsi, tellement mal.

— J'ai déjà rencontré Pêche. Euh, c'est comme ça que j'appelle le bébé de Ruth, parce qu'elle a un nez tout doux. J'ai dormi chez toi hier soir. J'ai dormi sur le canapé, même si j'aurais préféré les coussins sur le sol.

Caleb eut un nouveau coup au cœur ; il ne put rien faire d'autre que de hocher la tête et de se tourner vers la fenêtre.

— Je n'arrête pas de penser aux quelques jours que j'ai passés avec toi. J'ai été idiot, mais quand on a parlé, cela m'a fait du bien. J'ai changé, enfin… j'essaye.

Il rit un peu, mais son rire sonnait faux.

— C'est bien, dit Caleb.

Son ton était glacé. Il s'en voulait. Il se tourna à nouveau vers le jeune homme assis à son chevet.

— Excuse-moi, Paul, commença-t-il. Moi aussi, j'ai apprécié ces quelques jours avec toi, mais c'était juste quelques jours. Quelques jours où nous étions coupés du monde extérieur, et où nous étions tout l'un pour l'autre.

Il put voir dans ses yeux à quel point Paul était blessé et cela lui fit mal, mais il se persuadait que c'était ce qu'il devait faire.

— Nous sommes très différents, toi et moi. Bon sang, je suis sûr que tes amis ont bien ri quand ils ont vu le type avec qui tu es resté coincé trois jours.

— Ils n'ont pas ri, dit Paul sans conviction.

— En es-tu sûr ? insista Caleb.

Paul rougit et il secoua la tête.

— Je ne suis pas mes amis, dit-il doucement. Tu m'as manqué. Cela m'a manqué de parler avec toi et de… juste d'être avec toi.

Ce serait si facile de tendre la main et de serrer les doigts de Paul dans les siens. Ils pourraient essayer de se faire croire qu'ils feraient un beau couple et… Mais cela ne marcherait jamais. Paul était jeune ; il se lasserait et passerait à autre chose. Caleb secoua la tête et repoussa toute idée d'une nouvelle vie. Une nouvelle version de la vie qu'il aurait voulue avec Mike.

— Pourquoi pas ? Peut-être que cela ne durera pas, dit Paul. Tu vas peut-être en avoir assez de moi. Tu vas très certainement en avoir assez de moi, mais on pourrait essayer.

Les yeux de Paul étaient pleins d'un espoir que Caleb aurait voulu partager.

— Paul, nous sommes trop différents.

— Tu dis n'importe quoi, explosa Paul. On n'est pas si différents. On est tous les deux en train de se cacher, tu te souviens ? Moi, dans le lit d'autres types et toi, dans tes montagnes. Eh bien moi, j'ai arrêté de coucher avec d'autres types, parce que tu m'as dit que je valais mieux que cela. Je vaux mieux que cela, mais toi, tu es toujours en train de te cacher.

Paul parlait de plus en plus fort à chaque phrase.

Une infirmière passa la tête par la porte et demanda :

— Tout va bien ?

— Tout va bien, affirma Caleb. Mon... le jeune homme allait partir.

Paul accusa le coup ; son espoir se transforma en colère.

— Tu m'avais dit que les routes n'étaient pas dégagées, et j'ai cru que c'était juste parce que j'étais un petit con, mais ce n'est pas vrai, si ? C'est sûr, j'ai encore beaucoup à faire pour prendre ma vie en main, mais toi aussi. Je suis là : j'ai fait l'effort de venir te voir, j'ai pris un risque et d'accord, peut-être qu'en fait tu ne veux pas de moi dans ta vie, mais au moins j'ai essayé.

Caleb ne ressentait rien. Ni dans son cœur ni dans son âme. Il ne trouva rien à dire. Il murmura juste :

— Rentre chez toi, Paul.

C'était comme si la colère de Paul se dégonflait. Il ouvrit la bouche pour dire quelque chose, puis la referma.

Caleb se retrouva seul. La chambre était silencieuse.

Même la voix de Mike, dans sa tête, s'était tue.

XXIII

— Pas de questions.

Paul leva la main pour bien signifier qu'il ne voulait pas qu'on l'interroge.

Stewart le regarda jeter les clés de la voiture sur la table basse.

— Tu sais bien que je ne vais pas pouvoir t'obéir, dit-il, et il s'arracha du canapé pour suivre Paul dans la salle de bain.

— Merde alors ! On ne peut pas avoir un peu d'intimité, ici ? s'écria Paul, et il se pencha sur le lavabo.

— Non, on ne peut pas, confirma Stewart en s'asseyant sur le rebord de la baignoire. Tu sais comment ça marche. Je continue à poser des questions jusqu'à ce que tu laisses tomber et me craches le morceau.

— Et si je ne veux pas ? dit Paul avec un soupir épuisé en se redressant pour se regarder dans le miroir.

— Alors je me tais et je vais te faire un café. Que préfères-tu ?

— Le café.

— Ça peut être les deux, remarque, proposa Stewart.

Paul regarda son reflet dans le miroir et admis d'une voix pathétique :

— Je ne sais plus ce dont j'ai envie.

Stewart attrapa Paul par l'ourlet de son tee-shirt et l'attira à lui.

— Allez, raconte-moi maintenant.

Paul protesta un peu puis dit :

— D'accord.

Ils s'assirent dans la cuisine et burent du café pendant que Paul racontait son voyage jusqu'à Mansfield, sa rencontre avec Sarah, sa visite écourtée à Caleb. Pas dans cet ordre, mais Stewart l'écoutait attentivement et posait des questions quand il voulait davantage de détails. Finalement, Paul poussa un long soupir et se renversa sur le dossier de sa chaise. Il avait fini son histoire.

Stewart suçota sa cuillère, paraissant entièrement concentré, puis demanda :

— C'est tout ? Alors, c'est fini avec lui ?

Paul fronça les sourcils.

— Tu as écouté ce que je t'ai dit, non ?

— Oui, mais de mon point de vue, cela ressemble plus à un petit accident de parcours qu'à la fin d'une histoire.

— La vie n'est pas exactement comme dans les romans à l'eau de rose que tu lis, trancha Paul, et il reposa sa tasse vide.

— Et c'est toi qui me dis ça ? dit Stewart en donnant un petit coup sur la main de Paul du dos de sa cuillère. Tu laisses tomber beaucoup trop facilement, Paul. Caleb est tombé amoureux, il a acheté une maison dans les montagnes pour vivre avec l'homme de sa vie. Puis cet homme est mort.

— Et ensuite, l'homme des montagnes a rejeté le petit gars de la ville parce que ce n'était pas lui qu'il aimait, interrompit Paul.

Stewart leva les yeux au ciel.

— Tu ne t'es jamais dit que peut-être c'est qu'il est amoureux de toi, ou qu'au moins tu lui plais, et qu'il a terriblement peur de se l'avouer ?

— Non, répondit Paul d'un ton décidé, même si, à cette idée, il sentit son cœur se réchauffer un peu.

— C'est possible, non ?

— Je ne sais pas, Stewie. J'ai envie que ce soit vrai, mais...

— Mais tu ne le connais pas encore assez pour le savoir, c'est ça ? Toi et moi, nous sommes doués pour tomber amoureux du premier regard.

— Ou plutôt pour désirer du premier regard.

— Si tu veux. Mais en tout cas, là où nous sommes moins doués, c'est pour prendre le temps de connaître quelqu'un au-delà du premier regard.

Paul regarda Stewart. Il avait toujours un large coquard violacé autour de l'œil et, même si sa lèvre inférieure commençait à désenfler, on voyait clairement une large égratignure rouge la traverser. Paul cessa un instant de s'apitoyer sur lui-même pour se laisser envahir par la culpabilité.

— Tu as raison, on n'est pas très doués pour cela, dit-il doucement, et il passa la pulpe de son pouce sur la lèvre blessée.

— Mais assez parlé de moi, dit Stewart en essayant de sourire. Toi, mon ami, tu es tombé sur un des rares hommes bien qui existent, même si, malheureusement, il vit à des millions de kilomètres au sommet d'une montagne.

— Ce n'est pas si loin que cela, protesta Paul avec un sourire.

— Tout à fait ! Alors, quel est le plan de bataille ?

— On sort et on se met une mine ?

— Mauvaise réponse ! Essaye encore !

— Je sens que c'est un appel du pied afin que je réponde « essayer encore ».

— Exactement.

— Stewart, il ne voulait pas de moi. Il m'a dit de rentrer chez moi.

— Oh, arrête, Paul, tu ne convaincras personne en faisant la princesse qui va bouder dans sa chambre. Rappelle-lui ce qu'il t'a dit l'hiver dernier.

— Je l'ai fait.

— Alors, prouve-le-lui.

— Et comment pourrais-je le lui prouver ? demanda Paul.

Il avait envie de se laisser aller à son désespoir et n'était pas encore tout à fait prêt à en sortir.

— Il faut que je fasse tout moi-même, ici ?

Paul rit. Stewart était beaucoup plus intelligent que ce que la plupart des gens imaginaient.

— Je me bouge, je trouve une place d'apprenti quelque part, j'arrête de coucher à droite à gauche parce que je vaux mieux que cela, et je lui envoie des messages. Même s'il ne répond pas.

— Voilà. Et n'oublie pas de t'apitoyer un peu sur ton sort, aussi.

— C'est vrai ? Je peux ?

— Laisse-moi réfléchir... fit Stewart. OK. Je te l'accorde, mais seulement parce que tu m'as soutenu dans mon affreuse histoire avec Simon.

Il prononça le nom de Simon avec une haine tellement théâtrale que Paul comprit à quel point son ami souffrait encore.

— Il t'a donné des nouvelles ?

— Il n'arrête pas de m'appeler, mais je ne décroche pas.

— Ecoutes-tu les messages qu'il te laisse ?

Stewart haussa les épaules et Paul comprit qu'il les avait écoutés, plusieurs fois probablement.

— Ne reviens pas vers lui, Stewart. S'il te plaît.

— Ne t'en fais pas, j'ai pris une bonne leçon, dit Stewart en secouant la tête. Oh, regarde, voilà qu'on est de nouveau en train de parler de moi. Bon, on va arrêter de s'apitoyer sur nos sorts respectifs, sortir de l'appartement et aller se prendre un vrai café. D'ailleurs, tu as encore la voiture ?

Paul n'eut même pas le temps de répondre que Stewart commençait à énumérer tous les endroits où ils pourraient aller. Il attrapa les clés et suivit son ami.

XXIV

QUAND QUELQUE chose n'allait pas, les animaux de compagnie semblaient toujours le comprendre. Molly évitait de lui grimper sur les cuisses ou de sauter autour de lui comme elle faisait d'habitude. Elle resta les quatre pattes au sol, en se contentant de remuer la queue pour marquer son enthousiasme au retour de Caleb. Il essaya de se pencher vers elle et se demanda comment il pourrait lui faire une caresse avec un bras en écharpe et l'autre qui tenait sa béquille.

— Je t'avais bien dit qu'avec un fauteuil roulant ce serait plus facile, dit Sarah en sortant son sac de la voiture.

Il ne répondit rien et boitilla jusqu'à la véranda, montant les marches une à une, Molly surveillant sa progression avec inquiétude.

— Les hommes, quelles têtes de bois, murmura Sarah, assez fort pour qu'il puisse l'entendre.

Mais elle n'en était pas moins là pour lui tenir la porte et l'aider à entrer.

— Je me disais que tu pourrais installer ton lit ici, pour t'éviter d'avoir à monter l'escalier jusqu'à ta chambre.

— Non, trancha-t-il.

Même si l'escalier était long et raide, ce serait quand même plus confortable que de dormir sur un lit de fortune devant la cheminée.

— Je peux y arriver.

Il ignora les protestations de Sarah et se laissa tomber sur son fauteuil. Il aperçut alors le sac inconnu qui était posé près du canapé. Il ne posa pas de question, mais Sarah lui expliqua tout de même :

— Il n'est pas revenu le chercher après que tu lui as dit de rentrer chez lui. Je le prendrai avec moi quand je reviendrai à la maison.

Caleb fixa le sac quelques instants, puis il essaya sans succès de se remettre debout. Son corps protesta amèrement et il réprima à grand-peine un cri de douleur.

— Qu'est-ce que tu essayes de faire, Cal ? s'exclama Sarah.

— Je vais me mettre au lit, répondit Caleb, et il parvint, non sans peine, à se remettre sur pieds.

Il savait qu'elle l'observait et qu'elle le trouvait très déraisonnable. Mais il monta quand même l'escalier, pas à pas, et malgré la douleur. Molly se traîna patiemment derrière lui, plutôt que de lui passer devant comme à son habitude. Elle s'arrêtait quand il s'arrêtait et l'attendait sans bouger. Sarah resta en bas.

Quand il atteignit sa chambre, Caleb était en sueur. La porte était ouverte, mais il ne se sentait pas encore tout à fait prêt à entrer. Il s'appuya un instant contre le cadre de la porte, sa poitrine se soulevant régulièrement tandis qu'il essayait de reprendre son souffle. Il n'était ni dedans ni dehors, mais dans un entre-deux étrange. Il entendit les pas de Sarah se rapprocher, et elle posa doucement sa main sur son dos.

— Il est parti, Sarah, dit Caleb à voix basse.

— C'est toi qui lui as dit de partir, Cal.

Elle ne l'accusait pas ; elle se trompait, aussi, car ce n'était pas de Paul que Caleb voulait parler. Il s'accrocha à la poignée de la porte et regarda le mur plein de photos encadrées.

— Ce n'est pas de l'homme des neiges que je parle, murmura-t-il.

Sarah posa son menton contre son épaule.

— Il ne voulait pas. Il ne voulait pas de quitter, tu le sais.

— Je sais, confirma Caleb, et il pencha sa tête contre la sienne.

Ils se tinrent là quelque temps sans rien dire. Puis elle poussa un soupir.

— Tu es fatigué, Cal. Mets-toi au lit avant de tomber complètement de sommeil.

Il approuva de la tête, et réussit à atteindre son lit. Le vide de la chambre l'envahit à nouveau. Il sentit son visage se contracter et il serra les poings. Comment pouvait-il pleurer devant la sœur de Mike ?

— Cal ? demanda-t-elle doucement.

Mais il leva la main pour la tenir à distance, et perdit l'équilibre.

— Désolée, mon chou, mais je ne peux pas te laisser pleurer tout seul. Nous sommes une famille. Dans toutes les circonstances.

Elle était à côté de lui et l'aida à s'asseoir sur le lit.

Il ravala ses larmes autant qu'il put, mais elles finirent par tomber, en lui piquant les yeux. Mais Caleb savait que Sarah comprenait. Depuis le jour où elle avait appelé son frère Mike et non plus Eddie, il avait su qu'elle comprenait.

— Je me suis dit que si je fermais les yeux, si je me laissais aller, je n'aurais pas besoin de me réveiller, je n'aurais plus à vivre ça.

— Tu aurais pu si tu étais vraiment tout seul, dit-elle, et sa voix était étonnamment calme. Mais tu ne l'es pas, si ? Tu nous as nous, et que tu le veuilles ou non, la famille de Mike, c'est ta famille aussi désormais. Peux-tu imaginer mes filles sans leur tonton Cal ? Qu'est-ce qu'elles deviendraient sans toi ?

Caleb l'écoutait, mais restait silencieux.

— En plus, continua-t-elle, il y a Paul. Peut-être que tu l'as rejeté, mais quelque chose me dit que tu vas encore entendre parler de lui.

— Je ne veux pas de lui ici, marmonna-t-il.

— Non, ce soir tu ne veux pas, mais peut-être demain, ou après-demain ? Et puis, cela ne veut pas dire qu'il doit emménager ici tout de suite, si ?

Elle remit une mèche de ses cheveux blonds derrière l'oreille de Caleb et s'accroupit par terre pour l'aider à enlever ses bottes.

— Quand tu m'as parlé de lui, tu étais tout sourire ; cela faisait longtemps que je ne t'avais pas vu ainsi.

Elle rangea une botte sous la table de nuit.

— Et maintenant que je l'ai rencontré, je peux comprendre qu'il ne soit pas ton genre d'hommes, pas comme Mike.

L'autre botte trouva sa place à côté de la première, les chaussettes bleues en grosse laine fourrées dedans.

— Mais il m'a fait sourire, moi aussi, et ça, c'est quelque chose que mon frère savait faire.

— Et quand il se met à râler qu'il n'y a pas de réseau ici ? dit Caleb en la regardant, la mettant au défi de trouver une réponse.

Mais elle se contenta de hausser les épaules.

— Alors tu n'as qu'à t'enfermer ici et déprimer quelques jours, puis tu m'appelles pour me raconter que tu viens de passer quelques jours avec un très beau jeune homme.

Elle sourit et secoua la tête.

— Oui, je sais que je dis des bêtises, et tu mérites mieux. Mais Paul s'intéressait à toi ; plus que cela. Tu n'as pas vu comment il était à ton chevet, à te regarder, terrorisé à l'idée qu'il te soit arrivé quelque chose, en te tenant la main. Tu sais, il m'a dit que tu avais changé sa vie.

Caleb sentit un peu d'espoir lui réchauffer le cœur. C'était comme un peu de café chaud dans l'estomac par une froide journée d'hiver. Il secoua la tête et mit fin à la conversation.

— Pas ce soir, Sarah.

— OK, mon chou, murmura-t-elle. Je te laisse un peu tranquille. Tu veux que je t'aide à enlever ton jean ? Je te promets de ne pas en profiter.

Caleb eut un petit sourire gêné et lui assura qu'il allait s'en sortir, merci.

— Essaye de dormir. S'il te plaît.

Sarah referma la porte et il l'entendit descendre l'escalier en expliquant à Molly que son maître avait besoin de repos.

Il soupira. Il sentait une douleur lancinante dans sa poitrine, jusqu'à son bras en écharpe. Il essaya de se pencher en avant, mais la douleur devint plus aiguë et il dût s'immobiliser. Sarah était dans la cuisine. Il entendait qu'elle sortait des casseroles du placard et les posait sur la cuisinière. Sa voix perçait à travers le plancher ; il ne pouvait pas entendre ce qu'elle disait, mais les pauses lui confirmèrent qu'elle était au téléphone. *Elle parle à ses filles*, comprit-il, et il se détendit un peu. *Embrasse-les pour moi.*

La voix se tut, et Caleb comprit qu'il était temps de s'endormir. Avec une seule main, il parvint à défaire sa ceinture et à la faire glisser à travers les passants. Cela lui prit plus de temps qu'il n'aurait cru et, à la simple idée d'enlever son jean, il se sentit gagné par la fatigue.

— Pas ce soir, murmura-t-il, et il s'allongea à nouveau sur le dos, puis souleva sa jambe pour la poser sur le matelas.

Il s'assura rapidement que les coussins étaient bien en place sous sa jambe et il essaya de trouver une position confortable. Il avait mal partout. Mais, sous la couette, il sentit qu'il se détendait un peu. Il respira calmement. Une longue et lente expiration, puis il remplit à nouveau ses poumons.

— Je suis toujours là, marmonna-t-il en s'adressant à l'autre côté du lit, toujours vide, et à la photo sur la table de nuit.

Deux hommes devant un panneau barré d'un « vendu », juste devant la maison. Ils lui souriaient.

Le sourire ne suffisait pas à exprimer ce qu'on ressentait, tu te rappelles ?

— Oui, c'était tellement plus fort, confirma Caleb.

Il tendit la main pour éteindre la lampe de chevet. Dans le noir, tout était plus facile. Il ne voyait plus la place vide de Mike dans le lit.

Paul raccrocha.

— C'était Sarah. Caleb est rentré chez lui.

— Et ?

— Et quoi ?

Stewart haussa les sourcils.

— Et je ne sais pas, dit Paul sèchement. J'avais demandé à Sarah de me prévenir quand il serait de retour, et de me donner des nouvelles. Elle l'a fait. Fin de l'histoire.

Il aurait voulu ne pas avoir pris l'appel. Ne pas avoir senti son cœur bondir dans sa poitrine quand Sarah lui avait dit que Caleb avait réussi à monter l'escalier jusqu'à sa chambre. Ne jamais avoir passé ces trois jours avec lui dans la montagne.

— Tu vas réessayer ? demanda Stewart gentiment.

— Je…

Paul serra les mâchoires.

— J'ai demandé à Sarah si je pouvais l'appeler, et elle m'a dit d'attendre encore un peu. Elle n'a pas eu besoin d'en dire plus. Il ne veut pas que je vienne.

— Attends encore quelques jours, alors, dit Stewart.

— Ou alors, je pourrais juste laisser tomber, marmonna Paul en quittant la pièce. Ne me suis pas, cria-t-il en fermant la porte de sa chambre derrière lui.

Il se jeta sur son lit et essaya de faire le vide dans son esprit. La déception, la douleur, la colère se battaient en lui. Il prit son oreiller et le jeta contre le mur. Paul aurait voulu pouvoir l'attraper et le relancer encore plus fort. Une partie de lui voulait appeler Caleb et lui dire qu'il lui manquait ; une autre partie continuait à douter de la possibilité de leur histoire et le poussait à s'en tenir à ce qu'il avait résolu. Il prit son autre oreiller et le serra fort contre sa poitrine.

— Je vaux mieux que cela, marmonna-t-il dans le coussin. Et je vais me le prouver et te raconter comment je le prouve.

ÉTÉ

XXV

J'AI ÉTÉ payé pour mon service en cuisine aujourd'hui ! Paul envoya le message et remit le téléphone dans sa poche.

— Un jour, il arrêtera de bouder et finira par te répondre, dit Stewart en passant à côté de lui, chargé d'un plateau de cafés.

Paul haussa les épaules et prit un tablier propre qu'il noua autour de sa taille. Ces derniers mois, il avait écrit à Caleb chaque fois qu'il passait une étape, et parfois juste quand il en ressentait le besoin. Il ne répondait jamais, mais, d'une certaine façon, cela lui était égal. Sarah venait le voir au café presque chaque semaine, pour lui donner des nouvelles de la montagne ; ils échangeaient un peu, mais évitaient les discussions trop intimes. Elle gardait les secrets de Caleb, et il ne lui en voulait pas. Ils étaient amis maintenant, Sarah et lui ; mais Caleb, c'était sa famille.

Stewart posa brusquement un plateau vide sur le comptoir et lui dit la voix tremblante.

— Regarde dehors. Ce salaud a osé venir ici et... Je ne veux pas le servir.

Paul regarda vers la terrasse. Il ne voyait pas toutes les tables, mais il put apercevoir Simon en pleine conversation avec quelqu'un qu'il ne distinguait pas.

— Je m'en occupe, dit-il.

Il traversa le café d'un pas martial, prêt à balancer un café brûlant sur l'homme qui avait agressé son ami. Puis il comprit avec qui Simon était en train de parler.

— Oh, salut, ça fait longtemps, dit Billy avec un sourire enjoué.

— Salut, marmonna Paul.

Il ne s'attendait pas à revoir son dernier coup d'un soir, mais décida de se concentrer sur Simon.

— Tu as un sacré culot de te montrer ici, lui lança-t-il.

— Je veux juste un café. On sert du café ici, non ?

— Alors ce sera deux cafés à emporter ? dit Paul d'un ton sec, et il revint à l'intérieur.

Simon le suivit du regard.

— Écoute, je voudrais parler à Stewart, pas à toi. Peux-tu lui dire que je voudrais juste lui parler ?

Paul n'eut pas le temps de répondre ; Stewart était à côté de lui et murmura :

— C'est bon, je peux gérer maintenant.

Ils échangèrent un regard et Paul revint vers le comptoir, mais se débrouilla pour les avoir dans son champ de vision, prêt à bondir si jamais Simon faisait seulement mine de se lever.

Ils parlaient à voix basse et Paul, à son grand désarroi, ne pouvait pas entendre ce qu'ils se disaient. Il aurait voulu que Stewart se mette à crier et envoie Simon se faire foutre. Mais à l'expression figée de son ami, il comprit que cette fois, les paroles d'excuse de Simon ne marchaient pas. Il y eut un petit mouvement, mais Simon et Stewart restèrent face à face sans un regard pour Billy qui se levait pour les laisser seuls.

— Je suis désolé, je ne savais pas du tout que c'était ce que Simon avait en tête quand il m'a proposé de venir ici, expliqua Billy quand il eut rejoint Paul. Je ne savais même pas que vous bossiez ici, Stewart et toi.

Paul le jaugea un instant et comprit qu'il ne mentait pas.

— Savais-tu qu'il avait frappé Stewart ?

— Je sais qu'il peut se mettre en colère, mais je ne savais pas qu'il l'avait frappé, non.

Billy secoua la tête et ils restèrent tous les deux à observer l'échange qui avait lieu en terrasse.

— Il m'a parlé de Stewart quelques fois, et je croyais qu'ils se voyaient toujours. On n'est pas si proches, Simon et moi, alors…

Il haussa les épaules.

— Ils ne sont pas ensemble, dit Paul, en espérant très fort que cela n'était pas près de changer.

De ce qu'il pouvait en voir, Stewart dominait la discussion. Mais quand Simon tendit la main pour lui toucher le bras, il y eut une pause qui dura beaucoup trop longtemps à son goût. Paul retint son souffle.

— J'espérais bien te recroiser un jour.

— Ah oui ? murmura Paul, trop concentré sur Stewart pour écouter ce que Billy lui disait.

— Toi et ton ami, vous étiez déjà partis quand je me suis réveillé, alors je n'ai pas pu m'excuser.

Paul fronça les sourcils et le regarda.

— T'excuser ? Mais pourquoi ?

Billy haussa les épaules et fit un sourire si gêné que Paul fut obligé de lui sourire en retour.

— J'étais complètement bourré à cette soirée, et je t'ai dragué alors que c'était clair que tu n'étais pas intéressé.

Paul eut l'air de ne pas comprendre, et Billy expliqua.

— À la fin de la soirée, j'étais ivre, tu étais ivre, alors je me suis dit que c'était le moment de tenter quelque chose. J'avais réussi à mettre ma main dans ton jean quand d'un coup, tu m'as vomi dessus.

Il rit.

— Mais alors, pourquoi est-ce que j'étais à poil quand je me suis réveillé ?

— Parce que dans l'état où tu étais, c'était plus facile de te déshabiller que de te remettre tes vêtements sales. J'ai, euh, j'ai refait une tentative quand on a été dans le lit, mais tu m'as dit un truc comme quoi il fallait qu'on se respecte et, même si j'étais complètement cuit, j'ai compris ce que tu voulais dire.

— Et ensuite, Stewart t'a jeté aussi, c'est ça ?

Billy rit à nouveau.

— Oui, j'ai passé une sale soirée.

— Il y a trois cafés pour la sept ! Paul, tu bosses ou tu rêves ?

Zut ! Paul se retourna pour regarder son chef de l'autre côté du comptoir.

— Désolé, je… Stewart a un client difficile, alors je voulais garder un œil sur eux.

— On dirait qu'il s'en sort, dit son patron avec un mouvement de menton vers la terrasse.

Stewart revenait vers eux.

— Tout va bien ?

— Tout va bien, chef, répondit Stewart. Billy, désolé, Simon m'a dit de te dire qu'il devait courir à un rendez-vous. Enfin, c'est moi qui lui ai conseillé de s'arracher, et il a suivi mon conseil.

— Pas de souci. J'étais en train de me dire que ce n'était pas quelqu'un que je voulais garder dans mes fréquentations de toute façon.

ILS NE parlèrent plus de Simon jusqu'à ce que les dernières tables soient rangées et que les chaises soient empilées pour la fermeture. Paul passa son bras sous celui de Stewart et lui demanda :

— Tu veux qu'on prenne un dernier verre, comme ça tu me racontes ?

— D'accord, mais un truc bien fort, parce que j'ai un sale goût dans la bouche.

— C'était si dur que ça ?

Stewart hocha la tête, mais ne dit rien tant que leur patron pouvait les entendre. Ils continuèrent à ranger chacun de leur côté jusqu'à ce que leur chef sorte de la pièce avec son ordinateur portable pour leur donner quelques instructions pour le lendemain.

— Pas de souci, chef. On va juste se prendre un dernier café avant de rentrer, dit Paul, comme si ce n'était pas ce qu'il faisait tous les soirs.

Le patron confirma d'un mouvement de tête et sortit ; Paul se précipita et dit à Stewart :

— Allez, raconte.

— Il m'a fait tout ce qui me fait marcher d'habitude, dit Stewart pendant que Paul posait leurs tasses sous le percolateur. Il s'est répandu en excuses. J'ai écouté, écouté, et plus il continuait, plus je voyais cet air revenir sur son visage, comme s'il était persuadé qu'il m'avait de nouveau sous sa coupe.

— Mais ce n'était pas le cas, compléta Paul, et il continua à préparer les cafés, pour que Stewart puisse finir son histoire.

— Non, et quand il l'a compris, il est devenu méchant. Il m'a dit que ce serait fini quand lui aurait décidé que ce serait fini.

Paul resta en suspens avec le pot de lait.

— Stewart, c'est n'importe quoi !

— Il m'a fait peur, mais je ne le lui ai pas montré. Je lui ai dit que je ne voulais plus entendre parler de lui et que j'appellerai la police s'il m'approchait de nouveau. Et je le ferai vraiment.

Paul ajouta une rasade de whisky dans chaque tasse et il remua longuement sa cuillère dans la sienne avant d'oser poser sa question suivante.

— Peut-être que tu devrais porter plainte maintenant ? J'ai encore les photos de tes blessures dans mon téléphone.

— Mes blessures de guerre, murmura Stewart, et il prit une gorgée de café. Non, j'ai vu dans ses yeux que la menace lui suffisait. Il a eu l'air bien surpris quand il a vu que je lui tenais tête. Et quand je lui ai dit de s'arracher, il l'a fait.

Paul n'était pas entièrement convaincu, mais il laissa filer. Stewart était assez ébranlé pour la soirée, il n'avait pas besoin d'en rajouter.

— Oh, tu sais quoi, j'ai découvert un truc intéressant à propos de la fête de l'autre soir.

— Ah non, ne me dit pas que Billy aussi a gardé des photos dans son téléphone, s'exclama Stewart.

— Non ! En fait, figure-toi qu'il ne s'est rien passé entre nous.

— C'est une bonne ou une mauvaise chose ? taquina Stewart. Parce qu'il est quand même super sexy.

— Une bonne chose. Clairement une bonne chose.

— Alors comme ça, tu as gardé ta pureté virginale pour l'homme des montagnes, c'est ça ? Bah dis donc, il a intérêt à t'envoyer un petit message bientôt, sinon il va falloir soigner ta tendinite au poignet.

— C'est bon, ce n'est pas grave s'il ne répond pas. Ce qui compte, c'est que j'arrête les bêtises. Je suis sur la bonne voie. Et toi aussi, d'ailleurs.

La télévision était allumée dans l'appartement, mais aucun des deux n'aurait été capable de raconter le film ; pour eux c'était un bruit de fond, rien de plus. Stewart était affalé sur le canapé, le nez dans un roman ; Paul avait son ordinateur sur les genoux et n'arrêtait pas de cliquer sur des liens. Il soupira et s'étira.

— Alors, tu ne trouves rien ? demanda Stewart en levant le nez de son livre.

— Je ne sais pas. Tout est très cher, et sinon, il faut un patron qui te sponsorise.

Stewart reposa le livre contre sa poitrine.

— Mais pourquoi ne demandes-tu pas au café où on travaille ?

— Parce qu'il y a des conditions de taille, de nombre d'employés et tout. Grrrr !

Il essayait de mettre de l'argent de côté pour se payer une formation, mais il fallait aussi qu'il se mette à chercher un vrai travail en cuisine. Il fixa l'écran quelques instants, fit la grimace et referma l'ordinateur.

— Bon, ça suffit pour ce soir. Mais ne crois pas que je laisse tomber.

— D'ailleurs, à propos de laisser tomber, je me disais, au lieu de lui envoyer des messages, tu pourrais essayer de l'appeler, non ?

Paul n'eut pas besoin de lui demander de qui il parlait.

— Et s'il décroche, je fais quoi ?

— Tu dis salut.

— Et s'il ne décroche pas ?

— Tu laisses un message.

— Et s'il commence à se dire que je le harcèle ?

— Alors, appelle-le et dis-lui que tu ne le harcèles pas. C'est un mensonge, mais dis-lui quand même.

Paul regarda les yeux bleus de Stewart qui le suivaient à la dérobée par-dessus son livre. Ils lui donnèrent du courage.

— Tu crois vraiment que je devrais l'appeler ?

Stewart se contenta de hausser un sourcil. Paul hocha la tête et alla vers sa chambre, non sans avoir chatouillé Stewart sous les pieds en passant.

Envoyer des messages lui était devenu facile. Au début, il avait des hésitations, il sentait un peu d'angoisse dans son ventre. Il vérifiait son téléphone toutes les deux minutes au cas où il aurait raté une sonnerie, et chaque fois ses espoirs étaient douchés par l'écran blanc. Mais les semaines s'écoulant, l'exercice lui paraissait finalement assez agréable. C'était devenu un moyen de communiquer avec Caleb sans risque qu'il réagisse. L'appeler, c'était complètement autre chose.

Il retint son souffle un moment.

Ses doigts hésitaient sur le clavier du téléphone.

— Appelle ! cria Stewart depuis le salon.

— Oui, oui, je suis en train ! cria Paul en réponse.

Je suis en train. Une dernière inspiration, et il appuya sur la touche d'appel.

Coucou ! Salut ! Comment ça va ? À chaque sonnerie, Paul essayait de décider comment commencer. Il tomba sur la messagerie.

— Salut, Caleb, c'est Paul. Enfin, j'imagine que tu as compris que c'est moi, depuis le temps. Je… je me suis dit que je devrais essayer de t'appeler, puisque tu ne réponds pas à mes messages. Je ne sais pas trop quoi te dire, excepté que tout va bien pour moi, je fais ce dont on avait parlé, enfin j'essaye. Je vais continuer à t'envoyer des messages, sauf si tu me demandes d'arrêter. Tu n'as qu'à me le dire et j'arrêterai. Je saurais que c'est fini, je n'insisterais plus. Ciao.

Il raccrocha et resta à fixer l'écran.

— Par pitié, ne me demande pas d'arrêter, murmura-t-il.

SON TÉLÉPHONE était posé sur la table de la cuisine, à côté d'un sandwich à moitié dévoré. Caleb le regarda sonner jusqu'à ce qu'il s'arrête. Il n'avait jamais pu se décider à mettre à jour sa liste de contacts, alors c'était toujours « L'homme des neiges » qui apparaissait sur l'écran. Un bip lui signala qu'il avait un message vocal ; il l'ignora et se leva péniblement pour sortir.

XXVI

LES DIMANCHES ensoleillés promettaient toujours une terrasse bien remplie au café. Paul apportait les œufs Bénédicte, les omelettes au bacon, les petits déjeuners complets. *J'espère qu'ils ont de la place dans l'estomac*, songea Paul en apportant une deuxième tournée d'œufs au plat et de tartines à un groupe de clients qui essayaient visiblement de vaincre leur gueule de bois du samedi soir. Il fit un grand sourire : c'était toujours un bon moyen d'augmenter les pourboires, et Paul ne pensait à rien d'autre. Il avait besoin d'argent. Il aurait nettement préféré être en train de paresser dans son lit ou de partager un café avec Stewie, mais s'il voulait un jour arrêter de faire le serveur, il fallait qu'il trouve de quoi se payer une formation.

— Quand on parle du loup.

Paul se retourna et vit Cam et Doug arriver et se diriger vers lui.

— C'est de moi que vous parlez ?

— De qui d'autre est-ce qu'on pourrait parler ? demanda Cam. Enfin, quand j'y réfléchis, cela pourrait être à peu près n'importe qui.

— En fait, on se demandait pourquoi on ne t'a pas vu, toi et ta moitié, l'autre soir au club, expliqua Doug.

— Alors, d'un, ce n'est pas ma moitié, et de deux, il se fait discret quelque temps histoire d'éviter le Chapelier Fou.

— Il n'a pas tort. Simon était là-bas hier soir, et ça l'a passablement énervé de ne pas trouver Stewart.

Paul secoua la tête sans rien dire. Il était terriblement soulagé que son ami ait fini par ouvrir les yeux et se soit échappé de ce qui devenait une relation dangereuse.

— Alors, c'est toi qui cuisines, ou tu ne fais que servir ce matin ? demanda Doug en se posant à une table qui venait de se libérer près de l'entrée.

— Je suis à ton service ce matin. Les cuisiniers sont trop occupés le dimanche matin pour que je vienne en observation, en tout cas c'est ce que le chef m'a dit.

— Le salaud, commenta Cameron avant de changer de sujet. Au fait, tu as eu des nouvelles de ton homme des montagnes ?

185

Paul vit que Doug lui filait un coup de pied sous la table. *J'imagine qu'ils n'ont pas parlé que de mon absence au club.*

— Pas encore, marmonna-t-il sans conviction.

— De toute façon, cela ne doit pas être le meilleur moment pour aller là-haut. J'ai entendu aux infos que toute la région est en alerte rouge aux feux de forêt aujourd'hui, dit Doug, et il ouvrit son journal pour lui montrer les gros titres.

Paul avait l'habitude des alertes incendie, l'été. Dans son enfance, tout ce que cela signifiait pour lui, c'était son père qui râlait qu'il n'avait pas le droit de faire un barbecue et de boire quelques bières avec ses potes. Les potes venaient quand même et ils buvaient des bières dans le jardin de derrière, mais c'était sa mère qui faisait cuire les steaks dans la cuisine. Maintenant, les manchettes en lettres rouges du journal prenaient un autre sens. Il se souvint des troncs carbonisés qu'il avait vus dans la forêt le long de l'avenue Melba, et des grands gommiers à travers lesquels il avait péniblement avancé lors de sa promenade avec Caleb. Il prit le journal des mains de Doug, mais n'eut pas le temps de lire plus loin que les titres : déjà, une voix l'appelait.

— Paul ! Il y a une voiture de police devant chez toi ! Gyrophares, sirène allumée et tout !

— Cela doit être pour le voisin. Le type est tout le temps en train de faire des bêtises.

— Écoute, je ne sais pas, j'ai entendu quelqu'un crier et on aurait dit la voix de Stewart.

— Bon sang !

Paul se précipita hors du café, ses amis sur les talons. Il courut aussi vite qu'il put, se faufilant entre la foule de touristes du dimanche. Son pied se prit dans l'ardoise d'un restaurant posée par terre, qui tomba avec un grand bruit. Il trébucha, mais reprit son équilibre. Il n'avait pas le temps de s'arrêter pour la redresser. Son cœur battait la chamade quand il tourna le coin de sa rue. Il vit la lumière bleue d'un gyrophare et la voiture de police.

Par pitié, Stewart, dis-moi que tu vas bien.

Il traversa la rue au mépris du feu rouge et bondit sur le trottoir d'en face. Une voiture klaxonna et il entendit qu'on lui criait des injures, mais il continua de courir. Il ne pouvait pas s'arrêter.

Les voisins étaient rassemblés sur le trottoir. Il poussa un couple qu'il connaissait de vue, et un policier l'arrêta, un jeune type qui ne portait pas de pistolet à la ceinture.

— J'habite ici, expliqua-t-il dans un souffle.

— Je suis désolé, monsieur, vous ne pouvez pas entrer pour l'instant.

Doug et Cam le rejoignirent et tous les trois essayèrent de forcer le passage, mais c'était clair que le policier n'allait pas se laisser amadouer. Paul regarda vers la fenêtre de son appartement. On ne voyait rien à travers les rideaux laids qu'ils voulaient changer depuis une éternité. Tout était calme ; on n'entendait que les murmures curieux de la foule autour de lui.

— Vous savez ce qui se passe ? lui demanda quelqu'un.

Paul aurait voulu crier que son meilleur ami était là et qu'il n'avait aucune idée de ce qui se passait. Il secoua la tête.

— Il va bien, j'en suis sûr, dit Doug en tentant de le rassurer.

— Oui, dit Paul doucement.

Il regarda à nouveau le policier.

— Mon colocataire est là. Il a peut-être besoin de moi. S'il vous plaît, laissez-moi passer.

Le jeune policier le regarda un instant et tendit la main pour lui faire signe d'attendre un peu. Paul le vit se tourner de côté et dire quelques mots dans son talkie.

Allez, allez, allez…

— Pas encore.

Son cœur se serra, mais il savait que cela ne servirait à rien de discuter. Doug lui passa le bras autour des épaules et ils levèrent les yeux vers la fenêtre.

— Tu penses que c'est Simon ? demanda Cameron, mais Doug lui fit signe de la fermer.

Plusieurs minutes passèrent ; la police interdisait toujours l'entrée de l'appartement de Paul. Il entendait les spéculations qui s'échangeaient à voix basse autour de lui. Il avait de plus en plus de mal à respirer. Tous ses poils étaient dressés. Il fallait qu'il sache.

Le talkie du policier fit un bip.

Paul se détacha de Doug et s'approcha. Il essaya désespérément d'entendre le message, mais le policier le dévisageait pendant qu'il écoutait. Puis la communication fut interrompue. Le policier lui fit un signe de tête et le laissa passer en disant :

— Seulement vous.

— Merci, dit Paul, et il se précipita dans l'escalier.

Il entendit deux voix masculines à l'étage, mais aucune n'était celle de Stewart. Il prit un couloir et il vit une silhouette familière qu'on emmenait dans les escaliers. Leurs yeux se rencontrèrent. Ceux de Simon étaient pleins de rage.

— Si tu lui as de nouveau fait mal… commença Paul, mais la présence des policiers lui interdit de finir sa phrase.

Ils n'échangèrent pas une parole.

La porte de l'appartement était ouverte.

Paul hésita un instant, jusqu'à ce qu'une voix très calme lui propose un café. Il avait envie de rire, mais tout ce qui sortit de sa gorge fut un sanglot étouffé. Le salon était dans un désordre inexprimable. Il était plein de vaisselle cassée, de magazines déchirés, de meubles renversés. Au milieu de ce chaos, Stewart se tenait assis sur le canapé et parlait avec une policière. On aurait dit que c'était lui qui consolait l'agente et pas l'inverse. Il leva les yeux vers Paul et lui sourit. Un tout petit sourire, mais Paul sut qu'il allait bien.

ILS JETÈRENT les derniers morceaux de porcelaine cassée dans la poubelle. La pièce commençait à ressembler à nouveau à quelque chose. Elle n'était pas tout à fait rangée, mais ils avaient pu remettre les meubles en place et reposer leurs affaires sur les étagères.

Ils avaient un peu discuté pendant qu'ils faisaient le ménage pour effacer toute trace de la visite de Simon, mais c'était plus pour s'assurer que tout allait bien qu'une vraie discussion sur ce qui venait de se produire. Paul jeta un coussin orange sur le canapé, et vint s'asseoir dessus.

— Tu veux un café ? lui demanda Stewart.

— Assieds-toi, Stew.

— Je vais bien.

— Oui, oui, mais assieds-toi quand même, s'il te plaît.

— On dirait que personne ne veut de mon café ce matin, dit Stewart, et il vint le rejoindre sur le canapé.

Ils échangèrent un sourire.

— Il ne m'a pas touché au moins, ce coup-ci.

Paul fixa son ami, essayant de percer ses pensées. Il se demanda s'il mentait, mais décida qu'il avait l'air sincère.

— Qu'est-ce qui s'est passé ?

Stewart grogna et s'enfonça dans les coussins.

— Ce matin quand j'ai ouvert la porte pour sortir, il était là. J'ai bien failli lui claquer la porte au nez, mais…

— Mais tu ne l'as pas fait.

— Je me suis dit que je pourrais lui parler dans le couloir, lui dire que tout était fini et que je ne voulais plus jamais le voir ici. Bon, je suis arrivé à la moitié de ma tirade et il ne m'écoutait pas du tout. Et d'un coup, il m'a poussé et est rentré dans l'appartement, et... je ne sais pas. Il me criait dessus et balançait tout par terre. Il était complètement cinglé.

— Bon sang, Stew.

— J'ai crié aussi. Je lui ai dit que j'allais appeler la police. C'est là qu'il a commencé à casser la vaisselle.

— Mais tu as quand même appelé la police.

— Oui. Je savais que c'était ce qu'il fallait faire. Il a essayé de m'arracher mon téléphone des mains, mais j'ai réussi à me cacher dans la cuisine et à fermer la porte. Il a commencé à tambouriner, je suis resté appuyé contre la porte pour l'empêcher d'ouvrir. Je sentais la porte trembler contre moi. Il me hurlait dessus. Je ne sais pas comment le policier au téléphone a fait pour m'entendre, mais visiblement il a réussi à noter l'adresse.

Stewart inspira.

— C'est sans doute pour cela qu'ils sont arrivés très vite.

— Tu as fait ce qu'il fallait faire, Stew.

— Je sais.

Stewart reprit son récit des événements de la matinée, sans céder à sa tendance à embellir ou à dramatiser toutes les histoires. Ses mains tremblaient, mais, malgré cela, Paul s'émerveilla du changement qui s'était opéré chez son ami. *Tu es plus fort que ce que tu croyais. Plus fort que ce que nous, tes amis, on pouvait imaginer.* Il lui prit la main.

— C'était hors de question que je le laisse s'en tirer ce coup-ci. Hors de question que je lui permette de me traiter comme cela. C'est fini.

— Et qu'est-ce qui va se passer maintenant ?

— Je ne sais pas trop. La policière m'a dit que je pouvais demander une ordonnance restrictive pour qu'il ne puisse plus m'approcher. Honnêtement, je n'ai pas trop écouté tout ce qu'elle m'a expliqué. Je n'arrêtais pas de penser à ce connard et à me demander comment j'avais pu le laisser me faire tout cela.

— C'est un salopard. Mais peut-être que maintenant il va chercher à se faire aider.

— Tu es en train de lui chercher des excuses ? dit Stewart.

Il avait un très léger sourire.

— Bien sûr que non ! Tu te souviens, je t'avais prévenu qu'on le surnommait le Chapelier Fou.

— Alors maintenant tu vas me faire le coup du je-te-l'avais-bien-dit ?

— Mais non ! Enfin, peut-être un peu.

Il lâcha la main de Stewart et mit son bras autour de ses épaules.

— Je veux juste que tu sois en sécurité, c'est tout.

Stewart se laissa aller contre lui et soupira.

— Je sais. Mais aujourd'hui, je me suis prouvé à moi-même que je peux me passer de me coltiner les mecs du genre de Simon. Tu penses que l'homme des montagnes pourrait avoir un petit béguin pour moi aussi ?

— Plus que pour moi en tout cas.

— Oh, arrête. Aujourd'hui, c'est moi qui me plains, dit Stewart avec un petit rire, qui lui valut un baiser sur le front.

— D'accord, mais seulement aujourd'hui. Tu vas te sentir soulagé d'être débarrassé de lui.

— Oui, carrément. Et je vais aller au commissariat et lui faire coller la peine maximale.

— Bravo !

— Et ensuite, je tenterai peut-être bien ma chance dans les montagnes. Ton Caleb, il n'aurait pas un frère qu'il pourrait me présenter ? dit Stewart pour plaisanter, même si sa voix tremblait un peu.

— Arrête de faire l'idiot. Et d'ailleurs, ce n'est pas mon Caleb.

— Ce sera bientôt ton Caleb à toi.

— Je croyais que tu étais le nouveau Stewart qui ne se laisse pas faire ?

— Ce n'est pas parce que je ne me laisse plus faire que je ne suis plus romantique. Tu vas devenir un cuisinier célèbre et tu vivras avec ton homme des montagnes, et moi je serai écrivain et j'aurai plein de chats.

Cette fois, c'est Paul qui se mit à rire.

— Des chats ? Vraiment ?

— Oui, et aussi un homme très très beau et dévoué qui changera les litières.

XXVII

— JE CROIS que ce Caleb Maguire est l'homme le plus têtu du monde, dit Sarah d'un ton morne en agitant sa petite cuillère pour bien marquer son agacement. Ne te méprends pas, j'aurais tout à fait pu lui pardonner son comportement après son accident. Il était déprimé, il avait envie de s'apitoyer sur son sort. Il avait mal partout, au corps et au cœur. Je peux le comprendre. Mais maintenant, il est juste têtu.

— Peut-être qu'il ne reçoit pas mes messages ? suggéra Paul, empli d'espoir.

— Je suis sûre qu'il les reçoit, et qu'il les lit. Il…

Sarah se tut et remit sa cuillère à café sur la soucoupe.

— Quand Mike était malade, Cal a été incroyablement fort. Bien sûr, il a eu des moments difficiles, moi aussi, pourtant il a vraiment tenu le coup. Il nous a aidés à tenir, aussi.

Paul pouvait la croire sans mal. Il lui suffisait de se rappeler les bras forts qui l'avaient serré devant la cheminée quand il n'y avait rien d'autre à faire.

— C'est une fois que Mike est mort et que tout le monde est rentré à la maison que j'ai vu qu'il s'effondrait. Caleb s'est retiré tout seul dans cette maison vide et nous a tous tenus à distance. J'appelais de temps en temps, il me disait que tout allait bien, même quand c'était visible que cela n'allait pas du tout. Il s'est complètement fermé, et je crois qu'il s'interdisait de faire son deuil.

— Et sa famille ? Sa famille de son côté, je veux dire.

— Il leur a annoncé la mort de Mike, et c'était tout. Je crois qu'ils n'ont pas vraiment compris. Depuis que je le connais, Caleb n'a jamais trop parlé de sa famille. C'était juste lui et Mike, et nous.

Paul hocha la tête. Avec lui, Caleb avait mentionné son enfance en banlieue, mais c'était tout.

— Alors, qu'est-ce que tu as fait pour arriver à lui parler à ce moment-là ?

— J'ai voulu essayer autre chose, alors je lui ai envoyé une lettre.

— Et ça a marché ?

— Ça a aidé, en tout cas. Je lui ai raconté une petite histoire sur Eddie et moi quand on était gamins. Rien d'important, juste un jeu auquel on jouait sur nos vélos, on disait qu'on était sur des chevaux très grands, et parfois on disait qu'on faisait un concours de dressage, alors on pédalait très doucement en se tenant tout droit ; d'autres fois, on pédalait à travers les champs et on sautait partout. Comme cela, j'ai trouvé une façon de lui raconter quelque chose qui me faisait pleurer, et je lui laissai la possibilité de lire seulement quand il se sentirait prêt.

Paul s'appuya contre le dossier de sa chaise et hocha la tête pensivement.

— Tu ne crois pas que cela vaut la peine d'essayer ? demanda Sarah.

— Je ne suis pas sûr que je trouverais quoi lui raconter.

— Tu n'as qu'à être spontané, lui parler de ton travail, de ta famille, et peut-être du temps que tu as passé avec lui ?

— Oui, peut-être, dit Paul, pas entièrement convaincu. Je ne suis pas très doué pour écrire. C'est plutôt le truc de Stewart, en fait. Mais je vais essayer.

SUR LA table de la cuisine, un petit tas de papiers déchirés commençait à s'accumuler. Paul arracha une nouvelle page de son cahier à spirale et la posa à plat devant lui. Il empoigna son stylo.

— OK, murmura-t-il.

Il joua avec le stylo, le fit tourner sur ses doigts, pianota un peu sur la table. C'était plus facile d'envoyer des textos : des petits mots pas rédigés, des phrases incomplètes. Les vraies lettres, il fallait y réfléchir plus longtemps. C'était comme être assis à côté d'un homme des montagnes silencieux et devoir lui faire la conversation. Clairement, il y faudrait plus qu'une émoticône. *Smiley qui fronce les sourcils.*

Cher Caleb. Salut, homme des montagnes.

Paul leva les yeux au ciel. Comment allait-il pouvoir écrire toute une lettre s'il ne savait même pas par où commencer ?

— Elle t'a dit d'écrire une lettre, alors écris, se dit-il à lui-même, et il serra son stylo un peu plus fort. OK, je m'y mets.

Caleb,

Je ne sais pas vraiment quoi t'écrire, mais puisque les autres moyens que j'ai tentés pour te parler n'ont pas marché…

XXVIII

CATASTROPHIQUE.

Paul fixait sans le voir l'écran de télévision. D'habitude, il utilisait l'adjectif « catastrophique » quand il ratait le tram, que le coiffeur lui coupait mal les cheveux ou qu'une veste en cuir soldée restait trop chère pour lui. C'était un mot dont il abusait tellement qu'il avait perdu toute sa force en tout cas la force qu'il méritait.

Maintenant, il l'utilisait à bon escient.

— Au moins, cela me donne du travail.

— Pardon ? Paul cligna des yeux et se tourna vers l'homme qui était en train de régler le climatiseur du café.

Il pointa du menton la carte météorologique sur l'écran, où les températures étaient partout dans le rouge.

— Avec cette fichue chaleur, tout le monde m'appelle pour réparer des climatiseurs.

— Ah, je comprends, dit Paul, absent.

Catastrophique. Il savait ce que cela voulait dire quand le risque incendie était « extrême », mais quand c'était catastrophique ? Derrière le présentateur météo, la carte changea pour montrer les localisations des feux région par région. Ils étaient surtout dans l'état de Victoria, mais il y en avait quelques-uns au nord de Melbourne.

— Hé, ce n'est pas dans le coin de Mansfield ?

Le réparateur leva les yeux.

— Oui, on dirait que c'est par là. On voulait emmener les gamins là-bas pour Noël. On a une cabane vers Bonny Doon pour les vacances. Peut-être qu'on va devoir aller ailleurs cette année.

Paul ne l'écoutait plus ; il avait déjà tiré le téléphone de sa poche et se dirigeait vers la porte. Lorsqu'il sortit du café, la chaleur de l'été l'enveloppa d'un coup. L'air sec rebondissait sur le béton et remontait vers lui. Il se réfugia sous les parasols et tapa le numéro qu'il connaissait par cœur.

Une sonnerie. Réponds… Sonnerie. Allez, s'il te plaît…. Sonnerie. Caleb, je t'en supplie. Sonnerie. S'il te plaît… Sonnerie… sonnerie…

— Votre correspondant n'est pas disponible actuellement. Laissez un message après le bip.

Paul regarda la vitre du café à travers le parasol et inspira.

— Caleb, s'il te plaît, dis-moi si tu vas bien. C'est tout.

Il resta debout à regarder l'écran de son téléphone. La sueur perlait sur son cou. Il n'y eut pas de réponse. Paul se sentait complètement abattu. Il prit une grande inspiration. Un client le regarda curieusement et Paul ne parvint pas à lui renvoyer un sourire rassurant. Il n'y avait rien qu'il puisse faire.

— Il ne doit pas en valoir la peine, ce garçon.

Un type lui avait lancé sa réplique en passant. C'était soit une blague, soit un conseil à demi-sincère de la part de quelqu'un qui ne le connaissait pas. Et qui ne connaissait certainement pas Caleb.

AU JOURNAL de vingt heures, Paul vit les flammes grandir sur les infographies. Il était immobile sur le canapé, absorbé par les informations. Il se sentait tremblant. Le moindre mouvement que faisait Stewart sur les coussins à côté de lui l'irritait. Il était à bout de nerfs.

« Les ordres d'évacuation ont été donnés… un grand nombre de propriétés sont en danger immédiat… des personnes ont perdu leurs maisons, leur bétail… »

Il y avait des images de pompiers en train de se battre avec les flammes ; la chaleur et leur fatigue étaient palpables.

« Un nouveau foyer est apparu plus haut dans les montagnes. Pour l'instant, il est isolé du front principal, mais avec les vents violents que l'on attend demain, il pourrait… »

Soudain, l'écran s'éteignit.

— Hé ! Je regardais ! s'exclama Paul, furieux, se tournant vers Stewart.

— Oui, et cela ne fait que nourrir ton angoisse.

Stewart reposa la télécommande sur la table basse, hors de portée de Paul.

— Rester assis à paniquer ne va te mener nulle part.

— Et qu'est-ce que tu veux que je fasse, alors ? Je ne sais pas comment il va. Il ne me répond pas, et je ne sais pas si c'est parce qu'il est toujours aussi têtu ou… ou si c'est parce qu'il a des soucis. C'est trop la merde. Qu'est-ce que je fais ?

Il laissa tomber sa tête sur le canapé.

— Ce n'est pas comme s'il avait manifesté le moindre intérêt pour moi. Pourquoi est-ce que je ne peux pas passer à autre chose et l'oublier ?

— Parce que tu...

— Ne le dis pas, Stew. La dernière fois, je t'ai cru, et tu vois où cela m'a mené ? Six mois sans baiser et...

— Et c'est toujours aussi vrai.

— Trois jours. Personne ne tombe amoureux en trois jours.

— Tu plaisantes ?

— Écoute, je sais que tu essayes de me dire des trucs gentils, mais je suis toujours ici, il est toujours là-bas, et je ne peux rien y faire. Alors, laisse tomber. S'il te plaît.

Ils restèrent assis côte à côte à regarder leurs reflets dans l'écran noir de la télévision. Paul voyait se bousculer les images de troncs calcinés et de maisons dévastées par les flammes dans son esprit. Il n'avait pas besoin des clichés que lui balançait la télé : il avait tout dans la tête.

— Et Sarah ? demanda Stewart après un silence.

Paul fronça les sourcils. Il se tourna vers Stewart, qui ajouta simplement :

— Cela vaudrait le coup d'essayer de la joindre, non ?

— Ses filles doivent être endormies, là, alors je ferais mieux de ne pas appeler. Mais je pourrais lui envoyer un message.

Il prit son téléphone et hésita un peu, ne sachant pas comment commencer son message, puis il se rendit compte qu'il n'y avait qu'une seule chose qui comptait pour lui.

Caleb va bien ?

Ils attendirent la réponse pendant quelques minutes qui leur parurent une éternité.

— Tu vas finir par le casser, ton téléphone, si tu continues à le serrer comme cela, dit Stewart pour le taquiner gentiment.

Paul secoua la tête. Stewart passa son bras sur ses épaules, et il eut envie de pleurer ; de pleurer sur son angoisse, sa frustration, de pleurer sur son sort aussi. Stewart lui déposa un baiser sur la tempe.

— Je suis désolé, Paulo. Je sais que c'est une situation complètement pourrie.

Le téléphone vibra et se mit à sonner.

— Sarah ? Tu as des nouvelles ? dit Paul d'un ton précipité, court-circuitant les salutations.

— Salut, Paul. Je l'ai eu au téléphone un peu plus tôt dans la journée. Il va bien. Les feux ne sont pas très loin, mais pas encore assez proches pour qu'il doive évacuer.

— Pas encore ? Mais cela veut dire que ça se rapproche ?

— Il est bien préparé en cas d'évacuation et il sait ce qu'il a à faire. Mike était architecte, tu te rappelles ? Alors il s'est assuré que la maison serait aux normes et même plus, avec des extincteurs automatiques à eau et tout.

Paul ne se rappelait plus si on lui avait déjà dit que Mike était architecte, mais ce n'était pas la première fois qu'il lui était reconnaissant de quelque chose.

— Et Molly, et les chevaux ? Pêche est encore bébé.

— Il doit avoir un plan pour eux. Écoute, si tu veux, on dit que je t'appelle dès que j'ai des nouvelles, OK ? Ou si j'y vais pour lui filer un coup de main.

— D'accord, s'empressa de répondre Paul. Et est-ce que je peux t'appeler de toute façon plus tard, juste pour vérifier ?

— Bien sûr. On se parle bientôt, alors.

Paul garda quelque temps son téléphone dans la main, mais résista à l'envie d'envoyer encore un message à Caleb. *Il doit être occupé à tout mettre en sécurité... Prends soin de toi.*

XXIX

— ALLEZ, GAMINE, supplia Caleb, et il entoura la pouliche de ses bras pour l'aider à monter dans le camion.

Ses sabots patinèrent un instant pendant qu'elle résistait, mais les hommes ne la laissèrent pas s'échapper. Ses naseaux s'agrandirent, et elle inspira l'air déjà teinté de fumée, ce qui ne fit qu'ajouter à sa panique. Caleb fit un signe de tête à Malcolm, le propriétaire de la Brumby Lodge ainsi que du camion qui allait mettre les chevaux en sécurité. Il fallait que la pouliche monte ; il n'y avait plus le temps de protester. Malcolm et lui manœuvrèrent la pouliche terrorisée pour qu'elle avance jusqu'à sa mère. Ruth se poussa pour lui faire de la place et Malcolm fit descendre une cloison interne.

Caleb, en haut du hayon de chargement, frotta son épaule douloureuse. Les chevaux se calmèrent progressivement et cessèrent de trépigner. Seule la pouliche n'avait jamais voyagé en camion ; les autres s'adaptèrent vite. Barney commença même à attraper un peu de foin qui dépassait des filets bien remplis.

— Allez, Pêche, les autres vont t'expliquer. Reste près de ta mère, elle t'aidera à garder l'équilibre sur la route vers la vallée.

Il fit une dernière caresse à la petite pouliche avant de se retourner. Le hayon fut levé et verrouillé et tout fut prêt pour le voyage.

— Tu es sûr que tu ne veux pas descendre avec nous ? Il y a de la place dans le camion si on se serre, demanda Malcolm une dernière fois.

— J'ai encore deux ou trois trucs à régler ici. Ensuite, je prendrai mon pick-up.

— Ne perds pas de temps, Cal. Il ne faudrait pas que le feu te rattrape sur la route si le vent tourne.

Caleb secoua la tête.

— La voiture est prête à partir, le coffre est chargé.

Il regarda vers la maison, puis vers le chien qui était collé à ses jambes.

— Malcolm, tu peux me rendre un dernier service ? Est-ce que tu peux emmener Molly ?

Malcolm plissa les yeux.

— Tu ne préfères pas l'avoir avec toi dans la voiture ?

Les doigts de Caleb trouvèrent l'oreille de Molly et il la grattouilla pour la rassurer.

— Elle est déjà terrorisée, et j'ai peur qu'elle aille se cacher quand on devra partir. C'est mieux qu'elle parte maintenant, comme ça je peux faire ce que j'ai à faire sans m'inquiéter de là où elle est.

— OK, tu dois avoir raison. Mais ne perds pas de temps. Au dernier bulletin, le feu était juste un peu plus bas. Je vais déposer les chevaux à leur enclos d'hiver, et je te retrouve sur le terrain de foot, OK ?

— Oui, pas de problème, murmura Caleb.

Il s'accroupit pour parler à Molly.

— Tu pars avec les chevaux. Pêche va avoir besoin de toi pour la rassurer.

Il lui fit un câlin rapide et la déposa dans la cabine du camion. Dès qu'il eut fait demi-tour, il l'entendit aboyer par la fenêtre, mais ne se retourna pas.

C'est seulement quand il eut atteint la véranda que Caleb regarda en arrière pour voir les feux du camion disparaître dans un tournant sur la route de montagne. Il était à peine plus de midi, mais dans l'air chargé de fumée, on avait une impression de crépuscule. La fumée lui piquait déjà les yeux et laissait un goût acide au fond de sa bouche. Il s'avança en boitant un peu vers les deux chaises sous la véranda et s'assit.

Il avait menti à Malcolm. Son pick-up n'était pas du tout prêt à partir. Il n'avait aucune l'intention de les rejoindre dans la vallée.

Une feuille d'arbre calcinée flotta dans l'air et vint se poser à ses pieds. Il la regarda se recroqueviller en se consumant sur le plancher en bois. Il ferma les yeux et écouta. Les oiseaux ne chantaient plus, les perroquets ne se battaient plus pour défendre leur territoire. On n'entendait que le bruissement des arbres pendant que le vent enflait.

Il sentit son téléphone vibrer dans sa poche. Il avait vibré toute la matinée, à chaque nouvel ordre d'évacuation. Il tira le téléphone de sa poche et regarda l'écran. *L'homme des neiges.*

— Pas maintenant, l'homme des neiges, pas maintenant.

Mais Caleb lut malgré tout le message.

Je suis en route pour Mansfield. Retrouve-moi là-bas, s'il te plaît. J'ai besoin de savoir que tu vas bien.

Caleb passa une main fatiguée sur son visage et la laissa un instant reposer sur sa bouche. Ces derniers mois, il avait lu chaque message dès qu'il le recevait ; puis il le relisait le soir après sa journée de travail. C'était une façon pour lui de faire partie de la vie de Paul, sans rien lui offrir en retour. Il savait que c'était injuste de sa part et qu'il aurait dû lui demander tout de suite d'arrêter d'écrire. Mais chaque fois qu'il commençait à taper le mot « stop », son espoir vacillait. *L'espoir. L'espoir de quoi ? De passer ma vie avec quelqu'un ?* Seul sous la véranda, son cœur saignait. Il pleurait un amour perdu, et un nouvel amour dont il ne voulait pas prendre le risque.

— On a tous besoin d'aller bien. C'est le moment de se dire au revoir, l'homme des neiges.

Caleb prit son téléphone et le serra dans sa main. Même si les antennes-relais étaient protégées en priorité par les pompiers, il pouvait y avoir des problèmes de réseau. Voulait-il vraiment dire adieu à Paul en silence ? Il marmonna un mot d'excuse et tapa sa réponse.

Je reste ici. Fais attention à toi sur la route, l'homme des neiges. Les quelques mots lui paraissaient dérisoires, et insuffisants. Mais il n'avait jamais été très doué pour les adieux.

Il envoya le message.

Le bruit d'un hélicoptère bombardier d'eau, au-dessus de lui, attira son attention et il oublia un instant le message qu'il venait d'envoyer. L'appareil parcourut toute la vallée et Caleb descendit de la véranda ; son mauvais genou lui fit mal, lui tirant une grimace. Puis il boita le long de l'allée et grimpa sur la palissade pour avoir une meilleure vue. Mais ce n'était pas nécessaire : des panaches de fumée noire s'élevaient de la forêt juste en dessous. Les flammes n'étaient pas encore trop près, mais on les voyait dévorer les eucalyptus au feuillage huileux et gagner en puissance chaque fois. L'énorme appareil orange tourna vers son côté de la montagne et la fumée se dissipa tandis qu'il déversait des trombes d'eau sur les arbres en dessous de lui.

L'hélicoptère continuait son vol au-dessus de sa tête, vide, son ventre ouvert lâchant les dernières gouttes de sa cargaison sur son terrain. Les feuilles mortes et le foin tourbillonnèrent, puis l'appareil fit un grand cercle et descendit dans la vallée pour refaire son chargement d'eau avant de revenir. Caleb gardait la main au-dessus de ses yeux pour protéger son visage. Le bruit des pales de l'hélicoptère disparut progressivement, mais il fut bientôt remplacé par le craquement des flammes et des arbres qui s'effondraient.

Le vent avait tourné. Il lui fouettait le visage, apportant toute la moiteur de la journée et l'odeur caractéristique de la forêt dévastée. Caleb regarda la cime des arbres qui entouraient son terrain. Ils semblaient se pencher en avant pour fuir le feu qui approchait, comme s'ils pouvaient sentir ce qui allait arriver. Caleb eut comme un coup au ventre.

Il fit demi-tour, oubliant que sa jambe lui faisait encore mal, et courut vers la maison. La voiture était chargée, pour le cas où il changerait d'avis. Il la contempla sans rien faire. Il aurait voulu ouvrir la portière et tourner la clé. Mais il avait pris une autre décision. Il ne savait pas très bien à quelle logique il obéissait en restant là, alors que tout lui disait qu'il fallait partir. Mais c'était leur maison.

Leurs chaises étaient là, côte à côte, sous la véranda.

Il y avait leurs deux noms sur la boîte aux lettres.

XXX

PAUL NE pouvait pas quitter son téléphone des yeux.

— Qu'est-ce qu'il dit ? demanda Sarah depuis le siège passager.

C'était son mari qui conduisait et Paul était assis sur la banquette arrière. Sarah tordait le cou pour le regarder.

— Il dit qu'il ne veut pas descendre, répondit Paul calmement.

— Bon sang, ce type veut mourir ou quoi ? s'écria Jim.

Sarah le fit taire.

— Qu'est-ce qu'il dit exactement ?

Paul leur lut le message ; ils se turent.

— Il est en train de dire adieu, non ?

Personne ne répondit, mais ils avaient tous compris ce que Paul voulait dire.

— Eh bien, il n'y a pas moyen ! s'exclama Paul.

Il appela, mais tomba immédiatement sur un message automatique qui lui dit que la connexion ne pouvait pas être établie.

— C'est juste que le réseau doit être interrompu. Ils doivent déjà être en train de le réparer, expliqua Jim. Caleb doit être là-haut en train de fermer les écoutilles. Ils avaient mis en place un plan incendie très impressionnant.

Paul vit que Sarah et son mari échangeaient des regards. Sarah finit par dire :

— Il est têtu, mais il n'est pas idiot. Cal restera seulement s'il est convaincu qu'il peut sauver la maison.

— Oui, tu dois avoir raison, marmonna Paul.

Il regardait l'horizon plein de fumée à travers le pare-brise.

— On est encore loin de Mansfield ?

— Non, plus très loin maintenant.

— On va aller directement au refuge qui est installé sur le terrain de sport et voir si on peut avoir des nouvelles du front, dit Jim avec sa logique froide.

Paul recula sur son siège. *Et ensuite, on fera quoi ? On écoutera les infos en regardant la montagne brûler ?*

Il lut à nouveau le message et ses yeux se brouillèrent de larmes. Il secoua la tête. Il se sentait impuissant et cela le rendait fou. Il rangea

201

le téléphone dans sa poche et regarda par la fenêtre. Ils arrivaient à un carrefour à l'entrée de Mansfield. Tout avait l'air normal, hormis la couleur grisâtre de l'air. Les vaches broutaient, imperturbables, dans le pré sec. Un petit garçon tendait une poignée d'herbe à un cheval ; sa mère était près de lui et le grand animal ne lui faisait pas peur. C'était un jour ordinaire. Mais les visages étaient inquiets. Des personnes étaient regroupées autour de voitures garées, l'une derrière l'autre.

Les voitures faisaient face à la route de Melbourne. Les gens regardaient de l'autre côté.

— Quelle est la situation ? demanda Jim depuis la voiture.

— Ce n'est pas joli-joli, répondit un des hommes qui se tenaient là en s'avançant vers la voiture. La route vers la montagne est bloquée, et les canadairs sont en train de bombarder les contreforts. La nuit dernière, le feu avait l'air contenu, mais quand le vent a changé, l'incendie a dépassé les éclaircies de végétation qui avaient été faites pour freiner les feux. Vous ne pourrez pas aller beaucoup plus loin.

— Nous avons un membre de la famille dans la montagne.

Jim ne put pas en dire plus ; Paul se penchait en avant pour demander :

— Est-ce qu'ils peuvent encore forcer les gens à évacuer ? Même s'ils refusent ?

Personne n'osa répondre pendant plusieurs secondes. Les implications de sa question étaient lourdes.

— S'il n'est pas encore parti, c'est peut-être mieux qu'il reste en haut. Il peut se réfugier à la station de ski, il ira peut-être vers là-bas.

— Caleb n'est pas idiot, dit Jim, et il remercia l'homme d'un signe de tête.

— Faites attention à vous.

L'homme revint vers sa famille et arracha une poignée d'herbe pour la donner au cheval qui tendait le cou au-dessus de la palissade vers le petit garçon. Le petit cueillait l'herbe brin par brin.

— Les incendies et le foot, dit Sarah en se tordant sur son siège pour sourire à Paul. Les deux seules choses qui font que les Australiens se serrent les coudes.

DÈS QU'ILS arrivèrent dans Mansfield, ils virent partout des panneaux qui indiquaient le terrain de sport. Paul se souvenait qu'il l'avait aperçu sur le chemin de l'hôpital, mais l'endroit était méconnaissable. Des caravanes et des marquises étaient installées partout sur la pelouse et les gradins étaient pleins de secouristes et de personnes à secourir. Un pompier lança un ballon de foot à quelques gamins et alla rejoindre les autres pompiers sous l'auvent d'une caravane. Il s'étendit sur l'herbe piétinée et ferma les yeux. Lentement, son visage plissé par l'angoisse et par l'effort se détendit, laissant voir des rides blanches sur la peau couverte de suie.

— Ils ne vont pas tarder à y retourner, dit Jim.

Il mit la main sur l'épaule de Paul.

— Viens, le point d'information est par-là.

Paul s'avança, quand d'un coup une boule de fourrure noire et blanche se précipita sur lui toute excitée.

— Molly !

Paul s'accroupit et la prit dans ses bras. Elle lui fit fête, léchant son visage. Paul se tourna vers l'homme qui l'accompagnait.

— Je l'ai emmenée avec les chevaux, expliquait-il à Jim et Sarah. Je les ai laissés à l'enclos d'hiver et je suis revenu ici. J'avais prévu de retrouver Cal ici.

— Merci, Malcolm. Nous avons eu un message il y a quelque temps, et je crois qu'il ne va pas descendre, dit Sarah calmement. Tu crois qu'on pourrait trouver un camion de pompier ou autre chose pour nous emmener là-haut ?

Paul les regardait, toujours assis avec Molly. L'homme secoua la tête.

— Mais c'est n'importe quoi ! On ne peut pas le laisser là-haut ! s'écria-t-il.

— Ce n'est pas comme ça que ça se passe, Paul, essaya de lui expliquer Jim.

— Ils le feront descendre s'ils peuvent, ajouta Sarah.

S'ils peuvent. Le cœur de Paul se serra et il tira gentiment l'oreille de Molly.

Malcolm fit une caresse à la chienne.

— Je peux vous la laisser ? Il faut que je retourne m'occuper des chevaux.

— Bien sûr, dit Paul. Ainsi, elle sera là quand Caleb descendra.

— Ne vous inquiétez pas, dit Malcolm en échangeant un regard avec Sarah. Dites au point d'information qu'il est toujours là-haut. Comme ça, si un camion passe pas loin…

Il se tut et fit un petit signe de tête. Il n'y avait rien à ajouter. Malcolm tourna les talons et se mit en chemin.

Ils restèrent silencieux quelques minutes.

— Bon. D'abord, le point d'information. Ensuite, on verra ce qu'on peut faire pour aider, dit finalement Sarah.

Paul les suivit, Molly sur ses talons. Il avait l'impression qu'ils n'en faisaient pas assez, qu'ils auraient dû faire bien plus.

Le point d'information était juste une petite caravane dans laquelle on trouvait plusieurs ordinateurs, une radio et quelques bénévoles débordés. La plupart des gens venaient, comme eux, pour essayer d'avoir des nouvelles de leurs proches. D'autres demandaient des nouvelles fraîches sur l'évolution de l'incendie et les dégâts qu'il avait causés. Le bénévole répondait comme il pouvait, mais les renvoyait vers le site des Eaux et forêts pour des informations mises à jour. Il soupira et se tourna vers Sarah.

— Bonjour, dit-elle. Avez-vous des informations sur Caleb Maguire et son terrain ? C'est à la frontière de Brumby Lodge.

L'homme secoua d'abord la tête, puis s'arrêta.

— Ah, attendez. On a eu un appel d'un hélico qui disait qu'ils avaient vu quelqu'un là-bas.

— Il va bien ? demanda Paul, pressant, par-dessus l'épaule de Sarah.

— Il allait bien quand l'hélico a survolé sa maison.

— A quelle distance l'"incendie est-il ? demanda Jim avant que Paul ne puisse bombarder le bénévole de questions.

— Il est encore sur les contreforts, mais apparemment le vent est en train de tourner.

— Son terrain est-il accessible ?

Le bénévole déroula une grande carte et Paul se pencha dessus. Il ne connaissait pas du tout la région, les routes ne lui disaient rien et il ne savait pas ce que voulaient dire les symboles, mais il était très concentré ; il étira le cou pour mieux voir et hocha la tête avec enthousiasme quand le bénévole parcourut du doigt une ligne étroite qui désignait une route. C'était tout près de chez Caleb.

— Alors, vous pouvez aller jusqu'à chez lui.

Cela lui paraissait évident.

— Ce n'est pas si facile, dit Jim, pédagogue. Ce n'est pas parce qu'il y a une route qu'elle est praticable.

— Ils essayeront s'ils peuvent, ajouta Sarah.

Paul n'était pas convaincu. Il regarda l'homme épuisé en face d'eux, qui secoua la tête.

— Tous les camions sont sur le front de l'incendie. Je suis sûr que l'endroit est bien protégé. Il a eu les ordres d'évacuation, et il sait combien de temps s'est écoulé depuis.

— C'est tout ?

— Il savait qu'il devait partir, dit Sarah, très calme.

— Alors, on le laisse tomber ?

La voix de Paul monta, remplie de peur et d'impuissance.

— C'est n'importe quoi ! Il faut qu'on fasse quelque chose !

— Nous ne pouvons rien faire d'autre qu'attendre, et filer un coup de main ici.

Sarah prit la main de Paul, mais il la repoussa, et sortit de la caravane.

— Il doit bien y avoir un moyen, dit-il.

Il fouilla ses poches à la recherche de son paquet de cigarettes, même s'il savait bien qu'il n'en avait pas sur lui.

— Paul ?

Il soupira et contempla le ciel brumeux.

— Oui. Je sais. C'est juste que…

Il sentit les doigts de Sarah s'entrelacer aux siens.

— Je ne comprends rien. Pourquoi est-ce qu'il n'a pas évacué ?

— Alors qu'il pourrait être ici avec toi ?

— Et pourquoi pas ? Pourquoi est-ce qu'il préférerait rester là-haut et mourir, plutôt que descendre et être avec moi ?

— Ce n'est pas… les choses ne sont pas si simples.

— Si, moi je crois que c'est aussi simple que ça.

La bouche de Paul se tordit. Il secoua la tête et s'excusa à voix basse.

— Je suis désolé. Je sais que ce n'est pas si simple. C'est juste que j'ai l'impression que je ne suis pas à la hauteur. Ou que je suis de trop à gérer.

— Allez, Jim est en train de discuter avec le type de l'information ; on va prendre quelque chose à boire et voir ce qu'on peut faire pour donner un coup de main ici.

Ils s'assirent à l'ombre d'un grand cyprès et sirotèrent un jus d'orange en poudre dilué dans beaucoup d'eau.

— Je n'aurais rien contre quelque chose d'un peu plus fort, dit Sarah en faisant la grimace.

Paul approuva.

— C'est ce qu'on buvait quand on partait en pique-nique avec mes parents. Ma mère en versait un peu dans des verres en plastique et on allait les remplir au robinet de l'aire de pique-nique. L'eau avait toujours un goût de rouille.

— C'était quand ?

— Quand j'habitais dans la baie. Mes parents ne s'aventuraient jamais très loin. Ils sont restés très casaniers, d'ailleurs.

— Vas-tu les voir souvent ?

— Non, pas trop.

Paul tripotait son verre sans le boire.

— On ne s'est jamais disputés ou quoi. C'est juste que je ne me sentais pas à ma place. Ou peut-être que j'avais du mal à leur laisser de la place dans ma vie.

Paul eut un petit rire amer.

— Il faut vraiment que je prenne ma vie en main.

Sarah gardait les yeux posés sur lui, mais Paul continuait de faire tourner le liquide jaunâtre dans son verre.

— C'est à cause de ton frère qu'il est resté là-haut, non ?

— J'ai renoncé à comprendre la psychologie masculine il y a longtemps, dit Sarah en essayant de sourire. Je ne sais pas. Je pense que oui.

— Je n'ai jamais vraiment eu mes chances avec lui, si ?

— C'est ce que tu te dis ?

Paul haussa les épaules et versa le contenu de son verre sur le sol poussiéreux. Une petite flaque se forma, puis la terre sèche l'absorba.

— Je pensais que si, j'avais mes chances, répondit-il lentement. Je pensais que si j'essayais de changer, comme il m'avait dit, alors on aurait pu… je ne sais pas.

— Tomber amoureux et vivre heureux jusqu'à ce que la mort vous sépare ?

— Stewart m'a demandé si je l'aimais, si j'aimais Caleb, je veux dire, pas Stewie. Et j'ai dit un truc du genre : oui, peut-être un peu. Je ne sais pas si c'était vrai, si je pouvais tomber amoureux si vite, mais il me manquait, j'avais envie d'être avec lui. Même après qu'il m'a renvoyé chez moi et a refusé de répondre à mes messages, j'ai continué d'essayer. Mais maintenant, il est toujours là-haut, avec ton frère.

Le cœur de Paul se serra. Il cligna des yeux plusieurs fois et serra les dents pour retenir ses larmes. Il aurait voulu ajouter qu'il trouvait que ce n'était pas juste, mais en fait il n'était pas sûr d'y croire.

— Un jour, je t'ai dit que Caleb n'avait jamais vraiment pris le temps de pleurer Mike et de faire son deuil. Et c'est triste à dire, mais il n'a toujours pas fait son deuil.

Paul fronça les sourcils. Il n'était pas sûr de bien comprendre ce que Sarah voulait dire.

Elle lui prit le verre en plastique vide des mains et le glissa dans le sien.

— Il est têtu, mais mon frère a trouvé le chemin de son cœur et je ne crois pas que Caleb sache comment l'en déloger. Mais tu n'as pas été si loin d'y arriver.

— Tu penses que c'est pour cela qu'il a paniqué à l'hôpital et qu'il m'a demandé de partir ?

— Oui. Tu lui fais peur. Caleb, le grand, le fort, préférerait affronter un feu de forêt plutôt que risquer à nouveau de perdre quelqu'un.

— Peut-être qu'il ne me perdrait pas, moi.

— Peut-être pas, mais c'est la vie. Et tu es là, à essayer encore et encore.

Il enfonça son talon dans la terre meuble, là où son jus d'orange avait coulé.

— Là, sous un arbre, comme un crétin, à ne rien faire pendant qu'il est là-haut…

La queue de Molly battait contre son mollet et Paul se pencha pour lui faire une caresse, mais elle s'éloigna d'un coup pour aller à la rencontre d'une femme blonde et frêle qui marchait vers eux. Elle lui donna une petite claque sur la croupe et leur fit un signe de la main.

— Sarah, je me disais bien que c'était toi, avec Molly. Où est Cal ?

— Là-haut, en train de défendre sa maison, répondit Sarah.

— Il sait qu'il faut évacuer. Les chevaux sont avec lui ?

— Non, il les a envoyés dans la vallée avec Malcolm. Oh, Jenny, je te présente Paul. C'est un ami de Cal, il a passé quelque temps avec lui l'hiver dernier.

Sarah se tourna vers Paul et lui expliqua :

— Jenny est vétérinaire, elle s'occupe d'un refuge pour animaux sauvages plus haut dans la montagne. C'est elle qui a trouvé Cal quand il a fait sa chute de cheval.

— Oh, ce n'est pas vraiment un refuge, plutôt une maison pleine de boules de poil de toutes sortes. Ravie de faire ta connaissance, Paul.

Après un court instant de réflexion, elle demanda :

— Tu ne serais pas le touriste qui s'est retrouvé coincé dans une tempête de neige ?

Paul grogna :

— Tout le monde est au courant par ici ou quoi ?

Jenny sourit et secoua la tête.

— Tu as pu faire descendre tous tes animaux ? demanda Sarah.

Le sourire de Jenny s'évanouit.

— J'ai pu faire évacuer les bébés, mais il y a encore quelques wombats parqués là-haut. J'ai voulu remonter, mais la route est bloquée. J'ai même demandé aux pompiers de m'emmener dans leur camion.

— Je suis sûre qu'ils feront sortir les animaux s'ils peuvent, dit Sarah en lui prenant la main.

— C'est moi qui ai élevé ces wombats et j'allais pouvoir les relâcher dans la nature bientôt.

Paul entendit que sa voix flanchait.

— Vous allez réessayer d'y aller, n'est-ce pas ?

Jenny le regarda et il pouvait voir l'hésitation dans ses yeux tandis qu'elle se demandait si elle pouvait lui faire confiance.

— Si vous y allez, je pourrais venir avec vous.

Il se redressa et épousseta son jean qui était couvert de terre.

— Paul, qu'est-ce que tu fais ? demanda Sarah, inquiète.

— C'est bon, Sarah, c'est juste que… je ne supporte pas de rester ici à ne rien faire.

— Et tu te sentiras plus proche de lui si tu vas là-haut ?

— De toute façon, interrompit Jenny, je ne prends pas de passagers.

— Comment allez-vous passer les barrages ? demanda Paul en faisant semblant de n'avoir pas entendu ce qu'elle venait de lui dire.

Elle hésita.

— Je connais une piste à travers la forêt. Mais je ne suis pas sûre qu'elle soit praticable.

Sarah essaya encore une fois de le retenir.

— Paul, tu ne peux pas faire ça. Cal connaît la montagne. Pas toi.

— Il est hors de question que je reste ici.

Ils restèrent tous les trois silencieux sous les grands cyprès.

— JE SUIS toujours très contrariée que tu viennes avec moi, dit Jenny.

La piste commençait à monter.

208

Paul attrapa la poignée tandis que la jeep heurtait un grand poteau et avançait cahin-caha sur ce qui ressemblait de très loin à une route. Son estomac se souleva et il inspira très fort. *Merde de merde !* Il était terrifié et n'allait même pas chercher à prétendre le contraire.

— Tu as des regrets ? demanda la jeune femme au volant, qui, elle, semblait sans peur.

— Pleins ! répondit-il. Mais c'est ce que je dois faire.

Jenny hocha la tête et serra le volant un peu plus fort pour négocier un virage particulièrement serré. La piste montait en épingle et Paul pouvait voir par endroits des nids-de-poule qui avaient été comblés de gravier, pour préparer le passage des estivants.

— Les camions de pompiers utilisent cette piste ? demanda-t-il.

Il se rappela la petite ligne zigzagante que le bénévole lui avait montrée sur la carte.

— Oui, murmura Jenny en prenant un autre virage. En fait, ils restent la plupart du temps sur la route principale, mais s'ils ont besoin d'atteindre des coins isolés de la forêt, ils peuvent prendre cette piste.

— Qu'est-ce qui se passe si on en croise un ?

— Pour l'instant, on est encore en dessous du front de l'incendie, alors on n'aura qu'à retourner au terrain de sport.

— Et si on dépasse la ligne de front ?

— Écoute, on va se concentrer sur la route pour le moment.

Paul regarda à travers la vitre. Au moment où l'incendie s'était déclaré, les gardes-chasses avaient à peine commencé à couper la végétation au bord de la piste pour ralentir les feux, et de jeunes eucalyptus se dressaient de part et d'autre. N'importe quel autre jour Paul les aurait trouvés magnifiques.

— Les gommiers brûlent vite, non ?

On ne voyait pas de signe de l'incendie, à part le brouillard qui était suspendu dans l'air et s'étendait sur la route au-devant d'eux.

— Oh oui, dit Jenny en jetant un œil à la cime des arbres. Si l'incendie se rapproche, il va dévorer les feuilles nouvelles et ce sera comme une boule de feu qui avance.

— C'est bon à savoir, dit-il et il se recula dans son siège.

Les scènes qu'il avait vues à la télévision pouvaient facilement être transposées là, sur les arbres qui bordaient la piste.

— À quoi est-ce qu'on verra que ça se rapproche ?

— Baisse ta vitre.

Il fronça les sourcils, mais obéit. Il n'y avait pas à se tromper, c'était une odeur de bois calciné. La forêt brûlait. Paul sentit les yeux qui piquaient et son cœur qui battait la chamade. *Qu'est-ce que je suis en train de faire, bon sang ?* Il tourna à nouveau son regard vers les arbres. Jenny freina brusquement et son corps fut projeté en avant.

— Quoi ? Qu'est-ce qui se passe ? demanda-t-il.

Il fut surpris du son de sa voix, aiguë, hystérique.

— Regarde.

Jenny montra du doigt un animal qui se tenait en boule au bord de la route.

Paul regarda à travers la vitre la forme grise et immobile.

— Il va bien ?

— C'est ce qu'on va voir tout de suite.

Jenny ouvrit la portière et cria à Paul de rester où il était. Il la vit s'avancer à pas prudents vers l'animal. Le koala ne bougea pas.

— Prends une cage et une serviette à l'arrière de la voiture, commanda Jenny, et elle se rapprocha encore un peu.

Dès que Paul quitta l'habitacle, il fut happé par le bruit lourd de présages du vent qui enflait. Il espérait, en tout cas, que ce n'était que le vent. Ses jambes tremblaient sous lui. *Bon sang de bon sang. Qu'est-ce que je fais là ? Allez, tout ce que j'ai à faire c'est de revenir à la voiture, de faire une marche arrière jusqu'à ce que je trouve un endroit où faire demi-tour, et partir d'ici.* Il regarda Jenny sur la route. Le petit bout de femme l'attendait d'un pied ferme, à côté de l'animal blessé, et il entendit d'un coup une autre voix dans sa tête. *C'est ça, et tu vas de nouveau te retrouver dans un fossé et il faudra que je vienne te chercher.*

— Pas ce coup-ci, l'homme des montagnes, murmura Paul.

Il jeta la serviette sur son bras, comme s'il était au café et s'apprêtait à servir des capucinos.

Le koala leva la tête et, méfiant, les regarda approcher. Mais il ne bougea pas et ne semblait pas vouloir s'enfuir.

— Vas-y doucement. S'il essaye de se mettre à courir, laisse-le faire.

Jenny prit la serviette et la bouteille d'eau qui était dans la cage.

— Allez, viens là, petit, dit-elle d'une voix mielleuse. J'ai quelque chose à boire pour toi, et on va t'emmener loin du feu.

Paul pouvait voir les endroits où son pelage avait roussi. Les oreilles, qui normalement étaient couvertes de poils, étaient nues.

— Oui, très bien. Tu as assez couru, hein ?

Le koala l'observa avec méfiance et lâcha un petit gémissement étouffé. Elle ouvrit la bouteille et laissa tomber quelques gouttes sur la terre noircie, mais le koala la fixait toujours.

— Tu vois, personne ne te veut du mal.

Jenny s'accroupit précautionneusement et tendit la bouteille vers lui. De l'eau fraîche coula sur son nez et il approcha sa bouche assoiffée pour boire. Paul regardait, émerveillé de voir le petit animal accepter l'aide qu'on lui offrait. Une petite patte brûlée toucha la bouteille pour faire tomber encore de l'eau.

Jenny se tourna vers Paul et lui fit signe de s'approcher.

— Prends la bouteille, lui dit-elle, de la même voix que celle qu'elle avait prise avec le koala.

— Je ne crois pas que...

— Soit tu prends la bouteille, soit tu t'occupes de le capturer avec la serviette.

— OK, je vais tenir la bouteille.

La main de Paul trembla et le filet d'eau se tarit, mais le petit animal reconnaissant ne parut pas lui en vouloir. Il ferma les yeux et renversa la tête en arrière pour que l'eau lui coule sur le menton et sur la poitrine. Quand la serviette se referma sur lui, il sursauta, mais les mains expertes de Jenny l'avaient déposé dans la cage avant qu'il n'ait le temps de réaliser ce qui lui arrivait.

Soudain, ils entendirent un craquement sourd derrière eux. Dans sa cage, le koala cria ; il s'en fallut de peu que Paul ne crie aussi.

— Allez, il est temps d'y aller, dit Jenny en le poussant vers la Jeep.

— Je ne vais pas m'y opposer.

Ils posèrent une autre serviette sur la cage et la mirent à l'arrière de la voiture. On entendait des petits grognements qui brisaient le silence.

— Ça va aller ? demanda Paul, inquiet d'entendre les bruits cesser.

— Oui, je pense. Les brûlures sont superficielles, mais ils peuvent succomber au choc.

Paul regarda la cime des arbres.

— Oui, je peux comprendre.

Il tendit l'oreille et découvrit d'autres sons. Un grondement sourd, primaire. Paul sentit les tons graves vibrer dans son corps, se réverbérer dans son diaphragme, faire trembler sa vessie.

— Tu entends ? demanda-t-il.

211

Il aurait voulu être n'importe où, mais pas dans entre ces rangées d'arbres. Un craquement se fit entendre à travers le grondement général de la forêt. Il y eut un souffle d'explosion tout près.

— C'est les cimes des arbres qui s'enflamment, expliqua Jenny.

Pour la première fois depuis qu'ils étaient partis, on percevait de la peur dans sa voix.

La fumée entourait la Jeep. Elle gagna de la vitesse et monta en spirale, soufflant sa chaleur et ses cendres dans leurs cheveux. Le grondement de la forêt fut momentanément couvert par le bruit d'un hélicoptère au-dessus de leurs têtes. Ils ne parvinrent pas à voir dans quelle direction il allait, mais ils entendirent le déluge quand il vida sa cargaison d'eau.

— Bon sang ! C'était tout près !

— Dans la voiture. Maintenant !

Jenny ne lui laissa même pas le temps de claquer sa portière et appuyait sur l'accélérateur. La Jeep démarra et Jenny prit le premier virage à toute vitesse. Paul, secoué dans son siège, regarda les arbres qui bordaient la piste. Pour l'instant, ils ne brûlaient pas ; mais déjà on voyait des volutes noires se rapprocher des eucalyptus. Ils dévalèrent la piste déjà couverte de fumée. Sur la banquette arrière, la cage du koala était secouée, mais l'animal restait silencieux. Paul était terrorisé. Il jeta un œil à la main de Jenny qui tenait fermement le levier de vitesse. *Ce n'est pas un rêve.* Cette réalisation lui fit l'effet d'une gifle. La phrase se répéta indéfiniment dans son esprit.

Une fumée épaisse s'accumulait sur la piste. Paul devait plisser les yeux pour voir la route.

— Euh, tu arrives à voir où on va ?

— Il faut qu'on avance. On ne peut pas retourner en arrière. Il faut qu'on dépasse le front de flammes.

Il ne se sentit guère rassuré.

Du coin de l'œil, il aperçut une explosion orange. Il n'osa pas se retourner.

— Plus vite, Jenny, cria-t-il en essayant de couvrir le bruit du moteur.

— Je suis au maximum.

Les roues patinèrent dans le gravier au bord de la piste. La voiture perdit de la vitesse et se déporta sur le côté. Paul n'avait pas besoin de regarder par la fenêtre ; il sentait que les flammes étaient toutes proches désormais. La chaleur était intense, et le bruit de la forêt en train de brûler se faisait assourdissant.

Jenny tourna le volant et parvint à remettre la voiture sur la piste. Elle ne ralentissait plus dans les virages ; c'était trop dangereux de ralentir.

212

Au fur et à mesure qu'ils avançaient, les arbres se faisaient moins denses. Le sol était nu et noirci.

Paul fixait les éclaircies de végétation anti-feu au bord de la piste. Ils gardaient les mains cramponnées à son siège.

Jenny prit un virage serré et appuya sur la pédale de frein. Paul aperçut l'endroit où la piste rejoignait la route principale. Il aperçut en même temps la voiture de police qui leur bloquait le passage.

— Oh non, dit Jenny. Les hélicos ont dû nous signaler.

Paul et Jenny restèrent silencieux dans la voiture à l'arrêt et attendirent qu'un homme avec un gilet jaune les approche.

Il tapota la vitre et dit, d'une voix blanche :

— Fin de la course, Jenny.

— On est monté assez haut, non ? demanda Paul en décrochant sa ceinture.

— Pas tout à fait, répondit-elle et elle sortit de la voiture.

Elle toisa le pompier, les mains sur les hanches.

— Ed, j'ai un animal blessé dans ma voiture. Il faut que j'aille jusque chez moi.

— Bon sang, Jenny, tu ne crois pas qu'on a mieux à faire que de venir te chercher jusqu'ici pendant que tu te promènes dans la zone dangereuse ? On devrait être là-haut à bosser, pas ici en train de s'occuper de toi.

— Ed…

— Non ! Il est hors de question que je mette davantage mes hommes en danger juste parce qu'on s'inquiète pour toi !

Paul se retint d'intervenir ; il avait très envie d'expliquer qu'il fallait qu'il aille chercher Caleb. Mais les yeux hagards du pompier, enfoncés dans son visage couvert de suie, le laissèrent à court d'arguments.

— Retourne dans ta voiture et va directement au refuge à la station de ski.

L'espace d'un instant, Jenny eut l'air prêt à se battre, mais elle laissa retomber ses épaules et hocha la tête.

— OK, Ed. Je vais me débrouiller depuis là-bas. Merci.

Le pompier lui donna une petite tape sur l'épaule et tourna les talons pour retourner à la voiture.

ILS SUIVIRENT la voiture d'Ed jusqu'à un petit carrefour. S'ils continuaient tout droit, ils allaient directement chez Caleb ; mais ils prirent à gauche pour se diriger vers la station de ski.

Nous sommes si près. Paul sentit son cœur se serrer. Il se laissa aller contre le dossier du siège passager en voyant Jenny tourner le volant dans la mauvaise direction pour suivre la voiture d'Ed jusqu'au refuge.

— Tu ne vas pas tenter quelque chose ? murmura-t-il.

Il savait qu'ils avaient peu de chance d'atteindre Caleb maintenant, mais il fallait qu'il pose la question.

— Non, répondit Jenny, et elle parvint à exprimer toute son amertume dans ce seul mot. C'était idiot de ma part d'essayer. Je vais organiser des secours pour les animaux depuis le refuge. Les pompiers sont de bons gars. Ils m'apporteront toutes les bêtes blessées qu'ils trouveront.

Il voulut lui rappeler les wombats qu'elle avait chez elle, lui demander comment ils allaient s'en sortir, tout seuls. Ils seraient terrorisés et risquaient la mort. Mais quel aurait été l'intérêt de le lui dire ? Elle se faisait suffisamment de souci comme cela. Il s'enfonça encore un peu plus dans son siège et regarda les arbres qui s'éclaircissaient progressivement pour laisser place à un paysage de collines couvertes d'herbe jaunie par la sécheresse de l'été.

La station de ski ne ressemblait plus du tout à ce qu'il avait vu l'hiver précédent. Déjà, évidemment, il n'y avait pas de neige. Mais ce n'était pas seulement ça. À l'époque, ils faisaient la fête dans la voiture, prévoyaient des soirées d'alcool et de sexe sans penser au lendemain, sans rien à regretter que la gueule de bois qu'ils soigneraient simplement avec d'avantage d'alcool et de sexe. C'était lui qui avait tout organisé avec Stewie ; ils s'aidaient mutuellement à choper. D'habitude il ne leur fallait pas beaucoup de temps pour y arriver, en fonction de qui se faisait offrir de verres en premier. L'autre restait un peu dans les parages puis s'éloignait discrètement avec un clin d'œil et une petite tape sur la poche du jean pour rappeler que son téléphone était sur vibreur et qu'il était prêt à intervenir. Ils ne pensaient qu'à s'amuser.

Cette fois, il n'y avait plus de quoi s'amuser : juste de la peur, de la colère, et une bonne dose de désespoir.

— Peut-être qu'il est là, lui dit Jenny à voix basse.

Paul secoua la tête. *Il est là-haut avec Mike et tes wombats.*

Elle se gara sur une place de parking.

— Allez, viens, maintenant qu'on est là. File-moi un coup de main avec le petit koala.

À force de penser à ses propres malheurs, Paul avait complètement oublié le petit animal. Il se redressa et obéit :

— Tu penses qu'il va s'en sortir ?

— Le plus grand danger pour lui, c'est le choc. Mais j'en saurai plus quand j'aurai pu l'examiner.

Ils soulevèrent la cage précautionneusement et la posèrent dans l'allée.

— Reste ici, je vais voir où on peut s'installer.

— OK, dit Paul, et il s'accroupit à côté de la cage.

Il souleva un coin de la serviette et vit le petit koala terrorisé qui le regardait.

— Ça va aller, lui dit-il doucement. Tu es en sécurité ici, et Jenny va bien s'occuper de toi.

Les yeux humides du koala s'accrochèrent aux siens. Paul aurait voulu savoir quoi faire, avoir autre chose à lui apporter que des murmures rassurants.

Ils le portèrent jusqu'à la pelouse à côté du bâtiment principal. On aurait dit le terrain de sport à Mansfield, avec moins de gens et plus de... Paul avait du mal à identifier la principale différence. Était-ce l'épuisement qui se lisait sur tous les visages, ceux des pompiers, noirs de suie, comme ceux des quelques habitants du coin qui avaient essayé d'emporter leurs biens les plus précieux dans leurs voitures, essayant de trouver un peu de place entre les enfants et les animaux domestiques ? Il vit une femme qui s'approchait d'un pompier assis près d'un camion. L'homme gardait la tête baissée, ses bras enserrant ses genoux. La femme lui parla à voix basse, et Paul, même s'il ne put pas entendre ce qu'elle lui disait, vit que le pompier lui souriait et acceptait la bouteille d'eau qu'elle lui tendait. La femme alla ensuite vers d'autres pompiers, mais bientôt les enfants et les personnes âgées l'accaparèrent.

— Ils vont bientôt y retourner, dit Jenny.

Paul secouait la tête.

— C'est des gars du coin ?

— Pour certains oui, mais la plupart viennent de plus loin.

Elle salua l'un des hommes ; il se leva péniblement et vint à leur rencontre.

— Je me demandais si je te verrais ici, dit-il. Une de nos équipes a ramené un petit kangourou un peu plus tôt. Il avait de sales brûlures aux pattes et à la queue.

— Tu m'emmènes le voir ?

Jenny prenait une voix affable et Paul vit que le pompier lui faisait un grand sourire.

— Vous êtes allés sur la propriété de Caleb Maguire ? Quelqu'un a essayé de le rejoindre ? intervint Paul.

Il se dit que Jenny et le pompier auraient bien le temps de flirter plus tard, même s'il savait bien, au fond, que tout le monde faisait son possible pour aider Caleb.

Le pompier fronça les sourcils et se tourna vers lui.

— Vous êtes ?

— Pardon, dit Jenny. Ross, je te présente Paul. C'est un ami de Cal.

— Oui, je suis un ami à lui, et personne n'a l'air de se préoccuper de son sort.

Paul s'efforçait d'être raisonnable et de rester calme, mais en réalité il tremblait de peur et ne cessait de se reprocher son impuissance.

— La maison de Cal est bien protégée, et le feu est encore... commença Ross, mais Paul l'interrompit.

— Je sais tout cela. C'est ce que tout le monde n'arrête pas de me répéter. Mais qu'est-ce qui va se passer quand le feu atteindra son terrain et qu'on ne pourra plus aller le chercher ? Qu'est-ce qui va se passer, hein ?

Sa voix devenait plus aiguë et il s'approcha du pompier, mais Ross ne put que secouer la tête.

— Je suis désolé, mon gars. Le feu a traversé une des éclaircies, et nos équipes sont en train de batailler pour le contenir. Mais crois-moi, si on peut aller le chercher, on ira.

La culpabilité prit le dessus sur la colère que Paul ressentait.

XXXI

Un canadair lâcha sa cargaison et des trombes d'eau se déversèrent, s'écrasant sur les arbres en feu, arrêtant des flammes qui avançaient en léchant les branches à la recherche de feuilles nouvelles et tendres. De la vapeur s'éleva dans l'air et l'hélico fit demi-tour pour recharger. Caleb, toujours assit sous la véranda, l'observa descendre vers la vallée. Le feu n'avait pas encore atteint son terrain, mais, si le vent continuait à souffler dans la même direction, il allait bientôt être là. Il sentait des picotements dans ses doigts, et ses cheveux se dressaient sur sa tête. *Qu'est-ce que tu vas faire, Cal ? Rester assis et regarder le feu ramper sur la pelouse jusqu'à ce qu'il monte les marches de la véranda et vienne te lécher les orteils ?*

Il serra la mâchoire.

Tu crois vraiment que c'est cela que je veux ?

— Peut-être que c'est ce que moi, je veux répondit-il.

Pourtant, il se leva de sa chaise. La fumée lui piquait le nez et la gorge, mais il refusait de tousser.

Je crois que tu ne sais plus ce que tu veux.

Il s'éclaircit la gorge, sans tousser tout à fait. La chienne n'était pas là pour lui monter sur les cuisses. Mike n'était pas assis dans la chaise à côté de lui. L'homme des neiges ne se tenait pas sur le seuil dans des bottes trois fois trop grandes pour lui. Il allait se noyer dans la solitude bien avant que le feu n'atteigne la véranda. Il tourna le dos à la vallée et entra à pas lourds dans la maison, laissant la porte ouverte derrière lui.

XXXII

— Jenny ?

Un homme grand, assez corpulent, se tenait dans le couloir qui menait au refuge animalier qui avait été installé.

— Salut, Gary. Quoi de neuf ?

— On essaye de préparer quelque chose dans la cuisine. Veux-tu un sandwich au bacon ? On peut en faire un pour ton ami aussi.

— Super. Paul ?

— Oui, merci, dit Paul sans enthousiasme.

Il avait fait tout ce qu'il avait pu pour aider Jenny avec les animaux et, maintenant qu'il n'avait plus rien à faire, il avait du temps pour s'inquiéter. Il avait l'estomac noué d'angoisse et envie de crier sur tout le monde.

Le cuisinier lui jeta un regard et dit :

— Je vous ajoute sur la liste d'attente. Il y a plusieurs camions de pompiers qui sont en route et on veut leur préparer un repas correct. Tes petits patients ont besoin de quelque chose ?

— Juste de repos et de calme pour l'instant, Gary, répondit Jenny.

Elle se mit à faire de la place au cas où les pompiers ramèneraient d'autres animaux avec eux.

Paul la regarda faire les bras ballants. Il inspira longuement et fixa les restes de vernis à ongles sur son pouce. Il n'avait pas arrêté de le gratter nerveusement depuis qu'il était arrivé au refuge. L'oisiveté lui pesait. *C'était du temps pour réfléchir.* Il appuya sa tête contre le mur et ferma les yeux. *Pourquoi me fais-tu cela, Caleb ?*

On entendit un camion arriver et ils comprirent qu'une équipe venait prendre quelques moments de repos bien trop courts.

— Paul, peux-tu aller voir s'ils nous ont apporté de nouveaux patients ?

— D'accord, dit-il, content d'avoir quelque chose à faire.

Dehors, tout était semblable à leur arrivée, sauf qu'il y avait un peu plus de gens qui se cherchaient une petite place dans le refuge. Le camion s'était garé au bout de la pelouse et quelques habitants allaient déjà à sa rencontre. Les premiers pompiers à descendre s'efforcèrent de répondre à leurs questions ; les autres enlevèrent leurs lourdes vestes de protection et s'allongèrent dans l'herbe.

Paul entendit des bribes de conversation sur des maisons sauvées ou sacrifiées, et il se mordit les lèvres.

— Hé, mon gars !

Paul regarda autour de lui et vit que c'était un des hommes assis à l'ombre du camion qui l'appelait.

— Moi ?

— Oui. C'est bien toi qui demandais des nouvelles de Caleb Maguire ? Je me disais que c'était toi, parce que tu n'as pas l'air du coin.

— Il va bien ? Vous l'avez… demanda Paul à toute vitesse.

Il vint s'asseoir à côté de l'homme, qui arrêta ses questions d'un signe de la main.

— Nous avons eu le message comme quoi il était toujours chez lui, et nous avons tout essayé pour aller jusque-là bas, mais…

Il s'interrompit pour prendre la bouteille d'eau qu'une vieille dame lui tendait et but plusieurs longues gorgées.

— Mais ? pressa Paul.

— Nous n'avons pas pu atteindre sa maison.

— Et l'hélico que j'ai vu en montant jusqu'ici ? Il n'aurait pas pu, je ne sais pas, l'hélitreuiller ?

La terreur commençait à le gagner.

— Trop de vent, expliqua le pompier. Je suis désolé. Si on trouve un moyen d'aller jusqu'à lui, on le fera, mais pour l'instant le mieux qu'il puisse faire, c'est de ne pas bouger.

— Je suis monté pour essayer d'aller le chercher, dit Paul en retenant ses larmes. Je pensais que si j'arrivais à aller jusque chez lui, il changerait d'avis.

Le pompier vida ce qui restait dans la bouteille d'eau.

— C'est notre travail de faire ça, mon gars. Et pardon de te dire ça, mais ce n'était pas très malin de te précipiter dans une zone d'incendie. Mais on fera ce qu'on peut, promis.

Paul regarda l'homme épuisé et comprit qu'il avait raison.

— Je sais, dit-il. Est-ce que vous avez besoin de quelque chose ? Une autre bouteille d'eau ?

— Non, ne t'en fais pas. Enfin, si tu sais comment faire tomber la pluie…

— Ah, mes talents ne vont pas jusque-là.

Il fit une pause, puis se redressa. Il venait d'avoir une idée.

— Vous savez où est la cuisine ?

LA PETITE cuisine du café où il travaillait aurait largement pu tenir dans une seule des chambres froides. Les plans de travail s'étendaient sur des mètres et des mètres, avec une abondance de pianos et de fours ; on aurait pu faire rentrer plusieurs tonneaux de lait dans les frigos. *Avec les vaches en plus !* Paul savait bien qu'il exagérait un peu, mais il sentit son angoisse s'apaiser un peu en s'approchant des casseroles qui attendaient d'être remplies de soupes et de ragoûts.

— Hé, tu vas rester là à regarder, ou tu vas te mettre au boulot ?

— Pardon, chef. On commence par quoi ? demanda Paul, et il attrapa un tablier.

XXXIII

CALEB ÉTAIT épuisé. Il sentait la fatigue jusque dans ses os. Il poussa un long soupir douloureux et hésita un instant en bas de l'escalier. Il était long et raide, mais, lentement, il monta marche après marche jusqu'à sa chambre. *Leur chambre.* Elle avait si souvent été leur refuge quand ils voulaient se couper du monde extérieur. Ils fermaient la porte et personne ne pouvait plus les atteindre. Ils restaient au lit dans les bras l'un de l'autre, ignoraient les sonneries du téléphone, laissaient le courrier dans la boîte aux lettres et prétendaient que le monde n'existait pas hors de leur chambre, hors de leur lit.

Le lit était vide. Caleb le fixa depuis le seuil et essaya de se rappeler la chaleur qui l'avait enveloppé ces nuits-là, le sentiment de sécurité absolue. Par moment, Mike avait l'air tellement réel, tellement présent. L'odeur de son eau de Cologne qui sentait le linge frais traînait encore sur les taies d'oreiller ; l'écho lointain d'un éclat de voix lui arrivait encore quand il tendait très fort l'oreille. Mais le voir devenait de plus en plus difficile. Il y avait toutes ces photos sur le mur, et il pouvait contempler encore et encore son grand sourire généreux, mais il avait du mal maintenant à revoir en pensée le sourire de Mike quand il l'invitait à le rejoindre au lit, ou quand il lui disait de ne pas s'inquiéter, que tout irait bien. Tout.

Caleb entra dans la pièce et vint s'asseoir au bord du lit. La chambre était silencieuse ; on n'entendait pas un oiseau par la fenêtre. Il ferma les yeux. Un souffle d'air lui caressa l'oreille. Une main fantomatique se posa sur son cou. L'intimité du geste le fit frissonner.

— Où es-tu, Mike ? murmura-t-il.

Je suis là.

Il se laissa aller contre un corps ferme et se laissa porter sur le matelas. Des lèvres qu'il connaissait bien se pressèrent contre son front et il se détendit. La fatigue le quittait. Caleb sourit.

C'était notre petit paradis. Quand on a su que j'allais devoir te quitter, on se cachait là et on se serrait l'un contre l'autre, comme si on avait le pouvoir de tout arrêter.

— Arrêter la marche du monde.

Arrêter le temps. Me permettre de rester.

221

— J'aurais tellement voulu qu'on puisse.

Je sais. Moi aussi. Même si on savait déjà que j'allais devoir partir, avant que le docteur nous le dise.

Caleb serra les dents jusqu'à ce que sa mâchoire lui fasse mal.

Après, on est venus ici, et on a remonté les couvertures sur nous. Je sentais la douleur qui émanait de ta peau, et je savais que tu souffrirais bien plus longtemps que moi. On est restés étendus très longtemps. On n'avait pas de mots.

— Tu as trouvé les mots. Tu m'as parlé de notre première fois. Raconte-la-moi encore.

Caleb entendit le petit rire de Mike dans sa tête.

La première nuit où je suis venu te voir. Je la vois comme si c'était hier. Le feu d'artifice était terminé, et les parents portaient leurs enfants endormis jusqu'à leur voiture, ou jusqu'à la gare. C'était le dernier jour du salon royal, et je savais qu'il fallait que je fasse quelque chose parce que si j'attendais que ce soit toi qui viennes me déshabiller, ça n'allait jamais arriver.

J'ai vérifié mes dents et ma coiffure dans le minuscule miroir en plastique qui était accroché à un mur de l'écurie. C'était propre. J'ai épousseté mon jean et essayé de défroisser ma chemise, même si tu n'allais jamais remarquer la différence. Il n'y avait personne dans l'allée. La plupart des exposants étaient déjà rentrés chez eux ou étaient sortis prendre un verre ; alors il n'y avait plus que quelques chevaux curieux qui ont passé la tête au-dessus de la porte de leur box pour me voir avancer vers ta porte. J'étais nerveux et les bouteilles que j'apportais tintaient à chaque pas. Je suis sûr que tu m'as entendu venir.

— Oui, je t'entendais.

Ta porte était ouverte.

— La nuit était chaude.

C'est d'ailleurs pour cela que tu étais torse nu dans ton vieux jean…

— C'est parce que j'étais en train de nettoyer ma selle.

Je me souviens que tu avais une mèche de cheveux collée sur le visage, et qu'une goutte de sueur était en train de glisser le long de ta gorge et sur ta poitrine. Tu étais tellement sexy. Tu m'as regardé et tu m'as souri. J'avais préparé beaucoup de choses à dire, mais j'ai tout oublié, alors j'ai juste levé une bouteille.

— Quand j'ai voulu la prendre, tu n'as pas voulu la lâcher.

Comment aurais-je pu ? Là, dans cette écurie surchauffée, enveloppé par l'odeur du savon à selle, du foin frais et du cuir, je ne pouvais pas. Je ne sais plus lequel de nous a touché l'autre en premier, mais les bouteilles sont tombées par terre.

— Tu avais meilleur goût qu'une bière fraîche.

C'était notre première nuit ensemble, serrés l'un contre l'autre dans ton petit matelas qui grinçait sous nos poids combinés. C'est une des nuits les moins confortables que j'aie jamais passées. Je ne sais pas ce qui m'a fait le plus mal le matin : mon dos, ma nuque, ou mon cul. Mais il y avait une chose qui était claire : je ne voulais plus jamais me réveiller sans toi.

— Si j'ouvre les yeux, tu seras parti, n'est-ce pas, Mike ? murmura Caleb dans le silence de sa mémoire.

Alors, garde les yeux fermés, Cal. Reste ici jusqu'à ce que la pièce soit remplie de fumée. Reste ici et laisse-toi aller. Laisse toutes tes douleurs derrière toi. Laisse l'homme des neiges derrière toi. Laisse-le seul, qu'il souffre comme tu as souffert.

— Il ne sera pas tout seul.

Toi non plus, tu n'étais pas tout seul.

La main sur son cou se leva. Caleb ouvrit les yeux. Il était seul dans le lit et cela ne le surprit pas. Le carnet de souvenirs de Mike était posé sur la table de nuit, à côté d'une enveloppe épaisse.

L'homme des neiges. Il avait lu sa lettre, et avait voulu la jeter à la poubelle. Mais elle était toujours là, sur la table de nuit. Un coin de papier déchiré dépassait de l'enveloppe. Est-ce qu'il s'était déchiré quand Paul avait arraché la page de son cahier, ou bien était-ce lui qui l'avait fait ? La page de cahier n'avait rien à voir avec le papier à lettres élégant qu'utilisant Mike. Mais après tout, Mike était différent de tous ceux qu'il avait rencontrés avant lui. Au début, il n'avait pas voulu de lui. Il l'avait désiré, oui, et le sexe avait presque toujours été génial. Mais il n'avait pas voulu croire qu'ils puissent être ensemble. Comment est-ce que quelqu'un comme Mike, enfin comme Edward, pourrait l'aimer, lui ? Le ronflement d'un hélicoptère interrompit le fil de ses pensées. Caleb l'entendit déverser sa cargaison d'eau sur les flammes.

Ça se rapproche.

Caleb tendit le bras et passa un doigt sur la lettre. Il savait ce qu'elle contenait ; mais il la tira de l'enveloppe malgré tout.

« *Caleb,*

Je ne sais pas vraiment quoi t'écrire, mais puisque les autres moyens que j'ai tentés pour te parler n'ont pas marché...

La nuit de la tempête, cela me paraît si loin maintenant, mais cette nuit j'avais prévu de m'amuser et de baiser ~~choper~~. J'imagine que tu peux lire ce que j'ai rayé, et c'est vrai. C'est la dernière fois que j'ai voulu ça. Enfin, j'avoue, j'en ai eu envie depuis, parce que c'est dur de changer ses habitudes, et puis c'est plus facile que d'être seul. Mais ce n'est pas parce que j'en ai eu envie que je l'ai fait. Au début, je voulais te prouver quelque chose à toi, et ensuite j'ai voulu le prouver à moi. Je suis assez content maintenant, et même si tu ne veux pas me voir, je crois que je comprends pourquoi. Je ne suis pas Mike et je pense que je ne serai jamais comme lui. Je suis moi, et c'est ce que je dois être.

Le problème, c'est que j'ai toujours envie de te voir. J'ai envie d'être assis dans ta cuisine et de discuter avec toi. D'être allongé devant la cheminée et de t'embrasser. Oui, je sais, on n'a passé que quelques jours ensemble et personne ne peut tomber amoureux si vite, enfin bon. Je me suis répété tout cela dans ma tête beaucoup de fois, et la réponse est toujours la même. Peut-être que c'est stupide, mais je ne peux pas m'empêcher de ressentir ce que je ressens. J'ai envie d'être avec toi. Peut-être que cela ne marchera pas, peut-être que ce sera un désastre total, pourtant est-ce une raison suffisante pour ne pas essayer ?

Au début, j'ai pensé que petit à petit j'allais oublier mon week-end prolongé dans la montagne. Que j'allais passer à autre chose, tout en ayant appris une leçon, et travailler à reprendre ma vie en mains. Mais tu es resté avec moi. Pas juste ce que tu m'as dit. C'est comme si sans toi je n'aurais pas pu avancer. Je n'arrêtais pas de t'imaginer assis dans le café où je travaille, ou allongé sur mon canapé et, oui, c'est vrai, je t'ai imaginé dans mon lit. Et maintenant, je pense à toi lisant ce que je t'écris !

*Parle-moi, s'il te plaît, Caleb. Laisse-moi venir te voir
dans la montagne. Ne m'élimine pas de ta vie en te disant
que je suis qu'un gamin idiot qui ne sait pas ce qu'il veut.
Je sais ce que je veux.
Je veux être avec toi.
Paul xxx »*

— Ce serait une catastrophe, l'homme des neiges, marmonna Caleb, et il replia soigneusement la lettre.

Il regarda autour de lui dans la chambre. Il y avait tellement de souvenirs, stockés dans les livres, encadrés sur le mur. Le papier crissa un peu dans ses mains.

— Un vrai désastre.

Il balança les jambes hors du lit pour se lever et marcha lentement jusqu'à la fenêtre. Le brouillard s'était épaissi. Des volutes de fumée noire montaient de l'enclos. L'horizon était bouché par un amas orange et noir.

Il pouvait l'entendre, maintenant. Le grondement d'un train de marchandises qui se rapprochait. Sauf qu'il n'y avait pas de train dans la montagne.

Laisse-le seul, qu'il souffre comme tu as souffert. Les mots résonnaient encore dans son esprit.

— Non, dit-il entre ses dents. Pas comme ça.

À ce moment, il comprit qu'il ne pourrait pas laisser l'incendie venir à lui sans se battre.

Caleb s'éloigna de la fenêtre, mit la lettre dans sa poche et attrapa une chemise à manches longues. Des gouttes de sueur perlaient sur son front. Il s'était senti prêt à baisser les bras, à tout laisser derrière lui, persuadé que c'était ce qu'il avait décidé. Il boutonna les manches de sa chemise et dut s'y reprendre à trois fois tant ses doigts étaient nerveux. Il enfonça la chemise dans son jean et sortit de la chambre.

La maison était silencieuse. Bien sûr, le vent battait les vitres et le toit, mais la maison était silencieuse. Mike n'était pas là ni Molly ni l'homme des neiges en train de râler sur… sur à peu près tout.

Il était là, tout seul, en haut de l'escalier, et il sentit qu'il était complètement terrorisé.

Lorsqu'il atteignit la porte qui donnait sur la véranda, des cendres grises s'étaient posées jusqu'aux pieds des chaises en bois. Son estomac se noua et il eut un haut-le-cœur. *Allez, tu connais la marche à suivre.* Il la connaissait, oui, mais il était comme cloué sur place. Il inspira un grand coup et la fumée âcre lui emplit les poumons. *Allez, Caleb, vas-y.* C'était sa propre voix qui lui donnait des ordres à présent. Il attrapa ses gants de travail et noua un bandana autour de son cou. Quand il arriva en bas de la véranda, le dos de sa chemise était trempé de sueur, mais il savait ce qu'il avait à faire.

Les gouttières avaient été nettoyées, la végétation avait été arrachée tout autour de la maison et, surtout, il y avait un système d'arrosage installé sur le toit, alimenté par une source un peu plus loin.

— Je ne vais pas me laisser avoir sans me battre, dit Caleb, et il ouvrit la valve.

L'eau commença à couler le long du large toit en tôle ondulée, imprégnant les murs et rafraîchissant son visage. Le vent chaud fouettait le jet d'eau, mais les petits ruisseaux continuaient leur course jusqu'aux gouttières. Cela protégerait la maison des braises qui volaient depuis la forêt, mais si l'incendie arrivait jusque-là, cela ne suffirait pas.

Pour la première fois, Caleb toussa ; une toux sèche et rauque. Il remonta le bandana sur son nez et sa bouche. Le brouillard était plus épais, et le soleil perçait à peine à travers la fumée. Il tourna le dos à la maison et regarda vers la vallée. Des flammes montaient depuis les arbres, jetant une fumée noire qui obscurcissait ce qui restait du ciel. Un craquement assourdissant se fit entendre à sa gauche et, lorsqu'il se retourna, Caleb vit un arbre près de l'écurie s'effondrer sur le sol, répandant des braises rouges tout autour de lui. Du bois de chauffage qui était stocké au coin du bâtiment prit feu et commença à se consumer. La peinture ocre, sous l'effet de la chaleur, se couvrit de bulles qui noircissaient et crevaient, tandis que les flammes se glissaient dans les interstices pour pénétrer dans l'écurie.

Caleb savait qu'il ne pourrait pas sauver le bâtiment. Malgré tout, il saisit une lance à incendie. Le mince jet d'eau atteignit les flammes, mais ne put les arrêter dans leur course, et elles commencèrent à dévorer le toit. Elles parcoururent la longueur des corniches, crachant une fumée toxique. Le système d'arrosage de la maison prenait toute la pression et, même en mettant son pouce devant l'embouchure du tuyau, Caleb ne parvint pas à freiner les flammes. Il finit par laisser tomber quand il vit de gros nuages de fumée s'élever des trous de ventilation. Le feu avait pénétré dans l'écurie remplie de foin, et il n'y avait plus rien à faire.

Le toit ne fut pas long à s'effondrer. Il y eut d'abord un craquement sourd, puis un coup sec quand les poutres lâchèrent et tombèrent dans les box en dessous d'elles. Des étincelles s'élevèrent dans le ciel noir. Caleb les regarda ; c'était comme un feu d'artifice artisanal et mal coordonné : des lumières jaunes, oranges et blanches qui éclairaient le ciel blême de cet après-midi infernal. La plupart des braises s'éteignaient en vol ; mais d'autres, portées par le vent, tombaient sur l'herbe sèche où, au bout de quelques secondes, de nouvelles flammes montaient. Caleb tira le tuyau. Il était trop court.

Il courut à l'intérieur de la maison. La bêche était là toute prête. Il se mit à frapper les braises avec le dos de l'instrument. À chaque flamme qu'il parvenait à éteindre, deux autres s'allumaient à côté. La fumée noire obscurcissait la vallée et s'engouffra dans l'enclos des chevaux. Caleb étouffait, comme il savait que la terre autour de lui étouffait. Les larmes coulaient de ses yeux et l'aveuglaient ; le grondement de l'incendie l'empêchait de penser. *Je ne vois rien... je ne peux plus respirer.* Il recula en trébuchant. La chaleur lui dévorait le visage. Il sentit ses cheveux qui commençaient à roussir, se mêlant à l'odeur de la forêt en feu.

— Qu'est-ce que je fous là, bon sang, cria-t-il.

Il n'y avait personne pour l'entendre.

XXXIV

LES ÉQUIPES de pompiers se relayaient sans discontinuité. Chacune apportait des nouvelles fraîches quant aux maisons qui avaient brûlé ou qui avaient pu être sauvées. Paul leur apportait à manger et attendait patiemment les dernières nouvelles du front. *Un terrain complètement cramé… Une maison perdue… ils sont partis trop tard… des morts…* Chaque été, il entendait de telles phrases au journal télévisé. Comme la plupart des Australiens, il secouait la tête, disait que c'était horrible, et faisait des dons aux associations de secours. Mais là, d'un coup, c'était réel. Paul était assis en silence à côté d'un des bénévoles recouvert de suie et écoutait ses phrases hachées, jusqu'à ce que l'homme, épuisé, s'abandonne à un demi-sommeil. Paul lui prit des mains l'assiette qu'il avait à peine touchée et la posa à côté de lui sur le sol.

Le soleil était couché, mais une lueur orange malsaine persistait dans le ciel. Paul s'appuya contre le camion et parcourut du regard les visages fatigués. Un des hommes leva un peu son assiette pour lui témoigner sa gratitude. Il lui sourit. Il ne pouvait pas faire grand-chose, mais il essayait de se dire qu'il avait peut-être aidé un peu.

— Tu as mangé quelque chose, toi ? demanda Jenny en s'accroupissant à côté de lui.

— Je n'ai pas faim. Comment vont les animaux ?

— Viens les voir avec moi, si tu veux.

— Il faudrait que je retourne en cuisine.

Jenny secoua la tête et lui tendit la main pour l'aider à se relever.

— Tu peux t'absenter quelques minutes.

Il accepta sa main et ils se dirigèrent vers l'hôpital vétérinaire qu'elle avait installé. Il y avait un peu plus de patients qu'auparavant. Il avait fallu utiliser des baignoires de bébé en plastique pour leur faire des lits.

— C'est principalement des opossums, expliqua Jenny ; elle souleva une belle serviette de toilette qui venait de la station de ski pour lui montrer un petit nez brûlé et des yeux humides.

— Le pauvre, dit Paul à voix basse.

— J'ai réussi à les faire boire un peu, mais je me demandais si la cuisine pourrait me fournir des fruits en purée ?

— Oui, cela doit pouvoir se faire. De quoi as-tu besoin ?

PAUL ENTRA dans la cuisine d'un air décidé. Il compta les pommes et les ananas, expliqua au chef ce qu'il faisait et, moins de vingt minutes plus tard, il tenait un opossum dans les bras tandis que Jenny essayait de lui faire avaler une cuillerée de purée.

— Peut-être que ce n'est pas bon ?

— Bien sûr que si, dit Jenny. Peut-être qu'il n'est pas encore tout à fait prêt à manger. On va lui laisser encore une petite heure, et puis on réessayera.

— Ils vont tous s'en sortir ? demanda Paul.

Il devait se retenir pour ne pas caresser le petit animal blessé.

— Je ne pense pas.

Elle soupira et détourna un instant les yeux pour reprendre courage.

— Mais on va faire ce qu'on peut.

— Oui, tout ce qu'on peut.

Il s'assit sur un banc et examina ses mains.

— Je suis bon dans la cuisine, commença-t-il. Je sens que j'aide.

— Mais ?

— Mais chaque fois que je vois arriver un camion de pompiers ou un pick-up, j'espère qu'il est dedans, et… je ne sais pas. J'étais tellement sûr qu'en montant jusqu'ici je pourrais aller le chercher. Ou que le chef des pompiers allait me conduire personnellement chez lui.

— La réalité est désagréable parfois, hein ?

Paul rit.

— Oui. Mais on peut la faire changer.

— C'est sûr, dit Jenny, et elle lui donna un petit coup sur la jambe du dos de sa cuillère.

— Allez, je retourne en cuisine peler des fruits et laver des assiettes.

Mais il avait retrouvé le sourire. Il descendit du banc et sortit.

Dehors, la scène avait changé. Les équipes de pompiers étaient regroupées autour de la voiture du chef de l'unité.

— Il se passe quelque chose, cria Paul à Jenny par-dessus son épaule, et il s'élança sur la pelouse piétinée.

—… les braises, c'est le principal souci au niveau des éclaircies anti-feux, mais des réservistes ont été déployés dans ce coin…

— Qu'est-ce qui se passe ? demanda Paul à l'homme avec qui il avait parlé plus tôt.

— Le vent a de nouveau tourné.

— C'est une mauvaise nouvelle ?

Un sourire éclaira le visage noirci de l'homme.

— Non, mon gars, c'est une très bonne chose.

Paul resta pour écouter. Il ne comprenait pas bien la plupart des instructions, mais visiblement, que le vent tourne changeait aussi l'atmosphère sur le refuge. Les équipes de pompiers semblaient reprendre courage. Paul les vit remettre leurs lourds vêtements de protection et remonter dans les camions. Il resta avec les habitants évacués.

Le chef de l'unité fut immédiatement bombardé de questions. Il leva les mains.

— Je sais que vous voulez rentrer chez vous, mais il n'est pas encore temps. Oui, le vent a tourné, mais cela ne veut pas dire qu'il ne tournera plus. Nous parvenons à éclaircir la végétation pour freiner le feu, mais les braises restent un danger important. La plupart d'entre vous, vous connaissez le coin depuis assez longtemps pour savoir comment ça se passe. Personne ne part d'ici tant qu'on n'a pas donné le feu vert.

Certaines personnes revinrent vers leurs familles pour leur transmettre l'information ; d'autres essayèrent de protester. Le chef resta ferme et secoua la tête :

— La police est présente sur le site. Vous ne pourrez pas passer de toute façon. Je vous conseille d'essayer de dormir un peu, et on refera une analyse de la situation demain matin.

Quand la petite foule se dispersa, Paul se retrouva seul face au chef de l'unité.

— Toi, n'essaye pas de discuter, lui dit-il.

— Non, ne vous en faites pas. Je voudrais juste savoir si le feu a atteint la propriété de Caleb Maguire.

Le chef laissa son regard errer au loin quelques instants avant de lui répondre.

— Oui. L'incendie a dévasté ce coin-là avant que le vent ne tourne.

— Mais cela ne veut pas forcément dire que sa maison a brûlé.

Ce n'était pas une question. Paul avait l'estomac serré, sa poitrine lui faisait mal, mais il voulait que ce soit une affirmation, pas une question.

— Pas forcément. On en saura plus quand il fera jour.

— Est-ce que je pourrais aller le voir, alors ?

— Essaye de dormir.

Paul n'essaya pas de protester. Mais il ne put trouver le sommeil. Il resta assis contre un mur à côté de la cage du koala et ferma les yeux. Les animaux étaient silencieux. Il pouvait entendre leurs souffles rauques ; autrement, ils ne faisaient aucun bruit.

— Tiens, mets ça derrière ta tête.

Paul leva les yeux et vit que Jenny lui tendait un oreiller.

— Je ne t'ai pas entendu entrer, dit-il en le glissant derrière ses reins.

— C'est à force de fréquenter les animaux, j'ai appris à avancer discrètement, dit Jenny avec un sourire.

Elle se laissa descendre le long du mur.

— Des nouvelles de Cal ?

Il secoua la tête.

— Peut-être que demain matin les hélicos pourront aller voir.

— Oui, murmura Paul.

Il laissa sa tête s'appuyer contre le mur.

— Combien de fois as-tu déjà vécues des incendies comme cela ?

— Quelques fois. Jamais aussi importants, mais ça faisait peur.

Il se tourna pour la regarder.

— Pourquoi n'es-tu pas partie vivre ailleurs, après le premier incendie ?

Elle sourit.

— Parce que je me sens chez moi ici, j'imagine. Je sais qu'on se caille les miches en hiver et qu'il y a les incendies l'été, mais… Elle haussa les épaules.

— As-tu toujours vécu ici ?

— On dirait, hein, mais non. J'avais un cabinet vétérinaire dans un coin avec beaucoup d'éleveurs de bétail. Peut-être que j'en ai eu assez de devoir mettre mon bras dans la chatte des vaches.

— Ah, beurk, dit Paul, et il rit.

— Enfin, c'est surtout que je voulais voir autre chose. Et puis, je me sentais une affinité avec ces petites bêtes-là.

— Tu vas essayer d'aller chez toi demain matin ?

— Si je peux, oui.

Il hocha la tête et dit :

— Moi aussi.

PAUL FINIT par s'assoupir aux petites heures du jour. Son sommeil était trop léger pour qu'il puisse rêver, mais assez profond pour que les sons autour de lui se mélangent pour lui donner l'impression d'une radio allumée au loin. À moins que ce ne soit Stewart, en train de lui faire du café ?

— Paul ?

Une main se posa sur son épaule. Il grogna qu'il était réveillé et cligna des yeux. Il n'était pas dans son lit et en fait de radio, ce qu'il entendait était la conversation de deux hommes dans le couloir. Il cligna à nouveau des yeux et vit que c'était Jenny devant lui.

— Qu'est-ce qui se passe ? demanda-t-il en se redressant.

— Une voiture m'emmène, j'ai pensé que tu voudrais peut-être venir avec nous ?

Son regard passa de Jenny aux deux hommes qui discutaient.

— Le feu est éteint ? L'hélico a vu quelque chose ?

Les questions se bousculaient dans son esprit, mais il se leva et les oublia.

Un des hommes s'approcha.

— Doucement. On n'a pas toutes les infos encore, mais le vent a contenu le feu. Il y a encore quelques foyers isolés, mais on a déjà une escorte qui accompagne les gens qui veulent vérifier l'état de leurs maisons.

— Ross a proposé de nous emmener, dit Jenny avec un léger sourire. Et je savais que tu voudrais être là le plus tôt possible, alors…

— Carrément, dit Paul, et en un clin d'œil, il fut dehors et se dirigea vers le parking.

LE TRAJET jusqu'à chez Caleb était horriblement lent. La voiture se faufilait sur la route étroite en écrasant des feuilles carbonisées sous ses roues. Un des pompiers marchait au-devant pour enlever les branches tombées. Quand ils virent qu'un énorme tronc encore fumant leur barrait la route, Paul voulut ouvrir la portière.

— Reste dans la voiture, on s'en occupe.

— Mais on ira plus vite si je vous file un coup de main, insista-t-il.

— Désolé, je ne peux pas te laisser faire. On n'a pas le droit de laisser un civil sortir de la voiture dans une zone d'incendie avant d'arriver à destination.

232

Paul grogna, mais ne protesta pas.

— Ils vont faire vite, dit Jenny.

Elle ne put en dire plus : le bruit des tronçonneuses envahit la voiture et ils ne s'entendaient plus parler.

La sciure volait dans l'air tandis que les machines découpaient le large tronc. Des vapeurs d'essence se mêlaient à la fumée de l'incendie. Paul eut la nausée. Il porta la main à ses lèvres, et son nez fut alors frappé de l'odeur des oignons qu'il avait coupés quelques heures plus tôt.

— Il faut que je sorte, dit-il, et il ouvrit la portière avant que Jenny puisse l'arrêter.

Il posa ses mains sur le toit de la voiture et ferma les yeux. La sueur perlait sur son front et il sentit un goût amer dans sa bouche. Il essaya d'inspirer, mais ça n'aida pas.

— Bois quelque chose, dit Jenny.

Le silence s'était fait brusquement.

— Ça va faire passer la nausée, ou alors…

— Ou alors, ça va t'aider à te vider, ajouta Ross en passant à côté d'eux pour remettre la tronçonneuse dans le coffre de la voiture.

Paul prit la bouteille qu'on lui tendait et prit une petite gorgée. Il sentit l'eau fraîche descendre dans sa gorge jusqu'à son estomac vide. Celui-ci se contracta un peu, mais ce fut tout. Paul prit une pleine gorgée et attendit. Rien.

— Je vais bien, dit-il. C'était juste…

— Pas de souci, dit Ross. Tu es prêt à repartir ?

— Oui, répondit-il, mais il vit que ses genoux tremblaient quand il remonta dans la voiture.

Il évita les regards et se concentra sur la forêt dévastée qu'il apercevait à travers la vitre.

— Ça va repousser, n'est-ce pas ?

— Reviens voir dans un mois ou deux. Le bush est assez résilient.

J'espère que j'aurai une raison de revenir.

La route était méconnaissable. Tout avait changé. Tout avait disparu.

— On va arriver au carrefour, leur dit Ross. On va d'abord voir chez Caleb, puis on ira chez toi, Jenny.

— Merci, répondit-elle, fixant la route.

Ils prirent le dernier virage et arrivèrent à l'endroit où les trois boîtes aux lettres annonçaient le carrefour.

Paul se redressa sur son siège et retint son souffle. La peinture s'était écaillée à cause de la chaleur, laissant les boîtes aux lettres noircies ; mais ce n'était pas pour cela que la voiture s'arrêta. Un pick-up couvert de fumée était arrêté devant eux ; le conducteur était invisible.

— C'est la voiture de Caleb, dit Paul, sans pouvoir faire un geste.

Ross éteignit le moteur et ouvrit sa portière.

— J'y vais, dit Paul.

— Non. Tu ne sors pas tant qu'on n'est pas arrivé sur son terrain, répondit Ross.

— S'il te plaît, dit Paul à voix basse.

Jenny posa une main sur l'épaule de Ross.

La fumée était encore épaisse dans l'air et Paul la sentit pénétrer dans sa gorge dès qu'il sortit de l'habitacle. Le vent s'était calmé. La forêt, ou ce qu'il en restait, était silencieuse. Des feuilles carbonisées jonchaient la route et tombaient en poussière sous ses pas. Il entendit qu'on ouvrait une portière derrière lui, mais aucun bruit de pas ne suivit. Il s'arrêta devant la voiture et le silence l'enveloppa. Il n'y avait personne dans l'habitacle.

Personne de caché derrière le pare-brise.

Personne d'endormi sur la banquette arrière.

Personne.

Il laissa des traces de doigt dans la suie qui couvrait le capot, et il les enfonça pour découvrir la peinture blanche sous la couche noire. Il fixa un instant les traces. *La peinture n'a pas brûlé. Donc il n'était pas là quand tout a brûlé.* Le sang lui battait les tempes ; ses doigts fourmillaient. *La voiture est chaude. Le moteur est encore chaud !*

— Où es-tu, Cal ? murmura-t-il doucement.

Il contourna la voiture.

— Où es-tu ?

Un homme était assis au bord de la route, derrière la voiture. Il leva les yeux. Toute la fatigue du monde se lisait sur son visage. Paul resta interdit.

Il y avait tant de choses qu'il aurait voulu lui dire. Mais il parvint juste à articuler :

— Je suis venu te chercher.

Caleb se leva lentement et fit un pas vers lui. C'était assez. Plus tard, Paul n'avait aucun souvenir des pas qu'il avait dû faire de son côté pour le rejoindre ; il ne se souvenait que de ces bras autour de lui.

XXXV

LE PORTAIL bâillait, tenant en équilibre précaire sur un poteau encore fumant. Il n'allait pas tarder à tomber, mais ce n'était pas grave, parce qu'il n'y avait pas de chevaux en train de brouter dans l'enclos et qui auraient pu s'échapper par le chemin de terre.

Il n'y a plus d'enclos, pensa Caleb, et il regarda l'étendue noircie à côté du gros tas de bois de chauffage carbonisé et de tôle ondulée qui avait été l'écurie.

Paul se tenait à ses côtés sans rien dire. Il ne savait pas que l'homme des neiges pouvait être aussi silencieux. Mais il était là et c'était tout ce qui comptait. La vue des boîtes aux lettres brûlées l'avait empêché de descendre davantage vers la vallée : il n'avait pas réussi à les dépasser. Alors il s'était assis au carrefour et il avait attendu. *Est-ce que quelque part dans mon cerveau embrumé je t'attendais, homme des neiges ? Ou bien est-ce que je me suis arrêté dans ma fuite juste pour voir nos deux noms sur la boîte aux lettres en train d'être effacés par les flammes ?*

Il avait entendu la voiture sur la route et les pas se rapprocher. Quelque part, il savait que c'était Paul. Mais ce n'était pas logique. Et quand il avait enfin osé regarder, il était là : le touriste…

Bientôt, ils parleraient. Il y avait le temps.

— La maison est toujours là, dit Paul à voix basse.

— Oui. Il y a quelques dégâts à un bout de la véranda, mais rien qui ne puisse être réparé.

— Bien.

Ils étaient assis côte à côte dans la voiture de Caleb, ne sachant pas trop comment se dire ce qu'ils auraient vraiment voulu se dire. Finalement, c'est Paul qui prit son courage à deux mains et confessa :

— Il fallait que je vienne. Tu le sais, non ?

Caleb détacha son regard du paysage désolé et tourna les yeux vers lui.

— Peut-être que je commence à le comprendre, oui.

Il fit un petit sourire fatigué et soupira.

— Viens, on va voir dans quel état est l'intérieur de la maison.

235

La véranda grinça sous leurs pas mais, après tout, elle avait toujours grincé. Les chaises avaient été épargnées par les flammes, et la porte de la cuisine retrouverait sans mal sa couleur bleue une fois qu'ils auraient épongé les traces de fumée.

— Il va falloir tout aérer, expliqua Caleb en ouvrant une fenêtre.

L'intérieur était exactement comme il l'avait laissé, mais l'odeur de fumée était partout.

Paul fronça le nez et alla ouvrir toutes les fenêtres du salon, même s'il n'y avait pas un souffle d'air pour agiter les rideaux.

— Je te laisse faire l'étage, dit-il.

Caleb fit le premier pas. Sans se retourner, il dit, très clairement :

— Monte avec moi, l'homme des neiges.

Il vit Paul hésiter, et ajouta :

— Allez, viens.

Ils montèrent l'escalier ensemble, mais se séparèrent quand ils arrivèrent en haut.

LA SALLE de bain sentait un peu moins la fumée que le rez-de-chaussée ; les odeurs avaient seulement pu s'accrocher à quelques serviettes. Tant mieux, car le cadre en bois blanc de la fenêtre refusa obstinément de s'ouvrir. Paul injuria la fenêtre : il détestait quand les objets lui résistaient.

— Tu ne perds rien pour attendre, tu verras, dit-il, avant d'aller dans la pièce suivante.

La fenêtre était déjà ouverte et, parce qu'ils étaient un peu plus en hauteur, une petite brise entrait.

La seule pièce qui restait était la chambre de Caleb.

— Je n'ai pas réussi à ouvrir dans la salle de bain, cria Paul à travers le couloir.

— Oui, cela fait un moment que je dois la réparer. Entre, si tu veux, dit Caleb depuis sa chambre.

Il n'était pas sûr de savoir pourquoi il lui disait cela. Est-ce qu'il voulait se tester, ou tester Paul ? Quoi qu'il en soit, Paul se tenait là, sur le seuil ; il sourit.

— Je te promets de ne pas te mordre, ce coup-ci.

— C'était ta chambre, votre chambre. Je peux le comprendre.

— Mike n'est plus là.

Paul fronça les sourcils et secoua la tête.

— Ce n'est pas tout à fait vrai, n'est-ce pas ? Il sera toujours là. Il faut qu'il soit là. C'était votre maison. Pas juste cette chambre, mais toute la maison. Je comprends que c'est pour cela que tu n'as pas pu partir. Mais...

— Mais tu es vivant, et pas Mike, proposa Caleb.

— Et tu n'arrêtais pas de me rejeter. Je ne te demande pas de te justifier ; je comprends que tu l'aies fait, et même si moi je n'ai jamais perdu quelqu'un qui comptait pour moi, je ne suis pas passé loin, si ?

Caleb ouvrit la bouche, puis la referma. Il ne savait pas trop à quoi répondre en premier, ou même s'il avait une réponse. Il se tourna pour regarder par la fenêtre.

— J'étais tellement fatigué, dit-il. Fatigué par toutes ces journées que je passais seul. Mais j'ai lu tous tes textos, j'ai écouté les messages que tu me laissais. Chaque fois, je me disais que c'était la dernière fois. Veux-tu savoir pourquoi j'ai continué à te lire ?

— Dis-moi.

— Parce que pendant quelques secondes, en te lisant, je n'étais plus seul.

— Mais rien ne t'obligeait à rester seul. Tu n'avais qu'à me répondre. Ou me laisser venir te voir quand tu étais à l'hôpital. Ou me laisser rester avec toi, maintenant ?

Caleb s'appuya contre le cadre de la fenêtre et tendit la main à Paul pour qu'il vienne le rejoindre.

— On a eu trois jours.

— Trois jours, et six mois.

— Pas ensemble.

— Si, d'une certaine façon. Peut-être que tu ne t'en rends pas compte, mais chaque fois que je t'envoyais un message, que je t'appelais, ou que je t'écrivais, on était ensemble.

— Tu sais que tu me fais peur, l'homme des neiges ?

— Je sais.

Paul sourit et glissa le bras autour de lui.

MÊME SI la plupart des meubles conservaient une forte odeur de brûlé, l'intérieur de la maison avait mieux résisté que l'extérieur. Paul donna un petit coup de pied à un morceau de bois carbonisé pendant que Caleb arrosait le tas fumant avec sa lance. De la vapeur se forma en sifflant et vint se mêler aux dernières volutes de fumée, puis les quelques braises encore rouges s'éteignirent sous le jet d'eau.

— Où sont les Amish quand tu as besoin d'eux ? demanda Paul en envoyant le morceau de bois rejoindre un tas de déchets.

— Quoi ?

— Tu sais, l'histoire où les Amish sont capables de construire une grange en un jour ? Comme dans ce film avec Harrison Ford ?

— C'était une écurie que j'avais, pas une grange.

— C'est la même chose, non ?

Caleb se contenta de secouer la tête.

— Qu'est-ce que je peux faire pour t'aider ?

— Ici, pas grand-chose, mais si tu veux tu peux essayer de trouver du petit bois pour la cuisinière ? Les réserves que j'avais ont brûlé comme l'écurie.

— OK, dit Paul, et il s'éloigna vers l'orée du bois derrière la maison, là où les arbres avaient été sauvés quand le vent avait tourné.

Ça a l'air un peu absurde de chercher du bois pour faire du feu alors que le feu a brûlé toute la réserve de bois, se dit-il.

Il posa un pied sur une branche pour la casser en deux morceaux, puis en quatre. À chaque fois, le bois menaça de percer la fine semelle de ses bottes, et il se promit de ne pas oublier d'emprunter celles de Caleb la prochaine fois. *La prochaine fois*. Il sourit. *La prochaine fois, j'aurai acheté mes bottes à moi pour faire l'homme des montagnes.*

Il constitua bien vite un petit tas de bois et forma un fagot qu'il emporta directement sous la véranda, où il le coupa en plus petits morceaux.

— Bon travail, se dit-il à lui-même.

Il regarda vers la cuisine et dit à la cuisinière :

— À nous deux, maintenant.

En tâtonnant un peu, et en jurant un peu plus, il parvint à allumer un feu et, bientôt, il réussit à préparer deux tasses de café fumant pour récompenser ses efforts.

Caleb était en train de trier les déchets dans la sellerie quand Paul vint lui tendre sa tasse.

— Il reste des choses à sauver ?

— Pas beaucoup, non.

Il jeta des étriers à moitié fondus sur un tas de ce qui avait été des selles.

— Mais je vais regarder plus en détail plus tard et voir ce que je peux récupérer.

Il prit la tasse et but une gorgée de café.

— Merci.

— On dirait que je suis condamné à servir des cafés toute ma vie, dit Paul avait un grand sourire.

Ce n'était pas le meilleur qu'il n'ait jamais fait, mais de le déguster à côté de Caleb le rendait délicieux.

— On va les boire sous la véranda ?

— Oui, le reste peut attendre.

Caleb avait l'air épuisé en regardant le tas de déchets.

— Je peux nous faire quelque chose à manger. Je peux aller couper du bois, lancer la cuisinière, mais c'est à peu près tout ce que je peux faire.

Caleb se laissa descendre sur sa chaise, prit une grande gorgée de café et dit :

— Tu ne devrais pas te sous-estimer, l'homme des neiges.

— Jamais ?

Ils restèrent assis en silence et observèrent un canadair qui allait déverser son chargement d'eau sur une colline au loin.

— On est en sécurité ici, maintenant ?

— D'après la radio, le coin va rester sous surveillance jusqu'à ce que tout soit éteint, mais je crois qu'on est tirés d'affaire, oui.

— Et les chevaux, et Molly ? Quand est-ce qu'ils vont rentrer ?

— Ils vont peut-être devoir rester avec les bêtes de Malcolm quelque temps. Il n'y a rien à manger pour eux ici.

Il montra de la main les enclos brûlés.

— J'imagine que je vais pouvoir faire revenir Molly, ou alors Sarah va me la ramener dès qu'elle pourra.

— Oh, bon sang, Sarah ! Il faut qu'on lui dise que tu vas bien ! Et Stewie !

Caleb haussa les sourcils.

— Tu veux dire que tu n'as pas allumé ton téléphone depuis que tu es ici ?

— Le réseau a été coupé après que… après que tu m'as dit au revoir.

— Cela n'a sans doute pas duré longtemps. Ils protègent les antennes, marmonna Caleb. Appelle ton ami, et moi je vais trouver mon téléphone et dire à Sarah que tu es là.

Caleb se leva et passa devant Paul pour entrer dans la maison.

— Il faudra qu'on parle, à un moment ou à un autre, se dit Paul, et il tira son téléphone de sa poche.

Il ne l'avait jamais laissé éteint si longtemps depuis qu'il l'avait acheté, sauf… *sauf les trois jours qu'on a passés ensemble*. Il eut du réseau tout de suite et tous les messages qu'il avait manqués s'affichèrent sur l'écran avec une succession de bips qui brisèrent le silence de la véranda. Il se dépêcha de baisser le volume pour l'adapter à la montagne. La plupart des appels manqués venaient de Stewie, et quelques-uns de Sarah. Il appela immédiatement, sans lire les textos.

— Paul ! J'étais tellement inquiet. J'ai appelé les pompiers et la police quand j'ai vu que tu ne répondais pas, mais ils m'ont juste dit de vérifier leur site internet pour le détail des zones impactées. J'ai vu les incendies à la télé et j'ai voulu demander à Cam et Doug de me conduire, mais je me suis dit que cela n'aiderait pas. Alors je…

Paul l'entendit qui reprenait son souffle, puis il demanda, un peu plus calmement :

— Tu vas bien ? Où es-tu ?

— Je vais bien. Je suis chez Caleb.

— Il va bien ? Bon sang, Paul, j'ai eu tellement peur.

— Oui, il va bien. Je suis arrivé seulement ce matin, parce que la route était bloquée. J'ai failli arriver jusqu'en haut, mais on s'est fait arrêter et je me suis retrouvé à la station de ski. Je te donne tous les détails quand je serai à la maison, OK ?

— Quand penses-tu que tu vas rentrer ?

— Je ne sais pas encore.

Il regarda la maison.

— Peut-être que je vais pouvoir rester quelques jours.

Paul ne pouvait pas voir le sourire de Stewart, mais il le devinait malgré tout.

— Prends soin de toi et de ton homme des montagnes. Et je veux que tu me racontes tout, absolument tout, quand tu rentres. Et après je te raconterai comme je suis allé prendre un café avec Billy.

— Ah oui ?

— Il voulait juste s'assurer que j'allais bien, évidemment.

— Évidemment.

— OK, Paul, il faut que j'y aille. Je t'aime.

— Moi aussi je t'aime, Stewie.

Paul raccrocha et le silence se fit à nouveau. Il se laissa aller contre le dossier de sa chaise et contempla les pelouses noircies.

— Les perroquets me manquent, dit-il à l'homme qui se tenait sur le seuil.

— Ils vont revenir bientôt.

Caleb revint s'asseoir à côté de lui.

— Comment est-ce que ton ami s'en sort sans toi ?

— Pas trop mal, on dirait.

Paul rit et secoua la tête.

— Tu as réussi à avoir Sarah ?

— Oui. Je lui ai dit que tu étais là, cela a eu l'air de lui faire plaisir.

Caleb lui lança un regard ironique au-dessus de sa tasse.

— Oui, on a conspiré contre toi.

— C'est ce que je me disais.

— Je peux rester ce soir ?

— Je crois que tu n'auras pas le choix, de toute façon.

— C'est vrai. Pas de civils sans escorte sur les zones d'incendie. Cela pourrait durer quelques jours.

— Oui, c'est possible.

Ils étaient assis côte à côte et prirent soudain conscience de leur état de fatigue. Ils avaient tous les deux dépassé leurs limites. Caleb ferma les yeux et la tasse de café pencha dangereusement dans ses mains. Quelques gouttes tombèrent sur le plancher. Il la redressa et s'éclaircit la gorge.

— Quand était-ce la dernière fois que tu as dormi ?

— Je ne sais plus, dit Caleb.

— Qu'est-ce qui s'est passé, la nuit dernière ? demanda Paul en se rapprochant un peu de lui.

— On en parle plus tard, OK ?

— Oui, bien sûr. Qu'est-ce que tu dirais de monter dans ta chambre et de dormir un peu pendant que je... Je ne sais pas, je pourrais regarder ce qu'il reste dans les placards et voir ce que je peux nous faire à manger ?

— Je crois que je vais juste m'allonger sur le canapé, marmonna Caleb, et il se leva avec difficulté. Oui, le canapé, cela vaut mieux.

Paul l'accompagna à l'intérieur de la maison. Il attendit que Caleb se soit étendu sur le canapé, puis s'accroupit pour lui enlever ses bottes noircies.

— Tu dois être fatigué. Laisse-moi faire.

Il posa les bottes côte à côte sur le plancher.

241

— Et maintenant, allonge-toi et dors. Je protège la maison.

— OK, OK.

L'homme des montagnes eut à peine la force de prononcer ces mots qu'il se laissa aller dans les coussins et s'assoupit.

Paul resta un instant accroupi à le regarder, pendant que son souffle lent se transformait en léger ronflement. Les respirations régulières étaient coordonnées avec le tic-tac de l'horloge, et cela faisait une berceuse à laquelle il était dur de résister. La cuisine pouvait attendre un peu. Paul se glissa sur le côté et se rapprocha.

— Juste quelques minutes, dit-il à l'homme endormi, et il posa sa tête sur le bras du canapé.

XXXVI

Un téléphone sonna dans la pièce obscure. Paul cligna des yeux et fouilla dans sa poche. Son téléphone était silencieux et ne vibrait pas.

— Ce n'est pas le mien, marmonna-t-il, et il fit le geste de tirer à lui une couverture absente.

Le téléphone continua de sonner, insistant, et il essaya de repérer sa lumière dans la pièce, mais il ne vit rien.

— Laisse, grommela une voix derrière lui. Il va s'arrêter dans une minute.

La pièce fut bientôt rendue au silence, sinon un bip quelques secondes plus tard pour signaler un message vocal.

— Tu ne crois pas que tu devrais l'écouter ?

La seule réponse que Paul obtint fut un long grognement mécontent. Mais il entendit les ressorts du canapé grincer et sentit que Caleb manœuvrait pour l'enjamber.

— Je savais bien que j'avais une bonne raison de vivre seul, dit-il d'une voix grognon.

— Menteur, dit Paul, et il se tourna pour prendre la place de Caleb sur le canapé.

Il s'étira et agita ses orteils sur un coussin et observa Caleb chercher le téléphone derrière l'horloge sur la cheminée.

— Ah, je comprends pourquoi je ne le voyais pas. Qui t'a appelé ?

— Jenny, répondit-il, et il alluma la lampe, mais jura quand il vit que la pièce restait dans l'obscurité. Je vais aller voir l'état du générateur. On va peut-être devoir utiliser des bougies un moment.

L'obscurité ne gênait pas Paul. Il pouvait tout de même distinguer la silhouette de Caleb, et voir son visage éclairé par l'écran du téléphone pendant qu'il cherchait comment accéder à sa messagerie vocale. *Tu devrais le savoir, avec tous les messages que je t'ai laissés.* Il attendit pendant que Caleb écoutait le message.

— OK, apparemment les wombats vont bien.

— Et je vais bien, et tu vas bien !

Paul rit et se redressa.

— Je ne t'ai pas encore parlé des animaux qu'on a soignés dans le refuge, si ?

— Alors tu étais avec Jenny quand tu as été bloqué sur la route ? Je comprends mieux maintenant. C'était sûr qu'elle n'allait pas rester en bas avec ses animaux coincés dans la montagne.

— Oui. Sarah ne voulait pas me laisser tenter de te rejoindre, et je crois que Jenny ne voulait pas non plus, mais… enfin bon, il fallait que je le fasse.

Caleb s'assit sur le rebord du canapé et prit son visage dans ses mains.

— Quelle heure est-il ? Je n'ai pas nourri les… Oh, laisse tomber. Il faudrait que j'appelle Malcolm pour lui dire quelle est la situation ici.

— Oui, fais ça, pendant que moi je nous fais à dîner.

— Un sandwich, ça m'ira très bien, dit Caleb et il s'éloigna pour passer son coup de fil.

Paul voulut lui rappeler d'aller chercher des bougies, mais Caleb avait l'air d'avoir du mal à se concentrer. Il se prit les pieds dans un fauteuil et trouva son chemin jusqu'à la cuisine. Les braises dans la cuisinière suffirent à allumer le petit bois qu'il avait été cherché plus tôt, et la cuisine se remplit d'une lueur orange. Il regarda par la fenêtre ; la même lumière brillait sur une colline au loin.

— Ça flambe encore, là-bas, dit Caleb à voix basse, et il traversa la cuisine pour ouvrir la porte vers la véranda. Il va y avoir des petits foyers isolés pendant encore un certain temps.

Paul le rejoignit sur le seuil. On ne voyait pas d'étoiles dans le ciel ; seule une lumière pâle à travers le halo de fumée leur indiquait que c'était la pleine lune. Il se laissa aller contre le corps de Caleb. Caleb passa son bras autour de sa taille et ils regardèrent une minuscule braise orange s'éteindre et devenir noire.

— C'est différent pour moi, maintenant que je sais qu'il y a des gens là-bas en train de lutter contre le feu. Je connais leurs noms, leurs visages.

Paul soupira.

— Tu as des nouvelles des chevaux ?

— Oui, ils sont en sécurité. Il va les garder là-bas pour moi jusqu'à ce que j'aie pu remettre mon écurie en état.

— Tu penses qu'il va te falloir combien de temps ?

— Je ne sais pas trop. On y verra plus clair quand il fera jour.

Paul ne manqua pas de remarquer qu'il avait employé le pronom « on ».

— D'abord, on mange, et puis je te raconte ma grande aventure pour te rejoindre jusqu'ici.

Caleb grogna.

— J'avais oublié à quel point tu aimais parler.

— Montre-moi où sont rangées les bougies, pendant que tu vas vérifier le générateur.

— Je peux faire mieux que ça.

Il tendit la main et attrapa une vieille lampe-tempête qui était suspendue sous la véranda.

— Mike aimait bien qu'on l'allume quand le générateur faisait des siennes. Il disait qu'il avait l'impression d'être un vrai cow-boy comme cela.

Caleb rit à ce souvenir, mais se dépêcha de le réprimer.

— Ce n'est pas grave, tu sais. Tu peux me parler de lui. En fait, cela me ferait plaisir.

C'était en partie vrai, parce que, même si Paul se sentait jaloux de ce qu'ils avaient vécu ensemble, il savait que Mike faisait partie de Caleb, pour toujours.

— Montre-moi comment elle s'allume, comme ça je vais pouvoir l'utiliser pour trouver les bougies. Je veux quand même des bougies.

Quelques minutes plus tard, la lampe jetait sa lumière jaune dans la cuisine.

— Tu veux toujours les bougies ?

— Carrément !

Caleb secoua la tête, mais il sortit un paquet de bougies toutes simples de sous l'évier.

— Je vais prendre la lampe-torche. Pas très romantique, je sais, mais je te laisse en charge du romantisme.

— OK, alors deux sandwiches romantiques pour commencer, dit Paul, et il suivit des yeux le cercle de lumière de la lampe-torche jusqu'à ce qu'il disparaisse au coin de la maison.

Il resta un peu dans l'entrée à contempler l'obscurité de la nuit. On ne sentait plus que la fumée ; les odeurs de foin, d'herbe fraîche, d'eucalyptus avaient disparu. Mais elles reviendraient ; de cela, il en était sûr.

— Alors, qu'est-ce que tu as dans tes placards, l'homme des montagnes ?

Paul eut beau fouiller, il ne trouva que des produits de première nécessité. Le pain était un peu rassis, les fruits et les légumes un peu flétris, mais au moins il y avait de la Vegemite et du fromage.

La première tournée de sandwiches était prête, il ne lui restait plus qu'à les découper en triangles. Soudain, les lumières du salon se rallumèrent.

— Oh, quel dommage, fit Paul déçu, et il tourna l'interrupteur.

Il aimait mieux l'idée des sandwiches aux chandelles.

— Les réserves de fioul ne vont pas durer longtemps, dit Caleb en entrant, et il prit la lampe-tempête pour l'éteindre avant de la remettre à sa place sous la véranda. L'été, je les laisse descendre, et je refais mon stock avant l'hiver.

— Je n'étais pas inquiet, dit Paul en haussant les épaules.

Il apporta leur dîner sur la table de la cuisine.

— J'aurais supporté de manger aux chandelles ce soir.

Il remarqua le regard que lui lançait Caleb, mais préféra l'ignorer.

— Tu vas peut-être y avoir droit quand même, parce que je ne sais pas combien de temps la coupure d'électricité va durer, alors j'étendrai le générateur avant qu'on aille se coucher, pour ne pas gaspiller le fioul.

Se coucher. Et où vas-tu dormir ce soir, homme des montagnes ? Paul mit un sucre dans son café et tourna sa petite cuillère. Il contempla les tourbillons du liquide marron dans sa tasse qui continuèrent bien après qu'il eut arrêté de l'agiter.

— Oh, à ce propos… dit-il, et il leva les yeux.

Caleb cessa de mâcher et fronça les sourcils.

— Quoi ?

— À propos de se coucher, dit Paul très vite.

Il aurait voulu que la lumière électrique soit un peu moins crue.

— Quoi, à propos de se coucher ?

Oh bon sang, ne me force pas à poser la question.

Mais Caleb sourit.

— J'y réfléchissais tout à l'heure.

— Et ?

— Et je me suis dit qu'on pourrait faire un lit devant la cheminée. Comme la dernière fois.

— Moins la chaleur du feu pour nous chatouiller les orteils.

Paul sourit et mordit dans son sandwich.

Ils dévorèrent le reste de leur maigre dîner dans un silence agréable. Chacun songeait aux nuits et aux jours à venir. Quand leurs assiettes furent vidées et qu'il ne resta plus une goutte de café dans leurs tasses, Caleb remplit l'évier d'eau savonneuse et y déposa la vaisselle.

— Je peux le faire, dit Paul. J'ai beaucoup d'entraînement, maintenant.

— Ça peut attendre, dit Caleb, et il s'appuya contre le rebord de l'évier. La vaisselle sera encore là demain matin. Il y a eu un moment où j'ai bien cru que rien de tout cela ne serait encore là demain.

— Tu... toi et Mike, vous avez fait du bon boulot pour protéger la maison.

Paul sentit un pincement dans son ventre, mais cela lui fit moins mal que quand il pensait à Caleb et Mike ensemble. Il eut un sourire sincère.

— Je me disais...

— Qu'est-ce que tu te disais, l'homme des neiges ?

— Je me disais qu'on pourrait éviter d'attendre des catastrophes naturelles et des drames pour me faire venir ici. Je veux dire, des tempêtes de neige, des chutes de cheval, des feux de forêt... c'est épuisant à la fin.

Caleb rit et l'attira à lui.

— Oui, je peux comprendre, dit-il, et il le prit dans ses bras. Mais je suis beaucoup trop fatigué pour faire des plans ce soir.

C'était vrai qu'il avait l'air épuisé. Il avait le teint gris de ceux qui sont à bout de force. Paul passa sa main dans les cheveux de Caleb, sans s'inquiéter qu'ils soient sales et puent la fumée.

— Pas ce soir, dit-il doucement. Tu penses qu'il y aura assez d'eau chaude pour un bain ?

— Oui, la cuisinière a chauffé assez longtemps, donc ça le fera.

— Super. Alors, va te faire couler un bain et je monte un peu après pour vérifier que tu ne t'es pas endormi dans la baignoire.

Caleb haussa les sourcils.

— Tu... prévois autre chose après ?

— J'ai appris deux-trois ou trucs au refuge, alors je vais mettre un peu d'eau et de nourriture dehors pour les animaux.

— Tu es quelqu'un de bien, l'homme des neiges, dit Caleb, et il l'embrassa du bout des lèvres.

— Hé hé.

Il sourit et se dégagea des bras qui l'enserraient avant de risquer d'oublier les animaux dehors et le bain qui l'attendait en haut.

— Monte, j'ai des choses à faire.

Une fois qu'il se retrouva seul dans la cuisine, Paul fouilla dans les placards à la recherche de bols et d'assiettes creuses. Il trouva de tout, sauf ce qu'il cherchait. Il y avait de la vaisselle hétéroclite ; parfois de bon goût, signalant que quelqu'un ici avait aimé la bonne chère. Dans un autre placard, il trouva tout un tas d'ustensiles et de robots ménagers. Il les sortit un par un en se demandant à quoi ils servaient. Il y avait des formes pour faire des petits gâteaux, une machine pour fabriquer des pâtes fraîches et même un chalumeau pour les crèmes brûlées. Chaque objet lui en disait un peu plus sur l'homme qui avait vécu ici. Il les remit à leur place et resta assis en tailleur devant le placard bien rangé.

— Je crois qu'on se serait bien entendu toi et moi, Mike, dit-il en s'adressant au mixeur. J'espère que cela ne te dérange pas que je sois là, parce que je l'aime.

Il ferma la porte du placard et secoua la tête.

— Je dois être plus fatigué que ce que je pensais.

Il soupira et se hissa sur une des chaises de la cuisine. C'est alors qu'il aperçut les gamelles de Molly.

Il les remplit toutes les deux de fruits trop mûrs écrasés et les porta jusqu'à l'orée du bois. Il les posa loin l'une de l'autre et dit :

— Je ne sais pas qui se cache par ici, mais à mon avis, c'est des petites bêtes qui ont peur et qui ont faim.

Il se sentait un peu idiot, mais se rendit compte qu'il n'y avait personne pour le voir parler aux arbres et aux opossums. Et même si on le voyait, qu'est-ce que ça faisait ? Une petite brise s'était levée et les feuilles s'agitèrent doucement dans les arbres. Il sourit et tourna les talons. Il y a seulement un an, la nuit noire, les grands espaces lui étaient totalement inconnus. Maintenant, Paul montait les marches de la véranda comme si cela lui était aussi naturel que de monter dans un tram. Il n'était pas chez lui, mais peut-être qu'un jour, il y serait.

— JE PENSAIS que tu m'avais oublié, dit Caleb quand Paul ouvrit la porte de la salle de bain remplie de vapeur.

— Tu es si pressé que cela ? répondit Paul, qui avait du mal à rester concentré.

— Pressé ? Je crois que je n'aurais pas les moyens physiques d'être pressé.

L'eau gargouilla autour de lui tandis qu'il se redressait dans la baignoire.

— Où est-ce que tu as mis les fruits ?

— Derrière, vers les arbres.

La réponse lui parvint étouffée, à travers le tissu de sa chemise. Il la laissa tomber sur le sol.

— Jenny m'a dit qu'après un incendie, les animaux ont besoin d'aide pendant quelque temps.

— Oui.

Il enleva ses bottes, ses chaussettes, son pantalon. Il tira l'élastique de son boxer et arrêta son geste pour demander :

— Ça ne te dérange pas ?

— Je t'ai déjà vu à poil, je te rappelle.

— Oui, c'est vrai, mais cela ne te dérange pas si je viens dans la baignoire avec toi ? Avec Stewie, on partage tout le temps la douche, mais un bain, c'est... je ne sais pas, plus... oh, je ne sais pas.

— Ça ne me dérange pas.

— Super, parce que je ne sais pas s'il reste beaucoup d'eau chaude, et je n'aime pas trop l'idée de prendre une douche froide.

Caleb ne dit rien, mais regarda le boxer en coton rejoindre le tas de vêtements par terre. Il se serra à un bout de la grande baignoire à l'ancienne pour lui faire de la place. L'eau se rapprocha dangereusement du bord, mais sans déborder, quand Paul y entra avec un soupir de contentement.

— Comment cela se fait-il qu'un bain chaud fasse tellement de bien après une journée brûlante ?

Il plaça ses jambes à côté de celles de Caleb et sourit. Il aurait bien ajouté quelques petits commentaires coquins, mais il n'y en avait pas besoin. Le bruit doux de l'eau qui clapotait contre le rebord suffisait.

Ils restèrent assis sans rien dire. Seuls leurs souffles ridaient la surface de l'eau. La buée recouvrait la fenêtre et le miroir. Un peu de sueur coula le long de la gorge de Paul jusqu'à sa poitrine. Il vit que les yeux de Caleb se fermaient.

— Hé, lui dit-il à voix basse. Viens par-là, je vais te laver les cheveux.

Caleb cligna des yeux et hocha la tête. L'eau déborda quand il se leva et encore plus quand il se tourna maladroitement dans la baignoire.

— Tu dois être épuisé, murmura Paul, et il prit une éponge pour lui frotter les épaules.

Il déposa un baiser entre les omoplates bronzées. *Laisse-moi m'occuper de toi ce soir.*

— Prends la carafe pour rincer le savon, dit Caleb, et Paul sourit.

Il trouva la carafe de porcelaine à côté de la baignoire ; elle paraissait tout aussi démodée. Il la remplit d'eau fraîche et la versa sur la tête de Caleb, sur ses cheveux et le long de son dos. Il aurait voulu passer son temps à embrasser tous les recoins de sa peau, tous les plis de ses larges épaules ; mais il se retint et versa un peu de shampooing dans sa main qu'il massa doucement dans les cheveux blonds teintés de gris.

— C'est agréable ? demanda-t-il à voix basse.

— Oui, dit Caleb dans un filet de voix.

Il rinça la mousse avec de l'eau chaude et attira à nouveau Caleb contre lui. Il ferma les yeux et sentit sa poitrine se soulever et s'abaisser.

— Depuis l'hiver dernier, j'ai cru si souvent que je t'avais perdu. Chaque fois que tu refusais de me répondre, quand tu m'as renvoyé de l'hôpital, et puis…

Il s'interrompit. Caleb couvrit ses bras de ses grandes mains.

— Mais je ne t'ai pas perdu, n'est-ce pas ?

— Tu ne m'as pas perdu, l'homme des neiges.

Ils restèrent dans la baignoire jusqu'à ce que l'eau ait refroidi et que le bout de leurs doigts commence à se friper. Même là, c'est seulement avec réticence qu'ils se levèrent.

Le monde extérieur, hors de la salle de bain, conservait toute la moiteur de l'été. Mais ils se séchèrent l'un l'autre devant la cheminée, puis prirent les coussins du canapé et les déposèrent par terre. Ils construisirent leur nid de fortune et bientôt il ne resta plus à y ajouter que des draps, quelques oreillers, et leurs corps épuisés.

Quand tout fut prêt, Paul sentit qu'il avait mal partout, comme s'il venait de courir un marathon. Ce n'était pas le lit le plus confortable du monde, mais, pour beaucoup de raison, c'est là qu'il voulait être. La pièce tourna un peu autour de lui quand, enfin, il posa sa tête sur l'oreiller. Il ferma les yeux, attendant que son vertige passe.

— Je suis plus fatigué que je ne pensais, dit-il, et il entrouvrit les yeux.

Le visage de Caleb était tout près du sien.

— Tu as toujours les yeux aussi bleus, même si là ils sont un peu cernés.

— Plus qu'un peu.

— Tu sais que j'ai souvent rêvé de ce moment. Et maintenant qu'on y est, je n'ai plus la force de faire la moindre des choses que j'imaginais.

Caleb sourit et tendit la main pour remettre une mèche de cheveux noirs et humides derrière l'oreille de Paul. Leurs lèvres se touchèrent, d'abord légèrement, comme pour se réhabituer à l'autre, puis ils se laissèrent aller. Les baisers, sur la montagne, avaient toujours un goût différent. On embrassait pour le seul plaisir d'embrasser, pour le partage, le contact, l'amour, sans être tout le temps dans l'attente de la suite. Si rien ne venait, ce n'était pas grave. Ils étaient ensemble, et c'était la seule chose qui comptait.

XXXVII

IL FUT réveillé par le cri d'un oiseau solitaire et il sentit la peau chaude d'un corps contre lui. Ils s'étaient endormis dans les bras l'un de l'autre, et Paul se dit qu'il n'avait pas dû bouger beaucoup pendant la nuit. Ils s'étaient embrassés, ils s'étaient touchés, mais c'était tout ce qu'ils pouvaient faire, tellement leurs corps étaient épuisés. C'était suffisant, plus que suffisant. L'oiseau cria encore, et Paul ouvrit les yeux. Un rayon de soleil tombait à travers les rideaux sur son visage. *Il va de nouveau faire très chaud aujourd'hui.* Il fronça le nez ; il avait envie d'éternuer et il essaya de se retenir, mais en vain. Il explosa dans le silence matinal, et leurs deux corps sursautèrent.

— À tes souhaits, dit Caleb doucement derrière lui. Il y a encore beaucoup de résidus de fumée dans l'air.

— C'est le soleil qui me fait ça. Pas toujours, mais parfois quand je sors en pleine lumière, je me mets à éternuer. Stew dit que je dois être un vampire. Tu as beaucoup toussé cette nuit.

Il se retourna pour lui faire face, en faisant attention à ne pas faire bouger le bras qui était enroulé autour de sa taille.

— Oui, pardon. Il fallait que je nettoie mes poumons.

— Peut-être que tu devrais rentrer à Melbourne avec moi et respirer les bonnes odeurs de pot d'échappement.

Caleb sourit et secoua la tête.

— Euh, et là tu dis que je devrais plutôt rester ici avec toi.

— Tu tiendras trois jours, et puis tu appelleras ton ami pour qu'il vienne te chercher.

— Mon téléphone est éteint.

— Tu veux économiser ta batterie ?

— Certes, mais c'est aussi que je n'en ai pas besoin, là. Si ?

Caleb haussa les épaules sans répondre, s'étira, et leva la tête pour inspecter le plafond.

— Cela fait bizarre de ne pas être obligé de me lever pour nourrir les chevaux et de ne pas avoir Molly qui vient me harceler pour que je lui serve son petit déjeuner.

— On pourrait rester ici pour toujours ? dit Paul, plein d'espoir.

— Ou bien on pourrait se lever et commencer à réparer l'écurie afin que les chevaux puissent revenir.

— Oui, on pourrait, admit Paul.

Il regarda Caleb qui se levait du matelas de coussins qu'ils avaient partagé.

— Cela dit, j'ai une belle vue d'ici.

Caleb se contenta de sourire et alla jusqu'à la fenêtre. La lumière du matin tombait sur sa peau dorée et rose.

— La météo va changer.

Il se tourna vers Paul et montra du menton les rayures rouges qui coloraient les nuages épars et les nappes basses de brouillard.

— Changer dans quel sens ?

— Peut-être de la pluie. Ou un orage.

— La pluie, ce serait bien, cela aiderait à éteindre l'incendie, dit Paul, et il se retourna sur le ventre avant de s'arracher aux coussins.

Il s'étira et ses vertèbres craquèrent, mais il s'appuya sur Caleb et cela lui fit du bien.

— S'il y a un orage avec des éclairs, cela pourrait faire des problèmes.

— Non, plus de problèmes. On va être tranquilles maintenant, affirma Paul.

— Tu crois vraiment ?

— Oui, dit-il avec emphase.

Soudain, le ciel déploya une myriade de couleurs, de l'écarlate au vieux rose en passant par un bel orangé ; puis, lentement, tout devint bleu pâle.

— Je n'étais pas sûr de vouloir revoir des levers de soleil, dit Caleb à voix basse.

Paul enserra sa taille de ses bras et déposa un baiser sur son épaule bronzée. Il murmura, les lèvres contre sa peau chaude :

— Et pourtant, voilà un autre jour.

Caleb inspira et le corps de Paul suivit le mouvement de sa poitrine qui se soulevait tandis que ses poumons se remplissaient.

— Il faudrait que j'appelle Sarah.

— Mmmmh.

Ils ne bougèrent pas.

— Il faudrait que je vérifie les alertes incendie.

— Mmmh.

— Tu comptes rester là comme ça toute la journée ?

— Mmmmh.

Ils rirent ensemble et leurs corps tremblèrent de concert.

— Allez, l'homme des neiges. C'est une nouvelle journée. On a beaucoup à faire.

Paul relâcha son étreinte, mais avec un soupir théâtral pour marquer son mécontentement.

— OK, je vais prendre une douche, parce que je crois qu'on a surtout mariné dans notre crasse hier dans la baignoire. Tu peux me rejoindre, si tu veux ?

— Je me doucherai plus tard.

— D'accord. Mais alors, fais du café pendant que je suis en haut.

LA BAIGNOIRE était effectivement couverte de traces noires, ce qui confirma qu'ils ne s'étaient pas vraiment lavés la veille. Il fit couler l'eau de la douche et nettoya grossièrement les parois jusqu'à ce que toute la crasse disparaisse dans les canalisations. L'eau était à peine tiède, mais il se glissa avec délice sous la douche, les yeux fermés, la bouche entrouverte. L'eau avec un goût différent, meilleur, même si elle sentait un peu la rouille. Elle ne contenait aucun des produits chimiques ou du chlore qu'on trouvait dans l'eau du robinet à Melbourne ; c'était juste de l'eau de source qui avait été chauffée par le bois qu'il avait lui-même mis dans le poêle la veille. Bien sûr, au fur et à mesure que l'hiver avancerait, Paul oublierait la nouveauté de la sensation ; mais là, il était content, il se sentait fier que l'eau chaude lui rappelle le travail qu'il avait lui-même accompli. Il fredonnait doucement et le son de sa voix résonnait dans la salle de bain. Non sans regret, il coupa l'eau pour attraper le savon. Il se lava rapidement et n'attendit même pas que l'après-shampooing agisse bien dans ses cheveux : il y avait beaucoup à faire, même s'il ne savait pas exactement quoi.

IL ENTENDIT la voix caractéristique des informations radiophoniques qui émanait de la cuisine. Paul frotta ses cheveux dans la serviette puis la laissa à sécher sur la rampe de l'escalier. Il ne comprenait pas tout ce que le présentateur disait, mais cela avait l'air d'une liste de noms de personnes ou de lieux. Caleb leva les yeux vers lui quand il entra et lui dit :

— Le café est prêt, mais il n'y a plus de lait.

Paul se prit une tasse et vint s'asseoir à la table de la cuisine.

— Les nouvelles sont bonnes ?

— Plutôt bonnes.

Ils écoutèrent la fin des informations et le présentateur qui remerciait tous les hommes et les femmes qui avaient courageusement lutté contre les flammes.

— Cela veut dire que c'est terminé ?

— Cela veut dire que tous les foyers sont sous contrôle. Alors, à moins que de nouveaux incendies se déclarent, c'est le moment de se mettre à nettoyer et à reconstruire.

Paul plissa les yeux au-dessus de sa tasse.

— Tu sais qu'en fait de construction, je n'ai jamais rien fait de plus que de monter un meuble Ikea ?

— Et il te restait combien de pièces non utilisées à la fin ?

Paul se contenta de lever un sourcil et goûta le café.

— Pas mauvais. Je pourrais m'y faire, dit-il, et il alla sur la véranda.

Il s'appuya sur la balustrade. L'air s'était un peu éclairci par rapport à la veille, même si des volutes sombres s'élevaient encore ici et là dans la forêt.

— C'est sous contrôle, mais pas tout à fait terminé, dit Caleb en s'asseyant.

Paul vint s'asseoir sur la chaise à côté de lui et demanda :

— Tu as appelé Sarah ?

— Ils sont encore à Mansfield, mais ils ne vont pas tarder à monter jusqu'ici.

— Quand arrivent-ils ?

— Tu en as déjà assez d'être seul avec moi, l'homme des neiges ?

— Non.

Paul regarda ses pieds nus. Ses orteils portaient du vernis de toutes les couleurs que Stewart lui avait mis, un soir qu'il s'ennuyait devant la télévision.

— J'espérais qu'ils n'arrivent pas tout de suite.

— Oui, nous avons beaucoup à faire.

— Ce n'est pas ce que…

Il s'interrompit en voyant la malice qui brillait dans les yeux de Caleb et lui donna un petit coup de pied.

— En tout cas, si tu veux que je me mette au travail, il faut que tu me prêtes tes bottes, et au moins deux paires de chaussettes.

— Pas de souci.

Paul sourit et se laissa aller contre le dossier de sa chaise. Ils contemplèrent ensemble les ruines de l'écurie et de l'enclos, en se demandant l'un et l'autre comment ils allaient reconstruire.

LES BOTTES de Caleb aux pieds, et deux paires de chaussettes afin qu'elles lui tiennent aux chevilles, Paul aida à vérifier l'état de la palissade et se fit quelques ampoules aux doigts en déterrant des poteaux à moitié brûlés. Quand le soleil jeta ses derniers rayons, ils avaient dégagé la palissade à un bout de l'enclos et avaient réparé les coins.

— Pour les nouveaux poteaux, il faudra attendre que je puisse descendre à Mansfield, dit Caleb, et il se mit à ramasser ses outils pour les ranger.

— OK, dit Paul, en se retenant pour ne pas s'allonger par terre.

Ses muscles s'étaient transformés en gelée tremblante.

— Tu veux que je te porte jusqu'à la maison ?

— Grave, répondit Paul, mais il se redressa lentement et ramassa quelques clous tordus qui traînaient.

— Allez, viens avant de t'endormir complètement, dit Caleb en soulevant sa caisse à outils.

Ils marchèrent le pas lourd jusqu'à la maison, mais ils étaient joyeux en gravissant les marches de la véranda. Ils s'écroulèrent sur les chaises.

— Tu sais, je crois qu'on va devoir dormir ici, parce qu'il est hors de question que je me relève de cette chaise, dit Paul en enlevant une de ses bottes.

Elle tomba sur le plancher avec un bruit mat. Il ôta les grosses chaussettes pleines de sueur et agita ses orteils. Il regarda son autre pied encore chaussé et grogna.

Caleb secoua la tête et lui fit signe de poser sa jambe sur son genou.

Paul dut s'y reprendre à deux fois pour parvenir à soulever sa jambe assez haut afin que Caleb puisse la poser sur la sienne et lui enlever sa botte.

— Les chaussettes aussi, s'il te plaît.

— Il va vraiment falloir qu'on t'achète des bottes, grogna Caleb, et il lui ôta les deux paires de chaussettes.

Mais il garda le pied de Paul posé sur son genou. Il caressa les orteils et massa doucement la plante.

Paul grogna de plaisir et demanda :

— Tu voudrais prendre un bain avec moi ?

— Seulement si tu veux un bain froid. On n'a pas alimenté la cuisinière aujourd'hui.

255

— Oh nooooon…

Paul eut l'air complètement abattu. Il s'avachit encore plus sur sa chaise et laissa sa tête tomber en arrière.

— Ça veut dire que j'ai du boulot, c'est ça ?

— Je peux le faire.

— Non, dit-il. Tu as travaillé aussi dur que moi aujourd'hui. Peut-être même un plus.

Il posa ses deux pieds nus sur le plancher et se leva avec une souplesse qui le surprit lui-même.

— Je crois que j'ai ramassé suffisamment de bois hier soir, se dit-il en entrant dans la cuisine.

CALEB LE regarda disparaître dans la maison et entendit qu'il allumait la radio. Les voix et les chansons changeaient, jusqu'à ce que Paul se fixe sur une station. C'était une chanson qu'il ne connaissait pas.

Toi qui te plaignais que c'était trop calme quand il n'était pas là.

— Oui, répondit-il à la voix, qui était un peu celle de Mike, mais surtout la sienne.

Tu es prêt pour ça ?

— Je ne sais pas. Peut-être ?

Tu es prêt à prendre le risque de le perdre ?

Il regarda vers la cuisine.

— La vie, c'est prendre des risques, non ?

Ce fut le grondement du tonnerre qui lui répondit. Il ferma les yeux. L'air moite bruissa autour de lui, et ses poils se hérissèrent sur ses bras. Un martin-chasseur poussa un cri, annonçant les premières gouttes de pluie qui vinrent s'écraser au bord de la véranda. La pluie commença doucement. Les grosses gouttes faisaient jaillir les cendres et de petits nuages de poussière s'élevèrent dans l'air avant d'être écrasés par d'autres gouttes. Caleb ouvrit les yeux et vit que la pluie se faisait plus drue sur le plancher. À travers la fine couche de cendres, on voyait apparaître le bois nu, sur une surface de plus en plus grande. Il étendit les jambes vers la balustrade et la pluie vint nettoyer le bout de ses bottes.

PAUL FIT un feu et le café était en train de chauffer sur la cuisinière quand les premiers éclairs zébrèrent le ciel. La pluie formait des ruisseaux qui descendaient du toit vers l'enclos, charriant la poussière et les cendres.

Les deux hommes, à l'abri sous la véranda, étaient assis côte à côte et contemplaient le spectacle de l'orage à l'horizon. Ils ne disaient rien. On n'entendait que le tonnerre et la pluie qui s'abattait autour d'eux.

Caleb se pencha en avant pour poser sa tasse par terre à côté de sa chaise. Il soupira.

— À quoi tu penses ? demanda Paul à voix basse.

— Je ne sais pas.

Il ne mentait pas.

— C'est une bonne chose ou pas ?

— Ni l'un ni l'autre.

Il se tourna vers lui et haussa les épaules.

— Je ne sais pas trop comment je me sers.

— Tu as envie d'essayer de m'en parler ?

Il secoua la tête.

Pas encore.

La pluie tambourinait sur le toit en métal ; les gouttières débordaient et l'eau tombait en cascade de la véranda. La terre brûlée se gonfla, absorbant ce qu'elle pouvait, et des torrents se déversaient de la tôle ondulée. Paul alla jusqu'à la balustrade et tendit la main vers le mince rideau d'eau, qui l'éclaboussa et coula le long de son bras.

— Tu vas te faire mouiller, le prévint Caleb.

— Oui, c'est l'idée, sourit Paul.

Son pied nu se posa sur la première marche.

— Tu vas vraiment te faire mouiller.

— Oui.

Il sortit sous le déluge et écarta les bras. La pluie l'enveloppa. Il frissonna et rit. Cela lui était égal que ses vêtements se fassent tremper, que l'ourlet de son jean traîne dans la boue qu'il sentait s'infiltrer entre ses orteils. Il rit encore une fois et secoua la tête. Ses cheveux mouillés firent jaillir des gouttes tout autour de lui.

— Tu es vraiment stupide, tu sais ? cria Caleb depuis l'auvent, mais il souriait.

Paul répondit à son sourire et laissa des traces de pas boueuses sur les marches de la véranda en remontant. Il fit face à l'homme des montagnes, trempé, gouttant de partout.

— Idiot, dit Caleb en riant.

Paul pencha la tête et secoua ses cheveux pour l'éclabousser.

— On dirait que tu vas devoir m'enlever mes vêtements trempés avant que j'attrape froid.

— La nuit est tiède.

— Alors peut-être que tu devrais te déshabiller aussi ?

Caleb se leva, mais se contenta de ramener les cheveux de Paul en arrière avant de se diriger vers la cuisine.

— OK, j'imagine que cela veut dire non, marmonna Paul, et il grimaça en voyant ses vêtements détrempés.

Caleb lui jeta une serviette et il parvint à l'attraper avant qu'elle ne tombe par terre.

— Enlève tes vêtements, et mets-les à sécher sur la rampe de l'escalier, lui ordonna Caleb, et il revint vers sa chaise avec une serviette en plus dans les mains.

Paul laissa tomber son jean gorgé d'eau sur le sol, puis le ramassa et alla l'étendre soigneusement sur la balustrade. Sa chemise fut placée à côté. Les manches gouttaient sur le plancher. Paul glissa les pouces dans l'élastique de son boxer, mais arrêta son geste. Dehors, sous la véranda, ce n'était pas pareil que dans la salle de bain. Bien sûr, il lui était arrivé plein de fois de se promener à poil devant tout le monde quand il était ivre. Mais là, il noua la serviette autour de ses reins avant de faire tomber son slip.

— Personne ne peut te voir, ici, dit Caleb doucement, mais Paul haussa les épaules et vint s'asseoir à côté de lui.

— Tu me sèches les cheveux ? demanda-t-il, et il n'eut pas besoin d'ajouter : comme la première fois que je suis venu.

La chaise de Caleb grinça un peu quand il se pencha pour frotter gentiment la serviette dans ses cheveux. Paul ferma les yeux. Il était avec son homme des montagnes.

L'ORAGE S'ÉTAIT calmé, mais la pluie tambourinait toujours sur le toit. La lampe-tempête jetait un halo de lumière dans la pièce, effleurant la peau des deux hommes qui se tenaient allongés, dans les bras l'un de l'autre, devant la cheminée. Leurs mains, leurs bouches étaient apaisées, et leurs baisers prenaient leur temps.

— Ce n'est pas tout à fait ce que j'avais imaginé, murmura Paul, ses lèvres contre celles de Caleb.

— Qu'est-ce que tu t'imaginais ?

Caleb lui déposa un baiser sur le front.

— Déjà, je pensais que je durerais plus longtemps.

Caleb rit et roula sur le dos.

— Hé, ne te moque pas de moi, dit Paul d'un air contrarié, qui disparut quand ses doigts parcoururent la peau bronzée de Caleb. Tu sais, j'avais souvent imaginé ce moment dans ma tête.

— Raconte-moi.

Paul posa sa tête contre son torse et commença.

— J'ai fait beaucoup de versions différentes, selon mon humeur du moment. Parfois, c'était brutal et, euh, sexy, et d'autre fois lent et… enfin, tu vois ce que je veux dire. Mais cela n'était jamais une affaire de cinq minutes.

— Cinq minutes ? Dis, tu te surestimes un peu, l'homme des neiges.

— Tais-toi. Enfin, de toute façon, c'était juste un début. La nuit est longue, et ma queue aussi.

— Tu te surestimes encore, je crois.

— Oui, je suis du genre à me surestimer.

— Je vois.

Leurs yeux se rencontrèrent et Caleb plissa les siens.

— Quoi ?

— Il y a quelque chose que je n'arrive pas à comprendre.

Paul se redressa sur son coude.

— Je ne comprends toujours pas pourquoi tu n'as pas arrêté de revenir vers moi.

Il secoua la tête et ajouta avant que Paul ne puisse répondre.

— Soyons honnêtes, je suis plus vieux que toi. Je n'ai pas le même genre de vie que toi. Alors, pourquoi ?

— Et tu crois que je ne me suis pas posé la question ? Je ne sais pas, vraiment. C'est juste que… je ne sais pas. J'avais besoin d'être avec toi.

Caleb passa ses doigts dans la chevelure noire et épaisse de Paul.

— Cela aurait été plus simple pour toi d'être avec Stewart, ou un de tes amis.

— Je ne crois pas que je cherchais quelque chose de simple.

Il tourna la tête pour embrasser la main que Caleb avait laissée contre sa joue. Il regarda les doigts forts et calleux et remarqua une petite cicatrice sur une phalange.

— Comment t'es-tu fait cela ?

— En installant du fil barbelé.

Paul hocha la tête et la pulpe de son doigt glissa le long de la cicatrice. Puis il en aperçut une autre, plus petite, mais plus irrégulière, au bord de sa paume.

— Et celle-là ?

Caleb tourna sa paume vers lui.

— Du verre cassé, je crois. Il va falloir que je te fournisse une explication pour toutes mes cicatrices et toutes mes imperfections ?

— Oui, dit Paul en embrassant la cicatrice, et il sourit.

— Alors, sache que j'en ai une assez impressionnante sur la cuisse.

— Et tu te l'es faite comment ? demanda Paul en descendant sous le drap.

— Mmmmh, peut-être qu'elle n'est pas sur ma cuisse en fait, murmura Caleb tandis que Paul le dévorait de baisers.

XXXVIII

PAUL NE savait pas ce qui l'avait réveillé. Il cligna des yeux dans l'obscurité. Cette fois, il ne ressentit pas le trouble qui accompagne généralement un réveil dans une pièce inconnue. Il savait où il était. Il sourit et roula sur le côté ; il vit que les coussins à côté de lui étaient vides. Il fronça les sourcils et écouta, s'attendant à entendre le plancher craquer ou un bruit de chasse d'eau qui lui expliquerait l'absence de Caleb.

Rien.

Il se redressa, tendant davantage l'oreille.

Toujours rien.

— Cal ? appela-t-il dans la maison silencieuse.

Pas de réponse.

Paul se leva souplement du lit et se dirigea vers les escaliers.

— Tu es là-haut ?

Un petit bruit lui parvint, peut-être une voix.

Il posa un pied sur la première marche et demanda, à voix très basse :

— Tout va bien ?

Rien n'indiquait que quelque chose n'allait pas, mais il hésitait à monter.

— Cal ?

— Je suis là.

La voix était proche, plus proche que la salle de bain, et elle ne lui parvenait pas à travers une porte fermée. Paul monta lentement l'escalier, la peur au ventre, alors même qu'il n'avait aucune raison d'avoir peur. Il arriva en haut et prit le couloir, et manqua de trébucher sur l'homme assis en tailleur contre le mur.

— Je ne t'avais pas vu… voulut-il dire.

Caleb ne leva même pas les yeux, alors il renonça à s'expliquer et s'assit sur le sol. Le plancher froid était dur sous ses fesses nues, mais il n'osait pas bouger pour chercher une meilleure position.

— Je vais bien, dit Caleb. Retourne te coucher.

— Tu es assis dans le couloir au milieu de la nuit.

Pas de réponse.

— C'est parce que je suis ici ?

— Non… peut-être. Je ne sais pas.

Il appuya sa tête contre le mur derrière lui et fixa le plafond.

— Tu veux descendre et on en parle ?

— Non.

— Tu veux que je m'en aille ?

Caleb secoua la tête.

Ils restèrent assis côte à côte en silence ; plusieurs minutes passèrent. Puis Paul demanda :

— Ça a été très dur, ici ? L'incendie, je veux dire.

— Oui, assez dur.

— Raconte-moi. S'il te plaît.

Le tic-tac régulier de l'horloge sur la cheminée résonnait dans la maison. Paul attendait que Caleb se sente prêt à parler. Il avait beaucoup de questions à poser, des hypothèses à formuler, mais il se mordit les lèvres et attendit patiemment.

Caleb poussa un soupir. C'était le signal qu'il était prêt à parler.

— C'est dur de mettre des mots dessus.

Paul toucha ses doigts.

— Peut-être qu'il y a des choses que je n'arriverai pas à raconter.

Un nouveau soupir, et il continua :

— J'ai vu le feu détruire l'écurie. Ça a été tellement soudain. Puis c'est là que des feux se sont allumés un peu partout. J'ai essayé de les arrêter en écrasant les foyers avec mes bottes. Mes plantes de pieds…. les bottes ne m'isolaient pas de la chaleur. J'ai pris la bêche et j'ai tapé sur les braises, encore et encore, mais chaque fois que j'arrivais à éteindre un départ de feu, il y en avait d'autres qui s'allumaient partout, et les flammes se rejoignaient et…

Les mots se coincèrent dans sa gorge. Il avala sa salive et s'efforça de reprendre.

— J'ai frappé et frappé avec la bêche, jusqu'à ce que je ne voie plus rien. La fumée me piquait les yeux. Me brûlait les poumons. J'ai remarqué une odeur dégoutante et je me suis rendu compte que c'était mes cheveux qui commençaient à roussir, pas à cause des flammes, juste à cause de la chaleur.

— Et alors qu'est-ce que tu as fait ?

— J'ai couru. Je n'arrivais plus à réfléchir. Le ciel était noir de fumée, et le bruit… je n'ai jamais rien entendu de pareil.

Il ferma fortement les paupières, comme pour oublier le grondement terrible du mur de feu qui avançait.

— Je suis tombé en montant les marches et me suis retrouvé sur le plancher de la véranda. Il y avait les jets d'eau en haut, j'ai été un peu rafraîchi par l'eau froide et... et j'ai compris que je serai en sécurité à l'intérieur.

— Est-ce que c'est parce que tu y avais vécu avec Mike ? murmura Paul.

Il n'avait pas vraiment envie d'entendre la réponse, mais était prêt à l'accepter.

— Tu crois que c'est pour ça ?

— Je sais que c'est pour ça que tu as refusé d'être évacué. Je sais que c'est pour ça que tu m'as dit au revoir.

Son cœur se serra, ses yeux le brûlaient, mais il fallait qu'il le dise.

Caleb ouvrit les yeux. Il ne regarda pas Paul, mais fixa le couloir sombre qui menait à la chambre.

Paul avait une boule dans la gorge.

— C'est ça, non ?

Caleb fit un tout petit mouvement de tête.

— Oui, c'est pour ça que je suis resté, répondit-il d'un filet de voix.

Voilà : c'était la confession que Paul n'avait pas envie d'entendre. Il se mordit la lèvre, parce qu'il avait gratté tout le vernis qu'il pouvait gratter sur ses ongles. Pour la première fois de la journée, il sentit vraiment comme tout son corps était douloureux. Une partie de lui voulait tout simplement se lever, descendre et se rhabiller. Il aurait pu appeler Stewie et attendre quelques heures sous la véranda ou même au niveau des boîtes aux lettres. Mais qu'est-ce que cela changerait ? Était-il encore celui qui appelait Stewie au moindre problème ?

— Tu as vécu ici avec lui, c'était votre foyer, dit Paul en essayant de cacher à quel point il était blessé. C'est toujours votre foyer, j'imagine. Quand j'étais dans la cuisine et que je cherchais de la vaisselle, j'ai vu tous les ustensiles dans un placard. Je me suis dit que cela devait être à lui, vu que tu n'étais pas trop du genre à faire de la pâtisserie.

— Mike adorait cuisiner. Il disait que c'était sa thérapie, dit Caleb à voix basse en regardant le plancher.

— Oui, je l'ai compris. J'ai vraiment adoré l'idée qu'il avait des trucs de tous les jours et puis aussi des appareils que tu n'utilises que pour des recettes hyper compliquées. Je crois qu'on se serait entendus, lui et moi.

La voix de Paul tremblait. Il prit une grande inspiration et ajouta :

— Je suis sûr qu'on se serait entendus et, quand j'étais dans la cuisine, devant le placard, je le lui ai dit.

Caleb prit sa tête dans ses mains. Il ne fit pas un bruit, mais Paul sentait son corps trembler contre le sien.

— Il est toujours là. Il est dans la cuisine, dans ta chambre, même dans le super petit chalumeau que j'avais très envie d'essayer. Il est toujours là, même si son nom n'est plus sur la boîte aux lettres.

Un long sanglot longtemps réprimé se fit entendre et résonna dans le couloir. Paul attira Caleb à lui.

— Je ne crois pas que cela le dérange que je sois ici avec toi, murmura-t-il, et il déposa un baiser dans les cheveux blonds tachetés de gris.

Paul serra Caleb dans ses bras et le laissa pleurer. Ils restèrent l'un contre l'autre dans le couloir, enlacés, jusqu'à ce que les premières lueurs rouges apparaissent par la fenêtre.

— J'AI MAL au cul, fit Paul, réussissant à arracher un petit rire épuisé à Caleb. On va prendre une douche ensemble et on se fait un petit déjeuner ?

Caleb resta assis sans bouger, juste assez longtemps afin que Paul sente son angoisse monter. Puis il dit :

— Il y a quelque chose que je… que nous devons faire avant.

Il se mit debout en s'appuyant sur Paul et sur le mur, et tendit la main. Paul n'avait pas mal qu'au cul ; il tremblait un peu une fois qu'il fut debout, mais ne lâcha pas la main de Caleb. Sans autre explication, il l'entraîna dans la chambre. Paul hésita et fronça les sourcils.

— C'est bon. Je veux que tu le rencontres.

Paul hocha la tête, mais il avait des fourmis dans les jambes et ne pouvait s'empêcher de trembler.

Caleb le mena jusqu'au mur où Mike leur souriait sur chaque centimètre carré.

Chaque photo montrait un couple visiblement très amoureux. Les cadres contenaient leur vie ensemble, et la promesse de longues années de bonheur. *Je ne peux pas te remplacer, Mike*, pensa Paul. C'était trop difficile de les voir ainsi. Il voulut retirer sa main de celle de Caleb, mais celui-ci la serra plus fort.

— Tu aurais aimé Mike. Il t'aurait aimé aussi, dit Caleb en pointant une photo où Mike avait visiblement raté un énorme gâteau.

Il riait en tenant à bout de bras un morceau de génoise qui s'effondrait.

Paul se rapprocha. Il regarda longuement la photo et dit :

— Salut. J'espère que cela ne te dérange pas que je sois ici avec Caleb ? Parce que je l'aime. Et plus qu'un peu.

— Sarah m'a dit que Mike lui avait demandé de me trouver un homme gentil.

C'était dit avec sincérité, mais Paul ne put réprimer un rire.

— Pourquoi ris-tu ?

— Je ne suis pas sûr d'être ce qu'on appelle un homme gentil.

— Ne te sous-estime pas, l'homme des neiges.

— Non. C'est fini, ça.

XXXIX

IL N'Y avait pas grand-chose à manger pour le petit déjeuner, mais ils dévorèrent leurs tartines et burent leur café sous la véranda, dans la lumière douce du petit matin. Le soleil perçait à travers la brume, vainquant le voile de fumée devant lui. Une brise légère soufflait, et l'air semblait plus pur.

— À quoi penses-tu ? demanda Paul en portant la tasse à ses lèvres.

— Qui te dit que je pense à quelque chose en particulier ?

— Je te connais un peu, va. Alors, à quoi penses-tu ?

Caleb avala la fin de sa tartine et mâcha longuement. Il la fit descendre avec un peu de café et fit une pause pour contempler la vallée.

— Je pensais à un truc que tu m'as dit.

— Cela ne m'aide pas beaucoup.

— À un moment, tu m'as dit que c'était le moment de te dire de rester ici avec moi.

— Oui.

Paul serra plus fort la poignée de sa tasse.

— Peut-être que j'aurais dû te le dire. De rester ici. Avec moi.

— Tu voudrais vraiment que je reste ? demanda-t-il, très calme.

— Je ne le dirais pas si je ne le voulais pas.

— Tu ne l'as pas vraiment dit.

— Je te le demande, là maintenant.

Les tourbillons du liquide marron dans sa tasse devinrent d'un coup le spectacle le plus absorbant du monde. Il les regarda jusqu'à ce que le café cesse de tourner, puis il murmura :

— Rien ne pourrait me faire plus plaisir.

— Mais ?

— Mais est-ce que tu peux attendre un peu ? J'ai quelques trucs à faire d'abord. Des trucs pour moi. À la station de ski, ils m'ont proposé une place d'apprenti afin que je puisse faire ma formation de cuisinier. Alors il faudra que je retourne à Melbourne pour étudier quelque temps.

Il leva les yeux, s'attendant un peu à voir Caleb en colère ou prêt à s'opposer à son plan, mais non. Les yeux bleus montraient qu'il acceptait, et Paul sourit.

DANS LE milieu de la matinée, une voiture klaxonna et interrompit leur travail. Ils avaient repris la réparation de la palissade.

— Ah, il était temps, dit Paul en se redressant et en s'étirant.

Caleb sourit et secoua la tête.

— Allez, l'homme des neiges, viens leur montrer toutes les ampoules que tu t'es faites.

Une petite fille sortit de la Jeep pour ouvrir le portail qu'ils avaient réparé, et Caleb lui fit un grand signe de la main. Sans attendre que ses parents redémarrent la voiture, elle courut aussi vite qu'elle put jusqu'à l'enclos. Un chien noir et blanc galopait derrière elle, ventre à terre : Molly ne s'arrêta pas avant d'avoir atteint les cuisses de Caleb. Il gratta la boule de poils frétillante, tout en essayant d'éviter ses grands coups de langue. Quand Tess les eut rejoints, Molly avait aperçu Paul et se jetait sur lui, laissant Cal libre d'embrasser sa nièce. Il la souleva dans les airs et agita la main vers Sarah et Jim.

— Je pensais qu'on aurait encore une journée tous les deux, dit Paul à voix basse tandis qu'ils s'avançaient vers la voiture.

— Nous avons encore aujourd'hui.

— Je vais revenir. Tu le sais, n'est-ce pas ?

— Je sais.

Caleb sourit et reposa Tess à terre pour pouvoir embrasser Sarah et prendre une caisse de légumes des mains de Jim.

— On s'est dit que tu devais avoir besoin de refaire tes stocks, afin que Paul puisse nous cuisiner quelque chose.

Elle n'ajouta pas « comme Mike », mais ce n'était pas nécessaire. Paul savait qu'elle y avait pensé. Elle tira une autre caisse de nourriture du coffre et on entendit le bruit caractéristique de bouteilles qui s'entrechoquent.

— C'est du vin pour le dîner.

Sarah leva les sourcils et se tourna pour libérer sa plus petite fille de son siège enfant.

Ils entendirent un bruit de gravier : une autre voiture arrivait dans l'allée.

— Oh, et quand on est passés à la maison pour chercher les puces, on en a profité pour chercher quelqu'un d'autre qui était très impatient de te voir.

La voiture était une Holden ancien modèle ; Paul ne la connaissait pas, mais il reconnut instantanément la personne qui lui faisait de grands signes depuis le siège passager.

— Stewie ! s'exclama-t-il, et il se précipita pour lui ouvrir la portière.

— Il ne m'a pas laissé le choix, dit Billy avec un grand sourire en s'étirant après le long trajet. Dès qu'il a su qu'on pouvait de nouveau monter jusqu'ici, tu peux imaginer qu'il ne m'a pas laissé de répit.

— Merci, mon beau, dit Stewart en serrant Paul dans ses bras. En fait, il voulait juste m'avoir à lui pour ce soir. Tu me présentes l'amour de ta vie ?

— Stewie, arrête.

C'était une chose de parler de Caleb à son meilleur ami, c'en était une autre de le lui présenter : c'était même assez terrifiant. Il se retourna ; Caleb était en train de faire sauter Kayla dans ses bras, mais il échangea un bref regard avec Stewart, et Paul s'en trouva un peu rassuré.

LE DÎNER fut bruyant, hilarant, et la nourriture était clairement le cadet de leurs soucis, mais c'était quand même un des meilleurs repas que Paul ait jamais préparés. La conversation ne connaissait aucun blanc, au contraire, et Caleb riait comme Paul ne l'avait encore jamais vu rire. Quand Kayla s'endormit sur les genoux de Tonton Cal, ils formaient une famille unie.

— Il faudrait qu'on réfléchisse à comment on s'arrange pour dormir, dit Sarah avec justesse.

— Ah, oui, tu as raison, dit Caleb, et il compta le nombre de personnes autour de la table.

— On pourrait reprendre la voiture jusqu'à la station de ski, non ? proposa Billy, mais Stewart lui envoya un coup de pied sous la table.

Paul gloussa : évidemment que Stewart ne voudrait à aucun prix manquer l'occasion de passer une nuit dans la maison de l'homme des montagnes. Heureusement pour lui, Caleb ne voulut surtout pas qu'ils partent dormir ailleurs et ils se lancèrent dans un grand débat pour décider qui dormirait où. Paul se laissa aller contre le dossier de sa chaise et se tut pendant qu'ils se disputaient pour savoir qui aurait le droit de dormir par terre.

Caleb secoua la tête et annonça :

— Je crois que c'est simple : Jim, Sarah et les filles prennent le lit dans la chambre d'ami.

Il se tourna vers Stewart et sourit :

— Vous pouvez avoir le salon, à vous de voir si vous préférez vous serrer sur le canapé ou mettre les coussins par terre.

— On mettra les coussins par terre, s'empressa de répondre Stewart, et il fit un clin d'œil à Paul.

Cela ne laissait qu'une seule possibilité pour Caleb et lui. Son cœur battait la chamade ; son estomac se serra. Caleb posa sa main sur la sienne et Paul serra ses doigts très forts entre les siens.

— OK, on fait comme ça, dit Sarah, et elle souleva sa fille endormie des genoux de Caleb.

Kayla grogna un peu, mais vint se blottir contre sa mère.

— Tess, c'est l'heure de dire bonsoir à Tonton Cal.

Tonton Cal reçut un bisou sur la joue, et tout le monde autour de la table y eut droit aussi.

— Il va falloir que je la surveille quand elle va commencer à grandir. Bonne nuit, tout le monde.

Sarah entraîna sa petite famille vers l'escalier.

— Paul et moi, nous allons débarrasser, dit Stewart. Allez prendre un verre dehors, tous les deux, et comme cela vous vous raconterez à quel point nous sommes formidables.

— N'essaye même pas de protester, dit Billy, et il prit son verre pour sortir.

Caleb retira sa main de celle de Paul, qui le regarda emmener Billy sous la véranda.

— Enfin ! dit Stewart en s'adossant contre le rebord de l'évier. Je commençais à croire que je ne pourrais jamais te parler seul à seul. Allez, viens là et raconte-moi tout.

— Tout ? s'enquit Paul en ouvrant les robinets afin que les deux hommes sous la véranda ne puissent pas entendre leur conversation.

— Enfin, pas forcément tout, tout de suite. Mais ton homme des montagnes me plaît vraiment beaucoup. Il a ce sex-appeal des hommes à longues jambes, tu sais, et il n'est pas si vieux en fait.

— Je te l'avais dit, coupa Paul en lui jetant un torchon. Je lave, tu essuies, et je veux que tu me racontes comment ça s'est passé avec le gros Billy.

Stewart rougit.

— Il est resté dormir sur le canapé afin que je ne reste pas seul dans l'appartement. Je crois qu'il est du genre protecteur. Oui, je sais, tu vas encore dire que j'ai un cœur d'artichaut. Mais c'est quelqu'un de bien.

— Il te traite bien ?

— Oh oui. Il me traite comme je mérite d'être traité.

Paul sourit et lui tendit une assiette.

Quand Caleb et Billy revinrent de leur exil sous la véranda, ils avaient eu le temps de se raconter l'essentiel, s'étaient fait quelques confessions, et promis de se dire tout le reste plus tard.

— STEWIE T'AIME bien, dit Paul depuis la porte de la chambre.

— Il a l'air d'un garçon sympa.

— Il m'a dit que tu avais de longues jambes sexy.

Caleb se figea et le regarda.

— C'est vrai, tu sais.

Paul s'appuya contre le chambranle tandis que Caleb venait vers lui.

— Tu entres ? murmura Caleb dans son cou.

Le souffle chaud contre sa peau lui donna un frisson.

— Oui, répondit-il, mais il ne bougea pas.

Caleb se serra contre lui, et l'arête du chambranle s'enfonça douloureusement dans son dos. Caleb frotta ses lèvres contre les siennes. Il l'embrassa. Sa langue avait le goût du whisky et du café ; il gémit doucement. Caleb se recula et posa un doigt sur ses lèvres, désignant l'autre chambre du menton, de l'autre côté du couloir.

— Il ne faudra pas faire de bruit ce soir, murmura-t-il.

— Je ne suis pas sûr d'y arriver.

Paul regarda à l'intérieur de la chambre. Il était au bord de redemander à Caleb s'il était sûr qu'il pouvait dormir là, mais à ce moment, Caleb glissa sa main sous sa chemise et cela fit taire toutes ses questions. Il le fit reculer vers l'intérieur de la pièce et referma la porte derrière eux.

La lune brillait au-dessus des nappes de fumée et sa lumière pâle éclairait la pièce. Un rayon tombait sur les photos sur le mur, se reflétant sur le verre. Paul y jeta un bref coup d'œil. Il sourit contre les lèvres de Caleb lorsqu'ils durent interrompre leur baiser pour défaire des boutons et ôter des tee-shirts. Quand Caleb fit passer le sien au-dessus de sa tête, Paul inspira et plongea pour continuer ses baisers en pente descendante. Il embrassa et lécha la gorge de Caleb, et sa barbe de trois jours le brûla et lui arracha un gémissement. Il lui donna une tape sur la fesse à travers son jean et lui dit :

— Chuuuuut !

— Les murs ne sont pas si fins que cela, marmonna Caleb.

— Super.

Paul sourit et ouvrit le premier bouton de son jean. Sa bouche retrouva celle de Caleb et il glissa ses mains dans l'ouverture de sa braguette. Ses doigts caressèrent la chair durcie et il se retint de gémir. Leur baiser se synchronisa sur le rythme de la main de Paul, jusqu'à ce que Caleb presse ses mains contre son entrejambe.

— Dans ma poche, dit Paul dans un murmure.

Ils ralentirent pendant que Caleb fouillait les poches de son jean, ne faisant qu'ajouter à son excitation.

La fouille cessa et Caleb retira ses doigts de la poche avant de Paul. Il se recula et brandit sa trouvaille. Un petit carré bleu métallisé brilla sous la lune.

— On dirait que Stewart t'a apporté un petit cadeau ?

Il fit la moue et ressemblait si fort à Stewart à cet instant que Paul rit.

— Il s'est dit qu'on pourrait en avoir besoin, et que tu devais avoir du gel.

— Je crois que oui, répondit Caleb, et il attrapa un coin dans sa bouche pour libérer ses mains.

Ils se déshabillèrent et furent bientôt tous les deux debout à côté du lit. Ils n'eurent pas un regard pour les photos encadrées ni pour le carnet posé sur la table de nuit quand ils roulèrent à nouveau sur le matelas ; ils n'en avaient pas besoin.

Les draps froids furent bientôt fumants de chaleur sous leurs corps mêlés.

Ils essayèrent d'être aussi silencieux que possible, même si un cri leur échappait parfois ; mais les petites étaient endormies, et les autres comprendraient qu'ils avaient eu besoin de cette nuit dans le lit de Caleb.

AUTOMNE

XL

La pouliche prit l'herbe que lui tendait Caleb et se détourna pour revenir vers sa mère, en montrant quelques cabrioles bien maîtrisées.

—Tu es fière de toi, hein ? dit Caleb en riant.

Son monde avait retrouvé son équilibre : les chevaux étaient de retour, Molly lui collait aux basques, et la structure de la nouvelle écurie était posée, n'attendant que les finitions.

Sa montagne se remettait doucement.

Caleb se promenait dans la forêt durement éprouvée tous les matins après son café. La brume n'était pas encore levée et elle s'enroulait autour des troncs calcinés, mais au bout de quelques jours, il put voir des martins-chasseurs qui picoraient des branches brûlées et s'aventuraient vers les coupelles d'eau et de nourriture qu'il leur laissait. Très vite, la mousse et les champignons repoussèrent et recouvrirent de verdure le paysage noirci. Bientôt, les premières pousses de sorbier apparurent.

Jenny l'avait informé qu'une petite colonie d'opossums de Leadbeater, une espèce protégée, avait survécu à l'incendie. Il l'avait aidée à installer des petits abris, en espérant qu'ils y trouveraient refuge et y élèveraient des petits.

À chaque nouvel événement, il envoyait un message à Paul.

L'homme des neiges.

L'automne allait se couler dans l'hiver, et avec l'hiver viendrait la neige. Mais cette fois, personne ne l'appellerait au milieu de la nuit pour qu'il aille secourir un touriste perdu ; en tout cas, pas son touriste à lui. Ils ne s'étaient pas revus depuis que Paul était rentré à Melbourne avec Stewart. Mais ça allait.

Caleb ferma les yeux. Le chaud soleil d'automne réchauffa son visage. C'était si facile de se rappeler quand il était étendu dans son lit, à échanger dans des murmures des rêves et des projets. *Si facile.*

—Je reviens bientôt.

— Je sais.

Son téléphone vibra dans sa poche. Il le sortit et sourit.

Les routes sont débloquées maintenant.

Ton homme des neiges. Xx

NOTE DE L'AUTEUR

MANSFIELD EXISTE, les belles montagnes alpestres que j'ai choisies pour décor également. Mais j'ai pris quelques libertés avec la géographie. On peut faire des randonnées depuis le Lodge ou se rendre à la station de ski (qui sert effectivement de refuge pendant les feux de forêt), mais elles ne se trouvent pas sur le même sommet.

Les actes de certains personnages dans cette histoire sont irresponsables et dangereux. Suivez les consignes d'évacuation en cas d'incendie et obéissez toujours aux instructions des autorités et des services d'urgence.

Imaginez une sorcière avec un chat noir. C'est un peu cliché ? Ajoutez des tatouages tribaux et une intolérance à l'ail, et vous aurez un portrait fidèle d'ISABELLE ROWAN.

Isabelle est née en Angleterre, mais elle a déménagé enfant en Australie. Elle vit maintenant au bord de la mer dans la banlieue de Melbourne, où elle enseigne la réalisation cinématographique et l'anglais. Elle est très cinéphile et dépense beaucoup trop d'argent en voyages… mais après tout, la vie est faite pour être vécue.

Rendez-vous sur le blog d'Isabelle : www.isabellerowan.com

Par Isabelle Rowan

Un adorable homme de neige

Publié par Dreamspinner Press
www.dreamspinner-fr.com